BAL

MICHEL JEURY

Michel Jeury est né en Dordogne en 1934, de parents agriculteurs. Après avoir publié en 1958 un premier roman, *Le diable souriant,* il abandonne l'enseignement et se consacre à l'écriture. Le premier volume de sa trilogie paysanne intitulée *Le vrai goût de la vie* (1988-1993) reçoit le prix Terre de France/La Vie. Parmi les romans qu'il a depuis publiés, *L'Année du certif* (1995) a été adaptée pour le petit écran.
"Écrivain de métier, paysan de cœur", Michel Jeury partage son temps entre le Périgord et les Cévennes où il est installé depuis 1987.

LA CHARRETTE
AU CLAIR DE LUNE

DU MÊME AUTEUR
CHEZ POCKET

L'ANNÉE DU CERTIF
LES GRANDES FILLES
LA VALLÉE DE LA SOIE
LA SOIE ET LA MONTAGNE
LE PRINTEMPS VIENDRA DU CIEL
LES GENS DU MONT PILAT

MICHEL JEURY

LA CHARRETTE AU CLAIR DE LUNE

ROBERT LAFFONT

ISBN 2-266-11578-2

À la mémoire de Denise et Abel Fonvieille
À leurs enfants et petits-enfants

Je remercie très vivement Antoine Caro, des Éditions Robert Laffont, pour l'important travail de révision et de conseil qu'il a effectué sur le manuscrit de ce roman. Sans son aide, la Charrette *aurait roulé longtemps dans la nuit et pris plus d'une ornière.*

Merci à Claude et Nicole Gagnière pour leur lecture attentive et leurs corrections.

1

Quoï la luno qué rayo

Enquère n'eï pas jour,
Quoï la luno qué rayo !

Il ne fait pas encore jour, c'est la lune qui brille... Pierrot chante un petit air en patois, pour se donner du cœur au ventre.

C'est un garçon trapu, bien planté, plutôt petit pour ses dix ans.

La lune, suspendue dans un semis d'étoiles au milieu du ciel, jette sa lueur blanche sur les prés et les bois. Un coup de vent balaie la cime des arbres et froisse à grand bruit les feuillages. Un chat-huant lance son cri, pareil à un rire moqueur. Cette bête-là, Pierrot Taradel jurerait qu'elle suit la charrette depuis une heure. C'est la dixième fois qu'il entend son drôle de cri.

Il se retourne et laisse tomber son aiguillon sur le joug.

— Casta ! Belle ! Allez !

Une roue de la charrette a buté contre une veine de rocher, qui affleure au bord de la route. Lasses, les vaches ont relevé la tête et se sont arrêtées en soufflant. La Casta, droitière de l'attelage, est une Limousine râblée, tirant sur le roux ; la Belle, la gauchère, une blonde d'Aquitaine, plus élancée, au pelage plus clair.

Ce ne sont pas des vaches de propriétaire. Maman les a reçues comme dot à son mariage. La Casta doit avoir dans les dix-sept ans, la Belle deux de moins. Elles suivent les Taradel de métairie en métairie, depuis la fin de la guerre.

Maman et Suzie, la sœur aînée de Pierrot, marchent à cent pas devant. Maman tient sa lanterne éteinte à la main. Un bout de son écharpe flotte dans le vent. Suzie a baissé le capuchon de sa pèlerine, qu'elle serre frileusement sur son cou.

Le chien Jim va et vient autour d'elles, tache claire, sautillante que la lumière de la lune tour à tour dessine et efface.

À l'appel de Pierrot, les vaches dégagent la charrette d'une secousse, arrachant à l'essieu un cri rouillé. La roue dérape sur la pierre en crissant, puis retombe sur le sol mou, de l'autre côté. On est passé ! Les sabots ferrés des bêtes sonnent deux ou trois fois contre la roche, le chargement craque et la charrette repart sur la route molle, creusée d'ornières et barrée de cassis.

Pierrot marche quelques pas devant l'attelage, son aiguillon à plat sur l'épaule, comme un homme. « Allez, Casta, Belle ! » Il se sent bien avec les animaux, les vaches, les chiens, qui ont leur façon à eux d'être heureux et qu'il essaie de partager.

La charrette s'engage sur une pente douce, bordée de prairies et de terres labourées. La clarté de la lune dévoile la charge entassée entre les ridelles et amarrée par deux cordes dans le sens de la longueur : le mobilier d'un petit ménage, la literie, la batterie de cuisine, des panières d'osier et des sacs de jute… Les Taradel changent à nouveau de métairie.

Combien de fois sont-ils partis s'établir dans une nouvelle propriété, en espérant que ce serait, enfin, la bonne ?

— Tu verras, disait papa, on va rester jusqu'à la fin de ton école ou peut-être plus !

Maman souriait en regardant le ciel ou le plafond, l'horizon, la cime des arbres. Elle ne répondait rien. Maintenant, papa se tait et maman dit :

— Les métayers, on est comme les bohémiens, à toujours aller, à même pas pouvoir planter un rosier pour le voir fleurir l'an d'après !

La nouvelle métairie n'est jamais la bonne. Tous les ans à Notre-Dame ou à la Saint-Michel, il faut prendre ses sabots et sa misère et les porter plus loin ! On attelle la Casta et la Belle à la charrette bleue, on rassemble le pauvre mobilier que trop de voyages ont griffé, entaillé, déglingué. Et, comme maman a honte de montrer son ménage sens dessus dessous, on profite du clair de lune pour emporter incognito le gros du chargement. Les voisins rient bien, derrière leurs volets clos, en entendant les essieux grincer et les chiens japper au passage. Les aboiements saluent la charrette tout le long du chemin. Par-ci, par-là, une lumière s'allume aux fenêtres, puis s'éteint aussi vite.

Une charrette dans la nuit, au tournant de l'automne, il n'y a guère de quoi surprendre même les paysans les plus méfiants, puisque c'est la saison où les métayers sont foutus à la porte par les propriétaires, à la fin du bail de l'année. Et plus d'un déménage ainsi, après la tombée du jour, ou avant l'aube.

Quoï la luno qué rayo, qué rayo, qué rayo !

Pierrot sursaute. Encore un cri de chouette à proximité. Un drôle de cri, franc et lourd, doublé par l'écho. Et si c'était quelqu'un ? Pierrot n'est qu'à moitié rassuré. Il frissonne un peu sous sa veste mal fermée. Il aimerait se rapprocher de sa mère et de sa sœur, toujours loin devant. Il tape le joug avec la pointe de son aiguillon, appelle les vaches. La Casta est encore solide, certes, mais bien lente. Impossible de la presser davantage, d'autant qu'on a encore un bout de chemin avant

Saint-Pierre d'Agnac. Pierrot se demande même si le moment n'est pas venu de faire une pause d'un quart d'heure.

Les vaches relèvent le mufle de temps en temps et retroussent les lèvres. Pierrot fait mine de courir, les bêtes gardent leur rythme. Il s'arrête, écoute la rumeur de la nuit, ici ou là un galop furtif, un crissement de feuilles sèches, le sifflement du vent, un aboi lointain… La charrette gémit, l'essieu grince, un meuble frotte contre les ridelles. Les poêlons font un bruit de fer-blanc.

Pierrot sent tout à coup la tristesse tomber sur son cœur, si lourde qu'elle est presque une douleur. Dans quelques jours, ce sera la rentrée des classes. Il va découvrir une nouvelle école, de nouveaux camarades, de nouveaux livres. Il n'aura pas son certificat. Les enfants des métayers changent trop souvent d'école et de maître, et c'est rare qu'ils puissent passer leur certificat, comme Suzie qui l'a eu l'an dernier.

Il soupire, revient une fois de plus en arrière, appelle les vaches qui se sont laissé distancer. L'une après l'autre, elles s'arrêtent et se campent sur leurs quatre pattes pour lâcher un flot de pisse chaude et qui sent bon. Plus loin, elles bousent en marchant, sans se gêner.

Pierrot voudrait bien que Suzie revienne lui tenir compagnie un moment, le chemin serait moins long. Elle pourrait se moquer de lui, si ça lui chante, pourvu qu'elle soit là. Il sait bien qu'il est niguedouille, il n'en fait pas une histoire.

Soudain, au bout de la route, en plein milieu du clair de lune, Suzie envoie un signe à maman, puis se retourne et revient en arrière à grands pas. Une petite musique de bonheur chante dans le cœur de Pierrot. Il lui en faut si peu pour être heureux.

Suzie trotte sur la pointe des pieds. Maman lui a dit : « Va voir Pierrot, je trouve qu'il traîne avec les bêtes. Je me demande ce qu'il a pu inventer ! » Suzie est grande pour treize ans, menue mais forte. Le clair de lune fait briller les courtes boucles qui frisottent sous le bord de sa capuche. Elle se tient un peu penchée et, par compensation, lève la tête, comme si elle guettait le ciel. Elle a le front large, de grands yeux sombres, le nez retroussé, le menton pointu. Ses mains fines, toujours en mouvement, semblent épargnées par les durs travaux.

Pierrot rêvasse, bien sûr, il bâille à la lune, il écoute chanter les crapauds et il oublie ses vaches. Comme elles sont vieilles, elles vont leur train, talin-talan, et fainéantent tout leur soûl. Mais papa a voulu qu'il les mène.

Pierrot court à sa rencontre en gesticulant, et les bêtes en profitent pour s'arrêter encore. Suzie le menace du doigt.

— Regarde tes vaches, andouille !

Il regarde les vaches en se balançant sur ses courtes jambes.

— Qu'est-ce qu'elles ont ?

Il considère sa sœur avec un sourire innocent, relève son béret pour scruter l'attelage.

— Les vaches, elles ont rien.

— Alors, c'est toi qui sais pas les mener !

— Si, je sais. Mieux que toi !

Il revient en arrière pour prouver qu'il sait, donne un grand coup d'aiguillon sur le joug et lâche un cri énorme, dans le silence de la nuit.

— Casta-Belle !

Bon, c'est reparti. Pierrot s'applique maintenant à conduire l'attelage régulièrement. C'est vrai qu'il ne fait pas toujours attention, qu'il pense souvent à mille choses. Sur le chemin de l'école, il ne peut s'empêcher de lanterner.

Il rit tout seul en se souvenant des nombreuses fois où il est arrivé en retard et de la honte qu'il a eue. Mais à présent il est un grand garçon qui va entrer au cours moyen deuxième année, il n'arrivera plus en retard à sa nouvelle école.

Suzie tape du pied, et la semelle de sa sandalette fait un bruit de cuir sur la pierre.

— Je me demande à quelle heure on sera à la nouvelle métairie, *de* cette allure !

Tout à coup, elle se sent lasse. Elle n'a plus envie de se disputer avec son petit frère. Elle en a assez d'être fille de métayer et de suivre la charrette au clair de lune pour déménager, chaque année ! Elle enfonce les mains dans les poches de sa pèlerine, puis les bras, jusqu'aux coudes, pour ramener les pans sur ses cuisses.

— Le sang me caille !

Pierrot hausse les épaules.

— Les filles ont toujours froid.

Suzie fait mine de sortir la main droite de sa poche.

— Clos ton bec, tu sais rien des filles. Si je t'entends encore dire une bêtise, tu auras ma main sur la binette !

Pierrot hausse les épaules, il sait ce qu'il sait, mais il s'en fiche d'avoir le dessus dans la discussion. Alors, il se tait, heureux d'être avec sa grande sœur chérie, de conduire la charrette au clair de lune, par cette belle nuit d'automne.

Suzie avance toute baissée, comme pour marcher contre un grand vent, ce qui ne l'empêche pas d'aller vite, si vite que Pierrot doit courir pour la suivre. Elle parle à voix basse, on dirait qu'elle cause toute seule.

— L'année prochaine, dit-elle, ces vaches seront trop vieilles pour nous déménager. Il faudra en trouver une autre paire ou louer quelqu'un pour le charroi.

Pierrot ouvre la bouche, cherche son souffle.

— Peut-être que l'an prochain, on déménagera pas.

— Compte là-dessus !

L'an prochain, Pierrot n'y avait pas pensé. C'est si long, une année entière à passer.

— Peut-être que le moussu nous foutra pas dehors, dit-il avec espoir.

Sous le capuchon qui lui mange la figure, Suzie fait entendre un grondement de colère. Le monsieur ! Peut-être qu'il nous foutra pas dehors ! Le bon Dieu y veillera ! Toute son enfance, si loin qu'elle se souvienne, elle a entendu ces mots affreux dans la bouche de papa, chaque année, au printemps. « On va être foutus dehors ! » Maman ne dit jamais les mots, elle se signe et soupire. Et au début de l'été, entre la fenaison et la moisson, papa annonce : « Ça y est, on est foutus à la porte ! » Est-on restés, une seule fois, plus d'un an dans une métairie ?

C'est la même chose pour tous les métayers, sauf ceux des châteaux. Les châtelains sont des gens sensés, eux. Quand ils ont un bon métayer, ils sont trop contents de le garder.

Machinalement, Suzie serre le bras de Pierrot, de toutes ses forces. Elle presse encore le pas. Il court à son côté, la bouche ouverte.

— Suzie, pourquoi ils nous foutent toujours dehors, les *moussus* ?

— On dit *les messieurs.*

— Oui, Suzie, les messieurs. Pourquoi ?

Suzie s'est souvent posé la question. Papa est un peu soupe au lait, il ne se laisse pas manger la laine sur le dos. Et puis un métayer qui a une paire de vaches à lui, ça crée des embrouilles avec le proprio. Mais les métayers les plus arrangeants, les bonnes pâtes qui disent toujours amen et merci, et qui n'ont pas de vaches à eux, ne sont pourtant pas mieux lotis : ils prennent souvent leurs cliques et leurs claques et s'en vont voir ailleurs si le propriétaire est plus gentil ! Il y a bien, sans doute, des exceptions, des bons propriétaires. On en parle, on cite des cas, trop rares.

Pierrot balance méchamment l'aiguillon.

— Les messieurs, c'est les riches, hein, Suzie ?

Oui, les riches, les richards. Papa jure que la guerre, tous ces morts et ces gueules cassées, c'est leur faute. Il leur en veut beaucoup. Maman, au contraire, les aime bien, parce qu'elle est fille de propriétaire. Pierrot insiste.

— C'est les riches, dis, Suzie ? C'est les riches ?

Quelle croix d'avoir un jeune frère bête à manger de la paille et jaseur comme une pie dénichée ! Elle rejette son capuchon, souffle vers le ciel l'air qui lui brûle la poitrine.

Elle se retourne. Les vaches, la charrette... On les a encore oubliées, elles sont loin derrière. Casta ! Belle ! Ces mauvaises gayes font la pause en ruminant, et des nuages de vapeur leur sortent des naseaux.

Suzie lance un coup de poing dans l'épaule de Pierrot.

— Tu t'occupes de ta charrette, oui ou fève ?

Il trébuche et se rattrape à la pèlerine de Suzie.

— Oh, j'y pensais plus.

Il revient en arrière pour encourager les vaches, il leur tapote le mufle d'un geste d'amitié, elles en profitent pour s'arrêter encore, les garces !

Il pique la Belle avec son aiguillon. La vache tire sur le joug, trotte quelques pas et ébranle la charrette. Le bois des meubles craque un peu, le chargement force sur les cordes. La Casta lâche une bouse qui tombe sur la route avec un bruit mouillé.

La lune passe derrière un gros nuage bleu. Une ombre immense drape la campagne jusqu'à la cime des arbres, donnant une impression de froid et de solitude. Le vent se lève et siffle dans les feuillages. Un murmure assourdi s'élève, loin en avant, vers les bois dont la fourrure sombre moutonne contre l'horizon.

Un cri perce la nuit noire. Le cri presque humain, farceur et méchant de la chouette hulotte !

2

Marie, la tête haute

Marie Taradel n'a plus la patience d'attendre cette charrette qui ripe et grince au clair de lune. Elle a pris beaucoup d'avance sur ses enfants. Bah, ils connaissent le chemin de Saint-Pierre, qui n'est pas difficile, et ils peuvent se débrouiller sans elle. Tant pis s'ils se disputent un peu, comme d'habitude. Son Pierrot et sa Suzie, c'est chien et chat.

Assez grande, plutôt mince, mais pas menue de corps, elle a une façon de marcher bien à elle : vive, très droite, on dirait que ses pieds ne touchent pas la terre. De loin, sous la lune, elle doit avoir l'air d'une apparition, dans son long manteau.

Elle marche, tête haute, elle glisse légèrement sur la route blanchie par la lune. Ses espadrilles à semelle de corde effleurent les cailloux, évitent les nids-de-poule et les bouses de vaches, ses pieds semblent mus par un instinct à eux. Sa lanterne se balance au bout de sa main gauche. Elle a résisté à la tentation de l'allumer pour la traversée des bois. Autant de pétrole économisé. C'est un modèle dit « tempête », contre la pluie et le vent. Elle y tient comme à la prunelle de ses yeux. Pas question de la laisser aux enfants. La musette d'homme, passée à son épaule, lui bat les côtes. Elle fredonne *Ramona,* la nouvelle rengaine des marchands de chansons.

Ramona, j'ai fait un rêve merveilleux...

Elle est maintenant sortie du bois qui bordait la route, des deux côtés, sur un bon kilomètre. Elle se tait un moment, soupire, ajuste son écharpe. Elle n'a pas peur la nuit, encore moins au clair de lune. Elle n'a pas peur des hommes, mais on ne sait jamais ce qu'ils ont en tête. Elle n'est pas si vieille, encore dans la trentaine, sur la mauvaise pente, mais n'importe. Elle plaît toujours, elle le sait, même à des jeunes, elle en rit, elle en pleure, elle en tremble, c'est la vie. Et si elle avait un peu d'argent pour se mettre de temps en temps sur son tralala !

Dans la nuit finissante, le clair de lune agrandit les prairies jusqu'au ciel. Marie en a le cœur chaviré. Elle s'arrête, regarde les étoiles, pâles, entre les nuages qui défilent. Elle partage avec la nature et la nuit un parfum de bonheur. Elle se sent seule, mais heureuse de l'être.

Elle appelle son chien : Jim ! Jim ! Jim ! Un nom américain, ce n'est pas parce qu'on est métayers qu'on ignore tout du monde ! Mais cet imbécile doit poursuivre quelque lapin au fond du bois, ou il est parti rejoindre les enfants.

Elle s'engage dans la pente douce menant à la vallée du Dropt, où s'étire la commune de Saint-Pierre-d'Agnac, Lot-et-Garonne. C'est vrai que la lourde charrette traînée par la Casta et la Belle en réveille plus d'un au long de la nuit. Douze kilomètres de La Chapelle-au-Bois, à Saint-Pierre-d'Agnac, au moins cinq heures de route, plutôt six en comptant le repos des vieilles vaches et les facéties de Pierrot.

Mais l'aube approche, la lune descend sur l'horizon, les étoiles s'effacent, le silence tombe, comme si la nature retenait son souffle. Au prochain tournant, un fin brouillard s'élève à mi-hauteur des peupliers qui bordent la route. Sous cet amas de coton, la vallée paraît plus profonde et toute pleine d'étangs magiques et de maisons de rêve.

Marie sort sa montre de la poche de son manteau, tourne le cadran vers la lune pour mieux lire les chiffres romains. La petite aiguille, luisante d'or, descend vers les quatre barres.

Elle presse le pas, dévale la pente, à travers le brouillard qui lui mouille les lèvres et les cils. Elle chante à pleine voix :

J'allais cueillir des fleurs dans la vallée,
Insouciante comme un papillon bleu,
À l'âge où l'âme à peine révélée,
Se cherche encore et ne sait rien de Dieu !

Suzie s'assoit sur une borne pour attendre Pierrot et l'attelage, toujours loin derrière. Elle prend sa tête dans ses mains, par-dessus le capuchon, ferme les yeux un instant.

« Dis, Suzie, ma belle, tu te vois, à l'âge de maman, courir derrière la charrette, au clair de lune ? Jure que tu épouseras jamais un métayer ! »

« Épouser un métayer ? Ha, ha, tu m'as pas regardée ! »

« Jure quand même. »

« Pas besoin de jurer, ça m'arrivera jamais ! »

Pierrot mène seul, de nouveau, la Casta et la Belle. Il décide de laisser les vaches faire une pause. La Casta n'en peut plus.

« Ho… ho ! » La charrette s'immobilise au sommet d'une longue côte. Pierrot en profite pour serrer le frein.

Les étoiles ont pâli, le ciel s'éclaircit à l'horizon. Des flaques luisent le long de la route. « Casta ! Belle ! » La charrette descend vers la vallée. Le brouillard remplit les espaces entre les arbres. On a vite les yeux et la bouche mouillés. Pierrot se retourne, marche à reculons, l'aiguillon sur l'épaule. Un demi-cercle bleu vif se dessine au levant.

La fatigue lui raidit les jambes. Les vaches retiennent la charrette, elles vont très doucement. La chouette crie encore, loin derrière, et son appel sonne comme un adieu, dans le jour naissant. La Belle pousse un beuglement geignard. La Casta s'arrête et s'arc-boute pour lâcher une longue pissée jaune.

Brave Casta ! Pierrot vient lui caresser le garrot en signe de complicité. Il sait d'expérience combien une grosse pissée peut soulager le ventre, jusqu'à l'âme.

— On a bien mené la charrette, tous les deux, dis, la vieille ? Ça va mieux, maintenant ?

Il est content d'arriver. Il bâille, baisse son béret sur son front glacé. Les deux vaches descendent la côte avec précaution, les pieds écartés, retenant et tirant tour à tour, sans à-coups. Pierrot se tient à côté de la Belle, un peu en arrière. Une immense fierté le gagne. Il se sent un homme.

Avec son Pierrot, papa peut être tranquille. Casta… Belle ! Il parle tout doucement aux vaches. Elles aiment sa voix, elles ont confiance en lui comme il a confiance en elles. Il retourne en arrière pour surveiller le chargement et décroche la musette suspendue à une ridelle, en sort une fiole de piquette, boit quelques goulées. Il remet la bouteille à sa place, renifle au passage la *frotte* à l'ail enveloppée dans un papier de soie et caresse du bout des doigts la pomme rouge qui feront ensemble son déjeuner.

Il jette un coup d'œil derrière lui. Au levant, l'horizon commence à prendre une teinte jaune sale, la couleur du premier lait, qu'on trait dès que la vache a vêlé. Il se prend à regretter la nuit qui s'en va. La nuit, il est le chevalier de la charrette bleue, l'invincible maître des bœufs. À la première lueur du jour, il redevient un petit garçon pas très malin, un peu balourd, les jambes courtes et une dent de travers !

Tant pis, tant pis. Allez, Casta, Belle !

La descente se fait plus raide. Les vaches s'enfoncent dans le brouillard, où leurs sabots disparaissent. Puis la nappe s'éclaircit et les contours de la route se dessinent de nouveau, ainsi que les aspérités du sol.

Marie va de son pas de fée dans l'aube blanche. Elle approche, elle se hâte. Elle a ouvert son manteau pour cacher sa lanterne. Elle ne veut pas que les gens devinent qu'elle a marché toute la nuit. Elle a traversé les bois, longé les prés, elle arrive à proximité des maisons. Ici et là, des lumières s'allument, aux fenêtres des maisons ou aux lucarnes des granges, et clignotent dans le brouillard. Elle passe entre les bâtisses d'un hameau, serrées de chaque côté de la route. Une maison de maître, en retrait, domine d'un étage une métairie où les gens s'activent déjà. Une chaude exhalaison de raisin pressé jaillit d'un chai. Plus loin, le relent âcre d'un tas de fumier qui déborde sur la route. Puis l'odeur du bois fraîchement raboté flottant à la fenêtre d'un atelier. Marie aime les senteurs de la ferme, bonnes ou mauvaises, exaltées par la fraîcheur du matin.

Un coq chante, un autre lui répond. Les chiens aboient. Un cheval hennit. Une vache meugle pour appeler son veau. Un méchant roquet se jette au-devant de Marie en aboyant, la babine troussée sur ses chicots. Mais elle se moque des chiens. Elle en a maté, d'un mot et d'un coup d'œil, de bien plus redoutables que ce corniaud efflanqué et mal fichu.

Sans marquer ni presser le pas, elle crie les mots magiques : *hou su !* Et elle foudroie l'animal d'un regard. Il se raidit, elle est passée. Une charrette, portant deux cuveaux, sort d'une cour et prend le chemin des vignes, à flanc de coteau.

Marie est sûre que les choses vont s'arranger, en 1929, ou l'an d'après. Les Taradel seront propriétaires, ils auront des terres à eux et une maison pour la vie. Cinq ou six hectares de terres, mais bonnes, douces et bien rassemblées, avec un quart d'hectare de jardin et une grande mare pour les canards.

Comme habitation, ils n'auront au début qu'une demi-maison, mais trois pièces quand même. Et, bien sûr, il faudra payer une petite rente en nature et si peu d'argent, moins qu'un métayage, et plus tard, tout sera à eux. C'est un projet qu'elle caresse et ménage depuis longtemps : arrenter sa marraine, la Dieu-merci.

Andréa Chadirac, surnommée la Dieu-merci, est sa tante et sa marraine, et aussi la marraine de Suzie depuis la mort de mémé Taradel. Le plus difficile sera de convaincre Victor, mais elle y arrivera : avec du temps et de la paille, les nèfles mûrissent... Quant aux trois mille francs que la Dieu-merci réclame à la signature du contrat, elle s'en chargera. Elle a encore plus d'un tour dans son sac !

Marie descend d'un pas vif. Le brouillard se lève, le Maine de Saint-Pierre apparaît au bas de la pente, sous la lumière du matin. La métairie du petit Maine, c'est une quinzaine d'hectares de terres dures et de prés secs, éparpillés aux quatre coins d'un plateau, hachuré par cent fossés et cinquante haies. Il y a aussi, quelque part, un demi-hectare de vigne, trois bordures de bois et un champ de bruyère pour la litière du bétail.

Le hameau, qui rassemble trois fermes et une maison de maître, n'est, vu d'en haut, qu'une potée de bâtisses, habitations et dépendances tout enchevêtrées. En approchant, on distingue quinze ou vingt pans de toits inégaux, mal ajustés. Une grosse construction carrée, chapeautée d'un pigeonnier à girouette, se dresse au-dessus et au milieu de cet empilement. Les lucarnes de ses greniers veillent, comme des yeux ronds et méchants, sur les granges, étables, chais, hangars ou séchoirs, qui se collent et s'emboîtent dans tous les sens. Impossible de démêler à distance ce qui appartient à la ferme du propriétaire, M. Comiac, ou à l'une ou l'autre des métairies, sauf, bien sûr, la grande maison.

Marie reconnaît pourtant le Petit Maine à ses volets bleus, juste repeints, à sa cheminée de guingois, consolidée par une ou deux barres de fer, et au joli noyer rond dans le pré devant la maison.

Les vaches sont déjà aux champs, derrière les barbelés. Un taurillon s'approche des fils de fer, tend le mufle, puis s'éloigne en quelques bonds, la croupe levée.

Voilà Marie chez elle... chez elle, pour une petite année. Elle s'en veut d'avoir le cœur battant et la gorge serrée.

Elle lève la tête et aperçoit la fumée qui sort de la cheminée. Elle comptait allumer le feu en arrivant... Un chien vient japper, un bourru gris et noir. Elle avance vers la porte sans s'occuper de lui. Un jeune homme sort, chasse le chien avec un juron. Maigre, mais bien bâti, musclé, le teint brun, les cheveux noirs et le visage osseux, il a le type du Midi. Il lève sa casquette pour saluer Marie.

— Madame, vous êtes la métayère Maria ? J'étais Fausto, le nouveau valet de monsieur Comiac. J'avais gardé la maison et occupé les vaches en attendant vous arrivez.

Il prononce « j'été », « vous été », « dé monsié ».

— Je suis Marie Taradel, dit Marie.

Elle est un peu intimidée par ce grand beau garçon, à l'air intelligent, malgré son accent. Sur le coup, elle lui a donné vingt ans à peine. Il doit avoir entre vingt-trois et vingt-cinq ans. Il est vêtu d'une veste de toile, d'une chemise sans col, d'un pantalon usé et rapiécé.

Les manches et les jambes sont trop courtes pour ses longs membres et découvrent ses poignets osseux et ses chevilles griffées par les ronces ou la litière des vaches. La paille de ses sabots est propre, ses pieds sont lavés du matin et — Marie en jurerait — il vient de se passer la figure sous l'eau. Il ne sent pas le fumier ni la vinasse.

Elle lui rend son sourire. « Vous êtes italien ? » Il répond d'un hochement de tête, puis d'un geste large l'invite à entrer dans la cuisine sombre et enfumée.

— Venez se chauffer, madame Maria. J'ai fait le grand feu pour vous ! Vous, c'est Marie. Je dis Maria, vous excusez ?

Marie s'arrête un instant sur le seuil pavé. Des raisins blancs, rongés par les guêpes, pendent à la treille, au dessus de l'entrée. Le sulfate de cuivre a bleui l'imposte au verre cassé. Un banc de bois et une table à lessive bancale occupent la bonne moitié du pas de porte. Un petit muret, sur lequel s'alignent quatre pots de géraniums, protège la maison des écoulements venus du fumier et de la basse-cour. Un parterre de capucines sépare le devant du logis du jardin potager, livré aux herbes folles.

Marie suit Fausto dans la cuisine. Elle suffoque une seconde, tant la fumée est épaisse. Elle se retient de tousser, les larmes lui montent aux yeux. Puis un courant d'air ravive la flamme, et la fumée s'échappe par la porte que Fausto a entrouverte. Marie se sent tout à coup glacée jusqu'aux os, ses jambes ne la portent plus. Elle cherche un meuble pour s'appuyer, mais la pièce est vide, à part une espèce de coffre devant l'âtre.

« Tu ne vas pas tourner de l'œil, comme une idiote ! C'est seulement la chaleur du feu... » Elle lâche sa lanterne, Fausto la rattrape vivement, avant qu'elle se renverse.

— Oh, merci ! dit Marie.

— J'étais triste pour la fumée. J'avais pas su bien.

Elle s'affale sur le banc, ferme les yeux. La fumée continue de piquer sous ses paupières. Les maisons de métayers sont souvent bâties dans un creux, pas assez hautes, le foyer est au ras du sol, le conduit de la cheminée trop étroit…

Le feu gronde à un mètre de ses jambes, Fausto la frôle en lâchant une brassée de bois devant l'âtre. Marie ouvre les yeux. Ça va mieux. La flamme frissonne et claque comme un drapeau dans le vent. Elle dévore les écorces qui se fendent, elle lèche le mur où des traînées d'étincelles courent sur la suie. La fumée vaporeuse, presque invisible, monte droit dans le conduit. Fausto se retourne en souriant.

— Ça valait mieux, madame *Maria* ?

Il l'a dit exprès, sur un ton de complicité. Elle revit.

— Oui, *Fausto*, ça va bien.

Elle écarte les pans de son manteau. La brûlure du feu l'atteint jusqu'au fond du corps. Elle se sent dénudée. Un bien-être l'envahit, comme elle ne se souvient pas d'en avoir connu depuis sa jeunesse.

— C'est bon, dit-elle.

Elle inspecte la pièce, avec un soupir de résignation. C'est une cuisine de métairie, tout en longueur, comme serrée entre l'étable et une autre dépendance. Une seule fenêtre l'éclaire, entre l'évier et le foyer. Elle a presque la forme d'une tête de marteau, la tête du côté de l'entrée, et une partie rétrécie au fond, l'escalier du grenier séparant une sorte d'alcôve, guère plus large qu'un lit à deux places, et un couloir en boiserie, dont la porte ouverte évacue les odeurs de l'étable.

Elle sait déjà que l'escalier dessert une petite chambre, bâtie dans un coin de grenier, qui sera celle de Suzie, et un petit cagibi au-dessus de l'étable, où logera Pierrot.

C'est assez d'espace pour vivre à trois, en attendant d'avoir la maison de la Dieu-merci.

— C'est bon, madame Maria ? répète Fausto en riant. Je chauffe le café, si vous avez envie ?

Marie laisse tomber les épaules, tandis que la chaleur des flammes lui monte dans le ventre.

— Oui, j'ai envie, dit-elle.

— Pierrot, le frein, le frein !

Suzie s'arrête, hors d'haleine, tête penchée, serrant du poing son côté droit. Pierrot s'esclaffe.

— Qu'est-ce que tu lui veux, au frein ?

— Maman m'avait dit de penser au frein. Puis j'ai oublié. Vite, on va le mettre.

Pierrot frappe le sol avec le manche de l'aiguillon.

— *Séi caduc !* Tu es folle. Tu crois pas que j'aurais descendu toute la côte sans le frein ! Je sais mener. Maintenant, je vais le desserrer en bas.

Il voit bien que Suzie rage. Elle lui décoche une grimace et un signe de dépit, le pouce sous le menton.

— Fais pas ton malin, Lustucru !

— Qui mange les navets crus !

Il s'en fiche. Il a mis le frein et conduit la charrette sans aller dans le fossé, ni casser une corde ou perdre un fer. On va être bientôt à la nouvelle métairie, juste au jour, comme maman le voulait. Le bonheur coule à flots dans son cœur, des larmes de fierté lui montent aux yeux.

Suzie lui crie de se dépêcher et repart devant.

— Je suis pressée, maman m'attend à la métairie.

— Dis-lui qu'on arrive, mais que la Casta est fatiguée.

Elle a un geste d'insouciance. « Toi, avec ta Casta ! »

La lune a disparu. Pierrot guette le soleil. Comme il tourne carrément le dos au levant, il est obligé de se retourner tout le temps. Une lèvre orangée se dessine peu à peu sur l'horizon, à travers le brouillard qui blanchit. On dirait qu'une bouche se prépare à manger le monde. Un coq chante au loin. Les oiseaux s'éveillent dans les branches. Un point brillant s'allume au-dessus des coteaux, un éclair jaillit, l'air s'illumine d'un coup.

Le monde est beau comme une église à Rameaux. Pierrot fait des entrechats au milieu de la route, il ne sent plus la fatigue. Il a envie de répondre par un cri de victoire aux chants des coqs. Il court à l'attelage, pour partager sa joie avec les vaches. Il embrasse le mufle de la Casta et le front de la Belle.

— Jim ? Te voilà, sale bête !

Sorti d'on ne sait où, tout frétillant, le chien vient se frotter à la jambe de Suzie. Il porte sur lui un relent âcre, un peu écœurant. Il a dû trouver une charogne à moitié sèche, au fond des bois, et se rouler dessus pour s'imprégner de l'odeur. C'est son grand plaisir : il est plus gourmand de senteur que de manger. C'est un corniaud à poil ras, jaunâtre, avec des taches plus claires, tirant sur le blanc, la queue courte et les oreilles cassées. Il tient toujours le museau levé, comme s'il essayait de regarder les gens dans les yeux pour savoir ce qu'ils pensent.

— Passe devant ! dit Suzie en se bouchant le nez.

Jim court dix mètres le long de la route, puis tourne la tête et repart en musardant. Suzie le rappelle.

— Tant pis si tu pues, reste avec moi !

Ses grands-parents maternels lui ont offert le chiot quand elle avait six ans, pour ne pas le jeter à la mare. C'est le premier et le dernier cadeau qu'ils lui aient fait. Ils en veulent à maman d'avoir épousé un métayer. Elle complète sa pensée tout haut, pour Jim. Il faut toujours lui parler, à çui-là, pour pas qu'il s'en aille courir au diable !

— On compte pour du beurre, Pierrot et moi, parce

qu'on est des enfants de métayers. Ils se fichent de nous comme de colin-tampon, Jim. Mais on leur chie dans l'œil ! Nous deux, mon Jim, on se tirera toujours d'affaire. Plus tard, je t'emmènerai en ville et on sera heureux !

Avant Jim, il y a eu Valet, qui mordait les vaches à la queue. il leur arrachait les poils, écourtait et gâtait ainsi un membre indispensable aux animaux pour chasser les mouches. Impossible de lui ôter ce vice, rédhibitoire pour un chien de berger. Papa adorait pourtant son corniaud et refusait de le tuer, malgré les mises en demeure de maman. Il disait :

— Je vais le *mener perdre*. Quelqu'un le trouvera à son goût.

Valet partait derrière son maître et tous les deux disparaissaient un jour entier. Papa rentrait seul et regardait maman d'un air à la fois rancunier et triomphant.

— Cette fois, j'ai réussi. Tu ne reverras plus Valet !

Et le lendemain, sans faute, Valet attendait à la porte, l'oreille basse et l'œil malin. Papa feignait une grande colère.

— Mais ne recommence pas, *moun Baïlet*, je veille au grain !

Ce jeu a dû se répéter dix fois ou quinze ou vingt, chacun tenant son rôle avec fidélité jusqu'à ce que le chien se couche sur la paille pour mourir de sa belle mort.

Suzie aime son père plus que n'importe qui au monde. Elle l'aime parce qu'il est son père, parce qu'il est généreux, courageux, drôle et tendre. Quand elle devra le quitter pour aller en ville, ça sera terrible pour tous les deux.

La brume fond, la lumière du jour prend possession du paysage, qui se révèle, frais, vert, à peine taché d'or à la cime des arbres. C'est le moment le plus froid du jour. Mille bruits montent dans l'air figé. Voici un pas d'homme !

— Mademoiselle Suzie ? Je suis Fausto, le domestique du Maine, à M. Comiac.

Le jeune homme a surgi dans le soleil du matin comme la sainte Vierge apparaît aux bergers. On dirait qu'il est tombé du ciel… Et il a même un air de madone, en mâle. Cet accent italien à fêler un œuf ! De plus, il est fringué pis qu'un cherche-pain, rien que des vêtements trop courts, les bords effrangés, les boutonnières craquées, la veste attachée avec une épingle…

— C'est votre maman qui m'a demandé d'aller à le devant de la charrette !

On croirait qu'il force son accent pour jouer ou se moquer. Suzie lève la tête. Jésus, qu'il est beau ! La tête brune et les yeux clairs, les cheveux bouclés, le menton et les pommettes durs, mais la bouche et le regard pleins de douceur, le nez très droit, taillé juste, et les traits d'une finesse toute féminine. Il ressemble à un acteur de cinéma qu'elle a vu en photo dans un almanach, elle a oublié son nom, elle n'a jamais été au cinéma.

Fausto la regarde en souriant. Elle s'aperçoit qu'elle n'a pas dit un mot. Elle sent le feu lui monter aux joues.

3

Victor veille au grain

Victor Taradel a commencé d'apprendre, vers douze ans, le métier de charpentier-couvreur avec son père, qui le pratiquait la moitié de l'année et se louait comme ouvrier agricole des foins aux vendanges. Il avait bon pied, bon œil, il ne cassait pour ainsi dire jamais une tuile ou une ardoise. Mais il était d'une imprudence qui faisait jurer et sacrer le père à sa façon : « Acré petit bougre ! »

Là-haut, sur les toits, il découvrait un monde plus beau, plus vaste et plus vivant. Il ne pouvait s'empêcher de regarder en l'air, ou par terre, deux ou trois fois chaque minute. On disait : « Ça lui passera ! » Mais ça ne lui passait pas. Un jour, le père l'a retenu par le col au pied de l'échelle.

— Tu montes plus. Je t'ai trouvé une place d'apprenti bouvier au château de Montréal, chez la comtesse de Bernac !

C'était en 1903. Victor avait quatorze ans passés, il en paraissait presque seize. Il commençait à regarder les filles, et une femme de chambre s'est intéressée à lui. Il s'est pris de béguin pour l'aînée du maître valet et s'est fait pincer à la lorgner. Le voilà foutu à la porte. Son destin était tracé.

À l'époque, il avait beaucoup de goût pour les souliers, brodequins, bottes, bottines et autres chaussures de cuir, rares à la campagne. Sa mère, la Jeannette, veillait toujours à bien chausser ses enfants. À onze ans, durant sa dernière année d'école, il avait eu l'idée de transformer une vieille paire de « souliers du dimanche », devenus trop courts, en sandales de tous les jours. Il avait coupé le bout pour mettre ses orteils à l'air et percé le cuir qui restait pour étirer l'empeigne. C'était un travail habile pour un garçon de son âge. Bien entendu, ses camarades qui étaient tous en sabots, en espadrilles ou pieds nus, avaient ri si fort de son invention qu'il y avait renoncé le jour même.

Plus tard, il s'est essayé à fabriquer des sandales en peau de lapin et en jonc tressé, avec tant de persévérance que son père a fini par lui proposer de devenir apprenti cordonnier.

— Et n'oublie pas mon conseil. Pour avoir des chaussures qui durent longtemps, tu n'as qu'à faire l'empeigne en rancune de curé et la semelle en langue de dévote, qui ne s'usent jamais !

Victor a été présenté à un cordonnier du canton, nommé Urbain Graissesac. Le bonhomme passait pour un rouge et les gens ne tenaient guère à lui confier leurs gamins. Il a accepté Victor à l'essai, malgré ses quinze ans sonnés.

On était en 1904. Jaurès venait de fonder un nouveau journal socialiste, *L'Humanité*. Urbain Graissesac l'achetait « de moitié » avec le percepteur, qui partageait ses idées. Le *pipo*, le marchand de tabac qui le faisait venir, leur avait promis d'être discret. Victor a reçu la mission d'aller chercher le journal à des heures irrégulières, pour ne pas attirer l'attention, de le fourrer dans une musette et de le rapporter tantôt à son patron, tantôt au percepteur. Au début, il se rengorgeait, mais personne en ville ne voyait le héros qu'il était, et il en souffrait.

Au bout de quelque temps, l'envie l'a pris de montrer aux gens qu'il pouvait déchiffrer un journal en marchant dans la rue. Il a traversé le bourg tout en long, *L'Humanité* largement déployée, un matin, à l'heure où les boutiquiers et artisans paraissent et se saluent sur le pas de leurs portes. Le percepteur, informé, a engueulé très fort le cordonnier.

— Enfin, camarade, est-ce que tu te rends compte ? Si le trésorier-payeur général apprend que je suis abonné à *L'Humanité*, il va m'envoyer au fin fond de la Corrèze !

Urbain Graissesac a serré sa tête entre ses poings.

— En tout cas, mon apprenti mérite une bonne trempe !

Victor a donc reçu une correction soignée et il a été mis à pied pour trois mois. Ce délai passé, il est rentré l'oreille basse, mais plein de bonne volonté, croyant son purgatoire achevé. La patronne lui a annoncé alors qu'il aiderait la femme de charge, Augustine, tout en apprenant le métier à l'échoppe.

Il s'est montré peu doué pour les tâches ménagères, et la patronne lui reprochait son manque d'ordre et sa gourmandise.

— Tu es *friand* comme une fille !

Un jour, elle l'a surpris avec un morceau de sucre entier dans la bouche. D'habitude, il ne prenait que des demi-morceaux qu'il avalait sans peine en cas de danger. Cette fois, il n'a pas eu le temps d'escamoter le corps du délit. La patronne l'a forcé à cracher, elle a récupéré le morceau de sucre gluant et fondu sur les bords et l'a enveloppé avec soin dans du papier de soie.

— Ça sera pour sucrer la chicorée de l'Augustine, dimanche. Toi, ce soir, au lit sans souper. Demain matin, ton sac !

Il a demandé avec insolence : « Graissé ou pas ? » Il

a reçu une taloche, somme toute bien méritée. Urbain Graissesac a cité Jaurès et confirmé la sentence.

— Le prolétaire, appelé à diriger un jour l'humanité entière, doit être honnête comme le soleil luit et comme l'eau coule !

Et au père Taradel, convoqué pour reprendre son drôle :

— Ton gamin n'a pas le cœur ni la sobriété d'un travailleur. De plus, le sucre n'est pas bon pour le peuple !

Le père a bien ri.

— Tu n'es qu'une vieille bête qui prend son cul pour sa tête !

Après avoir frotté les oreilles de son fils, il l'a conduit chez le forgeron d'un village voisin, Gaumier, dit le père Mamio. Le forgeron a tapé sur l'épaule de Victor et lui a dit *en patois* :

— Tu n'as pas l'air bien fort, mais dans ce métier l'adresse compte plus que la force. Pour commencer, tu parleras français tout le temps, avec moi, avec le commis et les clients. Je ne veux pas t'entendre prononcer un seul mot de patois !

Seulement voilà, lui appelait français le patois et patois le français, et le pauvre Victor ne comprenait plus rien. Sa mère l'avait toujours obligé à parler français. Le maître d'école lui avait interdit le patois. Le résultat, c'est qu'il mélangeait les deux et, la moitié du temps, ne savait pas trop s'il avait dit bonjour ou *adissias*. Il s'affolait, s'emmêlait, le père Mamio lui criait dessus tout le jour :

— Voyez-moi cette tête de lard ! *Asé capéto !*

Tête de lard ou âne bâté, Victor avait déjà entendu ça à l'école. Le forgeron le traitait aussi de clappesauce : qui n'est bon qu'à faire du bruit avec sa langue. Les clients se moquaient et le patron se fâchait.

— Je peux pas garder un apprenti qui cause pas le français !

Le père, appelé une fois de plus, a craché sa chique aux pieds du forgeron.

— Un jour, ton patois de merde, que tu appelles français, plus un couillon ne le parlera dans tout le département !

Fou de colère, le forgeron a poursuivi les Taradel jusqu'à l'autre bout du village en criant des imprécations.

Le père ne renonce pas. Un mois plus tard, voilà de nouveau Victor au chef-lieu de canton, chez le boucher Brassac, dit Rousset. Mais il ne supportait pas la puanteur de la boucherie, jetait son cœur sur le carreau, rendait tripes et boyaux. Après une quinzaine de jours, son père a dû venir le reprendre.

— Tu dois une chandelle au bon Dieu, petit bougre. La comtesse a changé de maître valet, le nouveau n'a jamais entendu parler de tes bêtises. Tu commences au château demain matin… S'il t'arrive encore une histoire, tu iras mendier ton pain sur les chemins !

Victor a été embauché à titre de petit valet, comme on disait au château : garçon de ferme, aide-bouvier, berger à l'occasion. À Montréal, une partie des terres était exploitée par le maître valet et les domestiques, une autre partie était divisée en quatre ou cinq métairies. Le régisseur dit à Victor :

— Toi, le gamin tu vas travailler chez les métayers. Tu iras d'une métairie à l'autre. Si les métayers sont contents de toi, je te prendrai peut-être au château.

Deux métayers, les Languillou et les Malcournet, se disputaient une source. Les vieux Malcournet accusaient les Languillou, plus jeunes, de gaspiller l'eau et de ne pas faire leur part d'entretien. Les Languillou disaient aux Malcournet :

— Vous avez une mare, vous pouvez y faire boire vos vaches et tirer seulement l'eau propre à la source…

Victor travaillait à la fois chez les Languillou et les Malcournet. Il écoutait patiemment le récit de leurs querelles et donnait raison à chacun. Les Languillou le chargeaient d'espionner les Malcournet, et vice versa.

Les Languillou étaient un peu fiers-à-bras, mais actifs et courageux. La comtesse leur avait permis d'augmenter leur cheptel et ça faisait toujours plus de vaches qui buvaient à la source. Les Malcournet s'aigrissaient et la jalousie leur venait.

Les deux métayers se disputaient de plus en plus souvent. Une fois, même, les deux femmes se sont crêpé le chignon jusque dans la boue du déversoir. Comme la Languillouse avait vingt ans de moins que la Malcournette, elle a vite pris le dessus et a rossé sa voisine. Les Malcournet ont juré de se venger, d'une façon ou d'une autre.

La comtesse de Bernac se fatiguait de raccommoder ces deux chicaneurs qui se fâchaient aussitôt qu'elle avait le dos tourné. Elle les menaçait de les mettre dehors tous les deux.

Les Malcournet se doutaient bien qu'ils partiraient les premiers, parce qu'ils étaient les plus vieux et qu'ils donnaient des redevances en nature plus faibles que les autres métayers.

— S'il faut qu'on s'en aille, on s'en ira. Mais ces cochons n'emporteront pas notre source en paradis !

Alors, ils ont décidé d'aller graisser la patte à la Sidonie du Saut-du-Loup pour qu'elle fasse tarir la source. Ils ont rempli d'eau pure un flacon à potion, ont ramassé dans le fond du bassin un peu de vase gluante et deux longs fils d'herbe qu'ils ont enveloppés avec soin dans un linge propre. Puis ils sont partis tous les deux sur leurs sabots de bois.

Affaire faite ! La Sidonie leur a promis que la source ne passerait pas l'été. Pour l'hiver suivant, il faudrait jeter un nouveau sort, ça coûterait encore des sous, mais les Malcournet étaient prêts à se ruiner pour punir leurs voisins.

L'été est venu et la source s'est tarie…

Comment expliquer ça, petite ? Par le sort jeté ?

La Malcournette croyait fort au pouvoir de la sorcière. L'homme était moins convaincu. Il a peut-être aidé un peu le sort. D'autant que certains auraient aperçu, de nuit, plusieurs fois, une silhouette bizarre, comme une espèce de *lébérou*, de loup-garou, du côté de la source… La comtesse a mis les Malcournet à la porte pour la Saint-Michel de la même année.

Les Languillou ont eu les deux métairies et ils se sont débrouillés pour l'eau comme ils ont pu. La source s'est remise à couler à l'automne, puis elle a séché de nouveau au printemps, et ainsi de suite pendant au moins deux ans. Ça s'explique sans mystère. Quand on a obstrué ou détourné une source, elle devient intermittente pour longtemps ou même pour toujours.

La comtesse a fait venir un nommé Marcelon, de Villefranche-du-Périgord, un homme réputé pour lever les sorts. Cela se passait vers 1908.

— Marcelon est arrivé un matin, avec son cheval noir, raconte Victor. J'avais dix-huit ans, je ne l'ai pas oublié ! Un long type aussi maigre que son cheval, et tout aussi noir dans sa redingote qui lui pendait aux genoux, coiffé d'un chapeau noir à boucle d'argent, une épaisse barbe noire qui lui mangeait les trois quarts de la figure… Et il s'est mis à tourner autour du château et dans les environs, sans descendre de sa monture et sans dire un mot. Le cheval marchait à petits pas comptés et il encensait de temps en temps comme pour saluer.

Bientôt, toute la population de la commune se tenait devant les maisons, aux fenêtres, au bord des chemins et même dans les arbres, pour le guetter. Et puis il s'est mis à faire toutes sortes de manœuvres, certains ont pris peur et sont rentrés chez eux ou se sont dispersés au fond des champs.

À des endroits qu'il avait reconnus, Dieu sait comment, Marcelon tournait et retournait. Par moments, son cheval reculait en renâclant. Il se dressait sur sa selle, scrutait les alentours en prenant des repères, et sans jamais mettre le pied par terre. Au milieu de l'après-midi, il est venu devant la grande porte du château, il a fait un signe d'appel. La comtesse a envoyé Victor. Marcelon a commandé une vingtaine de piquets d'un mètre cinquante de haut, gros comme le pouce et à la pointe bien aiguisée. « Et il me faut deux hommes pour les planter. » Lui est resté sur son cheval, on a dit qu'il ne devait pas toucher le sol, sous peine d'abolir la *mascario*, le charme ou quelque chose comme ça.

Il a fait planter les piquets tous les vingt ou trente pas, en délimitant un cercle d'une demi-douzaine d'arpents autour de la source. Il a sorti des bouts de chiffon blancs des fontes de sa selle et il en a attaché un, lui-même, à chaque piquet. Après, il a donné ses instructions au maître valet.

— Tout le monde peut aller et venir comme d'habitude, à condition de n'avoir pas de mauvaises intentions. Il ne faudra jamais toucher aux chiffons blancs, même pour les rattacher aux piquets. Ils devront rester en place jusqu'à ce que la nature les use. Je reviendrai d'ici un an voir si tout va bien.

Le maître valet part en courant et revient avec une bourse.

— Mettez-la dans ma fonte, ici, dit Marcelon. Ah, au fait, le drôle qui m'a aidé, tout à l'heure, comment s'appelle-t-il ? Victor... Je pense qu'il a le mauvais œil pour l'eau, la farine, la vigne, la femelle de la bête et de l'homme, enfin tout ce qui est de genre féminin. Qu'il prenne donc ses cliques et ses claques !

Marcelon est parti avant la tombée de la nuit, au pas tranquille de son cheval. La comtesse a appelé Victor.

— Mon garçon, je ne crois pas un mot de ces sornettes. Mais tous mes gens y croient dur comme fer. Il faut que tu ailles gagner ta vie dans un autre canton, où personne ne te connaîtra. Après ton régiment, je te ferai reprendre ici.

La source de La Faurie ne s'est plus jamais tarie, même au cours des grandes sécheresses. Les Malcournet ont pris peur, ils sont allés vivre chez une de leurs filles, et on ne les a plus revus dans le canton. Victor a traîné ici et là, comme journalier, mais sa réputation le suivait et il trouvait difficilement du travail.

Enfin, il est parti au service, à Sedan, 148e d'infanterie, ce n'était pas la porte à côté. Durant cette période, il s'est prouvé à lui-même qu'il avait plutôt le bon œil pour la femelle de l'homme, et il est rentré tout à fait rassuré.

Peu après son retour, la comtesse l'a fait appeler à Montréal.

— Victor Taradel, tu es maintenant un homme. Bien que jeune, tu es en condition de prendre femme. Pourtant, je ne puis te cacher que les paroles de Marcelon n'ont pas été oubliées par tout le monde, contrairement à ce que j'espérais. Je crains que les pères de famille des environs ne soient pas trop enclins à te donner leur fille. Tu ne devras donc pas faire le difficile…

Victor a hoché la tête avec un soupir.

— Vous voulez que j'épouse votre chambrière boiteuse !

— Certes non, a répondu la comtesse. J'ai trouvé pour toi un bon parti, une occasion rare : une fille de propriétaire, jeune, jolie et saine. Mais elle a commis un très grave péché…

Victor a souri, sûr d'avoir tout compris.

— Elle est tombée sur le dos, madame la Comtesse ?

— Je te promets, mon garçon, qu'il n'y a pas de maternité en vue. Je ne peux pas t'en dire plus. Tu verras la jeune fille et son père, Amédée Chadirat.

M. Chadirat garantit une dot. Et je peux t'offrir la métairie du Sablou en septembre prochain.

Victor se fichait de la métairie : il voulait savoir si la mariée était belle. Il a rencontré Marie, entre son père et le curé, et il l'a trouvée à son goût. Non seulement jolie, mais fine, intelligente, instruite même, puisqu'elle avait son « certificat diocésain », le certificat d'études catholique. Victor a su que la partie serait difficile, mais il a décidé de tenter sa chance.

Il avait surpris, quelques minutes plus tôt, une dispute à mi-voix entre père et fille. Chadirat parlait patois, sur un ton menaçant : « Et ne fais pas ta tête de cochon, petite. C'est ce bougre-là ou le couvent ! » Sa fille a répondu en français : « Tu serais bien embêté, papa, si je choisissais le couvent ! Tu aurais honte d'avoir trompé le bon Dieu sur la marchandise ! » Et Victor de penser que cette diablesse de Marie n'avait pas froid aux yeux et, en prime, la langue bien pendue !

La scène se passait à la cure, dans une pièce sans feu, meublée d'un crucifix et de deux chaises. On était au beau milieu de l'hiver 1913-1914 et il faisait très froid. Peu vêtue, Marie frissonnait de la tête aux pieds, elle avait les narines pincées et les lèvres violacées. Victor s'est précipité, l'a retenue avant qu'elle ne tombe et l'a aidée à s'asseoir. Il a ôté sa veste et l'a posée sur les épaules de Marie, tandis que la bonne du curé apportait un verre d'eau sucrée avec une petite goutte.

Bien plus tard, elle lui a avoué qu'elle était tombée dans les pommes exprès pour le décourager de l'épouser.

— Je pensais que tu ne voudrais pas d'une femme qui tourne de l'œil pour un rien.

— C'est juste à ce moment que je me suis coiffé de toi !

Ils se sont revus jusqu'au printemps. Marie a dit un jour en soupirant très fort : « Vous avez l'air d'un bon garçon, Victor. — Marie, vous n'êtes pas faite pour le couvent. — Voulez-vous connaître ma faute ? » Victor a éclaté de rire. « Vous me raconterez tout quand nous serons mariés depuis dix ans ! — Est-ce une demande ? — C'en est une ! » Pourtant, le péché de Marie Chadirat paraissait si grave aux yeux des bonnes gens qu'on osait à peine en parler. Quand une fille avait fait pâques avant rameaux, on riait gentiment. Les hommes se sentaient un peu complices et la plupart des femmes trouvaient en elles des trésors de tolérance ou de fatalisme. Mais là, les regards fuyaient ou devenaient fixes, les bouches se pinçaient, les soupirs s'étouffaient. La mère Taradel avait essayé d'aviser son fils sans en venir aux mots, qui lui auraient brûlé les lèvres. Victor ne l'a pas aidée. Depuis son retour du service, il estimait avoir vécu et vu le monde ; il tenait en piètre estime l'opinion des paysans. Et il avait le sentiment que le péché de Marie faisait partie du destin qui devait les réunir.

Marie parlerait quand elle voudrait. Ou bien jamais.

Ils se sont mariés au début de l'été 1914. Elle a reçu en dot une jeune vache, la Casta, une génisse non dressée, la Belle, une charrette neuve et une montre en or. La comtesse de Bernac leur a donné à bail une métairie. Deux mois et demi plus tard, Victor est parti à la guerre en disant à Marie : « Ne te fais pas de mauvais sang. Je veille au grain ! »

Suzie est née en avril 1915. Comme tant de femmes, Marie Taradel a exploité sa terre avec l'aide des vieux journaliers, des jeunes garçons et des prisonniers allemands. Enfant de permissionnaire, Pierrot est arrivé en 1917. Les commères, les mégères ont calculé toutes les dates et juré que le poupard pesait bon poids pour un prématuré de presque deux mois. Mais, dès qu'il a grandi un peu, tout le monde a reconnu dans ses yeux l'innocence malicieuse de son père. Les langues se sont nouées.

Victor est revenu, nanti de quelques marques bénignes et bien placées, qu'il montrait volontiers aux femmes. Son caractère ne s'était pas arrangé. Il avait perdu sa gaieté, il était devenu solitaire, farouche, et croyait toujours sa liberté menacée. Sa mère était morte de la grippe espagnole en 1918. Son père, à soixante ans passés, continuait de monter sur les toits. Il s'est tué au château, en 1920. Victor a rendu la comtesse responsable de l'accident, il a quitté le domaine quelques mois plus tard.

La ronde des métairies a commencé. Bien des propriétaires étaient de nouveaux riches que la guerre avait engraissés. Ils se plaignaient que les terres ne rapportaient pas assez, que les métayers étaient devenus insolents, dépensiers et fainéants, que l'argent tombait en quenouille. Un franc de 1925 valait cinquante centimes de 1919 et cinq sous d'avant 1914. On n'avait jamais vu ça. Les propriétaires cherchaient tous la perle rare qui ferait donner de l'or à de médiocres métairies, sans réclamer ni faucheuse ni brabant et sans mettre la poule au pot trop souvent.

À peine un métayer était-il installé qu'un demandeur se présentait pour visiter les lieux. Rares étaient les métayers qui restaient trois ans sur la même terre.

Les Taradel s'en allaient presque chaque année.

4

Les créatures

Marie jurait qu'elle ne serait pas métayère toute la vie. Elle n'avait qu'un rêve et ne s'en cachait pas : avoir un jour sa propriété.

Les Taradel tirent à hue et à dia, et le torchon brûle souvent à la maison. Victor et Marie se mangent le blanc des yeux pour un oui ou pour un non, mais ils s'aiment, et leurs enfants ne font pas grand cas des disputes, car ils respirent la tendresse qui attache leurs parents l'un à l'autre et ils ont l'habitude de réconciliations rapides comme l'éclair.

Victor offre à Marie les premières cerises au printemps et les premières sorbes à l'automne : elle raffole des sorbes, à peine mûres. Il tue les vipères pour elle, les enveloppe dans un morceau de sac et les jette aux pieds de sa femme. Ils restent ensemble un moment à contempler le cadavre.

— C'est beau, quand même, un serpent ! dit Marie.

Victor hoche la tête, et ils échangent une caresse. Après, souvent, il portait la bête sur le tas de fumier, une façon de paysan. Marie l'a supplié : « Enterre-la, s'il te plaît. Pour moi ! » Et Victor enterre maintenant les vipères, pour l'amour de Marie.

Ils aiment le café, mais c'est un luxe pour des

métayers. Marie fait durer tout un mois la poche de grains qu'elle achète au Caïffa, qui passe en charrette et vend bon marché. Elle partage un verre avec son mari, à midi ou plus tard dans la journée. Ils boivent une gorgée, tour à tour, Victor bruyamment, Marie délicatement, en silence. Ils tournent le verre dans leur main, puis le reposent sur le coin de table et se regardent.

Elle a une façon à elle de prononcer le mot « créature », pour désigner ces femmes qu'on voit dans les réclames, les affiches, les almanachs, par exemple, celle des automobiles De Dion-Bouton, celles des produits Exuber pour la poitrine, ou celle du rhum Négrita, et aussi dans les catalogues des Galeries Lafayette ou de la Samaritaine. « Oh, ces créatures ! » dit-elle sur un ton mi-indigné, mi-jaloux. Victor vient voir, les sourcils froncés, les quinquets allumés. « Ah, cette créature-là ! » Marie ferme le catalogue ou l'almanach sous le nez de son mari, ou elle feint de le pousser pour qu'il ne puisse pas se rincer l'œil.

Ils échangent quelquefois un regard fripon, sans prendre garde que les enfants les guettent. Victor, sur un ton négligent : « Oh, ma chérie, si tu voulais... » Et Marie, avec une grimace de surprise, d'embarras ou de dépit : « Moi ? Tu vas quand même pas me comparer à une... à une... » Alors, Victor, en rougissant : « Non, non, c'est pour dire. — Ah bon. — Ces créatures, tu sais, oh ! là, là ! — Quand on y pense, hein ? »

Des propos qui paraissent assez mystérieux aux enfants. Mais les parents ne font que semblant de se disputer au sujet des créatures et, en fin de compte, ils se mettent toujours d'accord.

Après ce genre de discussions, ils se couchent en général plus tôt et ils aiment qu'on les laisse tranquilles, dans leur chambre ou à la grange. Suzie sait très bien pourquoi. Elle avertit souvent son petit frère. « Tu as entendu ? Papa et maman ont parlé des créatures. Ils seront occupés ce soir… » Pierrot ne se soucie guère des histoires des parents. Mais là, il est intrigué.

Au catéchisme, il a appris que tous les êtres vivants étaient les *créatures* du bon Dieu : les gens, les animaux, les chiens, les vaches, les oiseaux, les grillons mais aussi les serpents et, si l'on veut, les crapauds, les limaces… Ces femmes des images, qu'est-ce qu'elles ont pour être des *créatures* spéciales ?

La Casta est sa créature préférée. Le bon Dieu l'a créée sacrément épatante. Les pouffiasses aussi, Il les a créées comme elles devaient être, puisqu'Il est tout-puissant et ne peut pas se tromper. Il doit les aimer aussi, avec leur corset, leur jupon, leurs bas noirs… Oh, pas tant que les vaches et les chiens, mettons à peu près autant que les chats, les oiseaux et les cochons. Pierrot en rit tout seul. « Pauvre Lustucru, deviner les intentions du bon Dieu, c'est pis que sonner et aller à la procession en même temps ! »

5

Veillées et péchés

Suzie a son idée sur les créatures du bon Dieu et les autres. À treize ans et demi, elle a le nez creux et la puce à l'oreille.

N'empêche, elle n'a pas encore réussi à surprendre le secret de maman. Pourquoi une fille de propriétaire a-t-elle épousé un métayer ? Parce qu'elle aimait papa ? Suzie l'a cru longtemps. D'abord, papa est un homme merveilleux, pourquoi maman ne se serait-elle pas toquée de lui ? Mais il y a autre chose.

Suzie sait, depuis l'âge de huit ou neuf ans, qu'en certaines circonstances ils parlent librement entre eux, sans songer que les enfants pourraient les écouter. Ainsi, quand ils vont dormir à la grange en prévision d'un vêlage difficile…

C'est surtout le veau de la Casta qu'on attend chaque année entre l'espoir et l'angoisse. La Casta a de gros veaux, placés en général sens devant dimanche, qui se démènent comme le diable dans un bénitier mais ne trouvent jamais la sortie tout seuls. Il faut donc se tenir à proximité pour aider la mère à pondre son paquet. Papa et maman ne s'en font pas de poireauter des nuits entières, quelquefois toute une semaine, à la paille ou au foin.

Pour eux, c'est une fête. Ils se préparent avec des

embarras et des mines affairées, rassemblent les couvertures, fricotent l'en-cas, remplissent la bouteille isolante, trient les vieilles nippes tachées sous lesquelles ils seront quasiment en asticot.

Ils se poussent du coude toute la journée, ils rajeunissent à vue d'œil. Les enfants sont prévenus, on n'a pas besoin d'eux pour veiller et, au besoin, on les appellera quand le veau viendra. Pierrot, qui en pince pour la Casta, prend son air de chien noyé.

Suzie ne tient pas à traîner dans la paille et encore moins à empoigner des saletés gluantes ! Mais, la nuit venue, elle s'habille chaudement et s'embusque pour quelques heures d'espionnage. Oh, elle a un peu honte, mais ce n'est pas une curiosité bête. Un de ces quatre matins, elle va être assez grande pour partir en ville, et il faut qu'elle en sache plus sur les histoires de maman pour pouvoir mener sa vie. Elle espionne, vilain mot, vilaine chose. Pendant la guerre, elle l'a souvent entendu dire, on tuait les espions à coups de pierres ou on les livrait aux gendarmes pour les faire fusiller, comme Mata-Hari. Tant pis, c'est pour la bonne cause. Et puis elle se confesse à l'occasion, elle dit les Pater et les Ave du curé, et enlevez c'est pesé. Elle en a entendu des choses, à la grange des métairies, les soirs de veille au veau !

Elle a écouté de drôles de chanson, que papa et maman fredonnent en chœur, à mi-voix, et qu'ils n'oseraient jamais chanter le jour… Et plus bas encore, des confidences douces qui lui ont piqué le cœur. Elle a vu papa et maman mordre à la même tomate, en été, puis chacun lécher le jus sur la bouche de l'autre. C'est quelquefois une mouillette trempée dans un œuf coque qu'ils se disputent à coups de langue. Ils rigolent, papotent et font des bruits de baiser. Puis ils se taisent tout soudain. À peine si on entend un soupir, une plainte.

Ces batifolages n'intéressent pas Suzie. Elle espère

qu'à un moment les parents vont lâcher un mot du secret.

Souvent, les nuits de veille à la grange, maman parle des peurs qu'elle a dans ses cauchemars, où mille choses la tourmentent. Une fois, elle poursuit une *couraude*, une bohémienne voleuse, avec une fourche trop lourde pour elle, aussitôt la fourche devient une louche, un *vime* d'osier, une pompe à bicyclette ou n'importe quoi, et la bohémienne s'enfuit en riant, une poule sous le bras !

Papa, lui aussi, aime bien raconter ses rêves ; pas ceux qu'il fait en dormant, ceux qu'il avait dans le cœur autrefois, quand il était gosse.

Une fois, il a parlé de la boussole qui lui faisait envie, tellement envie, dans son jeune âge. Il feuilletait des heures le catalogue de la manufacture de Saint-Étienne, mille et mille choses lui mettaient l'eau à la bouche. Mais rien n'excitait plus son imagination que les boussoles. Maman a demandé sur un ton pensif :

— Pourquoi une boussole et pas des jumelles, par exemple ?

Papa a ri aux éclats.

— C'est peut-être que je perds le nord pour un rien.

Maman se taisait. Suzie a deviné qu'elle réfléchissait très fort.

— Tu voulais être marin ?

— J'avais envie de voyager, de partir. Je me voyais marcher à la boussole à travers la forêt, la steppe, les grandes plaines d'Afrique ou d'Asie. Une boussole, pour moi, c'était la liberté. À quinze ans, j'en ai trouvé une pour trente sous dans un bazar et je l'ai achetée. Elle m'a servi pour de bon deux ou trois fois, et je l'ai perdue à Verdun.

L'an dernier, à La Chapelle-au-Bois, ça s'annonçait mal, pour le veau de la Casta. Papa se faisait du souci.

Maman lui serinait que la vache était trop vieille pour porter, qu'il avait eu tort de la faire saillir encore une fois.

— Il est temps de la donner au boucher et de prendre une génisse à la place.

— Mais c'est ta vache, Marie.

— Je n'en ferai pas une maladie !

Papa a hoché la tête tristement. Tôt ou tard, la Casta s'en irait à l'abattoir, et ce serait un malheur pour Pierrot. Si on attendait encore deux ou trois ans, le gosse aurait l'âge de supporter ce chagrin. Du moins, papa le pensait. Maman a insisté.

— Une bonne génisse coûte les yeux de la tête, Victor. Si tu attends que la Casta soit vieille comme une porte d'église, tu ne pourras pas payer une jeune bête avec les quatre sous que le boucher te donnera !

— Te fais pas de mauvais sang. Je veille au grain.

C'est sa formule favorite. Suzie l'aime très fort quand il prononce ces mots sur un ton plein de confiance. Il y met tout son cœur, mais il n'est pas très habile pour mener à bien ses affaires. Suzie l'aimerait moins s'il était plus malin et plus fort. Elle le chérit pour sa faiblesse autant que pour son courage.

La Casta, elle, commence à se soucier. Elle sait, avec son instinct de bonne bête, que cette fois ça ne passera pas comme une lettre à la poste. Elle regarde ses flancs en roulant les yeux, elle gratte le sol avec ses sabots de devant et secoue ses pattes de derrière. Elle se couche pour se relever aussitôt. Parfois, elle reste accroupie un moment sur les genoux, comme si elle ne pouvait plus se redresser… Papa lui caresse la croupe et l'encolure. Il lui tient même, de temps à autre, de longs discours qu'elle semble écouter avec agacement et résignation.

— Ça va être un mâle, hein, ma Casta, et un beau ? Ha, ha ! il approche, ce petit diable…

Elle le chasse d'un coup de tête ou de queue, l'air de dire : « Cause toujours, caquet bon bec, c'est pas toi qui va le pondre, le petit veau ! » Elle a passé terme d'une semaine.

Papa et maman veillent à la grange depuis une douzaine de jours. Leur bonne humeur s'émousse, ils n'ont plus le cœur de s'amuser dans le foin. Encore est-on au printemps, ni trop chaud ni trop froid. Papa se lève du fenil toutes les heures pour aller voir la Casta à la flamme du briquet. Suzie a renoncé à son espionnage et est retournée dormir. Pierrot la réveille a l'aube, avec des cris perçants :

— La Casta peut pas vêler ! La Casta peut pas vêler !

Suzie sort la tête de sous le drap.

— Fais-lui mes compliments.

Pierrot continue de hurler.

— Vite, vite, ça va pas, elle *meugle gras* !

Incapable d'expliquer ce qu'il veut dire, il essaie d'imiter la Casta à pleine gorge, tout en gesticulant comme un fou.

— Elle a très mal, il faut qu'on aide papa et maman !

Le veau se présente par les pattes de derrière. La Casta est couchée, elle souffle fort, ses flancs battent, et de temps en temps elle meugle d'impuissance. Papa décide de la soulever avec des cordes passées aux poutres et glissées sous sa poitrine. L'attirail était prêt. Pierrot vient à la rescousse.

Suzie, qui ne s'est jamais occupée des vêlages, ne sait comment se rendre utile. À moitié habillée, elle frissonne de la tête aux pieds et se retient de claquer des dents. L'odeur du Crésyl ne couvre pas tout à fait celles du fumier et des sanies. Le jour se lève, on commence à voir clair dans l'étable. Maman se tient à quelques pas, échevelée, le chignon dénoué, la figure mâchurée. On dirait presque la Carbouillouse. Elle s'essuie le front d'un revers de manche, fixe la vache d'un regard absent.

— Il faut appeler le vétérinaire. Suzie !

Le vétérinaire ? Ça va coûter les yeux de la tête ! Papa continue de s'escrimer.

— Vous mangez pas les sangs, j'ai l'œil et la main.

Suzie regarde maman, qui a l'air plus malade que la Casta.

— Maman, est-ce que ça va ?

Marie Taradel a considéré la vache vautrée sur sa litière avec les bouts de pattes du veau qui lui pointaient au derrière, elle a eu un hoquet de dégoût. Puis elle a baissé les yeux sur son mari, en train de patouiller à genoux, pour tirer les cordes sous le corps de la Casta.

— Je n'étais pas faite pour être la femme d'un métayer !

Alors, papa a tout lâché, il s'est levé, les poings serrés. Il se mordait les lèvres et son menton tremblait. Il paraissait très pâle, dans le jour gris du matin. Il s'est avancé vers maman, les épaules courbées, comme ratatiné. Suzie n'avait jamais vu son père si retourné de colère. Elle a poussé un cri. Il lui a souri. Puis il s'est piqué en face de maman, les mains sur les hanches.

— Ma poule, tu n'avais qu'à épouser un notaire ou te mettre bonne de curé !

Maman a ouvert la bouche sans pouvoir trouver son souffle. Elle a porté la main à sa gorge, elle a reculé jusqu'au mur et s'y est appuyée, les yeux fermés, en tremblant.

— Tu m'en diras tant !

Il est revenu vers la vache qui essayait de se lever.

Il a tapé sur l'épaule de Pierrot.

— À nous deux, fiston !

Maman est sortie brusquement de l'étable. Suzie a voulu la retenir par son fichu qui a glissé et lui est resté entre les mains. « Maman ! » Au lieu d'aller vers la maison, elle est partie dans les champs en courant. On aurait dit qu'elle quittait sa famille pour toujours. Suzie l'a regardée s'enfuir, le cœur serré.

Elle ne pouvait pas laisser papa avec le gosse, dans un moment comme celui-ci. Il lui fallait choisir. Ses parents avaient besoin d'elle tous les deux. Elle a dit à mi-voix : « Papa ! » Elle non plus ne se sentait pas faite pour être fille de métayer, tant pis.

Elle a posé le fichu de maman et, surmontant sa répulsion, s'est approchée de la vache. Papa lui a pris le bras, il a relevé jusqu'au coude la manche de son tablier et celle du tricot qu'elle portait dessous. Il lui a caressé le poignet et serré les doigts.

— Ma Suzie, tu as juste les mains qu'il faut pour nous le tirer.

Au milieu de la matinée, le petit veau tenait sur ses pattes tant bien que mal et commençait à téter sa mère. La Casta mâchonnait paisiblement une poignée de seigle vert.

À midi, maman est revenue. Elle a servi comme si de rien n'était, naturelle, presque souriante. Elle guignait papa d'un regard moqueur. À la fin du repas, elle a croisé les mains sur le bord de la table et fixé papa dans les yeux.

— Un jour, on aura notre terre à nous. Je te le promets !

6

Bonnes nouvelles

Suzie Taradel, Le Petit-Maine, Saint-Pierre-d'Agnac (Lot-et-Garonne),

à Mlle Andréa Chadirac, Bufeloup, par Saint-Veillant-la-Vallée (Dordogne). Dimanche 4 novembre 1928.

Chère marraine,

Nous sommes maintenant installés à la nouvelle métairie depuis plus d'un mois. Nous avons été tous très occupés, à la maison et aux champs, maman m'a chargée de vous écrire et je suis très contente. Je sais que vous ne regardez pas l'écriture et l'orthographe, mais plutôt les sentiments. Les miens sont toujours très bons. Pour l'instruction, j'ai un peu perdu depuis que j'ai quitté l'école, après mon certificat.

Notre propriétaire, M. Comiac, est bien honnête. M. le curé Bonnet est un très saint homme. M. Bourgougnague, le maire de Saint-Pierre, est très aimable. Il a dit : « Je suis content que vous veniez habiter la commune. J'espère que vous resterez ici plusieurs années. »

Le propriétaire a vu papa labourer avec la Casta, la Belle, et deux vaches de la métairie, la Blonde

et la Bermée. Il lui a dit : « Je vois que vous êtes un très bon laboureur, qui n'abîme pas la terre. » Et l'autre jour, comme j'aidais Pierrot à rentrer les bêtes, nous avons croisé M. le maire, qui nous a dit : « Je vois que vos vaches se portent bien et qu'elles sont propres. Votre père est un bon soigneur, il en faudrait plus dans ma commune. » J'étais contente pour papa. Je suis fière de lui, quand j'entends dire qu'il est un bon agriculteur. Je pense qu'il tiendra bien la propriété de Bufeloup, si vous l'arentez à mes parents. Moi, hélas, je serai partie en ville.
M. le curé a parlé de Pierrot à maman. Il a dit : « C'est un jeune garçon bien éveillé. » Maman a demandé s'il pourrait faire sa communion l'an prochain. M. le curé a répondu : « Il est un peu jeune et il n'est pas en avance non plus. Mais il aime bien le catéchisme. On va voir. »
Notre propriétaire a un domestique italien, Fausto, un jeune homme très propre, qui parle un peu français. Mais il n'a personne pour lui raccommoder ses vêtements, qui sont tout déchirés et trop petits. M. Comiac, notre propriétaire, n'a pas de dame car il est vieux garçon, et sa servante, la Julienne, est très occupée avec la basse-cour et la cuisine, elle ne peut pas s'occuper du raccommodage. Alors, on s'est mis d'accord avec Fausto : il nous rend bien des services pour tous les travaux, il doit même aider papa à réparer le toit, et en échange, maman va raccommoder ses effets et blanchir son linge (il n'a presque rien, maman a parlé de lui acheter un caleçon et une flanelle pour l'hiver). En plus, c'est charitable. Fausto a été très étonné de savoir que j'avais mon certificat d'études, et il m'a demandé si je ne voudrais pas lui donner des leçons de grammaire et de conjugaison.

Je tâche de jamais parler patois, mais c'est dur. Les gens d'ici sont encore pires qu'à La Chapelle-au-Bois pour le charabia. J'ai honte de les entendre. Ils sont aussi très mal élevés. Ils disent tout le temps : *mé fat cagat, barro toun claquo-merdo, ma sé caduc !* C'est très laid. Alors, j'ai un peu hâte d'aller habiter dans une ville importante où on parle le français et le latin.

Mais je ne vous ai pas décrit notre nouvelle métairie, qui est grande et d'assez bonne terre. Elle est située à mi-chemin de la plaine qu'on appelle Saint-Pierre-d'en-bas, et de la région des coteaux, qu'on appelle Saint-Pierre-d'en-haut. Elle fait en tout onze hectares, quatre de prés, cinq de terres, un de vigne. Il reste un hectare pour le sol, le jardin, le verger et une pièce de bruyère pour les litières. On n'a pas de bois à nous, mais M. Comiac a dit qu'il laisserait papa couper une brasse tous les ans dans son bois à lui, et puis il y a toujours des haies à nettoyer et des gros arbres à élaguer. On aura assez de bûches pour se chauffer et faire la cuisine et des fagots tant qu'on voudra. On ne sera pas malheureux, mais maman dit souvent à papa : « On serait encore mieux à Bufeloup ! »

Notre maison est située dans un hameau qui s'appelle Le Maine-d'Agnac, à deux cents mètres de la route départementale de Lauzun à Saint-Pierre. Il y a Le Grand-Maine, où habite M. Comiac, une belle maison avec des pièces en haut, un couloir en bas, des pignons sur le toit, un escalier devant, un pigeonnier et une cave, on dirait presque un château. Et puis Le Petit-Maine, c'est chez nous. Les autres métayers, une veuve et sa fille, habitent la troisième maison, La Tourrette.

Notre maison est assez petite, mais très jolie, avec un jardinet à fleurs devant la porte. L'été dernier, en nous attendant, Fausto a semé toutes sortes de graines, et maintenant, la Toussaint passée, on a encore des capucines, des zinnias et des cosmos. La maison comprend une cuisine, avec une cheminée qui tire et un grand évier qui coule et ne sent pas. Mais le mieux, c'est qu'il y a une partie de la pièce en renfoncement, qui fera la chambre de papa et maman, avec un rideau pour boucher. La chambre à côté sera pour moi, elle est assez grande et on y mettra aussi les affaires de maman. Bonne nouvelle : Pierrot n'est plus avec moi, il a son cagibi contre l'escalier qui descend à la grange. C'est assez grand pour son lit et un placard (il n'a même pas besoin de placard !). Comme ce réduit est situé contre la cheminée, on y met les pommes de terre et d'autres légumes pour qu'ils ne gèlent pas en hiver.

Je suis contente, parce que Pierrot ne sent pas très bon la nuit. Mais Fausto, le domestique italien, m'a promis d'emmener Pierrot se laver chez le monsieur tous les quinze jours, dans une ancienne cuisine de la maison de maîtres, où ils ont ce qu'il faut pour faire du feu et chauffer l'eau.

Nous avons aussi une belle grange, une belle étable à vaches et un beau chai, avec une cave au-dessous. Le chai est à partager avec l'autre métairie, mais la grange et l'étable sont tout à nous. J'aime beaucoup le poulailler, qui est assez haut pour qu'on puisse se tenir debout quand on nettoie ou qu'on lève les œufs. L'étable à cochons est plus basse, et on doit se pencher pour rentrer, même moi qui ne suis pas très grande, alors maman ou papa ! Et puis il y a un creux au milieu, qui est toujours plein d'eau. Heureusement, la chaudière est grande et en bon état : on peut *faire cuire* pour plusieurs jours. C'est mon travail, Pierrot m'aide un peu en revenant de l'école. Cet hiver, il lavera les raves et les topinambours, parce que je ne veux pas risquer de m'abîmer les mains avant de partir en ville !

Nous avons un très grand grenier à foin, qui sert aussi à M. Comiac, notre aimable propriétaire.

Enfin, tout est pour le mieux à la nouvelle métairie et nous sommes tous en bonne santé, malgré les insomnies de maman. Papa est de méchante humeur parce que le propriétaire voudrait qu'on envoie la Casta à l'abattoir. C'est malheureux, mais elle est vieille pour une vache. Il faut prier qu'on ait une propriété à nous bientôt.

Chère marraine, je vous embrasse affectueusement.

Votre Suzie.

Mlle Andréa Chadirac à Suzie Taradel. Le dimanche 11 novembre 1928.

Ma chère Suzie,

Je profite de ce jour anniversaire de la Victoire pour répondre à ta gentille et longue lettre. Il y a longtemps que ta maman n'a pas mis la main à la plume, mais je l'excuse, vu le travail qu'elle a chaque année à la nouvelle métairie. Comme je lui ai dit souvent, il serait temps que vous vous fixiez. Dieu merci, cela peut se faire dès que ton papa sera décidé.

Je te charge de dire à tes parents que je suis toujours prête à vous céder Bufeloup à rente, l'an qui vient Notre-Dame, c'est-à-dire le 8 septembre, car je ne pense pas que vous puissiez venir avant, à cause de votre bail à Saint-Pierre. Ton papa et ta maman connaissent les conditions. Je suis obligée de demander quatre mille francs à la signature du viager, à cause de cette baisse du franc qui ruine aujourd'hui tous les rentiers. Pour le reste, comme convenu, paiement en nature chaque année : c'est plus avantageux qu'une métairie et je vous laisse aussi le cheptel vif et le cheptel mort. (Le cheptel mort, c'est le matériel et l'outillage agricoles, charrette, tombereau, charrue, herse...)

Bufeloup est une bien belle propriété, et si ton père prétend qu'elle n'est pas assez grande, demande-lui s'il a déjà eu autant de bons prés, sans parler du trèfle et de la luzerne, et le vin n'est pas de la piquette comme celui qu'on récolte en général dans les métairies ! Pour la maison, je vous laisserai les trois pièces du bas, avec les meubles qu'il faut. Vous n'avez jamais eu trois vraies pièces à vous, que ton père me dise le contraire !

Comme je ne serai pas loin, je pourrai m'occuper de Pierrot, qui en a sûrement besoin. Je crains qu'il soit toujours dans les derniers de la classe et ne puisse pas avoir son certificat. J'ai moi-même tant souffert de n'être pas instruite, j'ai dû apprendre toute seule le nom des plantes et des maladies en latin.

Pour toi, ma chère Suzie, j'aimerais te préparer à affronter les tentations de la ville. De nos jours, on trouve des libres-penseurs jusque parmi les jeunes gens de bonne famille et même les *de* ! Il faut faire aussi très attention aux commerçants, surtout les bouchers et les cordonniers, qui sont en général socialistes. Dans le chemin de fer et l'autocar, tu ne dois jamais parler à quelqu'un, sauf aux mères de famille et aux petits enfants. Pour la confession, si tu le peux, tu dois choisir un prêtre d'âge plutôt qu'un jeune abbé. Les jeunes abbés sont nombreux en ville, surtout dans les évêchés, et ils n'ont pas toujours la sagesse et l'expérience nécessaires

pour donner de bonnes pénitences aux jeunes filles.
Enfin, j'espère que tu seras toujours avec tes parents quand ils viendront habiter Bufeloup, et je pourrai te répéter tout cela de vive voix et même ajouter des explications que je ne peux pas mettre dans le courrier.
Je pense que tu fais de ton mieux pour aider tes parents, surtout ta maman, qui ne dort pas bien et n'a pas trop d'appétit, si c'est toujours pareil.
Tu as raison de parler patois le moins que tu peux. Il y a beaucoup de mots sales ou bêtes et ils pourraient te revenir en causant français, quand tu seras en ville, ce qui choquerait les dames. Si on veut parler le bon français, ce qui permet d'avoir une position en ville, on ne doit pas connaître un autre langage, à part le latin pour la religion.
J'espère que le jeune Italien ne boit pas trop. Les Italiens sont assez portés sur le vin (comme les Bretons sur l'eau-de-vie). Un litre par jour de bon vin suffit à un homme qui travaille, ou deux litres de piquette, ou un demi-litre de vin et un litre de piquette, un ou deux verres de vin blanc le dimanche, à la maison ou au café. On ne doit pas empêcher les hommes d'aller au café, où on ne sert plus d'absinthe, Dieu merci. Outre le vin blanc, ils peuvent boire de la bière (un grand verre) ou un apéritif amer, gentiane, amer Picon, deux au maximum.
Je t'embrasse sur les deux joues, ma chère filleule, ainsi que ta maman et ton petit frère. Le bonjour à ton papa.

Ta marraine, Andréa Chadirac.

7

L'automne aux champs

— Casta, Belle ! Allez !

Pierrot balance son aiguillon au-dessus de l'attelage : quatre vaches qui tirent le lourd brabant à deux versoirs superposés.

— Blonde, Bermée ! Allez !

Papa a dû séparer la Casta et la Belle, pour lier la vieille droitière à une jeune gauchère de la métairie. Et la Belle a maintenant pour compagne de joug une droitière d'âge moyen, bien dressée, mais un peu molle.

Papa marche à côté du brabant, Pierrot, en apprenti laboureur, trotte devant les bêtes ou sur le flanc de l'attelage.

C'est un jeudi au début de novembre. Les Taradel labourent le champ de l'Abonde, un morceau de plateau, situé au-dessus du Maine. Le soleil chasse la brume sous une pluie de rayons, la terre fume dans l'air vif du matin. Tout en courant près des vaches, Pierrot révise sa leçon de catéchisme pour l'après-midi. « *Qu'est-ce que Dieu ? Dieu... Dieu est un esprit infiniment parfait, éternel. Où est Dieu ? Dieu est au ciel et sur la terre, partout...* »

Oui, songe Pierrot, le bon Dieu est partout, même dans la bergeronnette qui poursuit les vers en remuant la queue, dans le ver mangé, ou dans la larve blanche de hanneton avalée aussi.

« *Dieu voit-il tout ? Oui, Dieu voit tout et il connaît tout ce que nous pensons.* »

— Qu'est-ce que tu marmonnes ? demande papa.

— Je récite mon caté.

Le soleil monte sur les coteaux. Autour de Saint-Pierre-d'Agnac, s'étend une campagne de prés très verts, de vignes soignées, de grands champs de céréales, partagée entre les gros domaines et des métairies modestes... Du plateau de l'Abonde, l'œil embrasse un large panorama. Partout, des gens labourent, les riches avec deux ou trois paires de bœufs, les pauvres avec une ou deux paires de vaches. Il y a peu de chevaux dans le pays, et les propriétaires qui en possèdent les gardent pour tirer les chars à bancs.

Les oiseaux piaillent dans les haies, les chiens aboient, les bêtes du hameau et des fermes voisines meuglent, hennissent, bêlent ou cancanent en partant au pacage.

Le relent âcre du fumier répandu sur le *rastouil*, le chaume, se mêle à l'odeur plus douce de la *boulbène*, la glèbe, et à celle, un peu âcre, des vaches en sueur. Flottant sur la campagne, on peut reconnaître un parfum mêlé : le sucre des coings mûrs et l'acidité de la grappe pressée et jetée au bord des chais.

Pierrot fixe son attention sur le labour. Papa marche à côté du brabant qui se tient droit tout seul, sur ses deux roues. Le brabant est la charrue *torne-aourèl*, tourne-oreille. Dans un effort régulier, les quatre vaches font grincer le joug et tendent la chaîne de trait. Les herbes folles se couchent sous le versoir, qui rabat la terre en plaques larges, arrondies et luisantes.

Au bout du champ, papa soulève le brabant par sa poignée et fait basculer autour de la flèche centrale les deux versoirs superposés. Celui d'en haut vient se planter dans la terre. Papa guide l'attelage pour un demi-tour sur place. Le nouveau sillon est creusé à la suite du précédent et la nouvelle tranche rabattue sur l'autre, dans le même sens. Le ciel se reflète sur le versoir supérieur, qui renvoie des éclairs au soleil.

« Ho ! » Papa a arrêté les vaches pour se rouler une cigarette au bout du *lan*, du sillon. Il a sorti son cahier Job et son paquet de Caporal, et il commence l'opération, avec de petits gestes habiles, nés d'une longue habitude. Pierrot l'observe, plein d'admiration. Pour être un homme, fumer ne suffit pas, encore faut-il savoir rouler une cigarette, pleine et ronde, sans aucune brindille de tabac qui se tortille au bout, puis coller le papier d'un coup de langue. Ça paraît plus difficile que de mener le brabant au soleil ou la charrette au clair de lune !

Papa regarde à droite et à gauche, pour voir si personne d'étranger ne l'écoute. Il appelle Pierrot d'un signe de tête.

— Dis-moi, ton catéchisme, tu le sais bien ?

Pierrot se précipite, tourne son béret, fouille une motte avec la pointe relevée de son sabot. Il cherche la juste réponse dans son cœur. Il ouvre la bouche, lâche un gros soupir.

— Oh, oui, je le sais dans ma tête.

— Dans ta tête, blague à part ?

— Mais quand je veux réciter, je me rappelle pas toujours.

— Et alors le curé croit que tu sais rien ?

— Non, il dit que j'apprends bien mon caté.

— Dommage que tu te rappelles pas !

Papa colle sa cigarette en promenant le bord du papier sur sa lèvre inférieure, avancée comme pour faire la moue. Il se tourne à contrevent pour l'allumer à la flamme de son briquet, tire une bouffée, puis regarde à nouveau son fils.

— Hum, hum… D'après toi, combien y a-t-il de dieux ?

— Il y a un seul Dieu, répond Pierrot.

C'est bien la première fois que papa lui pose une question sur le caté. Qu'est-ce qu'il a donc derrière la tête ?

— Je me suis pas trompé, hein ? C'est un seul ?

Papa approuve d'un signe, l'air de penser à autre chose. À sa façon de tirer sur le bout de sa moustache, de plisser le front et de baisser les paupières, il doit penser à maman.

— Hum, non, tu ne t'es pas trompé, autant que je sache. Et, hum, qui est-ce qui a créé le ciel et la terre ?

— C'est le bon Dieu, dit Pierrot avec assurance.

« Hum, hum. » Papa se gratte la joue. Pierrot sent son cœur se pincer. Qu'est-ce qui ne va pas, au sujet du bon Dieu ?

— Dis, mon gars, tu l'as vu, toi, le bon Dieu ?

Pierrot ouvre la bouche et se tait. Il est censé connaître la réponse : « Le bon Dieu est un esprit, on ne peut pas le voir avec ses yeux. » Mais cette idée l'attriste, il est persuadé qu'on peut voir le bon Dieu : lui le voit tout le temps. Il le voit dans la forêt en automne, dans les bourgeons et les feuilles mortes, sous l'herbe des fossés, dans le ver qu'un hochequeue avale goulûment, dans les yeux de la Casta et même, quelle honte, dans sa bousc. Quand une brave vache se campe sur ses pattes et lève la queue pour vider son ventre ou sa vessie, on sent courir un frisson de bonheur à travers tout son corps, on voit une douceur sans nom éclairer son regard. C'est la nature qui s'épanouit comme une fleur, et l'amour du bon Dieu pour ses créatures la remplit tout entière. Ça crève les yeux.

Pierrot n'a pas les mots pour le dire. Mais il le sait, il ne peut en douter. Il baisse la tête et dit non, pour avoir la paix :

— Moi non plus, dit papa.

Papa pose la main sur la tête de Pierrot, lui pétrit le crâne.

— Et avec la demoiselle de l'école, comment ça va ?

— Ça va, j'aime bien apprendre.

Pierrot baisse le front. Papa rit gentiment.

— Ce soir, après le catéchisme, tu me réciteras tes tables et tes verbes. Va, mon gars !

Papa souffle un bon coup, crache dans ses paumes, reprend le manche de la main droite et l'aiguillon de la gauche. Casta ! Belle ! Les bêtes donnent un coup de reins, l'attelage repart. Un nouveau sillon s'étire, droit et profond. Les mottes se couchent sans s'émietter et la glaise tranchée luit au soleil.

Le brouillard s'est envolé. Soudain, un drôle de chant, plaintif, râpeux, lointain, tombe du ciel ouvert. Grrr… grrr… grrr ! Les grues, les premières grues de l'automne. On les distingue des oies sauvages à leur cri, bien avant d'apercevoir une double ligne grise qui ondule sous les nuages bas, se brise et se renoue sans cesse. Pierrot, le cœur serré de bonheur, écoute le cri des voyageuses.

Puis il court rejoindre le brabant qu'il avait oublié et qui est presque au bout du lan. Il rattrape son père à la *cance*, l'espace où les vaches font demi-tour et qu'on labourera plus tard, dans le travers. C'est la seule occasion où son aide est utile, d'autant que la gauchère de tête, liée à la Casta, est toujours un peu rétive à ce moment. Vite, il se précipite. Trop tard. Papa manie habilement les *retires*, les guides d'oreille, la Casta s'arc-boute sur ses courtes pattes, donne un coup d'échine sur le joug et tire la Blonde, sa gauchère novice. La Belle et la Bermée, derrière, suivent le mouvement avec docilité.

Papa fait un signe moqueur à Pierrot.

— Va réviser ton catéchisme au pré !

Pierrot, honteux, hésite une seconde. Papa insiste.

— Tu remplaceras ta sœur qui a autre chose à faire.

Suzie vient de conduire au pacage du Rouzet les quatre autres vaches de la métairie, la deuxième paire de travail, la laitière et une génisse. Tout en marchant vers le pré, Pierrot se force à réviser son catéchisme. « *Comment s'appellent le premier homme et la première femme créés par Dieu ? Le premier homme s'appelle Adam, la première femme s'appelle Ève...* » Au fond de lui, il n'a pas très envie de faire sa communion l'an prochain, mais il se prépare courageusement. « *Où vivaient nos premiers parents ? Ils vivaient au paradis terrestre.* »

Cette histoire fait bien rire le gros Milou, qui ajoute une question de son cru à celles du caté.

— Et comment ils étaient habillés, hein, Adam et Ève ?

Les autres gars se tortillent en rigolant. Les filles, gênées, piquent un fard. Sauf Louisette Fauroux, la fille de la veuve Fauroux, du Maine, qui est effrontée en diable, et n'hésite pas à souffler la réponse dans l'oreille la plus proche.

— Ils étaient en asticot, tout nus, Adam et Ève, même Ève !

Et Milou se tape sur les cuisses.

— Le curé, ça le chatouille d'y penser, il veut pas en causer !

Pierrot a bien du mal à imaginer Ève sans même un bout de jupon. Jacqueline, la plus jolie de toutes les filles, se met en colère et engueule Louisette et Milou en patois. « *Maï sé caduc !* » Vous êtes malades ! Elle montre à tous l'image du catéchisme, où on voit bien Adam et Ève, vêtus de peaux de bête. Milou s'esclaffe, Louisette traite Jacqueline de bécassine.

— Ils pouvaient pas tuer les animaux au paradis terrestre. Comment tu veux qu'ils aient des peaux ?

Pierrot se met à flâner entre les labours et les haies. Il cueille une nèfle mûre ou presque, la suce en méditant sur le paradis terrestre. « *Adam et Ève obéirent-ils au bon Dieu ? Non, ils écoutèrent le démon et mangèrent le fruit défendu...* »

Pierrot lève les yeux vers le ciel où Dieu le guette peut-être et, sournoisement, laisse tomber la nèfle dans la haie. Ève a volé le fruit en profitant que le Seigneur regardait ailleurs. Qui vole une poire vole une armoire !

Le soleil tache d'un bel ocre pâle l'orée des bois. Les rameaux brunis des chênes grelottent sous le vent. Les feuilles des peupliers se détachent en volées. On entend de ci, de là, les graillements des corneilles, le babil des grives, et par-dessus, les appels des laboureurs et les abois des chiens de berger.

Pierrot renonce au catéchisme pour ce matin. Il rêve à la maîtresse d'école, Mlle Pommerède, son grand amour.

8

Bien le bonjour

Filhetos, bolegas-vo doun,
Aro qu'avetz oun boun dansaïre.
Filhetos, bolegas-vo doun ![1]

Victor Taradel, tout en guidant ses bêtes, chante à mi-voix un air de bourrée, en patois, bien sûr. Un homme ne peut chanter au travail qu'en patois.

Il secoue joyeusement les guides d'oreille, la Casta agacée branle le joug en réponse. Victor laisse retomber les cordes et pose la main sur le brabant. Il sent avec bonheur le fer qui glisse et fouille la terre grasse.

Les retires accrochées au brabant, Victor marche le long de l'attelage, à hauteur de la Belle, devenue gauchère d'arrière. À l'autre bout du champ de l'Abonde, M. Comiac vient de rejoindre ses commis, le vieux Musette et Fausto, le jeune Macaroni, qui labourent à deux paires de vaches et une paire de bœufs ! Quand le vent porte, on entend Musette crier sur son droitier : Ho ! Laouret !

Le vieux s'appelle Hyacinthe, il porte toujours sa musette à l'épaule. Il a pris cette habitude en 1870, il

1. Fillettes, remuez-vous donc — Maintenant que vous avez un bon danseur — Fillettes…

avait dix ans, pour jouer au soldat. Il la garde au travail et à table, peut-être même au lit, va savoir, d'où son *chafre*, son surnom. Quant au Macaroni, ça serait un bon garçon s'il ne profitait pas tant de sa jolie petite gueule pour rameuter les femmes et les filles. Selon les cancans du village, il fait les beaux jours de la veuve Fauroux, il rend la demoiselle, la régente, à moitié folle. Et Marie n'est pas insensible à ses airs mystérieux, ça se voit.

Mais pour l'heure, Fausto a l'air de se faire foutre un savon. Le patron et le vieux valet lui crient dessus en gesticulant. Le pauvre gars court du brabant au-devant des bêtes, les mains nues, comme s'il avait perdu son aiguillon, à moins que le patron ne le lui ait pris. Et il a l'air de pas en mener large ! M. Comiac jure à pleins poumons : « *Testo dé lard !* » Ce sont les seuls mots que Victor puisse entendre, à l'autre bout du plateau. Il en rigole si fort qu'il avale à moitié la cigarette éteinte qu'il mâchonnait depuis un moment.

Il la crache dans le sillon. Il tourne l'attelage à la cance, considère une minute l'espace labouré devant lui, environ cent vingt mètres sur cinquante, plus d'un demi-hectare, un petit tiers de son champ. Le labour est à son goût, droit et plainier. Une bouffée de joie lui monte au cœur à l'idée de la pièce de blé qui verdira dans quelques semaines, montera en herbe, puis en épi, avant de blondir aux premiers jours de l'été prochain. Au moins quarante sacs, si tout va bien !

Allez, Casta ! L'attelage repart. Victor saute dans la terre remuée, à sa droite, et avance avec entrain à la hauteur de la Casta, qu'il encourage d'une tape sur l'encolure. La brave bête aime ça, une fois de temps en temps, mettons deux fois par jour. Plus souvent, elle se sent importunée.

Victor retourne au brabant en soupirant.

Il n'a pas vu M. Comiac s'approcher, les mains aux

poches, le béret sur l'œil, en sifflotant un air guilleret. Le patron se plante à quelques pas et salue son métayer d'un *adisias* jeté très haut, comme qui parle à un sourd. Victor sursaute, la Casta s'arrête et retient l'attelage. Le moussu est un petit homme maigre, le visage osseux et ridé, des mèches blanches qui lui pendent sur la figure, les épaules étroites, la poitrine creuse… Sa veste trop large flotte sur son torse, son pantalon mal tenu par sa ceinture, tombe sur son ventre, se roule autour de ses mollets et découvre ses chevilles pointues. Il porte des sabots de femme, vernis, avec des motifs en creux et en relief sur le devant et des brides ornées.

M. Comiac est un marchand de vin en retraite. Il était un peu vieux pour partir à la guerre, encore que si on compte bien, il aurait pu aller chez les territoriaux. En tout cas, les années noires lui ont bien profité. D'après certains voisins, sa fortune a plus que doublé depuis quatorze. Sacré !

Victor a posé son aiguillon contre le brabant, il serre la main du propriétaire en soulevant le bord de sa casquette.

— Bien le bonjour, monsieur.

— Bien le bonjour, Taradel.

M. Comiac a gardé la main gauche dans la poche de son pantalon, on dirait qu'il le retient de tomber. Il hoche le front à petits coups.

— Vous êtes poli, Taradel. Ça fait toujours plaisir.

D'un geste familier, Victor va poser le coude sur le joug de tête. Là, il se sent plus fort pour se mesurer au proprio. M. Comiac s'approche des bêtes avec prudence, comme s'il n'était pas trop rassuré, et caresse le garrot de la Blonde.

— Vos drôles aussi sont bien polis. Votre Pierrot a tout le temps la main au béret, j'en vois pas beaucoup comme ça. Et je parle pas de votre femme, qui est presque une dame !

« Poli vous aussi, songe Victor. Trop poli pour être honnête si ça se trouve. Ou c'est que vous avez une idée derrière la tête... » M. Comiac frotte le dos de la Blonde, puis rejoint Victor devant l'attelage et tend la main vers la Casta.

— Dites-moi, elle n'est plus de première jeunesse, votre paire, hein, surtout la Limousine ?

Il se retourne vers le champ.

— On peut pas dire que vous gâchez le travail. Mais on peut pas dire non plus que vous allez bien vite !

Victor approuve d'un signe, sans répondre. Le moussu pose la main sur le museau de la Casta, cherche à lui soulever la lèvre avec le pouce, pour lui découvrir les dents. Agacée, la Casta se mouche dans ses doigts en secouant le joug d'un mouvement sec, qui fait sonner la chaîne du brabant.

— Acré, dit Victor, elle a le tempérament vif pour son âge.

M. Comiac recule d'un pas et s'essuie la main à son pantalon.

— La gauchère est un peu plus jeune ?

— Deux ans de moins, convient Victor.

— Je vous les prendrais à bonne condition.

Victor lève les yeux au ciel. « Plaît-il ? » Le moussu fait un geste d'apaisement.

— Allez, je sais bien que vous me les vendrez pas. J'ai comme l'idée qu'elles sont bonnes dresseuses, toutes les deux. Faut en profiter un an ou deux. On pourrait prendre des génisses à habituer, chez les uns, chez les autres. On partagerait le prix vous et moi, moitié moitié, quitte à quitte.

Victor s'adosse au joug, s'y appuie des deux coudes, lourdement. Il voit très bien que la proposition de moussu Comiac est une petite filouterie. Quitte à quitte, tu parles ! Lui, Victor fournira ses bêtes, son temps et sa sueur, l'autre jouera l'inspecteur des travaux finis, fera ses commentaires et empochera la moitié des sous. Mais un métayer malin sait tirer avantage de toute entente avec le propriétaire.

« Quand le bourgeois est très occupé à me tondre la laine sur le dos, femme, j'en profite pour lui peler le duvet du ventre, voilà comment je suis ! »

— *Beleou bè*, peut-être bien, monsieur. C'est à voir. Faudrait trouver un arrangement.

— On le trouvera, Taradel, on le trouvera.

Le moussu se rapproche encore de la Casta, empoigne sa corne gauche sciée, la mesure du plat de la main.

— Voilà une corne sciée court, juste comme je les aime. Je le dis tout le temps à Musette qui me scie trop long les cornes des *élèves*. On dirait qu'il coupe dans sa viande !

La Casta secoue la tête pour se débarrasser de cette main importune. M. Comiac s'empresse de se dégager.

— Pour commencer, la veuve a une jeune droitière qui a besoin de *se faire*. Je vais lui dire de vous l'amener. Vous la lierez avec votre Blonde. Ah, tous les deux, on est pour s'entendre. Il y a longtemps que je n'ai pas eu de métayer comme vous. Pourtant, j'en ai passé dix depuis 1914 !

Tandis que M. Comiac s'en va à son champ, Victor crie « Casta, Blonde ! » et se remet au labour avec entrain. Une bribe de chanson lui vient aux lèvres doucement.

Les patrons, c'est à n'y pas croire
Qu'on leur foute pas sur la poire !
Eux qui boivent notre sang à petits coups,
V'là des marrons sur le caillou !

9

Ramona, j'ai fait un rêve merveilleux

Les arbres dénudés s'impriment en noir sur le fond pâle du ciel. C'est l'hiver. Une mare gelée au bord de la route, maman ne résiste pas à la tentation.

— Je vais voir si je n'ai pas trop l'air d'une bohémienne !

Suzie se retourne. Maman pose son cabas sur l'herbe du fossé, se baisse, relève un fil de clôture assez lâche et va se pencher au-dessus de la glace. Ça, c'est maman ! Elle tire sur le col de son manteau, rentre une mèche de cheveux sous son chapeau, fait sauter le premier bouton de son chemisier… Suzie, en l'observant, croise les bras et enfonce la tête dans les épaules. Brrr, quel froid ! Maman revient à la route. Suzie s'avance pour soulever le fil de fer, maman passe dessous vivement. Comme elle est souple ! Comme elle est belle ! « Comme je voudrais être aussi jolie qu'elle ! » songe Suzie. Maman lui sourit, d'un air distrait.

— Suzie, je n'ai pas pu me voir. S'il te plaît, regarde-moi.

Suzie lève les mains pour serrer le col de maman sur son cou mince et blanc. Au moins, qu'elle n'attrape pas une angine !

— Tu es très bien, maman, je te jure.

Avec l'animation de la marche, la peau de Marie a

pris une couleur dragée, entre le blanc et le rose, presque transparente. Quand elle s'attife et se farde un peu, on dirait une image de mode ou de réclame. Sa bouche large et douce — enfin pas si douce — semble sourire toute seule, sans jamais se fixer. C'est un signe de courage plus que de joie. Papa est joyeux, maman est courageuse, ils vont bien ensemble.

Elle ramasse son cabas, enfonce son chapeau sur ses oreilles.

— À vos ânes, meuniers !

Ce qui est une façon de dire : en route, mauvaise troupe. Elle pose sur Suzie un regard mi-cajoleur, mi-cinglant.

— Le notaire nous attend !

Elles repartent d'un bon pas. Le froid pique davantage, à découvert, entre les vignes nues, les vergers gris, les prairies jaunissantes, les blés verts et ras. L'herbe des prés et des fossés, les ronces des haies luisent sous le givre que le soleil enflamme. Un rouge-gorge en poursuit un autre de branche en branche, avec des cris furieux, sous le nez des voyageuses. Le premier rouge-gorge de l'année : on est jeudi 3 janvier, c'est le moment de faire un vœu.

Une carriole de paysan passe à grand bruit et chasse les deux oiseaux. Un coq qu'on porte au marché s'égosille dans sa cage.

Saint-Pierre-d'Agnac s'étend le long d'une rivière aux rives touffues, le Dropt, en Lot-et-Garonne, à la limite de la Dordogne. Le Dropt coule si lentement qu'il a l'air posé contre la croupe des collines. À l'est, le paysage devient plus maigre, on dirait un troupeau de chèvres aux os saillants, au poil raide. À l'ouest et au sud, les chèvres se font brebis et vont mollement serrées, vers la plaine.

Marie et Suzie Taradel arrivent bientôt à la grand-route. Elles passent entre les vignes dénudées et longent un moment le chemin de fer. Une borne indique la limite des départements. Les gens se pressent vers le bourg, à pied, à bicyclette, en char à bancs… Maman et Suzie trottent sur leurs pieds.

Voilà les premières maisons de Saint-Veillant. De hautes villas au toit pointu, entre les sapins noirs et les marronniers nus. Le moulin, qui fait rêver Pierrot, dresse sa masse carrée, percée de vastes fenêtres, dans une boucle de la rivière. Plus loin, les bâtiments bas, en dents de scie d'une usine de conserves… Suzie détourne les yeux, son cœur se pince un instant. Elle sera peut-être obligée de travailler là, un jour, ou dans une fabrique toute pareille.

La foule des paysans s'épaissit à mesure qu'on avance, le long des rues droites, entre les maisons à balcons. Plus loin, s'alignent les vitrines des boutiques. La grand-place apparaît, cernée d'arcades, envahie par les tentes et les étals des forains. Discussions et exclamations en patois percent le brouhaha. Un camelot racole les paysans d'une voix sonore et gouailleuse.

Suzie et sa mère arrivent à une rue bordée de jardins à grilles et d'arbres sombres, sapins, cyprès, cèdres, ifs, pins parasols. Les basses branches viennent planer au-dessus du trottoir. Les maisons, à l'abri des clôtures de fer et des haies, ne montrent que leurs plus hautes fenêtres, comme les yeux d'un chasseur qui guette derrière les buissons.

Des gens riches habitent dans ces maisons, au fond de ces jardins humides, à l'ombre des feuillages vivaces. *Leï bourzés, leï bourzéjos !*

Maman passe son bras sous celui de Suzie.

— Tout se passera bien. Le jeune notaire est très gentil. Nous aurons l'argent de la rente…

Elles s'arrêtent devant un mur, vert de mousse, pardessus lequel se dresse une grille en fer forgé, tout hérissée de piques et de lances. Derrière, une haie d'arbustes noirs cache le jardin et la maison. Maman s'arrête au bout du mur, devant un escalier étroit, brillant de gel.

— C'est là… C'est là. C'est bien là.

Elle pose le pied sur la première marche, sourit à Suzie.

— Voilà un grand jour, ma chérie.

Elle fait la fière, mais Suzie est sûre que son cœur bat comme un fou. Leurs mains se joignent, tremblantes.

— On y va, maman, puisque c'est là ?

Maman monte l'escalier à la course, Suzie la suit en riant.

« Sonnez et entrez », dit une affichette en carton sur une porte vitrée. Voilà, elles y sont. Il fait chaud, Suzie respire la fumée sucrée du charbon. Un jeune homme s'avance à leur rencontre.

— Vous êtes en avance, madame Taradel, mais c'est très bien.

Grand, mince, un peu voûté, il a une belle tête, longue, la figure ovale, les traits fins, le front large, la bouche petite. Ses cheveux châtain clair tombent comme ceux d'une fille.

Il touche la main droite de maman, il a de très longs doigts blancs, brunis au bout par le tabac. Il tend la main gauche à Suzie. « Mademoiselle Suzie… » Suzie se mord la lèvre pour couper court au rire nerveux qui monte à sa gorge.

— Ma fille, Suzie, treize ans et demi, dit maman. C'est bien aimable à vous de nous recevoir tout de suite, maître.

— Entrez, je suis content de vous voir et de connaître votre fille. Votre petit garçon est à l'école ? Non, c'est jeudi.

Suzie comprend soudain. C'est le notaire en personne, Me Guy Rivière. Et il a l'air d'un artiste, d'un musicien peut-être, à cause de ses grandes mains. Bien sûr, il est vêtu comme un bourgeois, avec un gilet sous sa veste de costume, une chemise blanche à manchettes, un col cellulo et une régate. Il porte aux pieds des souliers vernis.

Il les conduit à un bureau qui sent le cuir, le vieux papier, la cire et la fumée. Suzie s'assoit avec maman, sur le bord d'une banquette couverte de tapisserie. Maman a glissé son cabas derrière le meuble, puis elle le reprend et commence à déballer les œufs qu'elle a apportés, sous le regard souriant du notaire.

— Maître, j'ai pensé… c'est pour vous…

— Des œufs frais, je les adore. Il m'arrive d'en gober un tout cru. Ma femme oublie toujours d'aller en acheter au marché. La bonne, ma foi, fait ses petites affaires avec ses amies de la campagne, qui ne sont pas toujours à notre avantage.

Maman pose sur le bureau du notaire les œufs enveloppés chacun d'une papillote en papier journal. Elle les aligne entre un gros registre et un encrier de cuivre jaune, fabriqué avec un obus de la guerre. Le notaire, les mains aux poches, s'est approché de maman et la regarde gentiment.

Le *mirus* rougeoie et diffuse une bonne chaleur, en même temps qu'une odeur un peu piquante. La pièce est grande, encombrée de vieux meubles… Au milieu, une longue table à pieds chantournés sert de bureau au notaire. Deux banquettes et trois ou quatre fauteuils l'entourent. Deux murs sont occupés par des étagères, bourrées de livres et de dossiers. Une douzaine de tableaux sont alignés sur les deux autres, entre les grandes fenêtres d'où l'on voit le jardin, le parc et un bout de rue. La plupart représentent des scènes de la vie familiale. Suzie se laisse engourdir par une sensation de bien-être et de tranquillité. Elle baisse à demi les paupières. Est-ce qu'on éprouve cette aise, quand on est chez soi, propriétaire et à l'abri de la misère ?

Maman revient s'asseoir à côté d'elle et joint les mains sur ses genoux. Le notaire déplie un œuf, froisse le papier qu'il jette dans une corbeille. Il a l'air de s'amuser, on dirait qu'il prend plaisir à la visite de maman. Il fait rouler l'œuf sur la table, devant lui, puis dans sa paume, l'examine comme si c'était quelque chose d'extraordinaire, l'œuf d'un oiseau inconnu. Il lève la tête et regarde maman avec un drôle de sourire espiègle.

— Pariez que je le gobe ici, tout de suite ?

Maman pose les mains sur sa poitrine, respire très fort.

— Oh non, je vous en supplie !

Suzie devine qu'ils se connaissent depuis longtemps. Peut-être même ont-ils ensemble de graves secrets.

— Maître, s'il vous plaît, est-ce qu'on pourrait parler de l'affaire de mon prêt ?

— Mais oui, madame Taradel, bien sûr. Tout de suite.

Il retire délicatement une lettre d'une chemise.

— Voyons ce que vous m'écriviez. Quatre mille francs, remboursables en quatre ans, mille francs par an, plus les intérêts. Ça me paraît très raisonnable. Je peux vous prêter quatre… mettons cinq mille francs, pour six ans, à trois et demi pour cent, ce qui est le taux de la caisse d'épargne.

— Merci, maître. Mais j'ai peur que mon mari ne signe pas pour cet emprunt. Est-ce qu'on peut se passer de son accord ?

Le notaire repousse son fauteuil, se lève en s'appuyant sur le coin de la table et se met à marcher devant les fenêtres, les épaules courbées, les mains nouées dans le dos, en grommelant :

— Vous me prenez de court, diable.

Il se retourne vers maman, la regarde avec un sourire très doux, soupire et s'approche de la banquette.

— Je ne sais comment faire.

Il se pique en face de Suzie, tend la main vers sa tête. Elle frissonne et sent la chair de poule courir sur ses bras, mais ce n'est pas de dégoût. Au fond, elle aimerait bien une petite cajolerie, ne serait-ce que pour rendre maman jalouse. Le notaire se contente d'ajuster le béret de Suzie sur ses cheveux.

— Vous êtes très jolie, mademoiselle Suzie. Vous aimeriez être propriétaire ?

Suzie ouvre la bouche pour dire : « Je m'en fous. Je veux travailler en ville ! » Mais elle ne va pas faire ça à maman, elle hoche la tête vaguement et marmonne « oui, oui, m'sieur, oui, oui ». Il lui passe deux doigts sous le menton, la force à relever la tête. Elle résiste à l'envie de mordre. Il a de si belles mains, on en mangerait. Maintenant, il la regarde dans les yeux.

— J'ai aussi deux enfants. Un garçon et une fille : Henri, six ans, Bernadette, trois ans.

« Si vous saviez comme je me fiche de vos drôles, monsieur le notaire ! » Suzie lutte contre le sommeil qui l'envahit, à cause de la chaleur et de la fatigue. Maman lui prend les doigts.

— Suzie, tu es toute blanche et tu as les mains glacées.

— Tu n'as pas froid, Suzie ? dit le notaire.

Ça y est, il la tutoie et l'appelle Suzie tout court, comme si elle était sa bonne d'enfants. Non ! Elle préfère travailler à l'usine de conserves et se brûler avec des bassines bouillantes. Et les drôles du notaire, ils doivent être très mal élevés. C'est *sale bête*, les gosses de riches !

Elle n'a pas froid, elle a trop chaud. Le bien-être l'engourdit, elle a des fourmis aux pieds et aux mains. Elle flotte sur un nuage, d'où elle entend le notaire parler à maman.

— S'il le fallait à tout prix, on pourrait se passer de votre mari. Mais voulez-vous mon avis, ce ne serait pas bon pour votre ménage ni pour l'avenir de vos enfants. Je connais Taradel, c'est un brave garçon. Je dirai même plus : c'est un chic type. J'ai été très heureux qu'il vous épouse. Mais je connais ses défauts. Il vit au jour le jour et y trouve satisfaction. Quel âge a-t-il ? Pas loin de quarante ans ? Il doit prendre enfin ses responsabilités. N'est-ce pas, Ma… madame Taradel ? Agir à son insu serait un pis-aller, et je ne m'y résoudrai qu'en désespoir de cause.

Le notaire se tient maintenant les bras croisés près d'une fenêtre, celle d'où on aperçoit un coin de rue. Maman se tait. Suzie a entendu le notaire bafouiller : il a commencé d'appeler maman par son prénom, il s'est repris tout de suite, mais trop tard. Ils ont dû être amoureux quand ils étaient jeunes.

« Et supposons qu'elle ait épousé le notaire au lieu de papa. Tu serais une fille de riche et tu habiterais la ville ! Mais tu serais une autre Suzie. Tu serais une autre fille qui ne s'appellerait pas Suzie. Peut-être Geneviève ou Marie-Antoinette, comme la reine… » Elle appuie la tête sur le dossier de la banquette. « Papa, je suis avec toi. Moi non plus, je n'ai pas très envie d'être propriétairc. »

Maman se lève, se tourne vers le notaire, les yeux baissés, attentive, humble, têtue. Maman, ses rêves et son courage. Maman, son idée fixe d'arrenter la Dieu-merci. Elle y arrivera, d'une façon ou d'une autre, tôt ou tard. Mais comment aider maman sans trahir papa ?

— D'ici une quinzaine, je dois aller en tournée du côté de Bufeloup, dit le notaire. Je passerai chez votre tante et nous verrons ce qu'on peut faire.

— De mon côté, dit maman, j'essaierai de persuader

Victor. S'il fait la forte tête, je connais peut-être un moyen de le faire changer d'idée.

« Ils vont gagner, se dit Suzie. Ils vont mettre papa dans leur poche, tous les trois. Mais c'est pour son bien, après tout ! »

Elles sont reparties sans passer par le marché. Mais à la sortie de la ville, elles ont croisé un chanteur ambulant qui bêlait *Les Roses blanches, La Caravane* et *Ramona.*

Maman s'est exercée une minute à l'accompagner, puis elle a sorti son porte-monnaie et acheté deux ou trois chansons.

Il est onze heures, elles s'arrêtent dans la campagne pour manger leurs provisions. Maman mouille son mouchoir avec leur fiole de piquette pour nettoyer ses sourcils.

— Ça lave mieux que l'eau pure, dit-elle.

Mais non, elle a beau frotter, elle a toujours des traînées noires autour des yeux, sur le front, les joues et jusqu'au bout du nez. Alors, elle renonce, lance un rire joyeux, fredonne :

Et jamais deux amants / N'avaient connu de soirs si doux…

— Mon Dieu, j'ai l'air d'une créature !

— Tu fais penser à la femme d'un charbonnier. Pourquoi tu n'as jamais une glace dans ton sac ?

— Je me regarde dans l'eau. Quand j'étais jeune, le curé m'a donné une fois une longue, longue pénitence. Je ne devais plus me regarder dans une glace. J'ai perdu l'habitude.

Elle rit en silence, des yeux, de la bouche, de tous ses traits. Une lumière douce et mouillée éclaire son regard.

Elle marche si vite, maintenant, que Suzie peine à la suivre. Ça ne l'empêche pas de parler, sans reprendre son souffle.

— Les métayers, nous sommes des gens comme les

autres, dit-elle. Pour peu qu'on soit pas trop mal habillés, qu'on baisse pas tout le temps la tête devant les messieurs-dames et surtout qu'on cause pas le patois !

À la campagne, bien des gens, surtout les vieux, ne savent pas dire trois mots de français, même des propriétaires.

— Les hommes font de la politique, ils disent qu'ils sont socialistes, ils veulent la révolution... Ils sont bien bêtes. Ils n'ont qu'à arrêter de causer le patois et tout le monde sera égaux, la révolution se fera toute seule !

10

Oui, mademoiselle

— Voyons, voyons, dit la demoiselle. Pierrot Taradel !

Pierrot se lève, le cœur battant, les jambes un peu molles. À lui de réciter, ce matin. Ça devait arriver un jour.

Il regarde la maîtresse avec un sourire suppliant. Certains la trouvent laide, avec sa figure un peu longue, ses lunettes, sa grande bouche. Mais elle lui a plu tout de suite, c'est la plus jolie maîtresse qu'il ait jamais eue. Si seulement il pouvait lui dire tout ce qu'il sent dans son cœur pour elle !

Elle se lève, descend de l'estrade, avance vers lui, douce et grave, comme elle est toujours.

— *Soir d'automne,* dit-elle. Je t'écoute.

Pierrot ferme les yeux une seconde. C'est la première fois qu'il apprend une récitation des grands. Pendant tout le premier trimestre, il a récité avec le Cours moyen 1 et lu dans le petit Bouillot. À la rentrée de janvier, la demoiselle a décidé de le mettre « pour voir » avec ceux du certificat.

La tête lui tourne. *Soir d'automne*, d'André Theuriet, est une poésie très difficile. Il a appris les trois premières strophes, et maintenant, comme d'habitude, il ne se souvient de rien. Les deux filles du catéchisme, Jacqueline et Louisette, se sont retournées, et le guignent avec du feu plein les yeux. Elles bichent fort de le voir dans l'embarras. Jacqueline est gentille, mais Louisette attend la première occasion de le tourner en ridicule. Quand même, elle est si rigolote quand elle le charrie, il ne peut pas lui en vouloir…

— Pierrot, dit la demoiselle, ouvre les yeux, regarde-moi !

Il avale sa salive et se lance.

En octobre, les bois sont comme un grand fruitier
Où l'automne a vidé sa corne d'abondance :
Du haut des arbres roux, qu'un vent léger balance,
Faines, sorbes et glands mûrs pleuvent dans le sentier.

Il récite les trois strophes. C'est fini pour cette fois ! Il se laisse tomber sur son banc, le front et les yeux baignés de sueur, les joues brûlantes, c'est tout juste s'il ne claque pas des dents. Est-ce qu'il a bafouillé ? Il n'en a aucune idée. Les filles ne rient pas, ça l'étonne. Louisette la chineuse lui fait un signe avec la bouche, qu'est-ce qu'elle veut dire ? Oh, il s'en fiche. Il n'a pas besoin du certificat pour être métayer et travailler la terre !

— C'est bien, dit la maîtresse.

Alors, il ne s'est pas trompé, il n'a pas trop bafouillé.

— Lecture, maintenant.

Elle garde les yeux fixés sur lui, elle l'étudie d'un air songeur. Elle se demande peut-être si elle va le renvoyer chez les petits. Pourvu qu'elle ne lui demande pas de lire !

Elle retourne à son bureau, ouvre le grand Bouillot et annonce la lecture des cours moyen et fin d'études, *La vente des bœufs*, page 109. Elle lit clairement le résumé en petites lettres : « *Julien Noëllet a un fils qui végète à Paris, déclassé, et qui réclame à son père quinze cents francs pour payer ses dettes. C'est pour se procurer cet argent qu'il se résigne à vendre sa plus belle paire de bœufs.* » Quelle jolie voix elle a, il est remué jusqu'au milieu du ventre. Il l'écouterait des heures. Elle explique « végète » et « déclassé », puis elle promène sur la classe son sourire doux et mystérieux.

— Voyons, voyons. Pierrot Taradel ? Oui, toi. Je veux voir si tu es aussi bon en lecture qu'en récitation !

Mais il n'est pas bon du tout ! Il lève les yeux et voit les autres qui le guettent, se trémoussent et rient en dedans. Louisette s'est retournée pour mieux l'observer, elle a posé le pied sur le bord de son banc et croisé les mains sur son genou.

— On t'écoute, dit la demoiselle.

Il lit avec effort, la gorge sèche, les lèvres tremblantes.

« *Le soleil n'était pas levé quand la voix de Julien Noëllet éveilla le valet qui dormait au-dessus de la boulangerie. « Ohé ! descends lier la grande paire de bœufs et dépêche !* » *Le valet alla prendre, le long de l'étable, le joug de cormier poli, le posa sur la tête des deux plus beaux bœufs, Vermais et Fauveau, tachés de blanc et de roux, hauts d'échine, larges de croupe, et tandis qu'il serrait la pièce de b... b... bois...* »

Fatigué après dix lignes à peine de lecture, Pierrot commence à buter sur les mots — les affreux mots en b. C'est la première fois qu'il lit à haute voix dans le grand Bouillot, le Bouillot du certificat. Il glisse un coup d'œil vers Louisette qui n'a pas changé de position. Il respire très fort et reprend sa lecture.

« *... et tandis qu'il serrait la pièce de bois au ras des cornes avec la courroie, il remarqua que deux larmes coulaient sur la joue creusée du mé... métayer.* » Pierrot s'arrête, un poids sur la poitrine. Il vient de penser à la Casta. Un jour, elle partira pour la boucherie, pour mourir. Il tourne la page, vite, pour aller voir si les bœufs de Noëllet seront sauvés à la fin.

« *C'est pour les tuer que vous les voulez ? demanda-*

t-il. — Pas pour autre chose, dit le marchand en riant. Croyez-vous que je les achète pour leur faire des rentes ? »

Pierrot essuie ses larmes d'un revers de manche. La demoiselle fait semblant de ne rien voir.

— Louisette ? Tiens-toi bien et lis la suite !

Pierrot ravale ses pleurs. C'est sûr que la maîtresse va le renvoyer chez les petits !

À la fin d'une journée de classe, ni meilleure ni pire que les autres, elle l'appelle à son bureau. Il n'y a pas de punis, la demoiselle donne rarement des retenues. Elle a des gestes lourds de fatigue pour s'asseoir, pour tirer sa jupe, pour relever les cheveux qui lui tombent sur la figure et pour frotter ses yeux qui la piquent toujours en fin de journée. Avec le vent d'ouest et la pluie, le poêle fume beaucoup. « Pierrot Taradel... » Elle a prononcé son nom avec douceur, en soupirant. Il voudrait tant réussir pour être aimé d'elle.

Pourvu qu'elle n'apprenne pas l'histoire du prénom ! À la rentrée, il a entendu les autres se moquer du nom de la demoiselle, Mlle Pommerède. Lui, c'est son prénom qu'il aurait voulu savoir. Il l'a demandé aux autres qui en ont profité pour le moquer. Il a échangé ses billes, sa toupie, sa réserve d'élastiques pour fronde, et ses images et ses crayons, contre le secret du prénom. Les sales bêtes lui soufflaient des prénoms bizarres et pas très beaux, Ernestine, Aglaé, Balbine... Et puis les filles le détrompaient. « Ce n'est pas comme ça qu'elle s'appelle, la demoiselle, la, la, la ! » Et il ne connaît toujours pas le vrai prénom de son béguin !

Elle lui tapote l'épaule, le fixe dans les yeux.

— Voyons, voyons. Tu as de la mémoire, tu l'as prouvé en récitant ce matin une poésie du certificat sans faute et avec une bonne intonation. Tu es intelligent, tes idées en composition française le montrent. Tu ne manques pas de sensibilité, à ta façon de lire et de réciter. Tu es courageux, puisque tu apprends tes conjugaisons. Tu aimes l'histoire et la géographie. J'ai vérifié que tu avais pris à la bibliothèque *Histoires de bêtes*, de Mme Colomb, *Chien et Chat* de Pierre Maël et *Mémoires d'un lièvre*, de Charles Diguet. Tu aimes les bêtes, je l'avais déjà remarqué dans tes rédactions. Alors, je me demande pourquoi tu n'as pas de meilleurs résultats en classe. Comprends-tu ?

— Oui, mademoiselle.

« Mademoiselle » est un mot doux. Mais si Pierrot savait le prénom de la maîtresse, il se sentirait tellement plus fort pour l'école et pour la vie ! Elle lui sourit avec bonté et affection. Il aime ses grands yeux qui cillent et qui brillent, sa bouche qui n'est jamais pincée. Elle secoue la tête.

— Tu veux qu'on en discute ?

— Oui, mademoiselle.

Il dirait « oui, mademoiselle » jusqu'à demain matin, parce que c'est un plaisir délicieux. Mais ce serait encore mieux de pouvoir dire : « Oui, Alice. Oui, Denise. Oui, Odette… »

Elle est assise à son bureau, lui debout près d'elle, au bord de l'estrade. Comme elle est grande, ils ont presque les yeux dans les yeux. Le cœur de Pierrot bat très fort, par à-coups, puis devient tout faible, tout mou, on dirait qu'il va s'arrêter. La maîtresse secoue ses cheveux défaits, les rejette sur son épaule.

— Tu me dis « oui-mademoiselle, oui-mademoiselle », mais je suis sûre que tu ne m'écoutes même pas à moitié. Ton prénom te va bien. Tu es toujours un peu dans la lune, n'est-ce pas ? Tu as un petit bout de l'esprit ici et le gros bout Dieu sait où.

— Oui, mademoiselle.

Elle éclate de rire, lui caresse la joue.

— Tu réponds n'importe quoi, mais je vois bien que tu n'es pas là. Comment peut-on guérir ça ?

Une fille est entrée dans la classe. Elle n'a pas le droit, mais la demoiselle permet tout aux filles. Et, bien sûr, c'est cette chipie de Louisette, qui est venue pour espionner. Elle est à genoux devant son pupitre, elle fait semblant de fouiller dans son casier et l'a même à moitié vidé.

La maîtresse feuillette le cahier du jour de Pierrot et le questionne comme si de rien n'était.

— Voyons, voyons, qu'est-ce que tu veux faire quand tu seras grand ? Tu as une idée ?

Pierrot tourne trois fois sa langue pour répondre « métayer », mais sa gorge se serre, le mot ne peut pas sortir. Il se rend compte que la demoiselle ne va pas s'extasier. Des métayers, la commune en est pleine. Ils sont tout le temps en train de charger leurs affaires sur la charrette pour aller tirer misère plus loin !

Il baisse les yeux et il se tait. Alors, une voix pointue, moqueuse, méchante, répond pour lui du fond de la classe.

— Il veut faire curé, m'zelle !

Louisette, sur le point de sortir, s'est retournée à la porte et regarde la demoiselle avec un sourire de défi.

— C'est vrai, m'zelle.

La maîtresse tape sur son bureau, mime une grosse colère.

— Je t'ai demandé quelque chose, toi ? File ! Dehors !

Louisette ne bouge pas, elle prend sa moue boudeuse.

— Je voulais juste rendre service, m'zelle.

La demoiselle s'adresse à Pierrot, en soupirant.

— Tu ne m'as pas répondu.

Pierrot se tait. Louisette lance une nouvelle pique.

— Il voit le bon Dieu partout, même au cul des vaches, même dans le caca d'oie. Il l'a dit au caté, m'zelle ! Même sous les jupes des filles, il le voit !

— C'est pas vrai ! Menteuse ! hurle Pierrot.

Mais il a sans doute trop parlé, il ne sait pas toujours

tenir sa langue. Louisette, au lieu de sortir, comme la demoiselle lui a commandé, s'avance de trois pas et, le poing sur la hanche, des étincelles dans ses yeux noirs, apostrophe Pierrot.

— Tu le vois où, alors ?

— Je le vois pas !

Ça y est, il a renié le Seigneur. Il est bon pour l'enfer ! Il essuie deux larmes sur ses joues. La demoiselle se lève en riant pour chasser Louisette qui s'enfuit. Elle revient à son bureau, caresse la tête de Pierrot.

— Soyons sérieux. Tu aimes les animaux. As-tu pensé que tu pourrais avoir une bourse et devenir vétérinaire ?

Elle le pousse gentiment.

— Va. On y réfléchira tous les deux, veux-tu ?

11

En pensant à Ève

À onze ans, Pierrot participe régulièrement aux activités de la métairie.

Il prête la main à la litière des bêtes, en mélangeant habilement la paille et la bruyère pour les vaches : ce n'est pas si facile, avec la fourche trop grande pour lui. Parfois, il se sert de ses mains sans peur de se piquer aux épines d'ajoncs secs. Aux quatre ou cinq brebis, qui vont bientôt avoir leurs agneaux, il porte quelques brassées de la meilleure paille, qu'il étend à la main. Puis il aide son père à faire téter les veaux.

Cet hiver-là, on en a deux, au Petit-Maine. Celui de la Blanche, quel diable ! Pierrot ne le quitte pas des yeux pendant toute la tétée, le retient, le tape même sur le nez avec une fine baguette, quand il s'énerve et donne des coups de tête dans le pis de sa mère, le guide quand il manque les trayons dans sa précipitation, le ramène à sa place quand il s'échappe pour aller chercher fortune sous une autre vache…

Le jeudi et le dimanche, Pierrot se charge d'une grosse corvée, le lavage des raves ou des topinambours destinés à la bacade des cochons et des canards, une pâté au son que l'on cuit trois fois par semaine. Le pire, c'est les topinambours. Ces petits tubercules durs, bruns ou violets, ne sont pas lisses comme les pommes de terre, mais tout biscornus et contournés, pleins de creux et d'aspérités, qu'il faut gratter pour en sortir la terre. Et frotter, et frotter, dans l'eau glacée, vite boueuse. Pierrot remplit le baquet de lavage avec des seaux puisés à la mare. La mare est quelquefois gelée, et il doit casser la glace. Il remplit les seaux à moitié seulement pour qu'ils soient moins lourds. Après, il s'occupe de la chaudière, ça lui permet d'avoir du feu et de l'eau tiède pendant le lavage. Il prend l'eau de cuisson au puits, elle est bien plus propre.

Monter les seaux du puits est une lourde tâche pour un garçon de son âge : la margelle lui vient presque à l'épaule. Il fixe l'anse au crochet, déroule la chaîne en prenant bien garde de ne jamais lâcher la manivelle, comme le fait Suzie souvent, pour aller plus vite. Elle a déjà eu un accident. Le *tour*, un rouleau de bois fixé au bâti du puits, est plus gros que celui de La Chapelle-au-Bois, et le puits plus profond. Si on le laisse s'emballer, il prend de la vitesse, on ne peut plus arrêter la manivelle. En bout de course, l'axe de fer sort de sa gaine et tout dégringole en bas. Il faut aller repêcher le tour, le seau et la chaîne à douze mètres, avec le grappin de M. Comiac. Quelle histoire !

Pierrot récite en même temps quelques lignes de catéchisme, avec une préférence pour les histoires de paradis terrestre. «*Adam et Ève étaient heureux au milieu des beaux arbres, des belles plantes... Ils avaient tout ce qu'ils voulaient, ils n'étaient jamais fatigués, ni malades, et ils ne devaient pas mourir...*» Au paradis terrestre, la Casta ne serait jamais allée à l'abattoir !

Il garnit la chaudière de petit bois et l'allume, puis il prélève quelques tisons pour embraiser ses sabots. Ainsi, il a les pieds bien chauds pour travailler. Par contre, ses mains sont tout de suite glacées ; alors, de temps en temps, il va les tremper dans l'eau tiède.

Tout en travaillant, il se récite le catéchisme.

« Il y avait une fois un homme très riche qui n'aimait pas le bon Dieu et qui était méchant avec les hommes. Il ne pensait qu'à lui. À côté de lui, vivait un pauvre nommé Lazare... »

Il passe à la grammaire. Ce n'est pas drôle, mais il a promis à la demoiselle de faire un effort. Voyons, par exemple, le subjonctif présent des verbes être et avoir. Que je sois laborieux. Que tu sois laborieux… Que j'aie de bonnes notes… Que nous ayons de bonnes notes…

Tiens, une supposition qu'il se figure être au paradis terrestre, mais qu'Adam n'y soit pas. Il est allé se promener, cueillir des fruits permis. Alors, Ève est toute seule, tellement jolie avec ses longs cheveux blonds qui tombent sur ses peaux de bête, comme dans l'image du catéchisme. Soudain, Pierrot se rappelle la réflexion de Louisette : Ils étaient en asticot, tout nus, quoi, Adam et Ève. Bon…

Bon, une supposition. Pierrot enlève en pensée les peaux de bête. Ève est toute nue. Oh ! là, là ! qu'elle est belle ! Il voit sa poitrine, son ventre… Il a une drôle d'impression, sur la peau, à travers tout le corps, de voir Ève en asticot. Il pétrit très fort raves et navets, il ne sent plus le froid de l'eau sur ses mains.

Tiens, Ève n'a plus ses cheveux qui tombent, elle est coiffée en chignon, comme la caissière du grand café. Elle n'est même plus blonde, mais châtain foncé, tirant sur le roux. Il a presque le sentiment de l'avoir déjà vue, tout habillée, bien sûr. Ça fait une différence. Oh, mais ce long visage, cette bouche large et douce, c'est la demoiselle. Ève sans ses peaux de bête ressemble trait pour trait à la demoiselle, voilà le secret du paradis !

Pierrot aimerait bien la voir de plus près. Dommage qu'elle tourne le dos. Il essaie de s'approcher, elle s'en va en courant. Il l'entend rire, elle lui lance un coup d'œil par-dessus son épaule, son chignon se dénoue, comme ça arrive souvent à la fin d'une journée de classe. Et puis elle s'arrête, elle se retourne, chausse ses lunettes et le fixe sévèrement. « Pierrot Taradel, quand même ! » Il serre dans ses paumes une grosse rave ronde, blanc et violet, qu'il en oublie de laver.

La grange et les étables de la métairie sont adossées aux bâtiments du Grand-Maine. Entre les deux fermes, s'ouvre une minuscule ruelle, où s'écoule l'eau des toits, où circule un courant d'air qui assainit les murs. Côté métairie, elle débouche devant l'appentis de la chaudière. Dans cet espace à peine plus large qu'un panier d'osier et haut de sept ou huit mètres, des tourbillons naissent qui enlèvent les feuilles mortes bien au-dessus des maisons. Le vent siffle, mugit, se plaint, brame, roucoule. Pierrot l'écoute en lavant ses topinambours et ses raves. Il songe aux tempêtes en mer, aux voyages d'*Yvan Gall*, à *Pêcheur d'Islande*, au sirocco du désert, aux aventures, aux naufrages, au retour des hirondelles, aux avions dans le ciel. M. Comiac a interdit aux enfants de passer par la ruelle pour entrer dans sa cour en douce. Louisette ne s'en soucie pas.

Elle a trouvé un jeu. Quand il vente, elle attrape une poule chez sa mère ou chez M. Comiac. Elle la porte à la ruelle et la jette dans les tourbillons. La pauvre volaille se débat en caquetant, roulée dans le caniveau, ballottée d'un mur à l'autre ou bien enlevée par une rafale jusqu'au ras des toits. Une fois, une belle Houdan noir et blanc, la queue en éventail et une touffe de plumes sur la tête, est venue atterrir dans la chaudière où l'eau était près de bouillir. Pierrot a pu la repêcher tout de suite, elle n'avait pas l'air trop mal en point, elle caquetait même gentiment. Il la tenait par une aile quand Louisette a surgi, la robe chiffonnée, les cheveux au vent.

— Comment on va faire pour la sécher ? Si on allumait ton four à prunes ?

— Si on la mettait plutôt dans un panier avec des chiffons ?

Cinq minutes plus tard, la poule, effrayée par leurs manigances, s'est enfuie jusqu'à la grange de la métairie, en se traînant sur les ailes. Elle avait eu si peur qu'elle n'a plus voulu ressortir. Pierrot et Louisette lui portent du grain de temps en temps. C'est une occasion de bavarder, assis dans la paille ou le foin, en chaussettes ou pieds nus, les sabots posés à l'entrée.

À l'école et sur le chemin, en présence des autres enfants, Louisette est toujours chineuse et même un peu carne. Quand ils sont seuls, elle devient toute gentille et sérieuse. Elle le regarde avec un drôle de sourire.

— Toi, tu es le meilleur au caté.

— Je suis même pas pour la communion cette année !

— Les garçons font leur communion à douze ans, en général. Mais tu sais des choses.

Pierrot se rengorge en dedans. Il baisse les yeux.

— Pour Ève, je suis pas sûr qu'elle avait pas de peaux de bêtes !

— Mais tout le monde sait qu'elle en avait pas.

Il creuse le tas de paille du bout de son pied.

— Dans l'image du caté, elle en a.

— On met les peaux pour la bienfaisance, la convenance, quoi. À mon avis, ils étaient tout nus. Enfin, si c'est vrai !

Pierrot se dresse, piqué au vif.

— Quoi si c'est vrai ?

— Le paradis terrestre, Adam et Ève, toute l'histoire sainte !

Pierrot fixe Louisette dans les yeux pour s'assurer qu'elle ne rigole pas. Elle sourit, une flamme danse au fond de ses prunelles. Soudain, elle lui prend la main.

— Et toi, qu'est-ce que tu en penses de tout ça, Adam et Ève, le serpent, le fruit défendu ?

Il a peur du péché, et c'est la première fois qu'une fille lui tient la main.

— Je sais pas, dit-il d'un air piteux.

Mais elle insiste.

— À ton avis, qu'est-ce que c'était le fruit défendu ?

Il répond en toute hâte :

— Le fruit de l'arbre de la science du bien et du mal.

— T'en as déjà vu, un arbre de la science du bien et du mal ?

Pierrot pousse un gros soupir. Louisette lâche sa main.

— Je croyais que tu savais des choses.

Il a tellement envie de contenter sa petite voisine : de la contenter, de l'enchanter, de l'éblouir. Il se lève et se dandine face à Louisette, lovée dans la paille comme pour dormir. Sa jupe remontée, elle se gratte le dessous du genou, en guignant Pierrot du coin de l'œil.

— Tu sais ce que dit mon cousin Paul ?

Le cousin Paul est un vieux qui va bientôt partir au régiment. Pierrot secoue la tête. Il ne sait pas et il s'en fiche. Louisette se dresse à demi, appuyée sur ses mains, le toise d'un air de défi.

— Il dit que manger le fruit, c'est coucher ensemble !

Pierrot se sent rougir et pâlir en même temps. Louisette baisse la voix.

— Attention : coucher ensemble sans être mariés. Si on est mariés, c'est plus un péché.

Pierrot regarde ses pieds en silence. Louisette le lorgne avec un sourire aguicheur.

— Tu sais tout, pas vrai ? Mais tu veux rien dire parce que tu as peur que le curé l'apprenne ?

Elle se lève d'un bond et s'approche, la figure à toucher, les yeux dans les yeux.

— Tu sais tout, hein, Pierrot ?

Il sent le souffle de Louisette sur sa bouche, sur ses

paupières. Il a chaud dans la tête, un frisson court sur sa peau. On dirait qu'une bête vivante remue au fond de son ventre. Elle insiste, gentiment tentatrice.

— Tu sais des choses, hein, Pierrot Taradel ?

Il croise le regard de Louisette et avale un gros paquet de salive.

— Oui, je sais des choses.

12

Le temps de l'alambic

Dans tous les villages du pays, l'hiver est la saison de l'alambic. On distille, on *fait la goutte* !

La goutte, c'est l'eau-de-vie. Ici, on ne bout guère que les excédents de vin, le vin de presse, les fonds de barriques aigris, mais pas le marc ni la pulpe des fruits, l'appareil ayant une seule chaudière. Le distillateur ambulant est un nommé Couacou, dit Angrizolo, petit lézard : tout gris des cheveux au bout des ongles, menu, sec, vif comme un lézard de muraille. Il promène son appareil, tiré par les meilleures vaches du voisinage, les plus calmes, les plus sûres. Il a demandé à Victor Taradel de le mener avec la Casta et la Blonde. La machine vaut cher, elle est fragile, il ne faut pas trop la brimbaler sur les nids-de-poule des routes blanches et surtout pas la chavirer dans le fossé.

Aussi Angrizolo ne s'arrête-t-il pas à chaque ferme. Il choisit trois ou quatre lieux stratégiques dans chaque commune et s'y fixe pour huit jours. Le Maine est un de ces lieux. M. Comiac ne veut pas accueillir l'installation dans sa cour, à cause des allées et venues et des odeurs : celle de la vinasse, très âcre, et celle de l'eau-de-vie, très pénétrante. Il a fixé un endroit, devant la pompe de la métairie, avec la permission de maman.

— La senteur de l'alambic vous enfume pas trop la tête, Marie ? Si c'était au cas, je verrais à voir !

Maman a ri en montrant les dents. C'est sa façon de dire le bien en pensant le mal. Elle s'en fiche, puisqu'elle est sûre d'être à Bufeloup, avant la fin de l'année. Elle a regardé le monsieur dans les yeux.

— C'est votre eau et votre pompe !

Quand le distillateur Angrizolo est venu demander à papa de le conduire avec ses bêtes, il a sorti une fiole de sous sa veste et expliqué que c'était la meilleure gnôle, de celle qui sort en fin de saison, quand on vide les tuyaux pour de bon, et qui monte à soixante-cinq en degrés.

Il attendait qu'on apporte les petits verres. Les Taradel en ont trois, que maman garde bien cachés derrière les grands. Elle a fait signe à Suzie « deux », et Suzie a posé deux verres à goutte sur le coin de la table. Maman en a poussé un devant le bonhomme et gardé l'autre à portée de sa main.

— Je vais trinquer avec vous, patron !

Angrizolo a regardé papa, debout près du foyer. Papa s'est baissé, il a pris la pelle du feu pour embraiser ses sabots.

— Je bois plus de goutte depuis le régiment. Je vais trinquer avec un verre de blanc.

Depuis ce jour, Angrizolo essaie tant qu'il peut de faire boire la gnôle à papa. Et papa annonce sur un ton de triomphe qu'il a encore résisté.

— Il est pas si tôt né celui qui me forcera !

Maman pince les lèvres.

— À ta place, je ne serais pas si sûre de moi.

Au régiment, papa avait pris l'habitude de boire de l'absinthe. Un jour qu'il avait un verre dans le nez, une vraie muffée, il a fait une bêtise, il n'a jamais dit quoi au juste. Il est allé en prison et ç'aurait pu tourner mal, si le médecin major ne lui avait pas sauvé la mise, contre serment de s'arrêter de boire. Il a fait une rechute pendant la guerre et, à son retour, maman a dû se gendarmer pour lui couper la gnôle.

L'alambic trône dans toute la gloire de ses cuivres à cinquante pas de la maison. On ne risque pas de l'oublier, avec l'odeur qui flotte jusqu'à la cuisine. Pierrot a la tête qui tourne, Suzie a fini par s'habituer. Papa va voir quatre ou cinq fois par jour si on n'a pas besoin de ses services. Chaque fois, Angrizolo vient à sa rencontre avec une bouteille et un gros verre à côtes, si culotté qu'on ne distingue pas ce qu'il y a dedans.

Papa refuse fièrement. On dirait qu'il prend plaisir à se faire tenter pour mesurer sa force. Maman dit qu'il joue avec le feu et que jamais, au grand jamais, l'alambic ne viendra à Bufeloup quand ils seront propriétaires.

13

Papa est en affaire

Un jour, le facteur s'arrête à la maison juste au moment où Pierrot rentre de l'école. Le moussu de La Chapelle, l'ancien propriétaire, a écrit une lettre à papa disant que le blé et le vin de l'an dernier étaient vendus. « Vous pouvez venir chercher votre dû, contre reçu de la main à la main, à charge de retenue. » Papa grogne pour la forme, parce que maman est là et que son regard lance du feu.

— À charge de retenue, à charge de retenue ! Ah, celui-là !

Maman devient toujours plus jolie quand elle se met en colère. Ses yeux s'agrandissent, ses joues rosissent, sa bouche s'anime, ses narines palpitent, elle relève ses cheveux sur son front d'un geste décidé. Papa lui cède souvent, mais il a une façon spéciale de la dévisager quand elle se fâche, le regard arrêté, bien droit, en souriant, la lèvre inférieure avancée.

— Le proprio a le droit de compter la moitié de l'engrais et du sulfate. C'est dans le bail.

— Tu veux que j'y aille à ta place ?

— Tu n'as pas de bicyclette.

Papa regarde Suzie, sa Suzie, d'un air complice. Il voudrait bien se décharger de l'affaire sur maman, mais il ne peut pas. Ça se saurait, on jaserait, ça lui ferait du tort.

— Eh bien, vas-y demain, dit maman. C'est jeudi. Pierrot m'aidera à la grange et puis je ferai une bonne soupe avec du salé. Tant pis pour toi.

Papa sourit, lève la main droite, en frottant l'index et le majeur sur son pouce. Les enfants connaissent ce geste de compter les billets : « Je vais palper ! » L'argent, il n'en fait pas grand cas, mais il aime toucher les billets, surtout les cinq cents et les mille, les *fafiots*, presque grands comme une page de cahier. Il aime les plier lentement pour les mettre dans sa poche. Il les tripote toujours un bon moment avant de les donner à maman, qui les cache ou les porte à la caisse d'épargne.

Pierrot, lui, a une préférence pour le billet de vingt francs, d'un joli bleu, tirant sur le vert, avec Bayard, le chevalier sans peur et sans reproche. C'est le plus gros qu'il ait jamais possédé. Un jour, Louisette a apporté en cachette un billet de cent francs à l'école. Elle a dit : « Il est à moi ! » Tout le monde a pensé qu'elle l'avait chipé à sa mère. C'est vrai que c'est un beau billet, à quatre ou cinq couleurs. Sur un côté, on voit des paysannes en costume et des petits enfants tout nus. Sur l'autre, un forgeron, l'air terrible, qui tient un marteau posé sur une enclume et une dame de la ville presque pas habillée.

— La fortune, a dit Louisette en rigolant. Le truc plein de fruits qu'elle porte sous le bras s'appelle une corne d'abondance.

Pierrot a pensé tout de suite à Ève. Mais la Fortune n'est pas vêtue de peaux de bêtes. Elle a une jolie robe, ouverte sur la poitrine, et qu'elle soulève assez haut pour montrer ses cuisses. On voit aussi ses bras, ses épaules, son cou, un de ses seins. Ses tresses blondes sont roulées sur sa tête. La demoiselle se coiffe aussi comme ça quand elle a le temps, le dimanche et les jours de fête.

Papa a sauté sur sa bicyclette, un vieux clou qui ne doit pas valoir, d'occasion, beaucoup plus que le billet de la Fortune. Il s'est retourné pour faire des gestes d'au revoir, au risque de se casser la figure.

Après le départ de papa pour La Chapelle, maman décide de tuer un lapin. D'habitude, c'est papa et Pierrot qui tuent les lapins. Suzie et sa mère se chargent des volailles. Mais il n'y a pas de poulets bons à cuire en ce moment.

Les sept ou huit cages à lapins sont entassées dans un cagibi sombre, derrière l'étable des moutons. L'odeur âcre et piquante vous prend à la gorge tout de suite. Suzie propose un lapin, puis un autre, puis un troisième. Les pattes à l'abri sous un manchon de fourrure, ils rongent en remuant le nez les restes de pissenlits de leur ration du matin. Ils sont là, curieux, derrière le grillage, attirés par le rayon de soleil que projette la porte ouverte : les gris, les roux, les noirs, les blancs aux yeux rouges... Un mâle frappe du pied et secoue sa cage. On inspecte les deux ou trois cages de « bons à manger ». Çui-ci ? Çui-là ?

— Non, pas celui qui a l'oreille cassée, dit Pierrot, il la bouge drôlement. On croirait qu'il dit bonjour.

Pierrot a toujours une objection. Suzie tourne le dos, regarde le ciel, encore heureux qu'il fasse beau ! Maman est de bonne humeur, elle ne se fâche même pas.

— Et qu'est-ce que tu penses de celui-là ?

— Mais il est si mignon !

Maman, la tête ailleurs, fredonne des bouts de chansons.

Ramona, nous étions partis tous les deux...

Suzie finit de tailler le pain dans les assiettes. Maman soulève le couvercle de la soupière, qui exhale une fine vapeur à l'arôme de jardin potager : navets, raves, oignon, chou, carottes… Le fumet de la viande épaissit l'odeur des légumes. Maman pique un morceau de ventrèche au fond de la soupière.

— C'est le dernier. Il va falloir qu'on tue le plus tôt possible.

Elle veut dire « qu'on tue le cochon » : il y en a deux à la porcherie, de bonne taille et gras à lard. Suzie hume un fond de rance qui lui fait plisser le bout du nez. Maman a peut-être récupéré le morceau de ventrèche dans ses provisions de deux ans… Mais déjà Pierrot se lèche les babines.

— Ça sent bon, maman !

— Qu'est-ce qu'on attend pour tuer ? demande Suzie.

Maman arrête sa louche en plein vol.

— Tu le sais bien, ma chérie. On attend que le monsieur soit prêt. Il trouve que nos cochons ne sont pas assez vieux et pas assez gros. Les patrons sont tous comme ça. Pour tuer quand on veut, je le dis toujours à votre père, il faut être propriétaire !

Elle remplit l'assiette de Suzie, celle de Pierrot, pose la ventrèche dans la sienne pour la découper. Pierrot s'enfourne une énorme cuillerée de soupe dans la bouche, puis lève la tête.

— Puisque on a deux cochons, on peut en choisir un pour nous et le tuer tout de suite !

Maman a coupé la ventrèche en quatre morceaux. Elle en distribue trois, remet le quatrième dans la soupière pour papa.

— Ce n'est pas possible, mon Pierrot. On doit partager les deux avec notre monsieur.

On frappe à la vitre, la porte s'ouvre. C'est M. Comiac.

Le proprio s'est mis sur son trente et un pour visiter sa belle métayère ! Il a peigné ses mèches, coiffé un chapeau de feutre. Il s'est peut-être lavé la figure, sinon les cheveux. Ses rides sont moins noires. Ses petits yeux malins brillent sous la broussaille des sourcils. Il a pris une veste propre, et la chaîne d'argent de sa montre pend à son revers. Mais son pantalon tire-bouchonne jusqu'à la bride de ses sabots. Dans son idée d'être bien mis, on dirait que le pantalon compte pour du beurre.

Il porte deux doigts au bord de son chapeau.

— Bon appétit et bien le bonjour, la femme et les enfants !

Il se racle la gorge, sa pomme d'Adam va et vient le long de son cou, il regarde maman comme un chien la viande sur le gril. Il est trop poli pour se lécher les babines et pas assez pour mettre ses yeux dans sa poche. L'odeur de la lotion qu'il s'est vidée sur la tête se mélange à celle de l'eau-de-vie qu'il vient de s'envoyer dans la panse à l'alambic. Il se tient une main sur la hanche, il fait semblant de chercher papa du regard.

— Je vois point le patron, peut-être qu'il est en affaire ?

— Asseyez-vous donc, monsieur Comiac, dit maman. Mon mari est parti à La Chapelle toucher son reliquat de l'an dernier.

— Ah oui, son reste, quoi. Ha, ha, ha, !

Le monsieur pose une fesse sur le coin de banc, se gratte le cou, sort sa montre et oublie de regarder l'heure. Il la range, ôte son chapeau, une mèche glisse vers son œil et son œil glisse vers le corsage de maman.

— Marie Taradel, ha, ha, je suis bien content de vous causer. Je voulais voir votre mari pour décider quand on va tuer. On pourrait tuer les deux cochons en même temps, ou alors garder le plus petit qu'est assez maigriot d'avoir mangé trop de glands à l'automne. On fera comme vous voudrez, je pense que c'est aux femmes de choisir pour les cochons. Les hommes ont assez à se soucier pour le gros bétail.

— On fera comme vous voudrez, monsieur Comiac,

dit maman. Je pense que c'est au propriétaire de décider pour le tuage.

Maman a un sacré toupet. Si elle voulait, elle mettrait six proprios dans chaque poche de son tablier. Mais elle s'en fiche.

Le monsieur se dandine tout assis, tend la main vers la bouteille de piquette. Il a les doigts boudinés, comme si le peu de graisse de son corps s'était enfilé là. Maman attrape une bouteille de vin et un verre propre. Elle se penche pour le servir. Il la lorgne bouche bée.

Il boit une gorgée de vin, fait un clappement de langue.

— À propos de gros bétail, j'ai décidé de garder les vôtres au moins deux ans de plus pour dresser des élèves. C'est d'un bon rapport. Votre Casta est une sacrée dresseuse, ça serait dommage de l'envoyer tout de suite à la boucherie. Alors, voilà, votre mari m'a promis de me vendre votre paire en arrivant. Ma foi, elles ne sont pas jeunes, surtout votre Casta qui marche sur ses vingt ans, *béleou bé*. Et dans deux ans, le boucher ne donnera pas cher de cette vieille viande. Je les ai regardées au travail et au pré, je voulais pas que ce soit le dit de les tâter devant votre mari. Honnêtement, je les estime autour de quatorze cents francs. Mais je sais que ce sont les vôtres, Marie, que vous les avez eues en dot pour compenser de marier un métayer. Je pense que vous avez du sentiment pour la paire, une femme, pas vrai ? Je vous en offre trois mille francs les deux.

Pierrot se dresse au bout de la table, les yeux hors de la tête.

— Mais mon papa veut pas vendre la Casta !

— Ah, les petits drôles, dit le monsieur. C'est un brave garçon que vous avez, Marie. Je lui donnerai vingt francs le jour qu'on topera pour les bêtes.

Pierrot, poings serrés, ravale ses larmes. « Je veux pas de... » Maman l'arrête d'un geste.

— Pierrot, tiens-toi bien, mouche ton nez, s'il te plaît.

Le ton est sans réplique, mais un sourire très doux accompagne la semonce. Maman se retourne vers le monsieur.

— Les vaches sont à mon mari. Comme vous disiez, le gros bétail, c'est l'affaire des hommes. Mais on ne laissera pas partir la paire pour moins de quatre mille cinq cents francs.

— Quatre mille cinq cents !

Bien envoyé, se dit Suzie. Pauvre monsieur, il manque tomber sur le derrière, à force de se trémousser. Maman sourit en essuyant son assiette avec un morceau de pain.

— Oh, vous avez raison, monsieur : dresser une élève, ça coûte les yeux de la tête, et la Casta est une droitière bonne à la charrette, au brabant et à la faucheuse. Et si vous la voyiez à la charrue, dans les vignes et les vergers !

Le monsieur gonfle une joue et souffle à petits coups, du coin de la bouche : pff, pff, pff. Pierrot renifle dans son assiette. Pauvre Pierrot, il ne comprend rien à la vie. Tant pis pour lui. Maman continue de frotter son pain sur le bord de son assiette.

— La Belle est plus nerveuse, c'est normal pour une gauchère. Elles peuvent faire encore deux ou trois ans de dressage, de quoi se rembourser de leur prix. Quand elles partiront à la boucherie, ce sera tout bénéfice. Enfin, c'est ce qu'il me semble, mais je ne suis qu'une femme.

Maman est terrible. Jamais papa n'aurait trouvé ça. Il est franc comme l'or, c'est pour ça qu'il se fait toujours tondre par les gros. Maman est si rouée que ça donne froid dans le dos.

Le monsieur pousse un soupir qui ressemble à un

bruit de pompe. Il coiffe son chapeau et se lève en se cognant au banc.

— Ah, Ma... Marie, vous me blaguez un peu, pas vrai ?

Il n'a pas tellement l'air de le prendre à la blague. Il vide son verre de vin, d'un trait, et manque d'avaler sa pomme d'Adam en même temps. Maman fredonne : *Ramona, je pouvais alors me griser / De tes yeux, de ton parfum, de tes baisers...*

Le moussu trébuche à travers la cuisine, se raccroche au coin du buffet, sort de nouveau sa montre.

— Oh, oh, oh. C'est qu'on ne s'ennuie pas avec vous !

Il se fourre son oignon sous le nez. On dirait qu'il ne sait plus lire les chiffres. Suzie n'a jamais vu un proprio aussi chamboulé. Il se vengera sûrement. Ça promet.

14

Le nouveau billet de mille

Papa brandit son gros portefeuille rapporté de la guerre.

— Devinez ce que j'ai là-dedans !

— Des sous, des sous ! glapit Pierrot.

C'est un portefeuille fabriqué du cuir de selle boche, il en est très fier, mais il n'a pas souvent l'occasion de le remplir. Il le serre au bout de son poing, le lève comme un drapeau et s'écrie, en mimant l'air de *J'ai du bon tabac* :

— Des billets, les enfants. J'ai de beaux billets dans mon portefeuille !

On dirait Rouget de Lisle en train de chanter *la Marseillaise*. Il ne perd jamais une occasion de se rendre ridicule. Mais il est si heureux ! Suzie voudrait partager son bonheur. Elle se serre contre lui pendant qu'il déballe ses billets.

— Devinez ce que c'est... Le nouveau billet de mille !

Il ouvre le fafiot plié en deux. Jaune, bleu, violet... Il le tient à deux mains sous les yeux de Suzie. Entre deux figures de dieux ou de déesses, on lit : *Banque de France. Paris, le 2 janvier 1929.* MILLE FRANCS. Papa retourne le billet. Au verso, Suzie reconnaît Pasteur. Il y a aussi un forgeron qui tape sur une enclume et un port avec une statue au milieu.

Maman s'affaire à l'évier.

— Tu as touché combien ?

Papa martèle les chiffres : deux mille six cent cinquante-cinq francs. Il tire un billet de cinq cents et un de cent.

— On verra les comptes ce soir. Je te jure que je ne me suis pas laissé manger la laine sur le dos. Bien sûr, le monsieur m'a retenu la semence, l'engrais, le sulfate… Mais on les devait.

— Seulement deux mille six cents francs ? dit maman.

Papa remballe ses fafiots, prend Suzie par l'épaule.

— Viens, on va voir s'il y a encore quelqu'un à l'alambic.

Pierrot se précipite. Papa le rembarre et se penche pour parler à l'oreille de Suzie.

— J'ai une surprise pour toi.

Trois ou quatre personnes bavardent autour de l'alambic. Le maire de Saint-Pierre goûte la gnôle. Angrizolo, se roule une cigarette en guignant la veuve Fauroux qui se chauffe au foyer. Louisette, qui est là aussi, fait un signe à Suzie.

Papa rit d'aise. Il n'espérait pas tant de monde. Il serre le bras de Suzie et lâche une confidence qui lui brûlait les lèvres.

— Je suis sûr que personne n'a encore vu le nouveau billet de mille !

À mesure qu'on approche de l'alambic, l'odeur devient plus forte, relent de vinasse qui lève le cœur et vapeurs d'alcool qui font tourner la tête. Papa sort une fois de plus son portefeuille.

— Est-ce que vous avez vu le nouveau billet de mille ?

Seule la veuve a l'air de l'entendre. Billet de mille,

ce sont des mots qui lui vont droit au cœur ! C'est une personne de l'âge de maman, peut-être un peu plus jeune. Honnêtement, elle n'est pas vilaine, la Lucie Fauroux : juste les joues un peu trop rouges, elle a dû boire à l'alambic. Et puis elle se donne de l'animation à causer avec tous ces hommes. Elle a une belle bouche, les dents blanches et les yeux tendres. Dommage qu'elle s'habille de couleurs criardes et oublie souvent de boutonner jusqu'en bas sa robe ou son tablier.

Elle se précipite et s'extasie.

— C'est tout nouveau, dit papa. Il sort de la banque.

— Tout nouveau ! Je peux le toucher ?

Papa jubile. Il tend le billet à la veuve, mais au moment de le lâcher, il a un petit recul du poignet. Elle le prend à deux mains et le tient tout près de ses yeux, en poussant de petits cris de surprise et d'admiration.

— Çui-là, c'est Pasteur, hein ?

— Oui, je crois bien.

Papa reste les bras ballants quelques secondes, l'air rêveur. Suzie croise son regard, il a presque les larmes aux yeux.

Le billet passe de main en main. Le maire chausse ses lunettes pour l'examiner.

— Ha, ha, voyons les filigranes. Attention au vent !

C'est un gros proprio, moitié de la ville, moitié de la terre, et toujours vêtu en bourgeois, avec un manteau et un chapeau. Il a un long nez crochu, de grosses lèvres, l'air sévère mais des yeux qui rient. Il serre la main de toutes les grandes personnes qu'il voit, sourit aux enfants et glisse un compliment à chacun.

Il déplie le billet face aux derniers rayons du jour.

— Un bon billet est celui qu'on ne peut pas contrefaire. Et celui-ci, c'est sûr que les malandrins s'y casseront les dents. Hé, jeune fille, lis donc les petites lettres, ici, sous les signatures !

Suzie s'approche, plus émue qu'elle ne veut le

paraître. Elle commence d'une voix mal assurée, elle a peur de se tromper, de faire rire les hommes et cette peste de Louisette. « *L'article 139 du code pénal punit des travaux forcés à perpétuité ceux qui auront contrefait ou falsifié les billets de banque autorisés par la loi...* » Elle s'arrête le souffle court. Les travaux forcés, le bagne, Cayenne, ça donne froid dans le dos. Les apartés se sont tus, tout le monde l'écoute.

— À per-pé-tui-té, scande le maire.

Il promène sur l'assistance un regard de menace sous ses gros sourcils froncés.

— Le gouvernement ne rigole pas avec les faussaires !

Angrizolo s'approche de papa, en tenant à la main son grand verre qu'il vient de remplir dans la cuve de cuivre où l'eau-de-vie s'écoule du serpentin.

— Un nouveau billet, ça s'arrose, Taradel.

Papa se retourne, bouche bée. Le distillateur lui tend le verre.

— Si vous voulez pas que ce putain de fafiot reste orphelin !

Papa retient son souffle, glisse un regard à Suzie, soupire.

— Ah ben, pour le cas, je sais pas.

Suzie fait mine de parler à Louisette. Elle ne veut pas influencer papa. Quand elle revient après avoir fait le tour de la machine, papa rend le verre au bonhomme en s'essuyant les lèvres. Angrizolo le menace du doigt.

— Hé, vous avez pas tout bu. Il en reste un bon peu !

— Ça va, ça va, dit papa. Faut pas que mon mille francs fasse trop de petits, mon portefeuille péterait !

En rentrant à la maison, papa se met à l'abri du vent et sort un autre billet.

— Celui-là, tu le connais, ma Suzie ?

— C'est un vieux cinq cents, dit Suzie.

Elle n'aime pas le billet de cinq cents à cause des

serpents, entre les têtes de déesses, les mêmes qu'on voit sur les bocaux, à la pharmacie. Papa frotte le billet sur la joue de Suzie.

— Il est moins joli que les billets en couleurs. Peut-être qu'il te plaira plus si je te dis que c'est ta bicyclette !

Le cœur de Suzie bondit dans sa poitrine. Mais elle n'est plus une gamine. Elle envisage gravement la situation.

— Tu es sûr que tu peux ? S'il faut, j'attendrai !

Papa tapote son portefeuille en le remettant dans sa poche.

— Tu vois bien que je suis riche !

— Mais si maman ne veut pas.

— Il faudra qu'elle veuille. J'ai l'argent !

Il scrute Suzie avec un sourire mi-triomphant, mi-désespéré. La boule de son menton se met à remuer. Il a le menton creusé d'une fossette, qui tremble facilement sous l'émotion. Son regard devient suppliant.

— Tu me soutiendras, hein ?

Elle rend son sourire à papa, sans répondre. On verra comment tournera la dispute.

Un silence de mauvais augure traîne tout le long du repas. Tant pis pour le lapin. Papa se racle la gorge trente-six fois et n'ose rien dire à maman. Il tripote son portefeuille, commence à déballer ses billets. Sur un coup d'œil de maman, il les serre en vitesse. Tout le monde pique le nez sur son assiette.

Tout à coup, maman lève la tête.

— On a des noix de Bufeloup pour finir, si quelqu'un en veut. Moi, je vais me coucher, je crois que j'ai la grippe.

Elle marche sur ses bas jusqu'au coin chambre, puis se retourne, la main tenant le rideau.

— On ne peut pas acheter une bicyclette pour le moment.

Elle a tout deviné du complot. Elle est très forte. Papa donne un coup de poing sur la table, puis se met à tousser. Suzie devine que maman se retient de rire.

— On peut s'en passer et ça coûte les yeux de la tête, dit-elle. Et puis voilà, on ne peut pas payer une bicyclette tant qu'on est métayers. On en reparlera quand on sera à Bufeloup.

— À Bufeloup, à Bufeloup ! grogne papa.

Il tâte de temps en temps son portefeuille sous sa veste. Il donnera les billets à maman demain. Il a trop de bonheur à les sentir dans sa poche, à les sortir, à les toucher, à les montrer. Pourtant, il ne dépense pas grand-chose pour lui, il n'a pas de cagnotte... Suzie tourne cette contradiction dans sa tête, la pèse, la médite et essaie de démêler ses propres désirs.

Depuis le coin de l'alcôve, maman les regarde tous les trois. La lueur de la lampe à pétrole, agitée par un courant d'air, danse sur son visage et allume un reflet dans ses yeux. Elle aime papa et elle lui en veut beaucoup de ne pas partager ses projets, ses espérances. Elle serre les lèvres, elle songe qu'elle le mènera où elle a décidé, par feinte ou par force, et qu'elle fera leur bonheur à tous selon l'idée qu'elle en a.

Suzie voudrait ressembler à ses deux parents à la fois, prendre le meilleur de chacun pour avoir une âme entière. Mais elle sent grandir dans son cœur quelque chose qui est son propre à elle. Elle ne sait pas encore ce que ce sera, mais c'est très fort, et d'y penser elle a un petit frisson de crainte.

Papa fixe maman, il va enfin parler, mais elle prend les devants. « Bon », dit-elle, seulement pour qu'il se taise. Elle joint les mains sur sa poitrine.

— Faisons un marché. Si on se met d'accord maintenant pour arrenter Bufeloup et partir avant la Saint-Michel, on pourra acheter la bicyclette de Suzie tout de suite !

Papa se courbe sur son assiette, il a l'air d'avoir reçu un coup sur la tête. Il se lève en s'appuyant sur la table, rejette sa casquette en découvrant son front qui commence à se dégarnir. « Non ! » Il fixe maman d'un regard ferme.

— C'est simple. Je n'irai jamais vivre chez la Dieu-merci.

Maman fait un pas vers la table, les poings serrés.

— Tu as intérêt à changer d'idée !

Papa croise les bras, debout, un geste qu'il garde pour les moments les plus solennels.

— La Dieu-merci veut me mettre le grappin dessus, avec l'aide de ton notaire. Comme elle a fait pour notre mariage. J'aurais jamais dû dire oui !

Maman secoue la tête, bat des cils comme éblouie par la lumière de la lampe. Papa laisse retomber les bras. Maman soulève le rideau et disparaît dans l'alcôve.

Papa tourne maintenant dans la cuisine. Pierrot dort debout, il l'envoie se coucher. Suzie baisse la lampe, puis elle se retourne vers son père. Ils se sourient.

— Je voudrais voir encore les billets, dit-elle.

15

Des cochons et des abbés

Mlle Andréa Chadirac à Suzie Taradel. 3 mars 1929.

Ma chère Suzie,

Je profite de ce troisième dimanche de carême pour te donner de mes nouvelles et demander des vôtres.

Comme ta maman doit venir me voir à Bufeloup, dis-lui que j'ai réfléchi, que je n'ai pas besoin de quatre mille francs pour signer la rente, et que deux mille francs me suffiraient, quitte à demander plus d'œufs chaque année. Il m'en faudrait trois douzaines par semaine. À la saison d'hiver, si vous n'en avez pas (mais une bonne fermière s'arrange pour avoir une ponte d'hiver), les manquants seront remplacés au double entre le printemps et l'automne. Seulement, je ne veux pas d'œufs de ces Legorhn, qui sont petits et blancs. Je ne prends que les œufs roux, par exemple, de Houdan. J'aurai besoin aussi de deux poulets et un lapin par semaine.

Pour ce qui est du logement, je sais que ton père n'a aucune envie d'habiter avec moi, et je me connais, tant que nous serons ensemble, je ne pourrai m'empêcher de le taquiner amicalement sur ses pensées et sa façon de travailler. J'ai décidé de me chercher une petite maison où j'irai vivre toute seulette, pas trop loin de Bufeloup pour pouvoir passer deux fois par semaine, donner des conseils à ta maman sur la cuisine, le jardin et les soins aux volailles, et surveiller l'instruction de mon Pierrot. Comme ça, vous aurez tout Bufeloup pour vous. Quand tu seras partie, tu trouveras ta chambre si tu viens le dimanche et aux fêtes. De même, si tu as des complications avec les gens de la ville, tu pourras revenir y habiter quelque temps.

Je pense que le bon Dieu me le rendra. En ce qui concerne le cochon, je préfère deux moitiés qu'une seule bête. Il me faudrait assez tôt dans la saison, avant Noël si possible, la moitié d'un cochon pas très gros mais bien gras, entre deux cent et deux cent cinquante livres (pour la bête entière), et plus tard, fin février début mars, la moitié d'un cochon deux fois plus gros, avec plus de maigre aux jambons.

Dans ma dernière lettre, je t'ai peut-être effrayée par mes recommandations au sujet des libres-penseurs. Mais une jeune fille qui a sa religion et son quant-à-soi ne risque rien dans les transports, de nos jours, surtout dans les chemins de fer du Paris-Orléans. Tu dois avoir ta croix en sautoir, et si quelqu'un, homme ou femme, vient à tenir devant toi des propos mal élevés, tu la sors tranquillement de sous ta robe ou ton tablier. Le malotru ou la catin comprendra aussitôt ce que parler veut dire. Tu peux faire la même chose en entrant dans un café, si tu es obligée. Mais tu ne boiras que de la limonade, de la menthe ou un Viandox. Pourquoi ne pas porter ton sautoir tout le temps sur ton corsage ? Parce que des apaches pourraient le voler en le prenant pour du vrai or. Et puis, de nos jours, il est souvent nécessaire de cacher son drapeau dans le monde. La libre-pensée influence de plus en plus les boutiquiers et les commis de bureau. Tu pourrais donc te faire mal voir.

Au sujet des cochons, j'ai oublié une chose. Le premier ne devra pas manger des glands plus de quinze jours au début de la saison. Le second ne devra plus en manger après Noël. Je fouetterai Pierrot s'il ne fait pas attention.

Par ailleurs, je me doute bien que tu ne pourras pas toujours te confesser au doyen de la cure. Si tu as affaire à un jeune abbé, ne le suis jamais, sous aucun prétexte, hors du confessionnal. N'accepte pas d'autre pénitence que la prière. Il y en a qui te font jeûner toute une journée et qui profitent après que la tête te tourne. Nos curés de campagne sont de saints hommes, ils ignorent tout des infamies de la ville, Dieu merci.

Je t'embrasse sur les deux joues, ma chère filleule, ainsi que ta maman et ton petit frère. Le bonjour à ton papa.

Ta marraine, Andréa Chadirac.

Suzie Taradel à Mlle Andréa Chadirac. 10 mars 1929.

Chère marraine,

Nous sommes tous très occupés, maman m'a chargée de vous répondre et je suis bien contente. Je vous remercie de vos excellentes recommandations et je ne manque pas de me les rappeler en faisant mon examen de conscience.

Papa a été payé du blé et du vin de La Chapelle-au-Bois. Il a reçu des nouveaux billets de mille francs en couleurs, avec Pasteur, le forgeron et puis d'autres. Ces billets sont très beaux. Mon papa les aime beaucoup. Maman veut les garder pour votre rente. On ne m'achètera pas de bicyclette, je n'ai pas voulu qu'on me la paye, c'est trop cher sauf d'occasion. Pour les cochons, maman dit que c'est très bien comme ça. On fait pareil en métairie. Pierrot a promis de pas leur donner trop de glands, d'autant qu'il a eu une bonne leçon cette année. M. Comiac, notre propriétaire, nous a obligés d'attendre jusqu'à maintenant pour tuer, parce que les cochons avaient mangé trop de glands. Pierrot a été sévèrement réprimandé par papa, qui ne lui a pas montré les nouveaux billets de mille en punition.

Papa est en discussion avec M. Comiac. Le monsieur veut nous acheter la Casta et la Belle pour s'en servir de dresseuses. Maman dit qu'on pourrait les vendre pour en tirer un bon prix. Elle demande quatre mille cinq cents francs à M. Comiac, mais il pousse les hauts cris. Papa n'est pas décidé, même à ce prix. Pierrot a peur que la Casta soit vendue au boucher. Ce n'est qu'un enfant, il ne comprend pas qu'une bête doit donner de la viande quand elle a fini de vêler et de travailler. Maman serait très contente que vous puissiez surveiller son instruction à Bufeloup. Il a besoin de se mettre du plomb dans la cervelle. Il croit qu'on peut vivre comme au paradis terrestre, mais ce n'est pas possible, même si on est propriétaire.

J'ai une idée pour lui apprendre à devenir plus raisonnable. Quand la Casta sera vendue au boucher, on n'aura qu'à le forcer à aller à l'abattoir pour voir comment on tue les vaches. Ça soulève sûrement un peu l'estomac, mais ça n'est pas plus sale qu'un lapin. Comme ça, il saura que le bon Dieu nous a donné les animaux pour les faire travailler et, après, les manger. C'est dans l'histoire sainte.

Depuis qu'on est à Saint-Pierre, j'entends dire tout le temps que papa est un bon agriculteur, un bon soigneur et un bon coupeur de bruyère. Je suis très contente.

Chère marraine, je vous embrasse affectueusement.

Votre Suzie.

16

En mariage seulement

Le catéchisme du jeudi terminé, les futurs communiants se réunissent dans le jardin du presbytère. Louisette et Milou ne manquent jamais de chercher querelle à la sensible Jacqueline sur le paradis terrestre. Cette question tient pourtant peu de place dans le gros catéchisme diocésain que M. le curé a distribué aux préparants de la communion.

C'est un livre plein de leçons ennuyeuses et difficiles. Les lettres sont plus serrées que dans le petit catéchisme et il n'y pas d'image. Heureusement, l'abbé Bonnet n'est pas très exigeant, il se contente des principales prières, d'un résumé de l'histoire sainte, des sacrements, commandements et fêtes… Mais Louisette, Milou et Jacqueline se sont jetés sur le nouveau livre à la recherche des chapitres qui les intéressent : le péché — originel et actuel —, les commandements, la confession…

Pierrot aime bien les commandements parce qu'ils riment comme des fables, toujours la même rime, la même musique…

Un seul Dieu tu adoreras / Et aimeras parfaitement.

Dieu en vain tu ne jureras /Ni autre chose pareillement.

Tes père et mère honoreras / Afin de vivre longue-

ment. À ce compte, Pierrot est sûr de vivre jusqu'à cent ans ! Les autres ne se soucient que des plus secrets. Le sixième : *Luxurieux point ne seras / De corps ni de consentement*… Et le neuvième : *L'œuvre de chair ne désireras/ Qu'en mariage seulement.*

Jacqueline joue les savantes.

— Ça veut dire qu'on peut pas avoir d'enfants sans être mariés.

Louisette s'esclaffe.

— Quelle andouille !

Jacqueline pique un fard. Elle aurait mieux fait de se taire. Milou se presse de traduire en bon langage.

— Ça veut dire qu'y faut pas manger le chou au pot, quoi !

L'histoire du chou n'éclaircit pas les idées de Pierrot, qui a trouvé en lecture l'expression « bonne chère » — le manger des propriétaires — et voit mal la différence entre la gourmandise et cette œuvre mystérieuse.

La leçon sur le péché, toute en questions-réponses, est longue et embrouillée et n'explique pas grand-chose. Le péché originel, « que nous apportons en venant au monde » et qui est remis par le baptême, et le péché actuel « que nous commettons par un acte de volonté, quand nous avons l'usage de la raison »… Et le péché mortel, le péché véniel, les sept péchés capitaux, au nombre desquels on retrouve notre vieille connaissance la luxure.

Le curé ne donne pas d'explications. Le dictionnaire dit pour luxure : l'abandon aux plaisirs de la chair. Et pour luxuriance : ce qui pousse avec trop d'abondance… Paulette, une autre fille de la communion, croit avoir trouvé le contraire de la luxure, qui est la modestie. Louisette se dandine pour l'imiter.

— Alors, toi qui te crois, c'est de la luxure !

— Non, ça c'est de l'orgueil, dit Milou.

Paulette se rebiffe. « Je suis pas orgueilleuse… » Elle

montre à tous le catéchisme ouvert à la page *Leçon supplémentaire, exercices du chrétien pour sanctifier la journée*. Question numéro trois : Comment faut-il se lever ? Réponse : Il faut se lever avec promptitude et s'habiller avec modestie. Dernière question : Que faut-il faire en se couchant ? Réponse : Il faut en se couchant se déshabiller modestement... Le mot laisse tout le monde dans l'embarras. C'est Louisette la mieux informée.

— Tu dois pas te mettre toute nue si un garçon peut te voir. Et même une fille. Enfin pour une fille, je sais pas.

— Et si tu es un garçon ? demande Milou en rigolant.

— Les garçons aiment bien se montrer aux filles en asticot. C'est ça, la luxure !

— La chair, c'est ta viande !

— Ça y est dans l'examen de conscience, regardez !

Milou et Louisette s'approchent pour lire avec Paulette, l'examen des sixième et neuvième commandements.

— Y en a un tas !

« Mon père, je m'accuse de m'être arrêté avec plaisir à de mauvaises pensées, à de mauvais désirs. — De m'être permis de mauvais regards (personnes, tableaux, gravures)... »

— Ah, s'écrie Milou, comme quand tu regardes la femme en cuisses sur le billet de cent francs !

— Sur l'autre côté du billet, y a un petit drôle tout nu, ça donne aussi des pensées aux filles.

— Mais c'est un ange !

— Tu peux pas savoir, tu le vois de dos.

— Justement, si c'était un ange, tu verrais ses ailes comme aux anges du billet de cinquante balles.

On continue la lecture de l'examen de conscience.

« ... Je m'accuse d'avoir été curieux pour voir ou

apprendre de mauvaises choses. — D'avoir tenu ou entendu de mauvaises conversations. — D'avoir chanté ou entendu chanter des chansons déshonnêtes... »

— *Ramona,* tiens !

— *Nuits de Chine !*

— *Dites-moi ma mère !*

— *Quand on est deux !*

L'inventaire se poursuit. « ... D'avoir lu de mauvais livres. » Filles et garçons se regardent avec soulagement et satisfaction. Ils n'ont jamais lu de mauvais livres, ils en sont sûrs. Pas beaucoup de bons, non plus. « D'avoir joué à des jeux indécents. — D'avoir fait des choses contraires à la modestie (seul ou avec d'autres). — D'avoir manqué de modestie en m'habillant et en me déshabillant... »

Louisette et Jacqueline s'envoient un coup d'œil soupçonneux et gêné. La première pointe sur la seconde un index accusateur.

— Toi, je suis sûre que tu te déshabilles devant la glace !

Jacqueline crache de colère, comme chien à chat, en jurant qu'il n'y a pas d'armoire à glace chez elle.

— Mais tu as fait une luxure en te regardant toute nue !

Et les autres, enchantés de ce nouveau mot :

— Elle fait de la luxure ! Jacqueline fait de la luxure !

Jacqueline se débat, brandit les poings, essuie ses larmes. Pierrot voudrait bien voler à son secours, elle est si jolie avec ses nattes blondes et son tablier rose, son petit nez, ses grands yeux... Mais il ne comprend rien, mais rien du tout, à cette histoire de modestie et de luxure. Il n'en sait pas plus qu'avant sur le paradis terrestre ni le péché originel (qui n'était pas un péché capital). Il désespère de trouver dans ce gros petit livre des choses sur l'amour de Dieu dans la nature et les animaux.

Il s'en fiche bien que Jacqueline ait fait de la luxure. Si ça se trouve, c'est Louisette qui l'a fait, et elle accuse sa camarade !

17

Gardez vos messes !

Pierrot attend sa mère qui doit le rejoindre à la sortie du caté, pour parler de sa communion au curé.

Voilà le curé qui sort du presbytère, regarde à droite et à gauche en tirant sur sa barbe. Ancien missionnaire d'Afrique, il a la figure noyée dans une épaisse toison d'un gris presque blanc. Au-dessus de la broussaille, on distingue de grosses lèvres où se collent souvent quelques brins de tabac à chiquer ou à priser, un nez rond, fort, rouge, deux petits yeux rieurs, un large front brun, tout cisaillé de rides.

Il traverse le jardin à grandes enjambées, les mains dans les poches de sa soutane. Maman, elle, apparaît à ce moment, au bout du chemin. Le curé l'a vue et il avance à sa rencontre, de cette allure qu'il a, déhanché, les jambes écartées, en penchant le buste à chaque pas. Il s'arrête et lui fait signe de le suivre, puis se retourne pour la conduire au presbytère.

Elle a mis son vieux manteau gris et sa jolie robe à carreaux noir et blanc, que la Dieu-merci lui a offerte quand Pierrot était tout petit. Elle la sort souvent de l'armoire, mais ne la porte que les jours de fête ou quelquefois pour aller à Bufeloup. Elle a déboutonné son manteau pour qu'on voie la robe et le vent joue avec les pans et les ourlets. Son chapeau tient par une longue épingle plantée dans son chignon, elle est en sabots à cause de la boue. Elle ne peut plus mettre ses souliers quand il pleut, ils sont aussi vieux que Pierrot et tout percés dessous.

Elle s'est passé un coup de charbon de fusain au-dessus des yeux et frotté les joues avec sa houppette à poudre. Pierrot se demande si tout ce fard plaira à M. le curé, habitué aux Négresses de la forêt vierge. Lui, Pierrot, ce qu'il aime le plus c'est voir maman arriver de loin, sa silhouette fine, à la fois droite et souple, sa façon de marcher, en glissant, tête levée. On voit à peine bouger ses jambes, mais ses vêtements ondulent sur son corps comme s'ils étaient vivants. Elle s'arrête, guette, repart vite.

Elle fait penser à un cheval de course, tellement elle est belle et vive !

La cure de Saint-Pierre, que le curé n'habite pas, est une bâtisse à étage, appuyée contre l'église et ouverte à tous les vents. La seule pièce en état est une espèce de couloir, au pied de l'escalier, munie d'une cheminée, deux placards et trois chaises sur lesquelles les enfants de chœur montent pour atteindre les placards. Elle communique avec le chœur et avec un poulailler sous auvent, où le curé va lever ses œufs en passant. Les fidèles donnent un sachet de grain à chaque visite. Maman apporte son écot de blé dans une boîte de phosphatine Falières, qu'elle va vider au coffre.

Il y a aussi quelques lapins dans une cage grillagée. C'est la tâche des enfants du catéchisme de leur ramasser tous les jours une ou deux brassées d'herbes sauvages. Il flotte sous l'auvent une bonne odeur de bête et de fumier qui se répand à travers le couloir du presbytère, parfois jusque dans l'église.

L'abbé Bonnet reçoit souvent ses visiteurs entre le clapier et le poulailler. L'air est moins humide qu'à la cure, et un tronc d'arbre sert de banc, avec un mur de torchis en guise de dossier. Pelé et poli par le frottement des robes et de la soutane, c'est un siège plus sûr que les chaises vermoulues à l'intérieur.

Le curé, en rigolant, ouvre les bras à maman.

— Vous êtes bien aimable de penser à mes poules, Marie.

Maman se tient à distance, le front baissé, serrant son cabas à deux mains. C'est vrai que le curé sent un peu fort, le tabac, le cuir, la flanelle, la goutte... Il fait un signe vers le banc.

— Asseyez-vous donc, vous n'êtes pas au confessionnal... où, entre nous soit dit, je ne vous vois pas souvent !

Il est très poli avec maman. Pierrot l'a entendu dire à la veuve Fauroux, une semaine plus tôt : « Pose ton derrière, ça l'empêchera de remuer tout le temps ! »

Elle sort son porte-monnaie. Le curé la menace du doigt.

— Ne commencez pas à me tenter. Rangez ça tout de suite !

Une poule saute d'un nid en caquetant sur un ton de victoire. Le curé se précipite.

— Le Seigneur m'envoie un œuf frais comme apéritif !

Il le cueille dans la paille, tire un couteau attaché à sa ceinture par une chaîne, casse le bout, l'épluche et le gobe en renversant la tête. Une coulée de jaune s'étale sur sa barbe. Maman range son porte-monnaie, sourit et s'assoit.

— J'étais venue vous payer deux messes, monsieur le curé.

— Oh, oh, deux messes ?

Il se gratte la barbe, jette la coquille au tas de fumier et va s'asseoir à l'autre bout du banc, assez loin de maman. Il tourne la tête pour la regarder, sourcils froncés.

— J'ai pour habitude de ne jamais en prendre plus d'une à la fois. Mais voyons voir si vous avez de bonnes et chrétiennes raisons de m'en donner deux !

D'embarras, maman se tait. Le curé crie si fort parfois que ses poules, pourtant habituées à ses éclats de voix, s'égaillent en piaillant de terreur. Le dimanche, il arrive souvent en retard pour la messe à Saint-Pierre, il expédie les confessions tandis que l'église se remplit, et tous les fidèles pas trop durs d'oreille peuvent profiter de ses bénédictions, directives et pénitences.

Maman surveille la ruelle qui mène à la place du village.

— Je voudrais donner une messe pour l'avenir de mon petit Pierrot, qui me soucie, et une autre pour nos affaires.

Le curé se racle la gorge, sort de sa poche une tabatière d'ivoire, puise une pincée de tabac à priser.

— Hum, hum. Vos affaires, je suppose qu'elles ne sont guère brillantes. Vous avez bien raison de demander un coup de pouce au bon Dieu.

Il se tourne vers Pierrot et le considère avec un sourire rieur.

— Hum, hum, l'avenir de ce petit diable me paraît en bonne voie. Le Seigneur aura sûrement une indulgence particulière pour un drôle qui soigne si bien Ses animaux !

Maman gratte la poussière avec ses sabots, en signe d'impatience. Ce curé, décidément, ne la comprend pas.

— Suite à un vœu…

Le curé frappe sa soutane du plat des deux mains.

— Bouh ! Bouh ! Quand je débutais au Congo, des vœux, j'en faisais un chaque fois que je voyais une sagaie pointée sur mon ventre, ha, ha, bouh, bouh !

Il s'enfonce une prise dans les narines. Maman jette un regard furtif aux environs. Personne en vue.

— Mon mari, dit-elle, n'est pas très pratiquant. J'ai

peur que dès l'an prochain, il prenne Pierrot avec lui aux champs…

— Je vois. Vous voudriez que ce jeune homme fasse sa première communion cette année, même s'il n'a que onze ans.

Il s'interrompt, fronce les sourcils vers Pierrot, mais le rire de ses yeux dément sa sévérité.

— Va te promener au bord de l'eau. C'est l'heure où les carpes causent. Tu pourras peut-être surprendre leurs secrets !

Maman consent d'une moue. Pierrot s'en va par la ruelle. Il n'a aucune envie d'entendre causer les carpes. Le seul secret qui l'intéresse est le secret de maman : un vœu qu'elle a fait au moment de son péché originel.

Il trotte autour du village pour aller se cacher derrière le presbytère et écouter. Pas les carpes, maman et le curé !

C'est alors que la demoiselle vient à passer en bicyclette, un petit pain sous le bras. Elle tient son guidon d'une main, sa jupe vole sur ses genoux. Pierrot, le souffle coupé, se glisse derrière un coin de mur. Trop tard, il a été vu. Elle s'arrête à trois pas de lui, lâche le guidon pour baisser sa jupe. Il l'appelle Ève dans son cœur et dans sa tête. Aucune femme, à son avis, ne ressemble plus à notre mère Ève. Les jours de classe, elle est toujours dans sa blouse grise ou bleue. Aujourd'hui, jeudi, elle a mis une robe à plis et à rayures, vert et noir, elle n'a pas de chignon, ses cheveux flottent sous un large béret, vert comme la jupe. Ils semblent plus clairs que d'habitude, les boucles dépliées, presque blondes, brillent sous le soleil de midi.

Elle n'a pas ses lunettes, on voit le bleu de ses yeux sous ses grands cils. Comme ils sont beaux !

Elle cligne les paupières, elle y voit peut-être mal, sans ses verres. Pierrot aimerait se promener avec elle en la tenant par la main pour la guider, l'aider à éviter les trous et les bosses du chemin… Elle sourit, de sa bouche large et douce.

— Tu ne me dis pas bonjour ?

Il sent le feu monter à ses joues, il dit bonjour, mais la voix lui manque. Elle l'observe d'un air intrigué. Elle a posé un pied par terre, elle garde l'autre sur la pédale levée, et sa jupe remonte sur son genou nu. Elle ne porte pas de bas, et, une seconde, Pierrot voit la chair de poule au-dessous de l'ourlet. Il baisse les yeux, le cœur tremblant. Elle l'appelle.

— Pierrot, regarde-moi. Qu'est-ce que tu fais ici à cette heure ? Le catéchisme est fini depuis longtemps, n'est-ce pas ?

Il ose à peine la contempler, une buée lui brouille la vue. Il répond en bafouillant qu'il attend sa mère.

— Elle parle de mon curé avec la première communion… de ma première communion avec le curé !

La demoiselle rit gentiment.

— Ce serait bien que tu la fasses cette année. L'an prochain, tu serais débarrassé pour préparer ton certificat.

« Le certificat ! » Pierrot n'en croit pas ses oreilles. Il a toujours pensé qu'il n'était pas assez bon. La demoiselle dit ça pour l'encourager, parce que c'est jeudi, parce qu'elle n'est plus tout à fait la maîtresse sans sa blouse, sa règle et son chignon. Elle l'examine avec cet étrange sourire qui danse sur sa bouche. Il voudrait bien passer le certificat pour lui faire plaisir. Il voudrait bien attraper la lune pour la lui donner en cadeau. Il voudrait se jeter à ses pieds, embrasser ses souliers et lui demander son prénom.

En même temps, un vilain démon dans sa tête essaie de l'imaginer vêtue de peaux de bête, comme Ève dans le petit catéchisme, juste un peu plus courtes.

La demoiselle change son pain de main, repousse les cheveux qui tombent sur son oreille.

— Dis-moi, M. le curé t'a demandé ce que tu voulais faire quand tu serais grand ?

— Oui, mademoiselle. Euh, non, mademoiselle !

Elle se caresse le nez et le menton, d'un air de réfléchir très fort.

— S'il te demande, tu diras que tu veux être vétérinaire ?

— Vétérinaire, mais…

Pierrot ne sait pas s'il a envie d'être vétérinaire. C'est un métier de monsieur, et on doit pour l'apprendre aller aux écoles de la ville. Il préférerait être métayer, mais l'avantage des vétérinaires c'est qu'ils peuvent épouser les maîtresses d'école. Et ça, oui, il a très envie d'épouser une maîtresse, quand il sera grand. Alors, il répond : « Oui, mademoiselle. Oui, oui ! »

— Très bien, dit-elle. Bon jeudi !

Elle esquisse un geste d'au revoir, reprend le guidon et pédale en hâte vers l'école sans retenir sa jupe. Pierrot la regarde disparaître, les yeux écarquillés, la bouche ouverte et le cœur battant. Puis il respire un bon coup et file vers l'église en contournant l'atelier où le maréchal et son commis sont occupés à ferrer une paire de vaches. Il arrive un peu haletant derrière la haie du presbytère, il se glisse entre deux touffes de buis et entend aussitôt la voix du curé tonner à vingt pas.

— Si le bon Dieu a besoin de votre fils, Marie, Il saura le demander ! Gardez vos messes !

Maman est très rouge, elle triture son porte-monnaie à deux mains, comme si elle voulait le réduire en pâtée. Quelle affaire ! Maman a tort de se soucier autant de sa première communion… si c'est bien de sa première communion qu'ils parlent tous les deux ? Une touche d'inquiétude lui frôle le cœur. La recommandation de la demoiselle sonne à ses oreilles.

Maman va pour se lever. Le curé la retient par la manche.

— Attendez un peu. Vous n'êtes pas si pressée, bouh, bouh. Pierrot est un bon petit gars et il n'est pas bête. Il a même beaucoup de cœur, vous le savez aussi bien que moi. Mais enfin, ici, l'habitude c'est la première communion à onze ans pour les filles et à douze ans pour les garçons. Il faut croire qu'il y a de bonnes raisons. Votre fils est aussi méritant que les autres, mais pas plus. Il apprend bien son catéchisme, trop bien à mon avis. Je pense qu'il a besoin de digérer un peu tout ça, ha, ha.

« Pour le reste, ma fille, attendons un peu. Ne bousculez pas le bon Dieu, ha, ha, bouh, bouh !

« J'ai rencontré l'autre jour votre mari à l'alambic. C'est un brave homme et sans doute pas si mauvais chrétien aux yeux du Seigneur. On a trinqué bons amis. N'empêche, j'ai bien vu qu'il penchait pour la laïque. Moi, la laïque, je ne suis pas contre. Il y a d'honnêtes gens de tout bord, et le bon Dieu reconnaîtra les siens. J'en ai profité pour lui dire qu'il avait bien de la chance d'avoir une femme comme vous.

« Et, ma foi, puisque vous êtes là, je vous le dis aussi. Vous avez bien de la chance d'avoir un mari comme Victor Taradel. Attendez, ne rangez pas votre porte-monnaie maintenant que vous m'avez fait venir l'eau à la bouche !

« Le bon Dieu n'a pas besoin de messes pour l'aider à régler ses affaires, mais vous, ma fille, vous en avez peut-être besoin pour faire avancer les vôtres ! Et moi, il m'en faut bien quelques-unes pour vivre. Donnez-moi donc dix francs et je dirai une messe pour votre bonne fortune, sitôt après Pâques.

Maman fouille dans son porte-monnaie en regardant le ciel, sort un billet bleu plié en quatre, qu'elle tend au curé. Pierrot devine : un « Bayard » de vingt francs. C'est deux fois ce que le curé a demandé. Il va peut-être lui rendre la monnaie, il fouille la poche de sa soutane, mais maman fait un geste de refus.

— Non, non, gardez tout.

Pierrot calcule. Avec un Bayard, on peut acheter une paire de sabots et un béret, ou un cartable d'écolier, un porte-plume réservoir comme celui de la demoiselle, ou alors un plus ordinaire et une boîte de couleurs avec, ou une jolie canne à pêche en bambou, ou quatre kilos de sucre... Pierrot connaît bien le prix des choses, grâce au calcul mental, qui est son point fort en classe, depuis peu.

Un soupir lui échappe, il a peur de se faire prendre et, tout à coup, il a honte de son espionnage. Il a entendu des choses qu'il n'avait peut-être pas le droit de savoir et qui se brouillent maintenant dans sa tête. Il rejoint maman devant le presbytère.

Elle marche tête baissée, elle n'a pas l'air de le voir. Il doit presque courir pour se tenir à sa hauteur.

Elle marque le pas, tourne la tête et sourit.

— Je suis tombée d'accord avec M. le curé. Tu feras ta communion l'an prochain à Bufeloup. Entre-temps, tu auras peut-être pris un peu de plomb dans la cervelle.

— Oui, maman.

Pierrot est content. Il n'a aucune envie de faire sa communion cette année, mais il n'est pas tout à fait rassuré. Maman s'est remise à marcher très vite. C'est vrai qu'on n'est pas en avance.

Elle a ce ton qu'elle prend quelquefois, comme si elle parlait aux oiseaux du ciel.

— Mon Pierrot, M. le curé m'a dit que tu apprenais bien ton catéchisme, et la demoiselle jure que tu progresses beaucoup à l'école. As-tu déjà pensé à ce que tu feras quand tu seras grand ?

Pierrot s'arrête, maman fait trois pas et se retourne. Il se campe et la regarde bien en face.

— Maman, je veux être vétérinaire !

18

Les saints en omnibus

En ce dimanche de Quasimodo, la famille Taradel doit se retrouver au grand complet, pour midi, à Bufeloup. Suzie et Pierrot marchent avec maman sans se presser, papa les rattrapera vers midi. Il a voulu faire une « tournée au renard » avant de partir, il montera plus tard, à bicyclette.

L'anniversaire de marraine Dieu-merci est le 6 avril, la coutume veut qu'on le fête le dimanche après. Pas de bougies sur le gâteau, personne n'a jamais su combien en mettre. L'âge de Mlle Andréa Chadirac est un secret bien gardé.

Maman donne le signal du départ avec sa formule préférée.

— À vos ânes, meuniers !

Quasimodo, c'est le printemps pour de bon. La brume bourre encore le fond de la vallée, mais la lumière du matin lave les coteaux sous une coulée pétillante. Les vergers étalent entre les fermes leur fragile fourrure blanche et rose. La campagne se nimbe, se coiffe, s'enrubanne. Les « tirli-tirli » de l'alouette tombent du ciel et percent les piaillements des oiseaux de haie. Le velours des prés et la soie des jeunes blés tapissent la terre d'où montent des ruisseaux d'odeurs. Les bourgeons jettent dans l'air des effluves âcres qui chassent le parfum des violettes.

Et puis, quand on quitte le bord des prés et qu'on longe les terres prêtes aux semailles d'orge, de trèfle, de luzerne, le relent du fumier étouffe les senteurs de la nature. Suzie tient son foulard devant sa figure, elle fait mine de protéger sa gorge contre la fraîcheur du vent. Elle imagine en soupirant les douces odeurs de la ville, le parfum des salons de coiffure et des boutiques de mode, le fumet des viandes et des poissons à l'étal, l'arôme chaud du pain et des gâteaux…

Les cloches sonnent maintenant de tous côtés pour la messe du matin. Carillons, tintements grêles, échos assourdis qui rebondissent contre les collines. En se croisant au-dessus de la vallée, en se mêlant dans une même musique, les notes chantent le bonheur et la gloire du dimanche.

Des carrioles roulent vers les villages. Le trot des chevaux ou des mulets, le grincement des roues, le claquement des fouets, les saluts, les appels couvrent le concert des cloches sous un gai charivari.

Les Taradel ont chargé Fausto de veiller toute la journée sur les bêtes de la métairie, la volaille, les moutons et les vaches. Il fera téter les veaux, soignera les deux porcelets à peine sevrés, qu'on doit encore nourrir trois fois par jour, ramassera de l'herbe aux lapins, donnera le grain aux volailles à la fin de l'après-midi et fermera soigneusement le poulailler avant la tombée de la nuit. C'est la consigne la plus importante : depuis les premiers jours du printemps, les renards font de terribles razzias dans les basses-cours, sous le nez des fermières et à la barbe des chiens. Ils sont devenus cette année, dit-on, d'une audace plus grande qu'aux pires jours de la guerre.

Maman se soucie surtout pour ses Leghorn, ses « poules neuves », comme dit papa. Elle se demande si elle n'a pas fait une grosse bêtise en sacrifiant un beau billet de dame fortune — à la cuisse nue — pour acheter six poulettes à 16 F 50 pièce. Et des Leghorn blanches, s'il vous plaît ! La vendeuse l'a embobinée en lui promettant douze douzaines d'œufs par an et par poule. « Le seul inconvénient de l'espèce, c'est que le renard les voit d'un peu loin… » Maman ne vit plus. Papa rigole. « L'idéal serait des poules vertes, le renard ne les verrait pas dans les prés ! »

Suzie, elle, n'aime pas les Leghorn, qui ont l'air de pimbêches de Paris et refusent le coq, sans doute pas assez bien pour elles. Et ce sont, paraît-il, des poules d'Italie. Comme si on n'avait pas déjà assez de Macaronis au pays ! Que le cric les croque !

On rit, on blague, on se querelle gentiment, mais on a peur pour le poulailler. Sans la volaille et les œufs, les métayers seraient dans la misère.

Maman se met à trotter, pieds nus, si vite et si souplement qu'on croirait la voir danser en marchant. Près d'elle, Suzie se trouve pesante et sans élan. Puis le branle joyeux des cloches porte ses pas, sa poitrine s'emplit d'un souffle nouveau. Elle pense à la vie, à l'avenir, au mariage. Il n'y aura pas toujours des renards pour manger les rêves des pauvres gens !

La petite route blanche suit maintenant une crête qui sépare l'ombre du soleil. On a l'impression de marcher sur un fil de lumière. Du côté ensoleillé, s'ouvre un vallon de cultures, terres et vignes, saupoudré de maisons basses, aux toits clairs. De-ci, de-là, un séchoir à tabac, carré et sombre. Du côté ombreux, des pentes boisées, touffues, avec des prairies toutes blanches de pâquerettes. Sur les hauteurs, des manoirs et des châteaux pointent leurs tours, entre les cèdres et les sapins. Le chemin de Bufeloup s'ouvre à la lisière d'un taillis. Coucous et narcisses parsèment les fossés. Les jeunes fougères alignent au bord du talus leurs crosses à tête dorée. On dirait des sortes de bêtes.

Il a plu cette nuit, du côté de Bufeloup. Maman bat des mains.

— Il pleut souvent par ici. Vous verrez les beaux légumes qu'on aura. Des salades, des tomates, des petits pois, des haricots, des choux-fleurs !

Pierrot jette un caillou dans une flaque, la boue jaillit, maman fait un écart pour éviter les éclaboussures, sans se fâcher.

— On aura de la terre, des bois, une grande maison, et de l'eau, de l'eau... Il y a de l'eau partout, à Bufeloup. Vous verrez comme on sera heureux !

Pierrot rejoint maman, se pend à son bras. Maman fixe Suzie en souriant, la bouche ouverte et les sourcils haut levés.

— Toi, ma chérie, quand tu reviendras nous voir de la ville, nous aurons des bonnes choses à te faire manger, une jolie chambre pour te coucher et de l'eau propre pour ta lessive !

En approchant de Bufeloup, elle rayonne d'une joie enfantine. Puis l'énervement la gagne : elle mord le coin de son mouchoir de tête, elle commence une chanson, puis le souffle lui manque et les mots se brouillent sur ses lèvres.

Le chemin débouche au sommet d'une colline, et Bufeloup apparaît enfin. C'est une grande bâtisse grise, tapie dans un vallon, au milieu d'un bosquet touffu : frênes, ormeaux, peupliers, saules pleureurs. Deux ou trois arbres de haute taille allongent leurs branches au bord des toits. On distingue, entre les rameaux bourgeonnants, des vitres qui scintillent, des pans de murs et de toiture, le paratonnerre, deux cheminées et le pignon du colombier. Vue à cinq cents pas, le maison prend des airs de manoir, de petit château : les arbres plantés sous un talus, au niveau des caves, la font paraître plus haute qu'elle n'est.

Pierrot secoue la main en signe d'admiration.

— Hé bé, c'est une maison de moussu !

Maman rit, hoche la tête, se rengorge un peu.

— C'est un endroit humide, vous savez, et les pièces de derrière sont inhabitables. Il faudra élaguer les arbres, peut-être en couper quelques-uns. Votre père le fera et il s'occupera du toit. Vous m'aiderez à repeindre l'intérieur et à boucher les trous du plancher.

Cent pas plus loin, elle s'arrête de nouveau, retient Suzie par l'épaule et Pierrot d'un coup de coude.

— Si nous disions une petite prière ?

Une cloche sonne au loin, grêle et triste. Maman pose son cabas, fait le signe de croix et joint les mains sur sa poitrine.

— Répétez avec moi. Seigneur, donnez à notre saint père le pape beaucoup de prêtres, d'évêques et de missionnaires pour Vous faire connaître et aimer sur toute la terre.

Maman commence toujours la prière par cette demande, qu'elle dit avec beaucoup de cœur, un ton de piété et presque de souffrance. Les trois Taradel se recueillent un instant, Suzie baisse les yeux, s'efforçant de retenir ses pensées qui vagabondent. Est-ce notre faute si le pape manque de prêtres et d'évêques ? Puisque le bon Dieu est tout-puissant, pourquoi n'en fait-Il pas autant qu'Il veut ? Pourquoi y a-t-il en ville tant de jeunes abbés qui embêtent les filles au lieu de se faire missionnaires pour convertir les Nègres et les Annamites ?

Enfin, voici au bout d'un pré le jardin, les grands arbres, la maison. Un paon pousse son cri à vous arracher les oreilles. Léon ! Léon ! Les pintades lâchent leur crécelle stridente. Les chiens jappent, les oies criaillent.

Le lierre et les glycines habillent jusqu'au toit la

façade, jadis blanche, serrée entre les arbres. La maison a l'air emmitouflée dans une cape en loques, on s'attend à la voir éternuer. On devine à peine les dépendances, qui s'étirent derrière, longues et basses. La mousse verdit le creux des quatre marches.

Barbu, le griffon, arrive en secouant les oreilles et en frétillant de la queue. La porte s'ouvre, une porte « bourgeoise », à moulures et marteau, surmontée d'une imposte. Marraine fait un signe avec le gant qu'elle est en train d'enfiler.

— Vous voilà enfin, Dieu merci. Il me semble que vous avez bien traîné. Enfilez vos souliers, nous partons à la grand-messe de ce pas. Cyrano est attelé depuis une heure !

Suzie espérait couper à la messe, pas de chance.

— J'ai pas de souliers, dit Pierrot avec espoir.

— Tu sais bien qu'il y a une paire de sabots vernis pour toi dans le placard du corridor, mon petit.

Un moment plus tard, la famille est réunie devant la carriole de Cyrano, repeinte à neuf, en gris clair, avec des traits jaunes. Chapeau penché, réticule sous le bras, Marraine inspecte son monde. Elle plisse le front, serre les lèvres, noircit son regard myope, pour essayer de prendre un air sévère. Mais une lueur malicieuse pétille dans ses yeux.

— Vous ne faites pas bien dimanche, tous les trois. Enfin !

Elle a un geste pour chacun des Taradel, en commençant par relever le béret de Suzie et caresser ses cheveux.

— Toi, ma petite Suzie, je prie pour que tu sois heureuse à la ville, comme tu le mérites.

Elle pince la joue de Pierrot.

— Je te trouve pâlot, mon garçon. Tu ne manges peut-être pas assez de veau. Je t'ai fait pour midi une rouelle au verjus.

Elle pose la main sur le coude de maman, esquisse une caresse, du bout de ses doigts gantés, jusqu'au poignet.

— Ma chère Marie, j'espère que tu seras bientôt près de moi.

« Elle nous aime, se dit Suzie en s'asseyant à l'arrière de la carriole. Mais elle nous aime trop. Elle a envie qu'on soit à elle, tous, elle veut nous régenter, nous posséder. Pour notre bonheur, suivant l'idée qu'elle en a ! »

Mlle Andréa Chadirac est une personne de la cinquantaine, assez avenante, quand elle ne fait pas la moue et les gros yeux. Plutôt bien en chair, assez grande, elle essaie d'avoir l'air mince. Elle a sûrement quelqu'un pour lui serrer son corset, peut-être Blaise, le domestique. Elle est toujours vêtue de gris, clair ou foncé, suivant le temps ou l'humeur. Elle se coiffe en chignon savant, se poudre le nez et les joues pour cacher un commencement de couperose. Le vin est bon à Bufeloup, et la piquette fait six degrés. Elle a une tête un peu chevaline, avec de gros os, une grande bouche douce, le nez bien droit, un peu trop pointu. Elle devait être assez mignonne en ses beaux ans. Elle a dû avoir des prétendants, surtout avec sa dot. Si elle est restée fille, c'est peut-être bien à cause de son caractère.

Fouette cocher, en route pour la messe. Marraine manie les guides en force, les secoue, les balance, claque la croupe de Cyrano. Le cheval, pas très jeune, assez gros lard, fait sonner ses sabots sur les cailloux et branle la charrette sans pitié.

La cloche de la grand-messe sonne à toute volée, plus forte et plus gaie que celle du matin, mais bien moins enjôleuse. On traverse juste à temps la place du village pour voir la foule endimanchée se presser sous le porche de la petite église.

Le banc des châtelains est presque vide, car les enfants sont en pension. La comtesse, d'un geste du majeur et de l'index, offre deux places. Suzie commence à étouffer, l'encens, les gens avec leur sent-bon du dimanche, par-dessus l'odeur de la semaine. Il fait encore un peu froid pour se laver le corps, les enfants du catéchisme, tout devant, puent tant qu'ils peuvent.

« *Confiteor Deo omnipotenti, beatæ Mariæ semper virgini, beato Michaeli Archangelo, beato Joanni Baptistæ, sanctis Apostolis Petro et Fausto... pardon, Paulo, omnibus Sanctis, etc.* » Suzie en a un peu plein les bottes des béatos, des béatés et de tous les saints en omnibus. Elle croit au bon Dieu, elle aime Jésus et la sainte Vierge aussi bien que n'importe qui. Mais les piatus et piatorums de la grand-messe lui lèvent le cœur. Pourquoi les curés ne causent-ils pas français, comme les maîtres d'école ? Enfin, il y a l'Évangile, un bon moment, mais qui tarde à venir.

Le dimanche de Quasimodo, premier dimanche après Pâques. (Qui est, déjà, Quasimodo ? Suzie a lu son histoire dans *Notre-Dame de Paris*, mais ça lui est sorti de la tête...)

« En ce temps-là, sur le soir du même jour, qui était le premier de la semaine, les portes du lieu où les disciples se tenaient assemblés dans la crainte des Juifs étant fermées... »

Suzie baisse les paupières, essaie de se représenter Jésus ressuscité rendant visite à ses apôtres. Bien sûr, ces malfaisants de Juifs font tout ce qu'ils peuvent pour les embêter. Les Juifs existent encore dans les villes, d'après le maire, qui en discute avec M. Comiac. Selon lui, c'est de leur faute si tout est cher.

« ... Jésus vint, parut au milieu d'eux, et leur dit : La paix soit avec vous. Et après ces paroles, il leur montra ses mains et son côté. À la vue du Seigneur, les disciples furent remplis d'une grande joie. Il leur dit encore une fois : La paix soit avec vous. Comme mon père m'a envoyé, ainsi je vous envoie moi-même. À ces mots, il souffla sur eux et leur dit : Recevez le Saint-Esprit : les péchés seront remis à ceux à qui vous les remettrez, et ils seront retenus à ceux à qui vous les retiendrez.

« Or Thomas, l'un des Douze, appelé Didyme, n'était pas avec eux lorsque Jésus vint. Les autres disciples lui dirent… »

Soudain, tout près, un bruit mou, puis un choc. Marraine fait « oh, mon Dieu », dans un souffle. Pierrot ! Pierrot s'est trouvé mal, il a glissé du banc des châtelains, sa tête a cogné le pavé, il ne bouge plus. Marraine l'empoigne, appelle Suzie à voix basse. « Aide-moi donc ! »

Le curé lit la suite de l'évangile. « … Jésus vint, les portes étant fermées, et, paraissant au milieu d'eux, il leur dit : La paix soit avec vous. » Suzie tient Pierrot par les jambes, tandis que marraine le porte par les épaules, son sac passé au coude. Les sabots de Pierrot sont restés sous le banc. Il faut défiler devant tous les gens, c'est terrible. Suzie sent la honte lui brûler le front et les joues. Une éternité de contorsions et d'humiliation. Et après l'église, la place, où se tient un marché.

La frayeur gagne Suzie, elle en oublie de respirer. Si Pierrot allait mourir ! Elles posent finalement le drôle dans la salle du café, en face de l'église. Il en profite pour se réveiller et se mettre à gigoter. Au moins, il n'est pas mort. C'est peut-être un nouveau choc nerveux… Suzie se retourne, maman ne se montre pas, elle ne s'est peut-être aperçue de rien. Marraine se charge de tout, elle commande un quina avec une petite cuiller, allonge Pierrot sur deux chaises, s'assoit près de lui.

Il a l'air d'être tombé dans un seau de lait, tant il est blanc. Il tremble et claque des dents, ce n'est pas de la frime. Marraine pose la main sur son front, lui tâte le crâne.

— Tu n'as rien, mon Pierrot, Dieu merci. C'est juste

une poussée de sang au cerveau. Il faudrait que tu saignes du nez.

Elle sort de son réticule un mouchoir brodé, le triture d'un air indécis. Les mécréants qui jouent aux cartes observent la scène avec des sourires goguenards.

— Ce n'est pas l'endroit, dit marraine. Tout à l'heure, à la maison, je te ferai saigner, si ça ne vient pas tout seul.

Pierrot marmonne quelque chose que Suzie ne comprend pas. Avec le quina, la patronne apporte une veste d'homme et un coussin. Marraine couvre Pierrot, met le coussin sous sa tête, approche la cuiller.

— Bois un peu de quinquina, ça te remontera.

Suzie se demande si le quinquina est bon pour une poussée de sang au cerveau. Pierrot n'avale pas plus d'un quart de gorgée du liquide. Le reste coule sur son menton qui tremble.

Un frisson le secoue de la tête aux pieds. Marraine le serre dans la grosse veste prêtée par la patronne. « Là, là, mon petit garçon. » Pierrot roule des yeux blancs, parle avec un hoquet.

— À la messe… j'étais mal.

Marraine promène les doigts sur sa figure.

— C'est l'odeur de l'encens. Je connais des hommes forts comme des bœufs qui ne le supportent pas. Sans parler des jeunes dames !

Pierrot se soulève sur un coude pour regarder l'endroit. C'est le bistrot, pas l'église. Il baisse les paupières, rassuré ou ébloui. Marraine lui soutient la tête.

— Repose-toi, mon chéri.

— C'est pas l'odeur !

Il a parlé haut, presque crié. « Chut ! » souffle marraine. Mais il veut s'expliquer.

— C'est quand le curé a dit que Jésus… a dit que Jésus…

Il ne trouve pas ses mots ou bien il ne se rappelle plus

rien. Il respire un peu et dit, d'une voix basse mais claire :

— J'ai eu peur du péché... Oh, que j'ai eu peur !

Plus tard, le cafetier le prend dans ses bras pour le porter à la carriole. On l'enveloppe dans une couverture, il s'endort tout de suite, comme un chiot après la tétée.

Suzie est très en colère. Est-ce qu'on arrêtera un jour d'apeurer les drôles avec le péché, le purgatoire, l'enfer ! Maman et marraine ont mis la cervelle de Pierrot sens dessus dessous avec leur dévotion. Ce petit couillon croit qu'il a commis des péchés mortels rien qu'à tourner les idées dans sa tête. Il en fait une maladie !

On rentre. On a manqué *Domine non sum dignus, vobiscum et cum spiritu tuo, ita missa est. Deo gratias !* À l'idée de l'écurie, Cyrano trotte comme un poulain et secoue la carriole à grands coups de reins. Mais Pierrot dort du sommeil des bienheureux.

À l'avant, maman et marraine échangent des drôles de regards.

19

À Bufeloup

Papa n'est pas encore là. Maman a l'air si déconfite que Suzie lui prend le bras à deux mains et se serre contre elle.

— Papa a promis qu'il viendrait : il viendra.

Maman caresse le poignet de Suzie.

— Tu en es sûre ?

« Mon Dieu, elle ne connaît pas son homme, après bientôt quinze ans de mariage. Ce n'est pas possible ! »

Suzie regarde maman dans les yeux, avec un sourire de défi.

— Oui, j'en suis sûre !

Papa tient ses promesses, maman. Il n'acceptera peut-être jamais d'arrenter marraine et d'habiter Bufeloup. Mais il fêtera la Quasimodo avec nous : il sera ici dans une minute ou dans une heure, à pied, à vélo ou en Zeppelin !

Pierrot s'est réveillé en se plaignant d'avoir très faim. Blaise, le domestique, regarde aussi le ciel, mais lui c'est pour évaluer la hauteur du soleil. Il déclare qu'il mangerait bien la soupe, vu qu'il est debout depuis cinq heures du matin et que le dimanche après-midi est son seul moment de liberté de la semaine.

Pierrot avale la sienne avec un bruit de bonde, puis dévore sa viande à belles dents, une lueur de vengeance dans l'œil. Il lève soudain les yeux de son assiette et s'écrie, la bouche pleine :

— C'est pas vrai ? C'est pas vrai, hein, que les glands donnent mauvais goût à la viande de cochon ?

Maman pince les lèvres, son regard noircit. Elle se tait. Marraine considère Pierrot avec un sourire très doux.

— Mais non, mon chéri, ce n'est pas vrai. Quand vous serez à Bufeloup, je t'achèterai un porcelet que tu pourras nourrir comme tu voudras jusqu'à ce qu'il soit gras.

— Moi, j'en mangerai pas !

Suzie n'a pu se retenir. Pierrot la regarde d'un air de chien aimant, elle voudrait bien rattraper ses mots. Que Pierrot bourre son goret de saletés jusqu'à ce que les boyaux lui pètent, elle s'en fiche. Blaise ferme son couteau et se lève, pressé de courir à son dimanche. Papa n'arrive pas. Marraine propose qu'on se mette à table sans l'attendre.

— Ça le fera venir, vous allez voir.

Maman approuve d'un signe, les narines pincées, la lèvre baissée, comme si elle retenait ses larmes. Elle n'en peut plus. Si on la regardait dans les yeux, elle se mettrait peut-être à hurler. Suzie aide marraine à mettre le couvert, sans se presser.

— Papa a eu une crevaison, dit-elle.

Marraine approuve, en s'affairant au repas.

— Sûrement. C'est ce que je pensais.

Ça siffle comme une bête, tout à coup. Maman respire la bouche ouverte, l'air ne passe plus. Suzie voudrait la prendre dans ses bras pour la consoler. Les chiens aboient, c'est papa, merci, mon Dieu !

Oui, le voilà. Il pousse son vélo, le pose contre un tilleul du jardin. Il est à plat. Maman s'avance à sa rencontre, Suzie hésite et la suit. Papa lève les bras au ciel, laisse retomber les mains sur ses cuisses bruyamment.

— Je viens encore de crever. Le premier coup, j'étais tout près de Saint-Pierre. Je fais ni une ni deux, je reviens à la maison pour réparer…

Il entre en exhibant ses pattes sales et, après les salutations d'usage, offre d'aller se laver à la fontaine. Marraine le pousse vers l'évier, sort un paquet de cristaux. Il retrousse ses manches jusqu'aux coudes, frotte, frotte.

— La deuxième fois, c'était à un kilomètre d'ici, j'ai même pas essayé de réparer. Il faudra que je descende à Saint-Veillant changer mes chambres. Je m'achèterai un tube de dissolution. Ces rustines qui se posent sans colle, ça tient pas, ça vaut rien !

Il baisse ses manches de chemise, s'approche de la table, se cogne contre une chaise, marche sur la queue du chat. Il s'excuse d'un coup d'œil gêné à maman et Suzie. Il évite de croiser le regard de marraine. Il l'appelle « tante Andréa », sur un ton cérémonieux. On sent bien qu'il est honteux et mal à l'aise. Il va pour s'asseoir, puis se retourne.

La vérité, c'est qu'il a fait tous les détours possibles et qu'il a bu la goutte partout où il a pu. Maman doit bien s'en apercevoir, elle paraît quand même soulagée. Marraine fait sa gracieuse, l'air de ne rien voir. Elle lui sert même un grand verre de blanc doux, de sa vigne.

— Ah, Victor, je suis contente que vous soyez là pour mon anniversaire, comme tous les ans, et encore pour longtemps, j'espère. Un moment, j'ai pensé que le renard vous avait pris !

Papa rigole, boit une gorgée, sort de sa poche un billet de banque, l'agite entre l'index et le majeur.

— Avant de partir, j'ai vendu un agneau au boucher !

Pierrot essaie d'apercevoir la dame du billet, qui soulève sa robe, et papa balance le fafiot sous son nez. Les yeux lui sortent de la tête. Pour cette typesse débraillée !

Papa baisse la tête et se fourre précipitamment trois cuillerées de soupe dans le gosier. Pierrot demande la permission de sortir. Sur le pas de la porte, il s'arrête, fixe marraine, l'air de réfléchir très fort.

— J'aime bien le curé de Saint-Pierre !

La réflexion tombe comme une mouche dans le vin blanc, mais rien ne peut démonter marraine. Elle regarde Pierrot de son air le plus gentil.

— Ah, tiens donc, je suis heureuse de l'apprendre !

On ne sait pas si elle se moque. Pierrot suit son idée.

— Oui, le curé Bonnet rit tout le temps dans sa barbe.

Maman jette un regard sévère à son petit garçon et hausse les épaules.

— Vous savez, c'est un ancien missionnaire. Il en a vu de terribles, avec les nègres. Il n'a peur de rien.

— Même pas du bon Dieu ? demande marraine.

Au tour de maman de réfléchir fort, en guignant le coin du ciel, par la fenêtre.

— Je crois qu'il n'a même pas peur du bon Dieu !

Enfin, la tarte aux pruneaux, le dessert préféré de Suzie. Elle considère sa part un moment avant de l'attaquer. Ce sera son plus grand plaisir de la semaine. Elle voudrait le faire durer une heure. Mais, bien sûr, papa a choisi ce moment pour tout gâcher. Il pose les coudes sur la table, regarde la pendule.

— Tante Andréa, je vais vous dire une chose : il y a gros à parier que ça ne vous fera pas plaisir. J'aurais dû vous parler plus tôt. Je ne veux pas prendre Bufeloup à rente, même à bas prix. Au jour d'aujourd'hui, je ne me sens pas prêt à devenir propriétaire.

La tante Andréa pêche une pomme dans le compotier, plante dans la peau ses ongles pointus. Puis elle fixe papa.

— Au jour d'aujourd'hui ? Mais dans dix ans, vous serez bien content.

— Dans dix ans, on verra.

— Il sera trop tard, mon pauvre ami.

Papa secoue la tête d'un air buté.

— Votre arrangement ne me convient pas. Je ne veux pas faire d'emprunt, ni signer de rente.

— Vous voulez peut-être que je vous donne Bufeloup pour rien !

Papa rougit, puis pâlit. Ses paupières battent, son menton tremble. Il se force à rire.

— Je ne vous ai rien demandé. De toute façon, dans les affaires de notaire, les gens comme moi sont toujours les dindons.

Maman pousse un petit cri. La tante se dresse, la main serrée sur sa pomme.

— Qu'est-ce que ça veut dire ? Quelle affaire de notaire ?

La sueur perle en grosses gouttes sur le front de papa. Lui aussi prend une pomme pour se donner une contenance. Il dit sur un ton conciliant :

— C'est peut-être que je ne suis pas fait pour être propriétaire, voilà tout. Mais j'ai pris ma décision. Je n'emprunterai pas un sou pour venir chez vous, tante. Et surtout pas à ce notaire. C'est ce que j'ai décidé. Quitte à quitte et bons amis !

Suzie sent un poids s'arracher de sa poitrine, elle avale un morceau de tarte, presque sans mâcher. Ça coule, c'est bon. Finalement, papa ne l'a pas déçue. Elle avait peur qu'il ne cède à maman, qu'il ne soit plus tout à fait son papa et qu'elle n'ait plus envie de l'admirer. Elle craignait plus encore qu'il ne balance et ne marchande comme il sait le faire avec les proprios et les maquignons. Tant pis s'il a trouvé dans la boisson le courage de parler !

Marraine le fixe d'un regard noir. Les narines pincées, elle respire par la bouche, on dirait que le souffle va lui manquer. Elle presse la pomme dans sa main, puis elle la repose d'un geste lent.

— Pas un sou ? Ah, vous n'emprunterez pas un sou ! C'est dommage pour vous… et encore plus pour votre pauvre Marie !

Papa rougit très fort.

— Ma pauvre Marie ? Elle a toujours eu du pain et des robes, Marie. Et mes parents n'ont jamais fait de dettes. J'en ferai pas non plus !

La tante empoigne le bord de la table, comme si elle voulait la renverser.

— Parlons-en, des robes. Pour une qu'elle se paie, tous les cinq ans, je lui en donne trois. Mais ça, vous ne le voyez pas. Vous ne voulez pas le voir !

Suzie mâche sa tarte lentement, mais le gâteau est de plus en plus pâteux et amer. Elle se demande si elle pourra finir sa part. C'est vrai, pour les robes. Papa n'y songe pas, ou s'en fiche. Les deux dernières de maman sont des cadeaux de marraine.

Il y a un moment de silence terrible. Suzie se force à manger. Marraine est figée à sa place, tournée vers papa, mais on dirait qu'elle regarde à travers son corps. Maman va et vient dans la pièce en se cognant aux meubles. C'est la réflexion de papa au sujet du notaire qui l'a blessée. Ça, il aurait pu s'en dispenser. C'était méchant.

Il soupire et repousse son assiette presque au milieu de la table.

— J'ai rien dit de mal, tante Andréa. Ça me fait bien peine de vous refuser la propriété, que vous offrez de bon cœur. On va pas se disputer. J'ai envie de prendre l'air. Je crois que je vais *emprunter* votre calibre douze et suivre un peu les lisières. Si je pouvais vous tuer une sale bête, ça me ferait bien plaisir.

— À moi aussi, dit marraine. Mais les renards sont

trop malins pour vous. Je ne parle même pas de l'épervier, qui tourne tout le temps au-dessus de la maison pour guetter mes poules. Ce n'est pas vous qui m'en débarrasserez !

Papa se lève en s'appuyant sur sa chaise, observe la tante, d'un air narquois, une main sur la hanche.

— Un épervier ? J'ai quand même envie d'essayer.

Tante Andréa frappe la table de son poing maigre.

— Ne touchez pas au fusil. Vous êtes bien trop énervé pour aller chasser !

Papa hausse les épaules.

— Et vous, vous n'êtes pas énervée ? Allez un peu voir la tête que vous avez !

Elle se lève et lui fait face, droite, les poings serrés.

— Taisez-vous, insolent !

Papa rafle une pomme sur la table et marche vers la porte. Au passage, il se tourne vers maman. Pauvre maman, elle doit se rendre compte que papa ne changera pas d'idée, qu'il a dit non pour toujours. Quoique… maman a toujours l'espoir chevillé au cœur. Elle songe déjà au moyen de le faire plier !

Les regards se croisent. Celui de maman brille très fort, de colère ou de volonté. Celui de papa est tout radouci. Puis papa baisse les yeux. Il a un petit geste d'excuse pour maman.

Il sort. Mais la lutte entre eux n'est pas finie. Elle commence.

Victor s'arrête dans le couloir, admire un moment les deux fusils pendus au râtelier. Le douze, un Robust, lui plaît beaucoup. Il a très envie de le prendre et d'aller tirer la sauvagine. Mais il ne veut pas envenimer sa querelle avec la Dieu-merci. Il a déjà blessé Marie et s'en repent.

Bon, tant pis pour le fusil.

Un pas plus loin, il s'arrête devant la glace pour voir

la tête qu'il a. Bon Dieu, la vieille a raison. Il a un œil plein de sang. Ça lui arrive quelquefois, une petite veine qui pète sous les paupières, quand il s'énerve.

Il décide d'aller se laver à la fontaine. Au fond du jardin, un paon posé sur une branche le salue d'un cri strident. Il menace l'oiseau et s'aperçoit qu'il a toujours sa pomme dans la main. Il ajuste le paon avec soin et lance la pomme de toute la force de son bras. Touché à l'aile, l'oiseau s'envole en criant de rage.

Victor éclate de rire. Cette petite vengeance l'a échauffé. Il va se tremper la figure à la fontaine, un peu plus haut. Il est tout à fait calmé. Il n'aurait pas dû s'emballer comme ça.

D'abord, il n'aurait jamais dû parler d'une affaire de notaire. Il aurait pu dire une affaire de rente ou de contrat. Le mot notaire lui a échappé. Tant pis, le mal est fait.

Il a envie de s'excuser près de Marie. Il revient à la maison en se tamponnant la figure avec son mouchoir mouillé. La Dieu-merci l'attend dans le couloir. Enfin, elle se tient là comme si elle l'attendait.

Elle lui montre les fusils.

— Vous pouvez en prendre un. Je me suis emportée, mais je ne vous en veux pas. Allez donc chasser le renard !

Il la fixe dans les yeux. Elle a quelque chose de sale et de menteur au fond du regard. Il tourne la tête. Il a envie de faire la paix avec Marie, pas avec la tante. Jamais.

Elle le retient par le bras. « Victor… »

Il ne supporte pas qu'elle le touche, il serait bien en peine d'expliquer pourquoi. Sa colère lui revient d'un coup. Il se dégage d'un geste brusque.

— Foutez-moi la paix ! Je sais ce que vous voulez. Vous voulez mettre le grappin sur ma femme et mes enfants. Ma femme, vous la tenez déjà à moitié. Pour avoir mes enfants, vous avez besoin qu'on vienne habiter chez vous, hein ? Vous voulez mon Pierrot pour en faire un curé !

La tante recule doucement, toute blanche, le souffle court. Elle joint les mains devant sa poitrine.

— Mon pauvre Victor, je vous plains de penser ça. Vous me faites pitié… pitié.

Elle s'en va à reculons, puis s'arrête les poings serrés.

— Mais ne venez pas me demander l'aumône quand vous serez vieux !

Victor éclate de rire.

— Quand je serai vieux, vous serez morte, ha, ha, ha !

Il respire à pleins poumons. Il a dit enfin toute sa pensée. Il se sent soulagé. Il voudrait serrer Marie dans ses bras. Mais elle n'est pas là. Il tourne dans la salle à manger, la cuisine, monte l'escalier. Il appelle : Marie, Marie ! Pas de réponse. Il entend marcher, courir. Elle s'échappe, elle ne veut pas le voir.

Il a la gorge serrée. Il retourne au jardin, il s'assoit le dos contre un arbre. Marie ne va pas choisir sa tante contre son mari, quand même !

Tante Andréa s'essuie le front avec le coin de son tablier. La sueur ruisselle dans son cou.

— Ton mari te rend malheureuse, ma pauvre Marie. Voilà ce que je lui reproche.

Elles se sont réfugiées dans la resserre à provisions, pour éviter Victor. Tante Andréa tire d'une étagère un bocal de prunes à l'eau-de-vie.

— On va en manger une ou deux, ça nous remontera le cœur.

Marie prend une prune dans le bocal.

— Rien qu'une. Je te jure que je ne suis pas malheureuse.

— Je voudrais bien te croire. Je te donnerais

Bufeloup pour rien, si je pouvais. Mais j'ai besoin du versement pour m'installer et de la rente pour vivre. Qu'est-ce qu'on va faire s'il refuse toujours de signer ?

— Il signera, je te le promets. Bientôt…

— Comment peux-tu en être sûre ?

— Un jour il en aura son sac d'être fiché dehors.

La tante répète à mi-voix, la bouche pleine : « Je voudrais bien te croire… » Elle tend le bocal à Marie.

— Essaie de le mettre sur l'étagère du haut.

Marie fait un faux pas, lâche le bocal qui s'écrase à ses pieds. Elle saute en l'air pour éviter d'avoir les pieds éclaboussés. Elle rit très haut, d'un rire nerveux, aigu. La tante pousse un cri de bête blessée.

— Marie ! Mon bocal !

— Je ne l'ai pas fait exprès, marraine. Je te jure.

— Je ne t'accuse pas. Je vois bien que tu n'es pas dans ton état normal. Tu devrais t'allonger.

— Non, non. J'ai envie de marcher un peu, avec Suzie.

— Eh bien, moi, je vais aller à vêpres. Je prierai pour Victor et pour toi. Et je n'oublierai pas les enfants.

Elles se regardent, mi-complices, mi-fâchées, comme toujours.

Maman a changé sa robe à carreaux gris pour une plus légère, plus courte, plus jolie, à fleurs imprimées de toutes les couleurs, sur fond blanc rayé de vert. Presque une robe de ville… Suzie ne l'avait jamais vue, elle aimerait bien avoir la pareille.

Comme maman n'a pu aller la chercher à la maison par magie, c'est qu'elle la gardait en réserve à Bufeloup…

Elle pirouette en riant, s'élance dans le pré, si vite que Suzie peine à la suivre. Elle prend le sentier du Pech des Moulins, un raidillon durci au long des siècles par les sabots des paysans et ceux de leurs ânes. Au sommet, on a la meilleure vue des alentours. La campagne est encore plus belle que le matin. Des chemins sinueux, brunis par la pluie, courent le long des champs. Le blanc de la pierre écrasée souligne ici et là un bout de route. Les fermes aux toits roses s'éparpillent, solitaires ou en hameaux, coiffées de peupliers, bordées de saules, cernées de vergers en fleur. Le soleil éclabousse l'horizon.

Les anciens moulins à vent, étêtés, ne sont plus que de gros amas de pierres grises, envahis par la végétation.

Maman se hisse sur un éboulis, une main en visière sur les yeux. Suzie cherche des fleurs à cueillir, au pied des ruines. Maman lui adresse un signe par-dessus l'épaule.

— Viens voir. On aperçoit Blanchot d'ici !

Blanchot, c'est la maison des grands-parents, la maison natale de maman, à six ou sept kilomètres de Bufeloup. Peut-on vraiment la voir depuis les Moulins ? Suzie pose les narcisses qu'elle vient de cueillir et rejoint maman sur son perchoir.

Les clochers pointus, entre les cyprès, révèlent les villages. Les toits saupoudrent la plaine. Avec des jumelles, on apercevrait peut-être Blanchot. À l'œil nu, c'est trop loin.

— Je t'assure, dit maman. Je distingue très bien le pigeonnier, et le gros ormeau. Tu sais que grand-père range son matériel dessous. Il y a quelque chose qui brille. C'est peut-être un versoir de brabant ou une lame de faucheuse…

Une lame de faucheuse à six kilomètres, tu rêves, maman ! Et il y a au moins cent maisons dans le canton avec un pigeonnier et un ormeau dans la cour. Maman scrute la plaine, la main gauche sur les yeux. Elle pointe l'index de sa main libre, ici, là, un peu plus haut, un peu plus bas.

— Tiens, les peupliers qui bordent le Grand Champ !

Mais la campagne est farcie de peupliers… Maman insiste, s'exclame, énumère toutes sortes de détails qu'elle jure avoir repérés. Ce n'est pas vrai, ce n'est pas possible. Le cœur de Suzie se serre. Pauvre maman, ce n'est pas le jour de la contrarier, elle a eu assez de misères.

— Je n'ai pas de si bons yeux que toi, dit Suzie.

Maman rit de plaisir. Mon Dieu, pourvu qu'elle ne soit pas en train d'avoir une crise de nerfs ! Est-ce qu'on peut être somnambule en plein jour ? Son bras droit bouge vers la droite, sa main descend, tourne, remonte, se fixe.

— Et voilà Tonigrand ! La maison du notaire, Me Rivière, à un petit kilomètre de Blanchot… Vu d'ici, ça se touche presque. La grosse maison, avec un toit d'ardoises. Et le bassin qui brille comme une glace. Et le platane devant…

Suzie se force à regarder, bravement. Elle ne voit ni toit d'ardoises, ni bassin, ni platane. Maman sourit aux anges.

— Le platane, tout nu, avec sa peau qui pèle. Quand j'étais petite, je trouvais qu'elle ressemblait à une peau de serpent. Et le bassin… et les saules pleureurs. C'est une bien belle propriété, on dirait presque un château. D'ici, je pourrais compter les fenêtres de la façade tellement elles sont hautes !

On ne voit pas de façade. Maman est malade. Suzie voudrait la prendre par le bras pour la ramener à la maison, mais n'ose pas. Il vaut mieux l'écouter, en attendant qu'elle se calme.

— Tu es sûre ? dit Suzie. Je ne vois rien.

— Tu n'as pas d'assez bons yeux. C'est un peu difficile de voir les fenêtres. Les volets sont fermés, sauf deux ou trois. Les Rivière n'y viennent presque jamais, depuis que l'aîné des fils, M. Jean, a été tué à la guerre.

C'est lui qui devait succéder au père. M. Guy était au grand séminaire, mais finalement, il a pris la place de l'aîné. Et les filles, Luce et Anne, sont mariées en ville. Je crois qu'elles ne viennent plus à Tonigrand.

Maman se tait, les deux mains levées, le corps raidi. Un coup de vent plaque sa jupe. Suzie s'approche, lui touche le bras.

— Maman, si on rentrait ? Je ne me sens pas bien.

Maman prend la figure de Suzie entre ses paumes.

— Ma pauvre chérie, tu te fais du souci parce que ton père a dit non ? Ce n'est pas la première fois. Je finirai par le convaincre. Il se plaît bien à Saint-Pierre, mais quand M. Comiac le foutra dehors, il n'aura pas envie de chercher une autre métairie. Il se décidera à prendre Bufeloup. Voilà.

Elles s'aident à descendre du tas de pierres en se tenant la main. Maman se frotte les paupières.

— Je me suis fatigué les yeux à force de fixer, mais je suis contente d'avoir vu la maison du notaire. Elle me rappelle tant de souvenirs !

Tu ne l'as vue qu'en imagination, songe Suzie. Les souvenirs te consolent du présent, tant mieux. Qu'est-ce qui s'est passé, autrefois, n'est-ce pas, dans la maison du notaire ?

En arrivant à Bufeloup, maman se frotte les paupières, l'air de se réveiller après un mauvais sommeil.

— Je crois que je vais rester ici ce soir. Je ne rentrerai peut-être pas tout de suite à Saint-Pierre.

Elle a parlé sur un drôle de ton. Suzie sent la chair de poule sur ses bras, sur ses cuisses, mais c'est peut-être seulement le froid. Elle questionne maman d'un signe.

— Tu ne rentreras pas demain matin ?

Maman fuit son regard.

— Non, pas demain matin.

— Rien que demain soir ?

Maman se tait. Elle arrange ses cheveux. Puis elle se retourne vers Suzie.

— J'ai besoin de me reposer. Il faut qu'on réfléchisse à nos affaires, ton père et moi… Enfin, lui surtout. Moi, c'est tout réfléchi. Je te laisse la maison pour un jour ou deux. Tu pourras te débrouiller ?

— Oui, maman.

— Il faudra traire, donner aux poules, cuire la soupe…

— Je sais le faire.

— Merci, ma chérie.

« Un jour ou deux, songe Suzie. Peut-être toute la semaine ? »

Elle se sent capable de tenir la maison une semaine.

Elle rentre avec Pierrot. Elle court dans le sentier des bois. Elle se dépêche pour être à Saint-Pierre avant la nuit. Pierrot trotte loin devant. Elle le rappelle. « Pierrot ! »

Le voilà. Sa musette saute sur ses épaules à chacune de ses enjambées. On dirait qu'il porte un singe à cheval sur son dos. Il revient vers Suzie en soufflant.

— Dis, Suzie, tu crois pas que quelqu'un nous suit ?

— Qui veux-tu qui nous suive ?

Il esquisse un geste d'ignorance ou de mauvaise humeur. À son regard qui fuit, elle devine qu'il a la trouille pour de bon. Marraine ne voulait pas le laisser partir, à cause de son malaise à la messe. Il s'est mis à pousser des cris de putois. Il s'est enfui et il s'est caché au bord du chemin en attendant Suzie.

Seigneur, il n'est quand même pas assez bête pour croire que le diable va venir le prendre et le mettre en enfer !

Enfin, ils sont sortis des bois. La lumière dorée d'un après-midi de printemps coule à flots sur la campagne. Le ciel est clair, le soleil haut. Suzie rit de ses alarmes.

Ils arrivent au Maine à la brune. L'obscurité monte dans les haies, au creux des fossés, au pied des grands arbres. Suzie a pressé le pas en approchant. Pierrot est loin derrière. Il a vomi, il n'en peut plus. Deux fois le chemin de Bufeloup dans la journée, presque vingt kilomètres ce n'est pas rien pour un gosse de onze ans. Et puis il a eu son évanouissement à l'église, il s'est gavé au repas de midi… Quelle journée !

Soudain, des cris. On dirait que ça vient de la maison. Suzie se met à courir. Deux hommes en chemise du dimanche se disputent au fond de la cour, du côté du poulailler. D'abord, elle ne voit que le blanc des chemises. Ils ont tombé la veste, ils sont sur le point de se passer une peignée. C'est papa et Fausto !

Fausto crie : *Dio can ! Dio can !* À des moments, il ne sait plus dire que ce juron macaroni. Papa répond : Petit merdeux !

— Qu'est-ce que tu foutais, petit merdeux, quand le renard est venu ? Tu fricotais avec la régente, hein ?

Fausto lève le poing sur papa qui recule. « *Dio can !* » Suzie leur crie d'arrêter. Ils se retournent. Papa montre d'un geste les plumes blanches éparpillées sur le sol boueux et jusque dans l'herbe du pré. Il commence à retrousser ses manches.

— Ça s'est passé il n'y a pas une heure. Le poulailler aurait dû être clavé, hein ? Demande à ce petit merdeux ce qu'il foutait, au lieu de garder la maison !

— Et vous, ce matin, au lieu de chasser le renard, où vous étiez ? Au bistrot, hein !

Suzie voudrait leur dire que ça ne sert à rien de se disputer, maintenant que le mal est fait. Elle est trop essoufflée pour crier. Tout à leur dispute, les deux hommes ne veulent pas l'entendre. Fausto tourne autour de papa, les poings serrés.

— Je veux demander pardon à Mme Marie. Où est-elle ?

Il regarde vers Suzie, vers la maison, vers la route.

— Où est-elle ? Qu'est-ce que vous lui avez fait ?

Papa le force à reculer.

— T'occupe pas de ma femme, salopiot !

Ça y est, ils s'empoignent. Papa a le dessus. Non, maintenant c'est Fausto. Il essaie d'attraper le cou de papa.

— *Dio can*, vous avez bu ! Vous l'avez tuée ?

Mais il est fou ! Ils sont fous ! Suzie se précipite pour les séparer. Pierrot la rejoint à ce moment.

— Les poules ! Les poules blanches ! Les poules de maman !

En les voyant tous les deux, Fausto lâche papa et court vers la grange en toussant. Suzie craint une seconde qu'il n'essaie de mettre le feu. Non, il cogne le portail à coups de poing et de tête. Il est fou. Elle retrouve sa voix pour l'appeler. « Fausto ! » Il recule, baisse la tête. Il a une quinte de toux terrible. La quinte passée, il prend son élan pour se jeter sur la porte. Il va s'éclater la cervelle… Fausto, ne fais pas ça, je t'en prie.

Papa souffle, la bouche ouverte, les bras ballants. Le drôle court après les plumes en criant : « Le renard a pris les poules de maman ! » Suzie se fout des poules de maman. Elle a trop peur que Fausto ne se fende le crâne. Elle le rattrape au moment où il s'élance sur le portail.

— Fausto, ne le fais pas ! Pour maman !

Elle voulait dire pour moi. Mais elle n'est rien à ses yeux. Elle s'accroche à sa ceinture. Il la tire dans la boue. Elle tombe à genoux. Elle se cramponne, il trébuche. Elle le retient. Il se remet à tousser. Qu'est-ce qu'il a donc ? Une maladie ?

Papa saisit la fourche à fumier au coin du mur et vient se mettre devant le portail.

— Fous le camp, rentre chez toi, petit sal…

Il ne finit pas le mot. Fausto gémit. Suzie se lève et le repousse.

— Va-t-en, maintenant, s'il te plaît !

20

Le tourin à l'ail

Il ne reste pas une seule des six Leghorn ! Qu'est-ce qu'on va dire à maman, quand elle rentrera ?

Déjà deux jours. Elle aurait dû rentrer hier. Elle est sûrement malade. Ou bien… Pierrot tourne mille idées dans sa tête. Elle en a peut-être assez de ses enfants, voilà. Il n'a pas toujours été très gentil avec elle. Elle lui en veut peut-être parce qu'il n'a pas envie de devenir curé. Ou alors, si elle allait avoir un autre enfant… une petite sœur plutôt ?

Il guette les carrioles. Si maman est malade, marraine Dieu-merci va peut-être la ramener avec Cyrano. À moins qu'elle n'ait décidé de rester à Bufeloup pour toujours, parce qu'elle n'aime plus la métairie et qu'elle veut habiter chez marraine ?

Il guette, le jour, la nuit. Rêves et cauchemars rongent son sommeil. Le rêve de la charrette fantôme revient toujours. Les vaches qui la tirent dans l'air sont des bêtes géantes, qu'il admire et à la fois. Le moussu peut toujours essayer de les conduire à l'abattoir, il se fera écraser comme une bouse !

L'attelage monte vers la lune, qui éclaire maman, debout sur la charrette. Elle appelle Pierrot d'un signe. Il la rejoint en volant. Mais quand il arrive, elle n'est plus là.

Il entend sa voix au plafond du ciel. Elle chante :

C'est la valse brune
Des chevaliers de la lune...

Il finit par la rejoindre ; mais elle ne le voit pas ou ne le reconnaît pas. Il la supplie : « Maman, c'est moi, Pierrot ! » Elle rit. « Pierrot ? Je n'ai pas de Pierrot. »

Trois jours.

Pour se consoler, il prend de temps en temps un morceau de sucre dans la boîte et le fourre dans sa poche. Puis il le casse en deux, il croque une moitié tout de suite et garde l'autre pour le chemin de l'école ou du pré, ou n'importe où.

Il pleut. Le demi-morceau a molli dans sa poche à cause de l'humidité. Tant pis, c'est bon quand même, un peu mouillé, ça fond vite sur la langue. Ça le fait penser à maman.

Pourvu qu'elle ne soit pas malade. Pourvu qu'elle revienne demain.

Quatre jours. En se couchant, il a un drôle de goût dans la bouche, piquant, acide. Ça lui rappelle quelque chose, mais quoi ?

Soudain, une scène de son enfance lui revient d'un coup. Il est malade, ça doit être la rougeole. Maman et Suzie sont penchées sur son lit. Il se sent mieux, presque guéri. Il s'amuse à tirer les nattes de Suzie. Sa grande sœur le menace du doigt, éclate de rire et s'enfuit. Puis maman est seule près de son lit. Elle lui dit qu'il va mieux, qu'il lui faut se remettre à manger, en commençant par des fruits. Elle a apporté quelques cerises.

On est au milieu de l'été et ce sont des *guignes*, des cerises tardives, au jus acide, au goût aigrelet. Pierrot aime les cueillir sur les arbres, quand il est en bonne santé et court les champs... Maman ouvre un fruit du bout de l'ongle et le balance au-dessus de sa bouche.

Une goutte de jus tombe sur ses lèvres. Il n'a pris depuis plusieurs jours que du bouillon et de la tisane bien sucrée. L'acidité du jus de cerise le force à fermer les yeux, et un frisson court dans son dos. Vite, maman lui frotte les lèvre avec un sucre trempé dans la tisane.

Puis elle presse de nouveau une cerise sur sa bouche. Et ainsi de suite : cerise, sucre, cerise, sucre... De seconde en seconde, Pierrot se sent renaître, grâce aux cerises, grâce à maman. « Rien que la cerise, maintenant ! » Il l'avale tout entière, sans frissonner ni fermer les yeux. Maman cueille le noyau sur le bout de sa langue, lui caresse la joue et se lève. Il est guéri !

Cinq jours.

Une lettre de maman. Enfin. Adressée à tous les trois, et chacun a sa feuille.

Papa s'en va dehors pour lire à la lumière du jour. Suzie hausse les épaules. Elle dit : plus tard. Elle plie la page de cahier et l'enfonce dans sa poche de tablier.

Pierrot n'a qu'une petite page, maman n'a rien écrit derrière. Les lignes dansent un peu devant ses yeux. Avant de lire, il caresse l'écriture des yeux. La jolie écriture toute penchée et régulière de maman, avec les longues jambes des p et des j... Et les l, aussi, comme ils sont beaux et bien faits !

Pierrot serre les dents, mais ces saletés de larmes lui coulent par le nez et l'empêchent de bien voir. Il les sèche avec le dos de la main !

Ses yeux piquent encore plus. Enfin, il peut lire.

Mon Pierrot chéri.

J'espère que tu travailles toujours bien en classe et que la demoiselle est contente de toi. Puisque tu as envie d'être vétérinaire, il faut bien étudier tes sciences. Mais tu dois être bon dans toutes les matières pour passer tes examens. Le certificat

d'études ce sera l'an prochain, si tu apprends bien tes leçons et si tu progresses encore en calcul.
Comme nous serons sûrement à Bufeloup, tu le passeras à Saint-Veillant. Et l'année d'après, tu pourras continuer au cours complémentaire sans changer de ville. Marraine veut bien nous aider à payer tes études.
Je suis très occupée à tout préparer ici pour notre installation. J'espère que vous viendrez bientôt me visiter, en attendant de me rejoindre pour de bon, à Notre-Dame ou à la Saint-Michel.
Je te serre très fort dans mes bras.

Ta maman.

Pierrot a les joues si humides qu'il ne peut pas les essuyer avec la main, il sort son mouchoir. Il lève la tête, il rit. Il voudrait partager sa joie avec Suzie, mais Suzie est partie.

Papa aussi. Il est tout seul. Une question le tourmente. Est-il assez intelligent pour devenir vétérinaire ?

Mon Victor,
J'espère que tu ne vas pas te tuer au travail pendant que je ne suis pas là. À quoi ça sert de tant se fatiguer pour M. Comiac ou un autre monsieur ? Tous les messieurs sont pareils. Ils ne pensent qu'à voler les métayers.
Moi, je n'en pouvais plus de vivre comme une pauvresse, alors qu'on a la chance de devenir propriétaires presque tout de suite. Ces derniers temps, je ne pouvais pas dormir. Je pensais à Bufeloup, je me tournais et me retournais en cherchant le sommeil. Je finissais par m'enrouler dans le drap. Ça m'était arrivé d'autres fois, mais jamais si fort. Je voyais bien que tu n'avais plus ta part de literie et que je t'empêchais de dormir.

J'ai pensé qu'il valait mieux que je parte et que je vienne ici pour préparer notre arrivée en septembre. Ça s'est fait tout seul, à Quasimodo, comme si le bon Dieu le voulait. Je travaille beaucoup et je me repose aussi très bien, parce que j'ai l'esprit plus tranquille.

J'ai deux bonnes nouvelles à t'apprendre. Quand nous viendrons habiter à Bufeloup, tante Andréa s'en ira. Elle veut se retirer chez les sœurs de Sainte-Marthe, à Saint-Veillant. Et comme ça, elle n'aura pas l'occasion de s'occuper des enfants, puisque c'est ce que tu craignais. Et puis elle pourra baisser la rente à payer et le premier versement. Il faudra qu'elle parle avec la mère supérieure pour savoir combien on lui prendra de pension au couvent. Suivant le chiffre, elle nous demandera un peu moins que prévu.

Tu peux maintenant être tout à fait tranquille.

Dépêche-toi de me dire ce que tu penses de ces bonnes nouvelles. Je t'embrasse comme je t'aime.

Marie.

Victor glisse la lettre dans sa poche, sort son paquet de gris et son cahier de papier à cigarettes. Il regarde un épervier tourner dans le ciel. Un bel oiseau, mais grand mangeur de poussins et même de poules. Et très difficile à tuer…

Il réfléchit avec un grand calme. Un grand calme dans sa tête, parce que ses mains tremblent un peu. Il renonce à rouler sa cigarette, reverse le tabac dans le paquet, laisse la feuille Job s'envoler dans le vent.

Il jure à mi-voix. Acré ! Puis, plus bas :

— Les bonnes nouvelles, j'y crois pas trop. Blague à part !

Ma Suzie,

Je me fais du mauvais sang en songeant à tout le travail que je te laisse. Mais je suis sûre que tu te débrouilles très bien, comme tu m'as promis.

Je rentrerai à Saint-Pierre dès que j'aurai fait le nécessaire ici pour que la propriété soit prête et aussitôt que les choses seront arrangées avec ton papa. Tu sais comme il est avantageux pour nous de prendre Bufeloup à rente. Il n'y aucune façon plus avantageuse de devenir propriétaire. Ton père le sait bien aussi. Alors, je pense que l'affaire sera signée avant la Saint-Michel et que nous serons très heureux chez nous, dès cet automne.

Pour toi, ma Suzie, ce qui m'inquiète le plus, c'est la cuisine. Je ne me rappelle pas si tu connais la recette du tourin, qui est une des meilleures soupes et très facile à faire. Je vais te la recopier d'après le cahier de marraine.

Il te faut préparer trois instruments en plus de la soupière : une poêle, une casserole, un saladier. N'oublie pas d'essuyer la poêle avant de commencer. Fais fondre une bonne cuiller de graisse de confit. Taille un demi-oignon et deux ou trois gousses d'ail, laisse roussir dans ta poêle, ajoute une cuiller à soupe de farine blanche, et deux tomates du jardin quand il y en aura. Pendant ce temps, tu as fait bouillir un litre et demi d'eau dans la casserole. Dans le saladier, tu as battu deux œufs, le jaune et le blanc ensemble, avec une cuiller de verjus, de préférence au vinaigre, sans oublier sel et poivre. Tu verses la poêle dans la casserole bouillante, tu écrases les légumes ; si ça te paraît trop épais, tu peux le passer avec la passoire. Tu ajoutes le contenu du saladier et tu délaies bien. Tu prépares du pain rassis dans la soupière et tu trempes le plus chaud possible. J'espère que j'ai bien tout noté.

Je t'embrasse très fort, ma grande fille.

Ta Maman.

Suzie relit trois fois la recette sans comprendre un mot, tellement elle a la tête ailleurs. Puis elle s'arrête sur la ligne la plus importante à son avis : « Je rentrerai à Saint-Pierre dès que les choses seront arrangées. » Elle cherche le sens secret de cette petite phrase.

Bon ça veut dire : quand papa sera décidé à dire oui pour Bufeloup. Alors, elle risque d'être bien déçue, maman. Mais, du coup, elle n'est pas près de revenir. Elle a inventé une façon d'obliger papa à céder, et papa ne peut pas céder, il ne se sentirait plus un homme. Elle le comprend.

Alors, ils vont jouer au plus fort, et ça peut durer des jours et des semaines. La preuve que maman est décidée à rester longtemps, pour faire plier papa, c'est la recette du tourin. Elle ne la donnerait pas si elle pensait revenir dans deux ou trois jours.

Et les tomates, ce n'est pas la semaine prochaine qu'il y en aura au jardin !

Le lendemain soir, avant d'aller se coucher, papa tend sa lettre à Suzie.

— Tu serais gentille de la lire et de répondre à ma place.

Suzie cherche le regard de son père, il détourne les yeux. Elle prend la feuille de papier. « Mon Victor… » Et à la fin : « Je t'embrasse comme je t'aime. » Oui, maman aime papa, seulement elle ne sait pas le dire. Dommage. Suzie pose la feuille près de la lampe.

— Papa, je ne peux pas écrire à ta place. Je ne saurais pas quoi répondre à maman.

— Tu réponds… tu réponds…

Il tourne en rond au milieu de la cuisine et se cogne à la table. Il a un peu bu, c'est sûr. On ne peut pas lui en vouloir, maman s'ingénie à le tourmenter. Il s'appuie sur le coin de la table et explique, en cherchant ses mots.

— D'abord, tu lui dis merci, que je suis content d'avoir eu une lettre... que je suis content qu'elle soit en bonne santé... que je suis content qu'elle se repose bien. Et puis, ma foi, pour la propriété, elle sait que je ne signerai pas. Est-ce que ça vaut la peine d'en parler ? Tu feras comme tu voudras.

Suzie parcourt la lettre, lève la tête.

— Il faudrait donner une raison.

— Une raison pour quoi ?

— Une raison pour pas signer la rente, même avec les nouvelles conditions.

— Acré ! Tu le crois ? Tu n'as qu'à dire... tu n'as qu'à dire... La raison c'est que je ne veux pas, sans blague. Je n'ai pas besoin qu'on me fasse l'aumône, surtout pas la Dieu-merci. Voilà.

Il tend le bras pour prendre la bouteille de blanc sur le buffet, croise le regard de Suzie. « Hum, hum... » Il repose la bouteille.

— Ça m'empêcherait de dormir. Tu n'as qu'à faire pour le mieux, ma Suzie. Je suis sûr que ça sera une bonne lettre.

Une bonne lettre ! Suzie se retient de rire, essuie une larme. Autrefois, dans la paille ou le foin, papa et maman savaient si bien se parler. Maintenant, on dirait qu'ils ont une botte de paille sur le cœur !

Vite, elle écrit la réponse de papa et la sienne, en même temps.

Ma petite maman,

Papa est très content.*(Point. C'est un peu chameau de mettre le point là. Bien fait !)* Il est content que tu sois en bonne santé et que tu te reposes pour rentrer vite à la maison.

Pour l'affaire de la rente, il dit que…

Elle laisse la phrase en suspens. Elle sera obligée d'atténuer les réflexions de papa, ça ne sert à rien d'envenimer les querelles.

Elle enchaîne, puis écrit sa réponse à elle.

Maman, je te remercie de ta recette. Je t'en envoie une que j'ai recopiée dans un journal de la veuve Fauroux. La voici :

Carré de veau à la bourgeoise. Piquez un carré de veau avec des lardons assaisonnés de fines herbes hachées, dans lesquels on les tourne. Faites revenir avec du beurre. Placez au fond de la casserole une couenne de lard, quelques morceaux de poitrine de cochon ou du jambon. Ajoutez quatre cuillerées d'eau-de-vie, autant de bouillon ou d'eau, des carottes, des oignons, du sel, du poivre, du laurier, du thym. Laissez cuire pendant quatre heures à petit feu dessus et dessous. Ajoutez une boule d'oignon ou bien mettez un roux une heure avant de servir pour colorer.

C'est trop compliqué pour nous, les métayers. C'est une recette de propriétaire. J'espère qu'elle te plaira bien, maman. Et tu nous la feras peut-être quand tu seras rentrée.

Maman chérie, je t'embrasse moins fort que je t'aime, parce que je suis en colère contre toi.

Suzie.

Une idée lui vient. Si elle écrivait à maman un modèle de lettre pour persuader papa ? Elle s'y met tout de suite, sur son vieux cahier de brouillon du certificat d'études.

Victor chéri,
Je te demande pardon. Je sais bien que je te dois beaucoup de bonheur et de belles années. On a été si heureux ensemble. Tu te rappelles les veillées à la grange, comme on était heureux en attendant un petit veau ? Je te dois tout, mon chéri. Mais je voudrais te demander encore plus. Tu peux me rendre heureuse pour toute la vie. Tu le sais, mon chéri ? Je crois que tu m'aimes assez pour faire ce sacrifice… Oui, oui, je vois bien que c'est un gros sacrifice pour toi. Je ne m'en suis pas aperçue tout de suite, excuse-moi. Mon chéri, je te le demande du fond du cœur, avec tout mon amour…

Suzie arrose son cahier d'une larme. Elle se mord la lèvre. Idiote, voilà que tu chignes, ce coup-ci !

Elle relit son mot. Elle n'a pas envie de conclure. Elle n'a pas envie que papa se laisse persuader. Pas tout de suite, en tout cas. Elle aimerait bien vivre encore quelques jours ou même quelques semaines seule avec lui (Pierrot ne compte pas). Et puis il faut que maman soit quand même un peu punie.

Elle arrache la page, en fait une petite boule qu'elle jette dans le foyer. Non, pas dans la cendre, on ne sait jamais. Elle ranime les braises en soufflant dessus, le feu ronge la feuille, une flamme jaillit.

Tant pis pour maman.

Victor est tout seul dans son lit. Il serre contre sa figure l'oreiller de Marie, respire l'odeur de ses cheveux. Il l'appelle en silence. « Reviens, Marie, je t'aime toujours. » Puis il serre les poings de colère : « Tu vas revenir, Marie, nom de Dieu ! »

Il se calme, les mots et les phrases qu'il voudrait dire à sa femme dansent la sarabande dans sa tête. Il ne peut s'empêcher de composer la lettre qu'il n'écrira jamais.

Bon Dieu, Marie... *(Ce n'est pas comme ça qu'on commence une lettre, mais tant pis.)* Tu dois revenir, maintenant, vite. Tu sais bien que je n'irai jamais à Bufeloup. Tu veux quand même me forcer à signer pour une rente et un emprunt ? Tu peux en faire ton deuil, femme. D'abord, je ne veux pas me mettre dans les dettes pour une propriété que je ne suis pas sûr de faire bien rendre. Je suis même sûr que je ne saurai jamais la travailler comme tu voudrais. Parce que ça sera toi la patronne, Marie, hein ? Les gens diront : l'homme de la Marie n'est pas très bon travailleur et il n'est pas taillé pour être propriétaire !

Si on a une grosse grêle ou une mortalité du bétail, on ne pourra plus s'en sortir. On sera toujours à trembler, à cause de la rente à payer, de l'emprunt à rembourser. On tirera sur les gages des journaliers, sur la nourriture et les aumônes. Je n'oserai même plus voter socialiste, de peur que le gouvernement me prenne mes biens !

Emprunter, c'est terrible. Il me semble que mes parents, de là-haut, me jugeraient. Je ne suis peut-être pas l'homme qu'il te fallait, Marie. Je te demande pardon. Je crois que tu m'as épousé parce que tu n'avais pas trouvé de fiancé propriétaire et à ton goût. Je ne t'en veux pas, c'est ma faute. Et pendant toutes ces années qu'on a vécues ensemble, on n'était pas malheureux, on n'avait pas de dettes, mais tu pensais tout le temps au jour où tu aurais ta propriété.

Je me trompe peut-être. Ça se peut que tu sois simplement fatiguée, que tu en aies gros sur le cœur à cause de notre proprio, du renard qui mange tes meilleures poules et aussi de moi qui me suis remis à boire, je l'avoue.

Quand tu seras revenue, on discutera de tout ça, et je ferai tout ce que je pourrai pour arrêter la boisson. Et puis on changera de métairie, je tâcherai que la prochaine soit la bonne. Je travaillerai dur pour payer les écoles à Pierrot. Je suis fier d'être métayer. Je ne trouve pas que ce soit un malheur. Je ne parle même pas de la Dieu-merci. Qu'elle parte chez les sœurs ou au diable, c'est pareil. Je ne veux pas avoir affaire avec elle.

Rentre vite. Ta fille se débrouille bien, mais ton garçon te sent à manque et ça le rend tout chagrin. Je t'embrasse comme je t'aime, moi aussi.

Victor.

Tout ça sonne bien dans sa tête, mais il ne se croit pas capable de le tracer sur le papier. Il n'a pas écrit une lettre depuis des années. Il a les doigts calleux et gourds. Ses idées se brouillent dès qu'il veut les expliquer à voix haute. Il ne saurait même pas dire à Suzie ce qu'il pense pour qu'elle l'écrive. Et puis il n'oserait pas mettre ainsi son cœur à nu devant sa fille.

Il serre l'oreiller dans ses bras. Il s'aperçoit qu'il est en train de crier : « Marie, Marie ! » Il se mord le poing.

Dès demain matin, il s'occupera de traquer le renard. S'il tue une sale bête, ça sera une occasion de prouver à Marie qu'il se soucie toujours d'elle.

21

Zigzag

Pour devenir vétérinaire, il faut bien connaître les sciences.

Pierrot se plonge dans l'étude de son livre avec courage. Le chapitre sur les animaux, tout à la fin, est très court. Juste la classification. Il apprend par cœur : les cétacés, les marsupiaux, les primates, les ongulés, les édentés, les éléphants, les rongeurs, les carnivores, les chauves-souris, les insectivores... Il laisse tomber les reptiles et les insectes, il n'aura jamais à en soigner.

Le soir, il s'attaque à un de ces affreux problèmes de robinets. Ça serait bien plus simple de rester métayer, seulement il ne pourrait jamais épouser une demoiselle !

Et Fausto ? Il n'est que domestique et pourtant il fréquente la demoiselle, il va même dans sa chambre, dit-on. Un matin, sur le chemin de l'école, Pierrot questionne Louisette. Elle est maligne et elle en sait long sur la vie.

— À ton avis, est-ce que Fausto va marier la demoiselle ?

Louisette éclate de rire. Elle commence toujours par rire quand on lui pose une question.

— C'est selon, dit-elle. Ça se voit pas souvent qu'une institutrice épouse un domestique.

Elle s'arrête au bord du chemin, regarde le ciel bleu, respire l'air vif du printemps, gonfle la poitrine.

— Fausto, il est très beau. Je le marierais bien, moi !

Pierrot enfonce les mains dans ses poches, ajuste son cartable d'un coup d'épaule. Il a mal à la bouche et parle avec peine.

— Fausto sait presque rien, même pas le français. La demoiselle peut pas causer avec lui !

Louisette le considère, un sourire de pitié sur les lèvres.

— D'abord, tu crois pas que la demoiselle aime causer rien que de grammaire et d'arithmétique, quand elle est avec un homme ? Et puis Fausto est très bon en calcul. Le calcul, c'est pareil en Italie qu'en France. Un jour, il pourra être mécanicien ou marin. Et puis il sait jouer de l'harmonica !

— Moi, je veux être vétérinaire, dit Pierrot.

Louisette le toise avec une moue moqueuse.

— Qu'est-ce que t'as à zozoter ?

— J'ai un peu mal à la bouche.

Il montre sa lèvre enflée.

— Ah oui, tu as un bouton. Ça te fait mal ?

Il se dresse de toute sa taille, l'air vainqueur.

— Non, za me fait pas mal !

Louisette vient le regarder sous le nez.

— T'as embrassé joli, mais pas propre.

Il renifle de honte et détresse.

— J'ai pas embrassé !

— Et ta mère, elle revient quand ?

Papa a feuilleté à la lampe le catéchisme de Pierrot, son gros catéchisme de première communion. Il a même lu des pages, en hochant la tête et en grognant. Depuis que maman est à Bufeloup, il lit souvent le soir et même dans la journée, tous les livres qui lui tombent sous la main. C'est la première fois qu'il regarde le catéchisme de Pierrot.

Il a tapé du poing sur la table, il a fixé Pierrot d'un air furieux.

— Tu diras au curé de passer à la maison. Je veux le voir pour discuter d'une affaire.

Une affaire grave, songe Pierrot. Il s'acquitte de sa mission en toute hâte. Le curé sait que l'alambic d'Angrizolo est resté quinze jours au Maine et que Victor Taradel n'est pas chiche de goutte. Il rapplique donc à la première occasion, lourde silhouette noire sur la route blanche.

La barbe au vent, il pousse à petits coups de pédales son vélo de femme, guidon haut et pneus ballons. Les provisions qu'il récolte au fur et à mesure de ses visites, œufs, légumes, bouteilles, remplissent jusqu'à l'anse le panier d'osier attaché sur son porte-bagages.

C'est jeudi midi, Pierrot rentre du catéchisme par un long raccourci. Il se précipite à la maison. « Monsieur le curé ! » Papa fait la salade, Suzette frit des œufs brouillés. Papa lâche le saladier et attrape deux verres. Il trinque maintenant à la goutte, un doigt ou deux, jamais plus.

— Appelle les chiens, Pierrot.

Jim va se musser au coin du feu, Pitou fait fête au curé. L'abbé Bonnet entre et s'assoit sans façon. Il enlève sa toque, la pose à côté du litre, s'éponge le front, soupire. Papa ôte aussi sa casquette.

L'appréhension serre le gosier de Pierrot. Ses mains tremblent, il lâche l'assiette qu'il frottait avec la lavette à vaisselle. Un miracle qu'elle ne se casse pas.

— Pierrot, prête-moi ton catéchisme ! dit papa.

Pierrot sort de sa poche le livret à couverture bistre : *Catéchisme du Diocèse d'Agen.* Prix : 3 francs. Papa le feuillette de ses gros doigts calleux. Il marmonne :

— J'ai trouvé quelque chose à la fin, en petites lettres…

Pierrot se demande quel nouveau chagrin se cache dans ces lignes serrées.

— C'est ça, dit papa. *Histoire abrégée de la religion.*

Le curé approuve d'un grognement. Il sirote une gorgée de gnôle, en faisant les petits yeux, sous ses sourcils épais. « Bouh, bouh ! » Papa porte son verre à ses lèvres de sa main libre.

— Bon, j'ai pas lu tout, hein. *Histoire abrégée de la religion.* Il y a des choses qui me plaisent guère !

Le curé boit à petits coups, regarde d'un air de regret la hauteur de la goutte dans son verre.

— Je vous lis, dit papa. *XVIIe et XVIIIe siècles, 1598 à 1789.* Attendez, je saute le XVIIe. *Au siècle suivant, la religion et l'Église furent en butte aux attaques violentes de l'incrédulité, suite naturelle du protestantisme. En France notamment, la secte des soi-disant philosophes jura la destruction du christianisme et de l'Église…* Oui, c'est ce qui est écrit. *À la tête de cette œuvre abominable était Voltaire.*

Papa lève la tête.

— Je trouve qu'il va fort, votre monseigneur l'évêque !

Le curé tend son verre vide, avec un clappement de langue.

— C'est de la bonne, Taradel. Ça ne m'étonnerait pas qu'elle titre plus de soixante !

Papa hoche la tête, prend la bouteille par le ventre et remplit le verre du curé.

— Oui, oui, de la bonne, une fin de chauffe. Quand même ! *À la tête de cette œuvre abominable était Voltaire…* Mon fils sera obligé d'apprendre ce passage pour sa communion ?

Le curé tient son verre face à la fenêtre, les yeux plissés, admirant la transparence du liquide. « Ah,

Voltaire… » Pierrot se souvient du jour où Louisette a fait rire la moitié de la classe en récitant sa leçon d'histoire, un matin. « *Voltaire a embrassé tous les gens de la littérature…* » La demoiselle a ri, elle aussi. « Non. Tous les *genres* de la littérature, s'il te plaît ! »

Un autre souvenir lui traverse l'esprit. À La Chapelle, on a lu une fois une aventure de Zigzag dans le désert. C'était une lecture de Voltaire… C'était très amusant. Il a bien aimé cette histoire de Zigzag.

— Votre fils, non, non, dit le curé, il ne sera pas obligé. Je ne fais jamais lire les petits caractères du catéchisme aux enfants. Voltaire, bouh, bouh. J'ai lu *Candide* en Afrique. J'aurais peut-être dû m'en confesser. Mais, que le Seigneur me pardonne, j'avais des péchés plus graves sur la conscience !

Il rit en secouant sa panse et pose son verre pour éviter de renverser la goutte qui reste. Une lumière s'allume dans ses yeux. Une lumière pas ordinaire, très brillante et un peu cachée à la fois. Pierrot a vu la même dans le regard de maman quand elle chante, et dans celui de la demoiselle, quand elle explique une leçon. Et encore dans celui des animaux, souvent… Il est sûr que le bon Dieu fait briller les yeux des gens et des bêtes, comme au paradis terrestre, quand Ève était toute nue. Il aime bien ce curé, avec sa barbe sale et ses yeux qui rient.

Papa insiste.

— Je vais vous dire une bonne chose, monsieur le curé. Lire ça sous la plume de l'évêque, au jour d'aujourd'hui, en 1929 ! Et quand on a fait toute la guerre, comme moi… Ça ne vous donne pas envie d'envoyer vos drôles au catéchisme !

Le curé soupire très fort et caresse son estomac, qui déborde par-dessus sa ceinture et tend sa soutane luisante.

— Qu'est-ce que vous voulez que je vous dise,

Taradel ? Je ne suis pas l'évêque. Vous ferez comme vous voudrez. Mais je vous trouve bien brusque. Qu'est-ce qui vous énerve, mon ami ?

— Je ne suis pas énervé ! hurle papa.

— Bon, dit le curé, je me suis trompé.

Il pousse son verre contre celui de papa, le choque fort.

— Buvons à Voltaire et aux voies du Seigneur, qui sont mystérieuses.

Ils trinquent, mais le cœur n'y est guère.

— Pierrot ! dit papa.

Pierrot s'approche en songeant à la demoiselle. Un grand courage lui réchauffe soudain le cœur. Il lève la tête, respire.

— Je veux être vétérinaire !

— Blague à part ? Commence donc par avoir dix sur dix à ta composition de calcul !

Papa tape du poing sur le coin de la table.

— Vétérinaire ou paysan comme son père, je crois bien qu'il se passera de communion, monsieur le curé !

Le curé finit lentement son verre et, tourné vers la cheminée, hume la bonne odeur des œufs

— Comment va votre femme, Taradel ?

Papa prend sa casquette, la tire sur son front d'un geste machinal.

— Ma femme va bien. Elle est chez sa tante, du côté de Saint-Veillant, pour se reposer. Elle va rentrer demain ou après-demain.

— Calmez-vous, Taradel. Calmez-vous.

Papa respire très fort.

— Je suis calme, bon Dieu. Ma femme… Ici, comme vous voyez, on se débrouille très bien sans elle. Voulez-vous manger un morceau avec nous ? Suzie, ajoute deux œufs.

— Ha, ha, bouh, bouh ! dit le curé. Trois œufs, s'il te plaît.

Il tire Pierrot par la manche.

— Fais voir ta bouche, gamin.

— J'ai juste un bouton, dit Pierrot.

— Bouh, c'est une belle croûte que tu as.

Papa s'approche brusquement, force Pierrot à se retourner.

— Depuis quand tu as ça ? Pourquoi tu n'as rien dit ?

Pierrot se détourne, baisse la tête pour essayer de cacher sa lèvre malade.

— C'est depuis…

Il a failli dire : « Depuis que maman est partie. » Mais il sent bien que papa serait furieux. Et lui aurait l'air d'un bébé qui ne peut pas se passer de sa mère.

— Vous devriez le soigner avec du vin aromatique, dit le curé. Suzie, tu m'écoutes ? Je te donne la recette. Tu prends un demi-litre de bon vin, une poignée de sauge, une de romarin et une de thym. Tu ajoutes trois morceaux de sucre. Tu secoues, tu trempes un morceau de coton dedans et tu badigeonnes la plaie ou le mal trois fois par jour.

— Je le ferai, monsieur le curé, dit Suzie.

— Et toi, dit papa à Pierrot, va te laver les mains.

Il se penche sur le feu pour aider Suzie. Il veut ranimer le feu, mais au lieu de prendre les pincettes, pour aller plus vite, il pousse les tisons avec les doigts. On sent une odeur de peau brûlée.

Le curé rigole.

— Bouh, bouh, Taradel, ça vous arrive souvent d'attraper la braise avec les doigts ?

Papa marmonne dans sa moustache.

— Ce gosse me fait tourner en bourrique.

À l'évier, Pierrot se verse un peu d'eau sur les doigts et frotte de toutes ses forces.

— C'est pas ma faute.

— Mais non, dit le curé, c'est la faute à Voltaire.

Papa souffle sur sa main en souriant. On dirait qu'il est presque content d'avoir mal.

Pierrot continue de guetter le retour de maman. Il est quelquefois pris de peur. S'il avait commis un péché mortel qu'elle ne puisse pas lui pardonner ? Et si elle ne revenait jamais ?

Mais quel péché ? Celui d'avoir trop pensé à Ève au paradis terrestre ? Ou trop pensé à la demoiselle ?

Suzie a fait le vin aromatique du curé, elle lui badigeonne la bouche de temps en temps. Mais ça ne va pas mieux. Il avait une grosse croûte à la lèvre de dessous ; maintenant, ça le prend à la lèvre de dessus. Il a inventé un remède : il frotte son mal avec la lettre de maman, un peu mouillée de salive. Ça lui rappelle qu'elle l'aime toujours, ça vaut le vin aromatique.

Il voudrait en savoir plus sur les histoires de Voltaire, qui a mis le feu à Notre-Dame de Paris avec Quasimodo, comme cause ou conséquence — il confond toujours — du protestantisme. Pas de lecture de Voltaire dans le grand Bouillot du certificat ni dans le petit Bouillot du CM1…

Dans le livre d'histoire, il trouve, entre Louis XV et Louis XVI, un chapitre intitulé *La demande de réformes.* Voltaire a son portrait avec J.-J. Rousseau, au début du chapitre. Ce sont des écrivains qui écrivent des lectures dans les livres d'école et dans les almanachs comme Victor Hugo, André Theuriet et beaucoup d'autres.

« *Tout le monde en France était mécontent et pensait qu'il fallait changer beaucoup de choses pour que le royaume fût mieux gouverné. De grands écrivains demandèrent des réformes. Les plus célèbres furent Montesquieu, Voltaire et Rousseau.* »

Les pages suivantes exposent les principales injustices du royaume. Il a déjà remarqué une gravure montrant la chasse seigneuriale. «*Le cerf fuit à droite ; les chiens le harcèlent ; les gens de la chasse traversent un champ de blé mûr, que des paysans allaient faucher. L'un d'eux, à droite de l'image, pleure, en songeant que sa récolte va être en grande partie perdue.*»

Plus loin, la leçon précise : «*Le seigneur seul avait le droit de chasse. Il chassait même en temps de moisson et ravageait les champs.*» Pierrot est révolté contre ces salopiots de seigneurs. Voltaire a bien fait de brûler Notre-Dame de Paris !

Il se demande s'il aimerait écrire des lectures. Non, plutôt des almanachs. Quand même Zigzag l'a bien amusé. Il s'enhardit assez pour parler à la demoiselle. Mais d'émotion, il ne retrouve plus le nom de Voltaire.

— Mademoiselle, je voudrais lire Zigzag dans le désert !

La demoiselle se prend le menton.

— Zigzag dans le désert ? Ça ne me dit rien. Zigzag ?

Elle regarde Pierrot avec son sourire si doux. «Tu es sûr ?»

Pierrot baisse les yeux, honteux et désespéré. Si ce nom lui revenait. Voyons ! Rousseau, Quasimodo, les États généraux, l'Évêque, Adam et Ève… Voltaire !

— Mademoiselle, c'est Zigzag, un conte par Voltaire.

La demoiselle prend son visage dans ses mains et marmonne : «Zigzag… Zigzag…» Son regard s'illumine soudain.

— Oh, j'y suis ! Tu veux dire *Zadig* ?

Ma foi, c'est peut-être Zadig. La demoiselle va chercher un livre où elle lui montre quatre ou cinq histoires de Zadig… Oui, Zadig, pas Zigzag ! Pierrot sent le feu à ses joues. La demoiselle lui propose d'emporter le livre chez lui pour lire les contes : *Le chien et le cheval, Un jugement de Zadig, La danse, Le basilic…*

Pierrot prend le livre d'une main un peu tremblante. C'est un volume couvert de papier bleu, avec une étiquette : Français, classe de troisième. Sylvie Pommerède.

C'est ainsi que, grâce à Voltaire, Pierrot a fini par découvrir le prénom de la demoiselle. Elle s'appelle Sylvie.

Elle le rappelle soudain.

— Fais-moi voir ta lèvre.

Avec l'habitude, il arrive à parler presque normalement. Mais les croûtes ont encore grossi. Elles gagnent la lèvre de dessus. Il met la main devant sa bouche d'un geste instinctif.

— Suzie me soigne avec du vin aromatique.

Il n'ose pas parler du papier qu'il garde au fond de sa poche, tout froissé et taché de bleu par l'encre mouillée.

— Je vais quand même te mettre un peu de pommade.

La pommade a mauvais goût, mais les doigts de la demoiselle sont si doux. Il ne sent pas la douleur, rien que le plaisir.

Tant pis si c'est un péché mortel qu'elle lui touche les lèvres. Pour finir, elle l'essuie avec son mouchoir qui sent bon.

— Si ça ne va pas mieux dans quelques jours, il faudrait montrer ça au docteur ou au pharmacien.

— Oui, mademoiselle.

— Ta maman est revenue ?

Pierrot se sent rougir de honte. Il ne veut pas que la demoiselle ait pitié de lui. Tout à coup, la tête lui tourne, il a envie de vomir. Il lève les yeux sur la demoiselle.

— *Elle* a envie de vomir.

Il s'est trompé. Il se mord la lèvre et retient un cri.

Mlle Sylvie pose la main sur son front.

— Tu veux dire que ta maman est malade ?

Il se tait. Il a menti sans le faire exprès. Mais maman est peut-être malade et elle n'ose pas le dire pour ne pas leur faire de peine à tous les trois. Il ne sait que dire. La demoiselle soupire.

— Toi non plus, tu n'as pas l'air trop gaillard.

Il préfère détourner la conversation.

— Je suis content de lire les contes de Zadig.

Ce n'est pas une lecture facile. Mais Pierrot dévore les histoires de Voltaire, sans sauter une ligne. Il se promet de les raconter à maman quand elle rentrera et qu'ils n'auront plus envie de vomir ni l'un ni l'autre. Il est quand même un peu déçu. Il préfère les almanachs. Et puis il voudrait lire l'histoire où Zigzag, enfin Zadig, met le feu à Notre-Dame de Paris et chasse les seigneurs et l'évêque.

Il se sent plus résolu que jamais à devenir vétérinaire et aussi malin que Zadig.

22

Depuis la poule au pot

Papa bourre affectueusement l'épaule de Pierrot.

— J'aurai sa peau, au goupil, ou j'y perdrai mon nom !

Il n'a plus qu'une idée en tête : le renard. Le piéger, le chasser, le tuer d'une façon ou d'une autre. Il est sûr que maman rentrera quand il aura tué la sale bête.

— Il faut que ta mère soit tranquille pour ses poules. J'aurais dû m'en occuper plus tôt. Je vais te dire : j'en sais long sur le renard. Ça serait dommage que ça me serve à rien.

Papa pense que maman est partie à cause du renard. Suzie n'est pas de cet avis. Elle dit que papa et maman jouent au plus fort. Comment ? Elle a expliqué à Pierrot : « Maman ne veut pas revenir tant que papa n'a pas signé pour la rente de Bufeloup et Papa ne veut pas signer. C'est comme ça qu'ils jouent au plus fort ! »

Pierrot ne comprend rien à cette histoire de rente. Non, papa a raison : maman a dû se rendre malade à cause du renard. Il questionne son père.

— Elle t'en veut parce que tu l'as pas tué ?

Papa regarde le coin du ciel, avec un drôle de sourire :

— Va savoir si elle m'en veut. Elle en veut au

renard. Entre les femmes et le renard, c'est la guerre depuis des siècles.

— Depuis les rois ?

— Oui.

— Depuis Louis XIV ?

Papa lève les yeux plus haut, jusqu'au plafond du ciel, pour mieux réfléchir.

— Avant Louis XIV.

Pierrot triomphe.

— Je sais. Depuis Henri IV, depuis la poule au pot !

On discute l'affaire à table, à toutes les occasions. Papa est d'avis que les chasseurs ayant massacré tous les lapins, les renards ne trouvent plus leur pitance dans les champs, ils se rattrapent sur les poulaillers. Il a confectionné deux douzaines de cartouches avec du plomb numéro deux. Le zéro est plus efficace pour le renard, mais mal adapté au calibre seize, car il n'y a pas assez de plombs dans la cartouche.

M. Comiac part le matin et le soir avec son « dix » chargé à chevrotines. Seulement il tient son fusil comme le notaire une fourche. « Gare aux vaches et aux moutons ! » dit papa.

Pierrot déteste les chasseurs à cause de leur cruauté pour les animaux sauvages et même, souvent, pour leurs propres chiens. Mais à présent, il s'agit de se défendre par tous les moyens contre un ennemi rusé et féroce. Et maman ne reviendra pas tant qu'elle craindra pour ses poules…

Papa a ressorti un vieux piège à œuf, aux mâchoires crantées, spécial pour les renards. Un engin très sensible, dangereux, difficile à tendre. Il le manipule en s'amusant. Suzie et Pierrot le supplient de faire attention.

— Papa, dit Suzie, on n'a plus que toi, maintenant. Alors, fais très attention !

— Vous souciez pas, j'ai l'œil et la main.

Oui, papa veille au grain. En plus, il sait tout du renard. Pour Pierrot, c'est l'occasion de s'instruire. Quand maman rentrera, il lui racontera tout ce qu'il aura appris sur la sale bête.

— Il a de bonnes dents, hein, le rouquin ?

— De sacrées bonnes dents, dit papa. Longues et coupantes, rien à voir avec celles du chien. Et ses griffes ! Et ses muscles ! Un vrai ressort ! Tiens, à la course, le chien met du temps pour se lancer et encore plus pour s'arrêter. Le renard est capable de bondir en une seconde et de se tapir pareil pour échapper aux chiens ou aux chasseurs. Faut avoir vu ça. Tu jurerais qu'il s'est évanoui dans la nature ou qu'il s'est rendu invisible d'un coup. Et la force de son cou... Il peut emporter une bête qui pèse la moitié de son poids en gardant la tête levée.

— Qu'est-ce qu'il pèse ?

— Il y en a des gros et des petits. Un beau mâle peut faire dans les dix kilos. Et le nez qu'il a... Quand tu poses un piège à renard, le mieux c'est de prendre des gants de laine et de les laver à l'eau bouillante. Même chose pour les sabots, à moins que tu en aies une paire neuve. Sinon, il retrouve ton odeur à travers celle de l'appât. Et encore, la moitié du temps, ça ne marche pas. On peut le piéger plus facilement au terrier, si on a plusieurs pièges et si on connaît tous les trous. Tôt ou tard, il est bien obligé de sortir. Si on le prend vivant... Tu vas me promettre une chose, Pierrot.

— Oui, papa.

— Quand tu seras grand, si un jour tu prends un renard vivant, tu ne le laisseras pas souffrir. Tu le finiras d'un coup de fusil ou d'un coup de barre. Jure-le !

Pierrot jure de tout son cœur. Papa explique.

— Il y en a qui le gardent vivant pour le punir en le faisant souffrir. Ils lui donnent juste à boire pour qu'il ne meure pas de soif. Et puis vivant, ils peuvent le montrer plus longtemps dans les maisons et gagner plus d'œufs et de pièces.

Quand un renard se fait prendre ou fusiller, les enfants visitent les voisins en promenant le cadavre jusqu'à ce qu'il pue trop. Ils reçoivent des pièces ou des cadeaux en nature.

Pierrot approuve d'un signe de tête. Papa insiste.

— Tu comprends ? Mort, il sent au bout de trois jours, et même plus vite en été. Tu peux être tenté de le garder vivant pour toucher plus. Mais il ne faut pas, c'est mal.

Pierrot le dit à sa façon.

— Il ne faut pas faire souffrir les animaux, même pour avoir des sous, parce que c'est des créatures du bon Dieu !

Le mois d'avril avance, le renard est toujours vivant et maman ne revient pas. Un après-midi, Blaise, le domestique de marraine arrive au Maine avec Cyrano et la carriole.

Pierrot rentre de l'école. Il se précipite vers la carriole, Blaise fait claquer son fouet. Pierrot cherche maman. Elle est peut-être devant, ou derrière, ou n'importe où. Il court partout, à en perdre le souffle. Maman n'est pas là.

Le domestique descend de la carriole en trébuchant et réclame à boire. Suzie lui donne un verre de piquette. Il s'assoit sur le banc devant la porte et boit tranquillement. Suzie pose la bouteille sur le mur.

— Vous êtes tout seul ?

Blaise prend le temps de vider son verre.

— La Marie m'envoie chercher ses affaires. Y a la liste…

Il tend une enveloppe. Suzie l'ouvre et en sort deux papiers : la liste et une lettre. Elle lit en silence. Pierrot observe sa sœur et le domestique, la gorge serrée. Suzie hausse les épaules.

— Maman a besoin de vêtements et d'affaires de couture.

Pierrot essaie de voir la lettre. Sur l'enveloppe, maman a écrit leurs trois noms au crayon fuchsine, Victor, Suzie, Pierrot. Suzie garde la liste et fourre la lettre dans sa poche.

— Pierrot, donne à boire au cheval.

Pourquoi maman n'est-elle pas venue chercher elle-même ses affaires ? C'est sûrement qu'elle est malade. Elle doit le dire dans la lettre.

Pierrot tire un seau d'eau pour le cheval, qui hennit de plaisir. Suzie charge dans la carriole corbeilles et paquets. Le domestique roule une cigarette. Pierrot s'approche, mais n'ose pas le regarder en face. Il a un peu honte, il ne sait pourquoi. Il ose enfin demander :

— Maman n'est pas malade ?

Le bonhomme colle sa feuille de Job, relève son béret, crache par terre.

— Ta mère travaille aux champs avec la patronne, tout le jour. J'avais jamais vu de ma vie Mlle Andréa trimer autant. Alors, je pense qu'elles se portent toutes les deux comme des juments de cinq ans !

Menteur. Si maman n'était pas malade, elle serait venue.

— Monsieur, s'il vous plaît…

Pierrot voudrait envoyer un message à maman. Il ne trouve qu'une idée : papa va tuer le renard. Mais c'est bête. Blaise le regarde, ôte sa cigarette, s'essuie la bouche.

— Te mange pas les sangs, mon drôle. L'Andréa, elle ferait tourner saint Antoine en bourrique. Alors, ta mère, elle en aura vite le nez pelé. Tu vas la voir revenir au galop !

Le soir, avant de servir la soupe, Suzie sort la lettre de sa poche.

— Après la soupe, dit papa.

Il mange sans se presser, pose sa cuiller, vide le vin dans l'assiette pour son chabrol, qu'il boit tout doucement, en tétant les dernières gouttes. Suzie déplie la feuille de cahier et hausse les épaules à chaque ligne.

> Mes chers,
>
> J'écris ce mot en vitesse, parce qu'on vient de commencer les foins et je travaille tout le jour aux champs. Je suis très contente de travailler pour nous et pas pour le propriétaire. Je ne pensais pas que ça me ferait tant plaisir.
>
> Blaise est fatigué, il s'est usé la santé je ne vous dis pas comment. Il veut s'en aller. Alors, si on pouvait faire les moissons de tante Andréa, elle nous donnerait le quart du grain, ça ferait au moins six ou sept sacs.
>
> Réfléchis, mon Victor. Tu peux venir à Bufeloup quand tu voudras, tu signeras plus tard. La tante a dit que tu n'étais même pas obligé de signer si tu voulais pas.
>
> Je vous embrasse tous les trois.
>
> Marie Taradel.

Suzie jette la lettre sur la table et s'en va au foyer tourner le ragoût. Papa considère la lame de son couteau, il tâte le fil avec soin, les lèvres serrées. Il lève enfin la tête.

— Tout ça, c'est des histoires. Votre mère finira par le comprendre. Moi, je suis fier d'être métayer et je veux le rester. Pierrot, tu écriras à ta mère ce soir. Tu lui diras de rentrer tout de suite, qu'on discutera de nos affaires quand on aura fini les foins ici.

Pierrot trace les deux premiers mots de sa plus belle écriture, en s'appliquant si fort que la plume gratte ou dérape, que l'encre gicle ou que la feuille glisse. Rien ne va. L'encrier de la maison est presque sec et plein de saletés au fond. Il le nettoie de son mieux à l'eau chaude, mais il est obligé d'attendre le lendemain pour demander un peu d'encre violette à la demoiselle.

Sur une page arrachée à un vieux cahier — il en est à la quatrième — il a enfin tracé proprement, d'une façon qu'il juge bonne et définitive, les deux mots si beaux, qui donnent un peu mal au cœur : Maman chérie. Soudain, les phrases viennent toutes seules, sous la sergent-major plantée dans son vieux porte-plume au bout rongé.

Comme c'est facile !

Il en rit tout seul, derrière sa main, pour que Suzie ne le voie pas. Il se fiche des fautes. Il ne pense plus qu'à maman.

> Maman chérie, papa te fait dire de rentrer tout de suite, qu'on discutera de nos affaires quand on aura fini les foins ici, qui sont même pas commencés. Maintenant, je vais te donner de nos nouvelles.
>
> Je sais que tu te soucies pour le renard. Papa dit que les femmes sont en guerre avec le renard depuis Henri IV. Mais ne te soucie pas, papa va le tuer un de ces jours. Nous, on est en bonne santé, même moi, qui ne tourne plus de l'œil, parce que je suis en bonne santé. J'ai un peu envie de vomir mais mon bouton à la lèvre est presque guéri et je grandis bien. Et puis il commence à faire chaud, je quitte mon tricot à midi et je le reprends le soir. Papa travaille tout le temps en bras de chemise. On fait tous les travaux. On a fini de planter les pommes de terre, de semer les carottes et les

betteraves à salade. On a commencé à semer les haricots.
Moi, je sors le chiendent comme tu m'as appris, en tirant sans casser pour que tout vienne. Quand j'étais petit, tu me disais que si j'arrachais tout le chiendent, je trouverais au bout du bout de la racine une pièce d'or. J'en ai pas encore trouvé, mais je pense à toi, maman. Et je pense que tu vas rentrer dès que tu seras guérie et que papa aura tué le renard et que tu trouveras tous les légumes qu'on a plantés et même des fleurs pour toi au jardin. Je suis content de t'écrire.
Les poules pondent, c'est Suzie qui s'en occupe, mais moi je lève les œufs dans les haies quand il y en a qui en pondent cachées. Je pense à toi à cause des Leghorn qui nous manquent bien. On mange des œufs tous les jours, même papa qui disait qu'il les aimait pas assez pour en manger tous les jours. Il les aime bien, moi aussi, Suzie aussi. On fait cuire beaucoup de patates bouillies et on en mange avec n'importe quoi. C'est Suzie qui fait la soupe, moi je taille souvent le pain.
À l'école, j'aime bien les problèmes de robinets. Je les fais pas encore tout justes, mais la demoiselle dit que je progresse vite. Je lis souvent des lectures, surtout de Voltaire. Mais je préfère les almanachs.
La Casta est en bonne santé. Je crois qu'elle vivra très vieille. Si on prend un renard vivant, on le tuera pour qu'il ne souffre pas. Et on le montrera seulement mort, tant pis si on a moins de pièces. Papa dit que les sous ce n'est pas ce qui compte le plus dans la vie. Ce qui compte c'est de bien s'aimer en famille et d'être bon avec les animaux. Mes animaux préférés, c'est les vaches, les chiens et les poules pondeuses. J'aime aussi les petits oiseaux,

les grues, les cochons, les crapauds et les canards. Il y a beaucoup d'espèces d'animaux, des édentés, des carnivores, des chauves-souris et les vers de terre. C'est pourquoi le bon Dieu est partout dans la nature, on peut le voir sans la communion.

Il y a aussi des sales bêtes, comme les renards. J'espère qu'on les tuera pour que tu puisses rentrer à la maison.

Je t'aime très fort, maman chérie. Je t'envoie une douzaine de baisers et j'arrête parce qu'il y a plus de place sur le papier.

Pierrot Taradel.

Pierrot a bien envie de suivre papa à la chasse au renard, et Papa n'a pas dit non. Les meilleurs moments sont le matin très tôt, quand le rouquin rentre aux premières lueurs, épuisé par une nuit de courses. Puis le temps de midi, quand viennent les chaleurs et que la vie s'engourdit sous le soleil… Enfin à la tombée de la nuit, quand le rusé s'approche des fermes pour cueillir les volailles à la traîne.

— Tu m'accompagneras demain matin, pour commencer, dit papa. On part à quatre heures, n'oublie pas ton tricot !

C'est l'aube. Les étoiles ont pâli, mais le ciel est encore sombre, à l'ouest. Le brouillard monte de la vallée comme un gros rouleau blanc et bouche les espaces entre les arbres. Les flaques luisent dans les trouées claires. Les odeurs se réveillent en même temps que les bêtes du jour. Ça sent bon ; le coucou appelle, les petits oiseaux essaient leur chant au creux des haies. Une tourterelle gémit tout près. Pierrot s'arrête, lève la tête. Jamais il n'avait entendu une tourterelle si tôt le matin. Il pense à maman, elle aime beaucoup les tourterelles.

Il croise le regard de papa. Lui aussi pense à maman.

Il fait un geste vers les hautes branches et sourit et soupire.

— Quand on était jeunes mariés, ta maman et moi, on allait les écouter dans un bois où elles se rassemblaient. Marie me… enfin, on était bêtes comme tous les jeunes mariés. Elle me disait…

Il se tait, hausse les épaules, jette un mauvais regard à Pierrot et dit sur un ton bourru :

— Acré ! J'ai oublié ce qu'elle me disait. C'est vieux, tout ça.

L'oiseau effrayé s'envole avec un bruit de soie.

Pierrot suit sans peine papa qui marche à petites foulées, tranquillement. Il est bientôt trempé jusqu'aux genoux, jusqu'aux cuisses, mais très content de profiter du matin. C'est le meilleur moment pour le bon Dieu. On le voit dans le gris du ciel, dans l'or des premiers rayons, dans le blanc du brouillard, dans le rose des fleurs de pommiers… On le sent sous ses pieds en marchant sur la terre mouillée. On l'entend au fond des bois crier coucou ! Et le beuglement plaintif d'une vache tôt lâchée, c'est aussi le bon Dieu qui lui parle au cœur.

À cette heure, Mlle Sylvie est encore au lit. Dans son lit, chaud, chaud, chaud… Qu'est-ce que tu préférerais, si tu pouvais choisir, Pierrot Taradel : courir à travers la campagne glacée ou dormir dans les bras de la demoiselle ? Son cœur balance. Sa tête aussi, il s'accroche à une racine, se fait cingler par une branche mouillée. Le voilà qui s'étale à grand bruit.

— Tu en fais un bousin ! dit papa en rigolant.

Lui n'en fait pas moins. Il marche sans précaution, le fusil à l'épaule. Il a l'air de se ficher du renard.

On pénètre sous le couvert du bois. Là, c'est encore la nuit, le chat-huant qui rentre au nid lance son cri de malheur. Les rochers brillent sous une pâle lueur.

— Les terriers sont par là, dit papa. Toi qui as bon nez, renifle un peu. Tu me préviendras si tu les sens.

Pierrot acquiesce d'un signe de tête. Papa a dit que le renard entendait tout avec ses oreilles pointues qui bougent, qui bougent.

— Même la chute d'une seule feuille ! Il distingue les bruits, à une distance énorme, sans jamais les confondre : la voix de l'homme, les cris des animaux, la rumeur des feuillages, le souffle du vent… Il penche la tête d'un côté, de l'autre. « Tiens, il se dit, par exemple, y a une pintade de la ferme du baron qui cherche une cache pour pondre dans une haie ! »

Pierrot marmonne tout bas.

— Alors, il va nous entendre ?

— Tu peux être sûr qu'il nous a déjà entendus. Mais j'ai un truc pour le couillonner. Tu devines pas ?

Papa est comme Zigzag, il a toujours des combines et des malices. Ce n'est pas un goupil qui lui fera le poil… Il rigole.

— Le rouquin sait qu'on est là : un homme et un petit garçon, sans chien. Il ne peut pas être sûr qu'on a un fusil. J'ai frotté la bretelle à la graisse de blaireau et le canon avec de l'eau-de-vie. Il est malin, il connaît les façons des chasseurs. Si on cause normalement, il se dit : ceux-là ne font que passer, sans s'occuper de moi. Alors, il se méfie pas.

Pierrot a le souffle coupé par l'admiration.

— C'est très fort, papa.

— Ha, ha, je veille au grain. Toi, ouvre l'œil et le bon !

Les rameaux de chênes et de charmes s'égouttent sur eux, ils sont mouillés de la tête aux pieds. Le pantalon et la chemise de Pierrot lui collent à la peau. Ils avancent maintenant à travers un chaos de rochers. Un relent de charogne flotte dans l'air. Papa renifle et grogne.

— Plomb numéro deux, le meilleur. Attention !

Encore heureux que ce salopiot ne comprenne pas la langue des gens ! Hum, hum, à la senteur, je me demande si… Les renards viennent souvent chier dans les terriers des blaireaux, qui sont propres, pour les forcer à s'en aller. Et s'ils s'en vont pas, c'est la lutte finale. Les renards gagnent toujours, parce que les blaireaux sont trop gras… Hum, dis quelque chose, pour qu'on ait l'air de causer tranquillement.

— Si on le tue, est-ce que je pourrai passer dans les maisons, pour avoir des œufs ?

— Bonne idée, dit papa, mais tu prendras pas de pièces, pour pas avoir l'air de mendier.

— Et pour le porter ? C'est pas commode à porter seul… Je peux demander à Louisette de venir ? Elle connaît tous les gens. Et puis c'est une fille, on lui donnera plus.

— Bonne idée, bonne idée, dit papa. Mais tu lui diras pas notre secret pour surprendre le rouquin !

Pierrot rentre à la maison le cœur brûlant de fierté. Il est fier de son expédition, fier d'avoir vu, depuis le fond des bois, les étoiles se coucher et le soleil se lever. Et quel bonheur de partager le secret de papa pour couillonner le renard !

Sur le chemin du retour, papa s'arrête soudain devant un bosquet de bouleaux. Les arbres sont de bonne taille, avec des feuilles argentées, des troncs blancs, lisses et ronds.

— Tu vois, Pierrot, ce sont des bouleaux.

Pierrot approuve d'un signe. Ce sont de beaux arbres du bon Dieu. Papa s'approche du plus gros, pose son fusil, caresse l'écorce doucement, longuement, d'une main puis des deux. Il se retourne vers Pierrot, sourire aux lèvres.

— Cette peau des bouleaux, on dirait du satin. Viens toucher.

Pierrot s'avance, un peu surpris. Il a déjà touché

l'écorce des bouleaux, il sait qu'elle est très douce, mais ça ne ressemble guère à papa de prêter attention à ces choses.

Il imite les gestes de son père pour caresser la peau de l'arbre, et papa rigole.

— Doux comment ?

— Comme une plume de pigeon… Comme du papier glacé.

Pierrot songe : doux comme la peau de Mlle Sylvie. Il sent la chaleur lui monter aux joues. Il se tait. Papa rit plus fort, mais on sent percer le chagrin dans son rire.

— Je croyais que tu allais dire : comme la peau de maman.

La honte pince le cœur de Pierrot. Il a songé à Mlle Sylvie, pas à maman. C'est un péché. Voilà pourquoi maman n'a pas envie de revenir.

Papa se met à siffler un air. On s'en retourne assez gaiement. Dommage que ce diable de goupil ne se soit pas montré. Ce sera pour une autre fois.

Pierrot ne se fait pas prier pour repartir à la première occasion et aux suivantes, midi, soir, matin encore.

— Causons, dit papa, toi et moi, comme si on pensait qu'à nos affaires et qu'on sache même pas que le renard existe, ha, ha !

« C'est vraiment fort, se dit Pierrot. Papa est très fort. » Lui n'aurait jamais songé à une aussi maligne attrape pour feinter la bête. Il en viendrait presque à plaindre maître Goupil. Mais il rêve aussi aux bons moments qu'il passera en faisant la tournée du voisinage avec Louisette, quand ils montreront le cadavre du renard. Ils pourront avoir enfin une conversation sérieuse sur la luxure et toutes ces choses.

— Parle-moi de ton école, dit papa. Il faut qu'on le couillonne, cette fois !

Pierrot récite tant bien que mal — pour couillonner

le renard — un passage de *Zigzag*, enfin de *Zadig*, qui l'a impressionné.

« *Zadig était généreux, il ne craignait pas d'obliger les ingrats. Il ne se vantait pas de mépriser les femmes et de les subjuguer...* » La demoiselle lui a expliqué : subjuguer signifie forcer à ses désirs. Pierrot est presque sûr de ressembler à Zadig. Plus tard, il partira dans le vaste monde pour mettre en pratique les tours de papa. Il aimera une maîtresse d'école aussi fort que Zadig aimait la belle Sémire. Elle l'aimera pareil. Il ne la forcera jamais, c'est lui qui se soumettra à ses désirs. Il la défendra quand les brigands viendront l'enlever, au risque de perdre un œil, comme Zadig dans le conte... Ah, si le renard pouvait entendre tout ce que Pierrot Taradel tourne dans sa tête, il en resterait sur le cul.

— Hum, hum, grogne papa. Zadig, hein ?

— C'est une lecture de Voltaire, dit Pierrot à mi-voix.

Il se rappelle que le renard doit tout entendre, il ajoute en criant presque :

— La demoiselle dit que les contes de Voltaire sont très bons.

— Si tu veux mon avis, elle a raison.

— Elle a raison ! répète Pierrot plus fort, dans l'espoir que le rouquin l'entendra, sera abusé et se laissera surprendre.

Mais quelle déception ! Encore une fois, l'animal ne s'est pas montré. Impossible de le berner, si habile soit la malice... Pendant ce temps, d'ailleurs, il continue ses maraudes dans tout le pays. Au Petit-Maine, il a mis la griffe sur une vieille poule, de race cochinchinoise, qu'on appelait la Patoune, à cause de ses plumes aux pattes. Elle ne pondait presque plus, mais restait une couveuse et une meneuse de poussins hors pair. Sous son plumage ébouriffé, ses grandes ailes un peu pendantes, elle pouvait abriter vingt-deux œufs de poule ou quinze de cane.

Elle était la plus vaillante du poulailler. Si vaillante qu'à la tombée de la nuit elle tournait encore autour de la maison, à la recherche de nourriture, et surtout des bestioles qui sortent tard. On a retrouvé des plumes à la haie des pommiers. Sept canetons survivants lançaient des poui-poui désespérés. Il en manquait sept sur quatorze preuve que le renard sait compter !

Ils sont déjà grandets, aucune poule ne voudra s'occuper d'eux. Le mâle canard les poursuit en soufflant du bec, le coq rouge les guette d'un œil malveillant. Il va falloir que Suzie les élève à la cuisine. Et maman, qui tenait tant à sa Patoune, qu'est-ce qu'on va lui dire quand elle rentrera ?

— Tu crois qu'elle va rentrer bientôt, papa ?

— Avant longtemps, ou je ne m'appelle plus Ta...

Il ne finit pas de prononcer son nom. Peut-être n'est-il pas si sûr. Le renard est toujours vivant et difficile à tuer.

Ils sont repartis à la fin de l'après-midi pour une nouvelle traque. Les voilà dans le bois. La cloche de Saint-Pierre sonne l'angélus du soir, l'écho grêle rebondit entre les collines. Pierrot guette la lumière rouge du couchant à travers les feuillages épars. Dans le soir tendre, il sent sa poitrine s'emplir d'une indicible tristesse, qui est en même temps une sorte de bonheur. S'il tenait le renard, il lui laisserait la vie de bonne grâce.

Il n'a pas le cœur à la conversation, mais il se sent obligé de causer pour berner le goupil. Est-ce que cette sale bête prend seulement la peine d'écouter ? On peut parier qu'elle est au diable, comme toujours ! Et papa fait semblant, on voit bien qu'il essaie de ne pas penser à maman.

— Qu'est-ce que tu dis, mon Pierrot ?

Pierrot ne dit rien. Papa lui pose la main sur l'épaule.

— Parle donc, fils. Je ne peux pas causer tout seul !

— Pour le renard, ou comme ça ?

— Tss, Tss. Mine de rien. Et ne dis jamais *son nom* !

Papa empoigne son fusil, le pointe, se courbe, avance à petits pas, d'un signe intime à Pierrot de se tenir derrière lui. Pierrot obéit. Papa sait ce qu'il fait. Il est très fort pour le renard et pour cent mille autres choses.

— Bon, c'était juste le vent, dit-il sur un ton déçu.

La pluie commence à tomber avec un bruit de trot menu, comme si des milliers de bestioles fuyaient à la cime des arbres. Papa remet son fusil à l'épaule.

— Il faut s'abriter, mon gars, vite. De toute façon, le renard n'aime pas la pluie. Il va rentrer dans son trou !

La pluie ruisselle sur les rameaux à peine feuillus, puis s'écoule lourdement jusqu'au sol. Papa et Pierrot courent dans un taillis, fouettés par les branches humides. Une odeur douceâtre monte de la mousse et se répand sous le couvert.

— Je connais une cabane, par là ! crie papa.

Un rayon de soleil s'allume très bas sur l'horizon, révèle la cabane : trois pans de bois à demi écroulés, un semblant de toit, recouvert de bruyères et de fougères. À l'intérieur, il pleut presque autant que dehors. Sauf tout au fond, où un gros rondin sert de siège. Papa et Pierrot s'assoient, haletants.

Papa pose son fusil et s'essuie la figure avec son mouchoir, sort son paquet de tabac, puis son cahier de feuilles.

— Dans le bois, on voit pas le temps se couvrir et la pluie venir.

Pierrot cherche le sucre enveloppé d'un bout de papier journal, qu'il garde dans sa poche pour se donner des forces. Papa roule sa cigarette, l'allume à son briquet, tire une bouffée.

La pluie tombe sur le toit de la cabane, l'eau s'infiltre

partout. Papa a posé les coudes sur ses cuisses et son menton sur ses poings.

— Demain, tu écriras à ta mère. Tu lui diras : le renard est quasiment mort et on t'attend à la maison !

Enfin, la pluie cesse. Un rayon de soleil éclaire les hautes branches. Papa sort de la cabane, le fusil sous le bras. Puis il s'arrête net et retient Pierrot par le poignet.

— Une vipère.

La lumière du couchant enflamme le sous-bois mouillé. Pierrot cligne les yeux et guette le sol, la main en visière. Papa lève son fusil et lâche les deux coups dans la broussaille.

— Acré ! Une rouge, tu as vu, de celles qui font peur à ta mère.

Comment distinguer une vipère parmi cent reflets rougeoyants ? Papa se précipite dans le sentier, à la recherche du cadavre. Pierrot court derrière lui, en reniflant la poudre.

— Maman n'a pas peur des vipères !

— Je voulais dire qu'elle les aime pas. Surtout les rouges, les aspics. Je me rappelle une fois, on était jeunes, elle en a tué une avec des pierres. Rien que des petites pierres que tu tiendrais dans ta main. Je te jure qu'elle l'a pas manquée. La vipère relevait la tête en sifflant. Ta mère ramassait ses pierres et les lançait de plus en plus près…

Il se tait, essoufflé, revient en arrière, fouille les broussailles avec les pieds et le canon de son fusil.

— Où est-elle passée, bon Dieu ? Une vipère rouge, ça se voit de loin. Je suis sûr de l'avoir touchée. Tu l'as bien vue ?

Pierrot baisse la tête et ne dit ni oui ni non. Il n'a rien vu du tout. Papa s'essuie le front.

— Cette sale bête est allée crever dans la mousse.

Tu diras à ta mère, quand tu lui écriras, qu'on a tué une vipère rouge.

> Maman, *écrit Pierrot*, on a tué une vipère rouge. Papa connaît une bonne ruse pour berner le renard. Je te jure qu'on ne le manquera pas, un de ces jours. Je t'achèterai une autre Patoune avec mon « Bayard » que j'ai en économie (20 F). Elle aura aussi des plumes aux pattes, elle sera bonne couveuse et bonne meneuse, comme notre Patoune. Je te le promets, maman. On ira au marché tous les deux pour la choisir et je paierai la dame avec mes sous.
>
> Je te promets de bien étudier mon catéchisme, les commandements de Dieu, le péché en général, le sacrement de pénitence, tous les moyens pour nous sanctifier, l'abrégé de la religion et la résolution de m'habiller avec modestie.
>
> Reviens vite, maman, nous serons très heureux. Le soir, je te ferai des lectures dans les almanachs.
>
> Ton Pierrot qui t'aime.

23

Le jour de Fausto

Suzie a pris l'habitude de lire un moment avant de s'endormir. D'abord, elle a emprunté la lampe Pigeon de maman, qui sent l'essence, mais elle ne supporte pas l'odeur. Alors, elle lit à la bougie, en approchant la page de ses yeux.

Elle n'a jamais été une grande liseuse. Le goût lui est revenu avec l'absence de maman.

La veuve Fauroux lui a prêté deux ou trois romans complets paraissant le samedi. Elle s'est laissé tenter, surtout à cause de la couverture en couleurs. Elle a commencé *Le Chemin du péché*. Le titre l'a attirée. Et puis cette histoire est arrivée à des gens de la ville. Bonne occasion d'en savoir plus sur leurs façons…

Les comtesses et les marquis ne ressemblent pas trop à l'idée qu'elle s'en faisait. Même les gens qui ne sont pas *de* ont des noms tarabiscotés, comme Ellingsworth, Mülher, Reginald Feenix, Favre-Oréal… Les sentiments sont terribles. « *Fini… c'est fini… Ah ! en mourir…* » Pauvre Annette, songe Suzie, le péché ne lui réussit pas. Et elle va être mère dans deux mois ! « *Vivre ? Elle ne pouvait plus vivre. Pourquoi eût-elle vécu, puisque était mort l'amour qui était toute sa vie ?* » Suzie, cette fois, ne peut s'empêcher de bâiller à pleine bouche. Elle a sommeil. Demain matin, il lui faut se lever avant jour pour traire, donner à manger aux volailles, au petit cochon, aux lapins, aux moutons. Puis… puis… Enfin, elle n'aura pas le temps de penser au péché jusqu'à midi passé.

Elle a promis à papa de se lever pour lui faire chauffer son café du matin, un peu de café, beaucoup de chicorée, sans lait.

Trop tard, elle l'entend qui descend à la grange et qui parle à ses vaches en patois. Elle bâille, bâille, et n'arrive pas à reprendre son souffle. Elle a l'impression d'avoir couru toute la nuit à la poursuite d'une bête échappée. Elle a froid. Elle s'enveloppe de sa cape, comme en plein hiver.

Elle se plante devant l'évier, remplit la *couade* au seau, mouille un coin de torchon et se frotte la figure, le nez, les joues, le tour des yeux. Ah, ne pas oublier le cou et la nuque, derrière les oreilles. C'est là que regardent toujours les hommes de la ville… Elle l'a vu sur les images, les photographies. L'homme derrière la femme, un peu penché, quelquefois le nez dans son cou.

Elle allume une brassée de sarments avec une poignée de paille. Elle tourne le dos au feu et se chauffe les jambes un moment. Ses yeux se ferment, malgré elle. Oh, elle serait capable de dormir debout devant la cheminée jusqu'à ce que le feu s'éteigne !

Et le veau de la Bermée qui l'attend à l'étable, un vrai démon. De plus, la vache ne donne son lait qu'après la tétée !

L'étable ne sent pas trop ce matin. Papa a répandu la litière — mi-paille, mi-bruyère — avant de partir aux champs. Une pensée de gratitude vient à Suzie, et toute sa tendresse pour papa brûle un instant dans son cœur.

À son entrée, les vaches s'agitent, tournent la tête, les chaînes s'entrechoquent. Un bruit familier, rassurant, qui l'accompagne depuis sa tendre enfance.

Elle donne une petite tape sur la croupe de la Lisette, une petite Bretonne à la robe noir et blanc, rondelette, toute douce, la seule laitière pure du troupeau.

— Je t'emmènerai en ville, ma vieille. Je trouverai bien un coin de cour pour te loger. Je te ramasserai du trèfle sur le bord de la route et je volerai des feuilles de chou pour toi dans les jardins !

Lisette regarde Suzie de ses gros yeux, l'air béat.

Suzie prend le seau et le tabouret et se met à la traite. Au début, le jet, fin et dur, frappe le fond du seau avec un bruit perçant. La Lisette se laisse aller, le pis devient mou, il se fait à la main de Suzie. Le jet s'épaissit, le lait mousse dans le seau avec un bruit doux. La Lisette sort la tête de la crèche, se penche pour lécher le dos de Suzie. Puis elle retourne mâcher sa ration.

Le veau de la Bermée tape à grands coups de tête contre la porte de son cagibi, puis, pour changer, à grands coups de cul. Dans l'étable à côté, un agneau bêle. Le coq chante au poulailler. Les rumeurs de la vie animale remplissent peu à peu la maison. Le lait monte dans le seau.

— Suzie !

À la quinte qui suit, elle reconnaît Fausto. Elle l'appelle.

— Dis, tu as cinq minutes ?

Il tousse comme un chien qui a un os dans le gosier. Il se penche sur la rigole de purin ; on dirait qu'il crache du sang. Tout courbé, il tourne la tête vers Suzie. Les yeux lui sortent de la tête. Il est très pâle, il a un pauvre regard. Elle ne lui trouve plus rien du fringant Macaroni qu'elle guignait six mois plus tôt. Elle a même failli se toquer de lui !

— Mais tu es malade ? Moi qui voulais…

La quinte s'arrête d'un coup. Fausto se redresse.

— Ça va mieux. Oh oui, j'ai cinq minutes. Même un quart d'heure. Même toute la journée, si tu veux !

— Qu'est-ce qui se passe ?

Il essaie de rire, se presse la poitrine à deux mains.

— Je suis foutu à la porte !

« Oh ! » Elle s'est déjà aperçue qu'il n'allait pas bien. Le soir de Quasimodo, elle a même cru qu'il perdait la tête. Mais elle a eu d'autres soucis. Et puis elle lui en voulait beaucoup de courir le jupon et de la traiter, elle, comme une gamine. Elle a même pensé : « C'est bien fait pour toi, espèce de débauché ! »

Fausto secoue la tête, la bouche tordue, en retenant sa toux.

— Je peux presque plus travailler. Un jour poco, un jour point. Je suis poitrinaire, *Dio can*, tu vois !

Suzie le voit. Elle se tient devant lui, le souffle tout coupé aussi. Mille idées lui passent par l'esprit. On ne va pas le laisser partir, on ne va pas le laisser mourir !

Il s'approche, elle tend la main vers lui, il fait aussitôt un pas en arrière.

— C'est contagieux, hein, la…

Il ne veut pas prononcer le sale mot, mais elle a compris. Il s'avance de nouveau, la frôle, touche son épaule, ses cheveux, puis s'éloigne vivement.

— Tu veux que je t'aide à faire téter le veau ?

— Oui. Attends.

Elle va prendre un verre sur le rebord d'une lucarne. Elle tire deux ou trois jets de rabiot à la Lisette pour le rincer. La vache n'aime pas trop ça, elle remue la patte de derrière comme pour donner un coup de pied, puis se résigne. Le verre lavé, Suzie le trempe dans le seau de lait et l'offre à Fausto, qui le porte à ses lèvres, sourit des yeux, par-dessus, boit une gorgée.

— Je vais plus chez la veuve, tu sais. Elle dit que je pourrais donner mes microbes à Louisette. Elle a raison peut-être. Mlle Sylvie me chasserait pas, mais je veux pas retourner chez elle, à cause des enfants. Il y a des parents, ou le maire, qui m'enverraient les gendarmes.

Depuis hier, moussu Comiac permet pas que je couche à la grange, parce qu'il croit que je peux donner la maladie aux bêtes. J'ai nulle part où aller.

Suzie se tient toute droite et serre les poings.

— Tu n'as qu'à rester chez nous. Tu aurais pu venir plus tôt !

— Je croyais que tu étais en colère contre moi.

Suzie hausse les épaules et court vers le cagibi du veau. Fausto la rattrape.

— Tu m'en veux pas ?

— Pourquoi je t'en voudrais ? On n'a pas de place dans la maison, mais on te fera un bon coin à la paille ou au foin.

— Tu crois que ton père acceptera ?

Suzie n'est sûre de rien. Elle regarde Fausto boire son lait à toutes petites gorgées. On croirait qu'il tète. Il finit par vider le verre. Elle tend la main pour le prendre.

— Tu as mangé ce matin ?

— Non. Mais j'ai pas très faim.

— Et hier ?

— J'ai trouvé un nid dans la grange du moussu.

— Tu as mangé des œufs crus ?

Fausto hoche la tête. Suzie plonge le verre dans le seau et le remplit aux trois quarts. Elle s'approche très près de Fausto, lui prend le bras.

— Assieds-toi et bois.

Elle le tire jusqu'au tabouret. Il se laisse tomber sur le siège en riant. Cette fois, il a ri pour de bon, et sans tousser. Il déboutonne sa longue veste à carreaux, propre, presque neuve, sous laquelle il ne porte que ses bretelles et un tricot de peau tout déchiré. Il se frotte la poitrine du plat de la main.

— On dirait que j'ai le feu là-dedans !

Il boit son verre de lait, s'essuie la bouche et se lève d'un air plein d'entrain. Il ôte sa veste, la suspend à un piton. Il va pour cracher dans ses paumes, s'arrête juste à temps.

— J'ai pas le droit de cracher, hein. Où est la corde du veau ?

Suzie lui donne la corde. Elle admire ses bras nus, hâlés. Il attache le veau d'un geste adroit. Il est encore solide sur ses jambes et il n'a pas perdu la poigne. Vite maté, le petit démon se laisse conduire sous le ventre de sa mère. Il se venge sur le pis, qu'il frappe à grands coups de tête, parce que le lait ne vient pas assez vite à son goût. Suzie lui donne un coup de baguette sur le museau. Fausto le caresse derrière les oreilles.

— Ah, petit veau, je t'oublierai pas.

Il aide Suzie à soigner les moutons, les cochons et les poules, tout en veillant à ne pas trop se montrer. Elle fait durer un peu le travail pour attendre que Pierrot soit parti à l'école. Puis elle conduit Fausto à la cuisine et l'installe devant la table, pendant qu'elle réchauffe une casserole de bouillon. Il tend le doigt vers l'étagère des bouteilles.

— J'ai envie d'un verre de vin.

Elle le fixe avec une moue de reproche.

— Non. Quand tu auras bu mon bouillon et mangé un morceau de lard.

Il soupire, baisse le bras d'un geste las.

Le chien Pitou entre en remuant la queue. Il va tout de suite faire la fête à Fausto et lui lécher la main. Tous les animaux l'aiment bien, le Macaroni…

Papa pousse la porte et entre, après une hésitation. Il voit Fausto assis à la table. Il s'arrête, sa paupière bat.

— Ah, te voilà, mon gars.

Fausto esquisse un mouvement pour se lever. Suzie pose la main sur son épaule.

— Il est malade.

Elle regarde les deux hommes, d'abord papa, puis

Fausto, puis de nouveau papa. Ils se sont battus quelques jours plus tôt, devant elle, pour une bêtise. Ils sont là, maintenant, malheureux, pareillement blessés. Le cœur de Suzie bat très fort. Elle a peur qu'ils ne se défient de nouveau, que papa ne frappe Fausto, qu'il ne le chasse de la maison en criant. Il a le droit.

Papa est généreux, mais il est aussi emporté, soupe au lait…

Elle respire une gravité comme elle n'en a encore jamais connu. Son avenir à elle se joue aussi, à la minute. Suivant le geste de papa, il sera lumineux ou sombre. Elle se tient entre les deux hommes. Elle se tait, supplie des yeux. Une prière furtive s'envole de son cœur. Le temps est suspendu, le destin, la vie.

Papa ôte sa casquette et se retourne pour l'accrocher au portemanteau de l'entrée. Il se donne du temps, c'est bon signe. Tête nue, un mégot sur l'oreille, la lèvre pendante, une lueur dans les yeux, il s'avance vers Fausto et lui tend la main.

— Alors, ça va pas trop, hein, mon gars ?

Fausto serre la main de papa et se lève en s'appuyant sur le coin de la table. Il écarte les bras en un geste d'impuissance et de chagrin. Suzie lâche son souffle. Ses mains tremblent. « Oh, merci, papa. Merci d'être toi ! » Il regarde Suzie. Elle voit dans ses yeux la bonté, la douceur qu'elle lui connaît.

Il esquisse le geste du couteau au cou.

— Tu devrais tuer une poule ou un lapin, pour notre ami Fausto. Hein, Fausto ? Le père Hyacinthe me disait en parlant de toi : « Il lui faut de la bonne viande, à c'gars. De celle qui s'mange, j'veux dire, ha, ha, ha ! Qu'y s'remplume avant d'aller voir au diable si on y est. Ha, ha, ha ! »

Suzie baisse la tête.

— Je sais pas tuer les lapins.

Papa la prend par le bras.

— On le fera tous les deux, ma petite fille.

Il se retourne et pose l'autre main sur l'épaule de Fausto.

— On te gardera tant que tu voudras. Je te demande juste de pas cracher n'importe où !

Il laisse tomber ses mains, rit en se frappant les cuisses.

— Et pour caguer, pareil !

Papa n'est qu'un paysan, on ne peut pas l'empêcher de dire des saletés en patois. Fausto se tient la poitrine pour arrêter la quinte de toux qu'il sent venir.

— Ha, ha, ha ! Je vous promets, Victor !

Papa prend la bouteille par le col, tire un verre, en pousse un autre devant Fausto.

— Tu sais pas ce qui me ferait bien rire ? Ça serait que le moussu l'attrape, ta putain de crève !

Oh non, ce n'est pas possible qu'ils aient le cœur de rire avec la tuberculose ! Fausto dit que ça serait bien fait, oh oui, que le monsieur l'aurait pas volé.

Papa, voyant qu'il reste du bouillon, tend son assiette.

— À son âge, il serait vite claqué, hein ? Mais toi, tu es jeune, faut pas t'en faire. Quand on est jeune, on a les soufflets solides, ha, ha, ha ! On plie pas ses chemises pour un oui ou pour un non !

Papa rit bêtement pour cacher son embarras. Tout le bonheur que Suzie a eu de le voir accueillir Fausto s'envole en fumée. Elle tremble maintenant de la tête aux pieds, mais ils ne remarquent rien, penchés sur leur écuelle. Ils se fichent bien de ce qu'elle peut ressentir. « Mange, Suzie », dit papa. Elle répond par un coup d'œil de reproche. Elle ne pourrait pas avaler une seule cuillerée de bouillon, à cause du chagrin.

Elle a les jambes en coton. Elle s'appuie à la cheminée. Elle voit papa et Fausto à travers un brouillard. Elle écoute, les mots dansent dans sa tête. Fausto remercie papa et dit qu'il ne restera pas longtemps au Maine.

— Deux ou trois jours peut-être. Je partirai avant que les gendarmes viennent me chercher.

Papa frappe le bord de la table avec le manche de sa cuiller.

— Les gendarmes ? Je voudrais voir ça.

— Paraît qu'il y a une loi contre la tuberculose, en France.

— Tu n'es pas français.

— Justement. Ils vont me renvoyer chez Mussolini !

— Où tu as pu l'attraper, bon Dieu, ton mal de poitrine ?

— J'ai dû l'attraper en Italie. En prison…

— Qu'est-ce que tu foutais en prison ?

— Mussolini fait la loi, en Italie. Dans ma famille, on était tous des rouges.

— Ah, des rouges ! dit papa d'un air gourmand. Je suis pour les rouges, Fausto.

— Avant d'avoir tous le pouvoirs, explique Fausto, les *Camicie nere* ou Chemises noires, les fascistes, dénonçaient leurs ennemis comme bandits, voleurs, des choses comme ça. Ils trouvaient toujours des témoins pour les faire condamner. Maintenant, ils sont les maîtres, ils font tout ce qu'ils veulent. Mon père, mon frère aîné et moi, on a été jugés et mis en prison pour avoir foutu le feu à des maisons de riches. Mais c'est eux qui l'avaient fait. On a été tous libérés, finalement. Après, ils ont estropié papa. Mon frère et moi on est partis.

— Ah, blague à part, les Chemises noires foutent le feu aux maisons de riches ?

— Tous les riches sont pas avec eux.

En pianotant sur la toile cirée, papa se met à fredonner :

Il faut que cette vie finisse,
Aussi vrai que je suis socialiss'…

Et Fausto conclut :

— Je crois que j'ai attrapé mes microbes dans leur saleté de prison, en Italie. Je les avais déjà quand je suis arrivé en France. Ils me faisaient rien, mais je les sentais.

— Tu me diras, c'est kif-kif bourricot, mais ça me soulage bien que tu les aies pas attrapés chez nous !

Fausto se lève.

— M. Comiac m'en veut beaucoup de pas lui avoir dit que j'avais la maladie du poumon quand il m'a embauché. Moi, je savais pas. Paraît que la loi française est très sévère…

Il regarde Suzie, puis baisse les yeux.

— Ça vaudrait peut-être mieux que je parte tout de suite.

Papa frappe du poing.

— Assieds-toi, mon garçon. Le moussu, je l'emmerde, les *Camicie nere* aussi. La loi contre la tuberculose, j'en ai jamais entendu causer. Je suis chez moi à la métairie, jusqu'en septembre. Alors, tu restes tant que tu veux. Tu te reposes. Après, on s'occupera de te faire soigner dans un sanatorium. Je verrai le maire, il m'a à la bonne.

— Mais c'est lui qui a prévenu M. Comiac de la loi contre la tuberculose.

— Nom de Dieu, le maire, quand même. Bon, tant pis, je lui causerai pas. T'auras qu'à te cacher un peu. Je veillerai au grain.

Pauvre papa, songe Suzie. On le sent dépassé par les événements, malgré toute sa bonne volonté. Qui donc pourrait les aider ? Le maire, le médecin ? Ils enverront Fausto à l'hôpital, soi-disant pour le soigner. Mais quand ils l'auront enfermé, ils lui feront ce qu'ils voudront, comme les Chemises noires !

Le notaire, peut-être. Ça c'est une idée. Le jeune notaire, Me Guy Rivière, elle le connaît. Elle l'a vu avec maman, elle est sûre qu'ils ont un secret tous les deux. Elle lui racontera tout, elle est sûre qu'il ne la trahira pas. Enfin, presque sûre.

Cette résolution lui met du baume au cœur. Tous ensemble, on sauvera Fausto des microbes, des Chemises noires et de la loi sur la tuberculose !

Plus tard, elle l'aide à s'installer un coin dans la grange avec une couverture pour s'envelopper, une planche pour poser un bol et une assiette. Il s'étend, il se met à claquer des dents. Suzie se penche, essaie de le couvrir, mais il s'agite trop. Il lui prend le poignet, serre très fort.

— Suzie, j'ai peur.

Il l'attire à lui. Elle s'agenouille.

— Ne te soucie pas, on t'aidera.

Le voir ainsi, faible et apeuré, remue le cœur de Suzie jusqu'aux larmes. Elle pose la main sur son front.

— Aie confiance en papa. Et moi, je te soignerai, je t'aiderai.

Il a le front moite et brûlant. Une grosse veine bat sur sa tempe. On dirait que d'avoir mangé et bu le rend plus malade. Il dit qu'il a encore soif. Elle lui soulève la tête, porte le verre à ses lèvres. Il avale une gorgée avec effort. Elle est très émue de toucher sa peau, ses cheveux, de sentir son corps contre elle.

Elle est presque heureuse qu'il ait cette maladie. Ainsi, il y a des moments où la vie rejoint le roman. C'est beau et terrible.

Fausto se soulève à moitié, en s'appuyant au mur d'une main.

— Qu'est-ce que tu vas faire, Suzie ?

Elle ne peut pas lui mentir. La situation est trop grave.

— Je vais parler au notaire.

— Qu'est-ce qu'il fait en France, le notaire ?

Elle ne sait pas au juste. Depuis toujours, les paysans

vont chez lui pour être conseillés, secourus… peut-être volés aussi.

— Je le connais. Il est gentil. Maman…

Ce n'est pas facile à expliquer. Elle s'allonge près de Fausto, sur la paille. Il la serre dans ses bras. Elle reçoit son souffle chaud et âcre sur la figure. Il a très mauvaise haleine. Elle tourne la tête, s'écarte un peu.

Il tousse, il a du sang sur la bouche. Elle l'essuie avec son mouchoir. La quinte se calme. Elle se tient tout contre Fausto. Elle s'habitue à son haleine. Ils se taisent un moment. Mon Dieu, si papa les surprenait. Ou Pierrot… Ou le moussu !

Il roule sur le côté pour s'éloigner, cache sa tête entre ses bras.

— Suzie, je veux pas te passer le mal !

— Tais-toi, ça m'est égal.

Il sort la tête à moitié, la guette en tordant le cou.

— Tu en es sûre ?

Elle se force à rire. Oui, elle en est sûre. Elle a envie de braver le danger, de risquer sa santé, son avenir. Elle est heureuse.

Quelle journée ! Impossible de fermer l'œil. « Tu vas être jolie, demain matin ! » Suzie serre son oreiller dans ses bras en songeant au grand tournant de sa vie.

24

La faux

M. Comiac s'avance en trébuchant. Il fait de grands moulinets d'un bras et serre quelque chose de l'autre main.

Victor s'appuie sur le manche de sa faux, sourire aux lèvres, pour regarder le moussu arriver en se déhanchant. On dirait qu'il est soûl, mais il ne boit que de la piquette, et pas beaucoup. Il arrête de gesticuler et se pique à vingt pas de son métayer.

— Taradel ! Testo dé lard !

— Qu'est-ce que vous avez à vous *sabouler* comme ça, patron ?

Le moussu danse sur ses pieds. Sacré ! Il a bu pour de bon !

— Pas la peine de faire l'innocent, Taradel !

Victor rigole en dedans.

— Je fais l'innocent, moi ?

— Vous cachez le Macaroni chez moi, dans ma grange !

Victor relève la faux. La lame, contre son épaule, ressemble à une aile. Le soleil brille sur l'acier. C'est un beau matin, début mai. Sous un ciel clair, bleu et blanc, la campagne regorge de verdure. Le coucou chante, le vent bruit dans les peupliers. L'air embaume. Le parfum des fleurs sauvages se mêle à la senteur épaisse du trèfle coupé.

Un instant, Victor Taradel a l'air d'un ange exterminateur.

— *Faï cagat !* dit l'ange à mi-voix.

Il relève sa casquette sur son front, geste familier qui est aussi une façon de se calmer avant de lâcher ce qu'il a sur le cœur.

— Vous voulez dire Fausto, patron ?

— Le Macaroni. Vous le cachez dans ma grange !

— Votre grange, patron ? C'est chez moi tant que j'ai mon bail. Jusqu'à la Saint-Michel !

— Ah, vous avouez !

— Je le loge et j'ai pas besoin de vous demander la permission.

— Je la refuse, nom de Dieu. Qu'il foute le camp !

— Après les foins, patron. Je l'ai embauché pour un mois, vu que ma femme passe quelques jours chez sa tante de Bufeloup, pour l'aider.

— Votre putain de femme !

— Soyez poli.

— Elle doit rester ici pendant les gros travaux, c'est écrit dans le bail. Une bonne à rien, voilà ce qu'elle est, votre bonne femme.

Victor sent bouillir la colère au fond de lui. Il peut encore retenir le couvercle de la chaudière, mais ça ne durera pas. Les insultes du moussu le blessent plus que si la Marie était là pour se défendre. En même temps, une joie secrète lui vient. La fierté d'être Victor Taradel, quelqu'un qui ne plie pas devant le proprio. Dommage que Marie ne puisse pas le voir !

Il reprend sa faux, tâte le tranchant de la lame.

— C'est tout ce que vous avez à me dire, patron ? Alors, je vais continuer à faucher mon trèfle. Que je suis pas en avance !

Il balance la faux. M. Comiac tourne le dos, fait deux ou trois pas, revient.

— C'est pas tout, Taradel. Le Macaroni a le mal de poumon…

— J'ai fait demander le Dr Cornet, pour sa bronchite.

— C'est pas la bronchite, nom de Dieu !

Le moussu brandit le poing, comme pour menacer le ciel. Il se met à crier de toutes ses forces.

— Taradel, écoutez-moi. C'est pas le médecin que je vais appeler, moi, c'est les gendarmes. Vous avez entendu parler de la loi de 1920 sur la tu… tu… tuberculose ?

Victor fait face. Il remet la faux sur son épaule et avance à la rencontre du moussu.

— C'était votre domestique. Si vous saviez qu'il était malade, c'était à vous de le déclarer.

M. Comiac recule d'un pas.

— Je… je l'ai déclaré au maire.

— Qu'est-ce qu'il a dit, le maire ?

— Il a dit que je le foute dehors, qu'il s'en aille de la commune, vu qu'il est pas français.

Victor avance d'un mètre. Le moussu recule d'autant.

— Bon Dieu, s'il était reconnu comme habitant la commune, il faudrait payer vingt-sept francs par jour au sanatorium. Vingt-sept francs pour ce Macaroni qui passe son temps à courir après les femmes du pays… Même la vôtre, Taradel, avant qu'elle parte !

Victor s'arrête, soupire. Le maire est très près de ses sous et il serre la bourse de la commune. Il doit dire vrai, le moussu, pour l'argent et pour les femmes. Et peut-être bien que Fausto tournait autour de Marie, mais pour l'attraper c'est une autre histoire.

Une douleur sourde lui traverse la poitrine, entre le cœur et l'estomac. Et si… Et si Marie avait eu une autre raison de partir. Si, à force de voir dans ses jupes un jeune homme entreprenant, l'envie l'avait prise de quitter pour de bon son ménage !

Ce n'est qu'une brève pensée, un doute d'un instant, une souffrance fugitive. Victor Taradel garde sa confiance en l'avenir, en la destinée. Il avance encore d'un pas.

M. Comiac lève son poing serré sur une grosse pierre. Il s'est armé pour aller chicaner son métayer ! L'avantage du caillou, c'est qu'on peut dire : « Je l'ai ramassé par terre pour me défendre quand l'autre m'a attaqué ! » De la faux, on peut jurer aussi : « Je la tenais, j'étais en train de faucher du trèfle quand l'autre m'a sauté dessus avec sa pierre ! »

Le moussu recule, s'étrangle.

— Attention, Taradel ! Je sais que vous étiez un peu bandit quand vous étiez jeune. Un pas de plus et je... je vous fous dehors à Notre-Dame !

— Acré ! Un peu bandit, vous me faites bien de l'honneur.

— Bien de l'honneur ? Vous le prenez comme ça ?

— Je le prends comme ça.

Le moussu recule, un peu décontenancé, et se cogne le haut du crâne contre une branche de poirier. Son béret glisse et tombe. Il lâche sa pierre, prend sa tête nue dans ses mains en hurlant :

— Taradel, vous me le paierez !

Il tente de s'accrocher à l'arbre, mais culbute, se tord, gémit :

— Ma tête ! Ma tête ! À moi, voisin !

Comme il est propriétaire de soixante hectares, il n'a pas de voisin à portée de voix. Victor le regarde calmement, à dix pas.

— Arrêtez ce bastringue, patron.

M. Comiac se relève en se frottant la nuque.

— J'ai attrapé une belle bosse par votre faute, bon Dieu !

Victor pose la faux contre un cognassier en fleur, au coin de la haie. Il tire de sa poche son paquet de tabac et son cahier de feuilles et commence à rouler une cigarette. Puis il tourne la tête et regarde Suzie qui ramène les vaches du pré, avec le chien Jim. Une jeune bête court pour s'échapper vers le champ de trèfle.

Foutu dehors ! Il est soulagé, il a envie de rire et de chanter. Au début, il a songé qu'il pourrait se fixer dans cette métairie, assez bonne pour y vivre tranquille. Il s'est même persuadé que le proprio était un brave type et qu'il pourrait s'entendre avec lui. Quelques sacrifices auraient adouci les choses. Mais il a tout fait pour se fâcher, et le moussu aussi, de son côté.

Acré bon Dieu, Victor Taradel *est* un homme libre. S'il s'arrangeait avec ce salopiot de moussu pour se fixer au Maine, il s'arrangerait en même temps avec l'injustice. Il trahirait d'une façon tous les métayers du monde, à la merci des propriétaires, bons ou mauvais. Ah, si les rouges faisaient un jour une loi pour que les métayers puissent rester au moins cinq ou dix ans dans la même métairie, il se fixerait volontiers. Enfin, on pourrait voir.

Et puis la Marie est partie, le Petit-Maine est devenu la métairie du malheur. Même si sa femme rentre bientôt, il ne restera pas ici.

Foutu à la porte, très bien, tant mieux !

Pendant qu'il ruminait ses pensées, le moussu a contourné le champ de trèfle et le voilà qui revient, le béret sur l'œil, les mains aux poches, mine de rien. Victor reprend sa faux.

— Vous êtes encore là, patron.

— On n'a pas fini de s'expliquer, Taradel.

— Puisque je suis foutu dehors, je croyais qu'on avait fini.

— Vous êtes pas encore foutu dehors. Vous êtes un

bon soigneur et un bon laboureur. Je veux vous donner une chance.

— Donnez toujours.

Le moussu fixe Victor de sous le bord de son béret, l'air traître, le regard brillant d'une mauvaise lueur.

— Vous avez bien pensé à vos drôles, Taradel, maintenant que vous êtes tout seul ?

— Je suis pas tout seul. La Marie va rentrer.

— Vous en êtes sûr ?

Victor était encore presque sûr un quart d'heure plus tôt. La crainte s'infiltre en lui. Il soutient le regard du moussu.

— Si elle tarde, j'irai la chercher par les cheveux !

Le proprio hoche la tête. Ha, ha ! Victor rit aussi. Il se voit tirant sa femme par les cheveux. La dernière chose au monde qu'il oserait. Mais qui se connaît assez pour jurer fontaine ?

M. Comiac piétine, tord la gueule et pointe un doigt menaçant.

— Si vous faites attraper la maladie du poumon à vos gosses, d'abord votre femme vous le pardonnera pas. Et la loi…

Victor hausse les épaules.

— Foutez-moi la paix avec la loi. Y a pas de loi !

— Ah, vous croyez. Quelle tête de lard ! Il y a la loi de 1893, la loi de 1919, le décret de 1920… Les députés ont pensé à la préservation de l'enfance, comme on dit. Si vous vous occupez pas de vos drôles, la commune s'en chargera ! Votre grande fille, elle n'est déjà pas en très bonne santé.

Victor se dresse, la mâchoire serrée, lève sa faux.

— Pas en bonne santé, ma drôle ? Ah donc !

Le moussu fait un saut en arrière.

— Ce que j'en dis, Taradel, c'est pour votre bien. Pour vous ouvrir les yeux. Vous savez seulement ce qu'elle fait avec le Macaroni ? Tout le temps fourrés ensemble qu'ils sont. Vous savez qu'on peut vous les retirer, vos drôles, pour les mettre en placement ? Dans l'intérêt de tout le monde !

Le moussu défie de nouveau Victor, tout en reculant pas à pas, une main à la poche où il doit avoir sa pierre.

— J'en ai déjà parlé au maire, qui se soucie de votre affaire. Tant pis pour vous, si vous comprenez pas !

Victor ne croit pas beaucoup à la contagion. À son idée, c'est une invention des bourgeois pour effrayer les petites gens et les tenir à la main. Quant à Suzie, elle a bon cœur, mais elle est maligne et ne s'en laisse pas conter. Son béguin pour le Macaroni n'est qu'une passade de gamine, ça n'ira pas loin. Pas de quoi se mettre martel en tête !

Mais les malveillants sont là qui guettent. Le proprio est bien capable de monter le coup au maire, et l'affaire pourrait aller jusqu'aux gendarmes. Pauvre Suzie !

Et pauvre Victor. Si on lui prenait sa Suzie, il en mourrait.

Ils recommencent leur danse. Victor joue avec sa faux, avance mine de rien. M. Comiac recule d'un pas, en fait un autre de côté. Victor s'arrête, s'appuie sur sa faux. Le moussu revient se placer en face de lui. Victor prend sa faux par la lame, appuie la pointe sur sa paume, tâte le fil du bout des doigts.

— Vous voyez cet outil, patron ?

Le moussu se balance d'un pied sur l'autre, grimace, se frotte les mains, tousse. Ha, ha, hum ! Victor montre d'un geste du pouce le trèfle coupé ras, tout le long du champ.

— Il coupe comme un rasoir. Je l'aiguise tous les quarts d'heure et je sais m'en servir. Sans me vanter, je fais ce que je veux avec une faux. Ça se sait de loin. J'en ai aussi une pour la bruyère. Vous l'avez vue au travail, hein ? Elle coupe autant que celle-ci, mais elle est beaucoup plus dure. Elle casse pas, elle plie pas. Elle peut vous trancher d'un seul coup bien ajusté un tronc d'ajonc comme un goulot de bouteille… ou comme un os de jambe, pas vrai ?

Le moussu s'éloigne en biais et se met hors d'atteinte.

— C'est une menace, Taradel ?

— Appelez-le comme vous voudrez. Si j'ai une histoire pour mes enfants, je saurai d'où ça vient.

Il brandit sa faux, par le milieu du manche, d'une seule main.

— Je vous couperai une patte, ou peut-être les deux. Par le talon, juste au-dessus de la cheville. Si on touche le bon endroit, y a le pied qui saute comme une crêpe. Votre prochain métayer, vous pourrez pas le faire caguer sur ses terres. Faudra qu'y soye assez bon pour vous visiter à votre fauteuil !

Le moussu s'étrangle, recule jusqu'à la haie où une ronce lui arrache son béret. Il le ramasse, le tient comme un bouclier.

— Vous irez en prison, Taradel, si vous me touchez !

Victor rigole et se tape sur la cuisse de sa main libre.

— J'irais en prison si on m'attrapait. Mais on m'attrapera pas. Je foutrai le camp dans les bois avec ma faux. Je serai pas bien loin d'ici. Vous, dans votre lit, quasiment cul-de-jatte, vous tremblerez pour vos moustaches et le paquet de la veuve !

Victor jure un coup : « Sacré ! » Il crache dans ses mains, fait siffler la faux sur le champ de trèfle, puis se relève aussitôt. Il a assez de fourrage. Il a aussi trop d'air dans les poumons, il souffle longuement.

Il s'est battu. Il se laisse aller, sourit. « Tu as vu, Marie, si je l'ai calmé, le Comiac ? » Marie ne peut pas le voir, tant pis pour elle. « Je n'irai pas te chercher par les cheveux. J'attendrai que la honte te prenne et que tu rentres à la maison tête basse. Ou tête haute, si tu veux, ça m'est égal. Et si jamais… »

Il se sent fort, maintenant, après cette bataille qu'il a gagnée. Assez fort pour se mesurer au pire. « Si tu nous as quittés, on vivra sans toi, Marie, et ça te coûtera cher en remords et en malheur. Plus cher qu'à nous ! »

Il jette par terre la cigarette qu'il a mâchée sans y penser.

« Et toi, ma Suzie, n'aie pas peur. Le moussu n'osera plus nous embêter, maintenant ! » Victor gonfle la poitrine, roule les épaules, étire bras et jambes. Il se sent bien, comme après un bon repos, un sommeil profond, sans rêves. Ou après une nuit à la paille, avec Marie, quand ils étaient jeunes !

Nez en l'air, il admire un moment le paysage. Une force de vie, de jeunesse, déborde de lui.

Il défie Marie. « À voir comment je maniais la faux, le moussu a compris tout de suite que c'étaient pas des menaces en l'air. Et ça, faut dire que c'en était pas ! » Il se sent invincible, avec ses enfants près de lui.

25

La tournée du renard

Papa est très fort. Il a pris le renard au bois des Fougères, avec son terrible piège à œuf !

Pierrot se frotte les yeux à deux mains pour se réveiller plus vite. Il s'habille en toute hâte, chemise, pantalon, c'est tout.

— Prends un tricot, dit papa. Le jour se lève juste, il fait frais. On va chercher le renard avec une brouette.

Demain, c'est jeudi, ça tombe bien pour la tournée. Suzie dort encore. Papa prend un sac pour ramener la bête.

— Je l'ai fini d'un coup de fusil. Il avait une patte de derrière prise assez haut. D'un peu plus, il s'en tirait !

L'animal est allongé, raidi, une tache de sang sur la poitrine. Il a traîné le piège au bout de la chaîne. Papa le pousse du pied.

— C'est un mâle. La femelle ne doit pas être loin et les petits sont déjà à moitié élevés. Tiens, il a une trace de morsure sur le dos. Il a été poursuivi par les chiens.

Quelques jours plus tôt, le lieutenant de louveterie a organisé une grande battue. Plusieurs renards ont été tués dans les communes proches, pas un à Saint-Pierre. Pierrot serre la main de son père.

— Alors, c'est toi qui l'as eu, papa !

Papa se gratte la tête, jure un coup :

— Sacré ! Aide-moi à le sortir.

Pierrot empoigne le renard par les pattes de devant et tire le corps, pendant que papa écarte les mâchoires du piège.

— Belle bête, hein ?

— La femelle, tu crois que tu l'auras aussi ?

— Ou je ne m'appelle plus Taradel !

— Et les renardeaux vont mourir ?

Papa fixe son petit garçon avec un sourire malicieux.

— Ils sont comme toi, mon Pierrot, ils ont fini de téter.

Pour rentrer, papa a chargé sur son épaule le renard enveloppé dans le sac. La tête dépasse. On voit les dents pointues sous les babines retroussées. Les yeux étroits, à demi ouverts, ont l'air de vivre encore et de regarder méchamment. Pourtant, la bête est morte. C'est terrible d'être mort. Même pour un renard, ça doit être terrible.

Après un moment, papa pose le sac pour changer d'épaule.

— On pourrait dire que je l'ai tué d'un coup de fusil. C'est comme ça qu'il est mort, et la marque du piège se voit à peine.

Pierrot tourne l'affaire dans sa tête.

— Ça ferait plus plaisir à maman ?

— Peut-être. On peut jamais être sûr, avec les femmes. Et puis les gens seraient plus généreux en œufs et même en pièces. Ils diraient : « Ah, faut lui payer ses cartouches ! » Si on raconte qu'il a été piégé, les gens demanderont pourquoi il est mort. Ils diront : « On t'aurait donné plus si tu l'avais apporté vivant. » Ils profiteront du coup pour faire les pingres.

Pierrot pense que ça serait tricher un peu. Il se tait. Papa hoche la tête et charge le renard sur son épaule gauche.

— Ma foi, on va dire ce qui s'est passé. Qu'on l'a pris au piège et que je l'ai fini d'un coup de fusil pour qu'il souffre pas. Si les gens sont pas contents, c'est kif-kif bourricot !

Pierrot est plutôt soulagé. Mais il voudrait comprendre.

— Pourquoi les gens ne seraient pas contents de voir le renard mort ?

— Parce qu'ils préféreraient le voir souffrir. Tout le monde aime bien ça, surtout les bonnes femmes. « Ah, le petit salopiot qui m'a bouffé mes poules ! Tu vas voir ! » Et tchac ! un coup sur le ventre ! Et tchic ! un pinçon aux oreilles !

Papa prend cet air rêveur qui lui vient quand il songe aux gros fafiots.

— Un mâle vivant ! Pieds et pattes liés ! Elles se seraient bien amusées, les voisines. J'en connais qui t'auraient donné un poulet ou même un joli Bayard de vingt balles pour que tu leur permettes de lui tirer les pelotes avec les pincettes du feu ! J'ai vu faire ça ! J'aime autant pas le revoir, ni même y penser. Le goupil sentait tout, mais il se décidait pas à crier. Et les femmes tiraient à lui arracher la boutique. « Tu vas gueuler, oui ? » elles lui disaient en patois. C'était pas beau. Tu vois, ce n'est pas toujours vrai que les gens deviennent meilleurs avec le progrès !

Ils approchent du Maine. Le soleil monte à l'horizon, par-dessus les collines. Les cheminées fument dans toutes les maisons.

— Suzie est levée, dit Pierrot. Elle va avoir une surprise !

Pierrot a mal à la gorge. Ça dure depuis quelques jours, depuis que ses croûtes à la bouche sont guéries. Mais il a dû prendre un peu froid ce matin, il souffre davantage.

En allant à l'école, il ne peut s'empêcher de toucher

ses amygdales gonflées. Louisette le regarde en pouffant de rire.

— Qu'est-ce que tu as encore attrapé ?

Pierrot a une idée. Il n'aime pas pousser la brouette, qui est lourde et encombrante pour lui. C'est à peine s'il peut la soulever assez haut pour que les pieds ne raclent pas la terre. Avec le renard dedans, il a peur d'être ridicule. Et l'odeur du goupil rend les chiens furieux. Il se demande comment il sera accueilli par les gens. Et puis il a du mal à parler, avec ce mal de gorge. Il envoie à Louisette un sourire suppliant.

— Tu veux faire la tournée du renard avec moi ?

Louisette fronce les sourcils, fait la moue.

— Il est mort, on ramassera moins de sous. Tant pis, on aura toujours des œufs. Mais comment on va le porter ?

— Dans un sac. On tiendra chacun un bout. De l'autre main, on portera un panier pour les œufs, tantôt toi, tantôt moi.

Pierrot doit s'arracher les mots du gosier. Louisette approuve.

— On portera un panier chacun. Tu diras rien. C'est moi qui parlerai aux gens. J'expliquerai comment ça s'est passé. Je broderai un peu, ils seront contents.

Les voisines sont déçues que le renard soit mort. Louisette raconte que Victor Taradel l'a trouvé en train de se sortir du piège : c'était un *rainal* d'une force herculéenne, et le papa de Pierrot l'a tiré de justesse pour l'empêcher de s'échapper. Les voisines font la moue. Pierrot voudrait dire que c'est tant mieux que papa ait tué le renard, qu'on ne doit pas faire souffrir une créature du bon Dieu. Mais il a promis de se taire.

Louisette fredonne doucement un air qu'il ne reconnaît pas.

Le renard s'alourdit à leur épaule de minute en

minute. Par contre, les paniers restent bien légers. Pas de Bayard, même pas de cent sous violet !

Louisette manipule tristement les piécettes dans sa poche.

— Ah, si le renard était vivant…

Ils sont fatigués tous les deux. Ils s'arrêtent derrière une haie, s'assoient, boivent deux ou trois gorgées à la fiole de piquette. Louisette gobe un œuf. Pierrot n'aime pas les œufs crus. Il se coule jusqu'à un cerisier un peu caché, revient avec une poignée de cerises qu'il offre à Louisette. Elle fait la grimace.

— J'en veux pas, tu as tout le temps des maladies !

Pierrot grignote les cerises et ne leur trouve aucun goût. Louisette a pris son catéchisme et révise les commandements.

— Comme ça, je perds pas de temps. Fais-moi réciter la leçon sur les péchés capitaux. Là…

Elle lui tend le petit livre ouvert à la leçon XVI.

— Qu'est-ce que l'orgueil ? Qu'est-ce que l'avarice ? Qu'est-ce que la luxure ? Qu'est-ce que l'envie ? Qu'est-ce que la gourmandise ?

Pierrot doit la reprendre pour l'envie, qui est *la tristesse que l'on ressent volontairement à la vue du bonheur du prochain, ou une joie coupable du mal qui lui arrive.*

Louisette se mordille le pouce.

— Le maire a installé une salle de bains dans sa maison neuve. On peut se laver tout nu en hiver !

Elle tourne une page, une autre. Elle montre à Pierrot la leçon III de la quatrième partie, consacrée aux fêtes de l'année.

— Lis ça. Qu'est-ce que la fête de la Circoncision ?

Pierrot lit à voix basse, avec application. « Euh… *La fête de la Circoncision est le jour où Jésus-Christ commença à verser son sang pour nous et reçut le nom de Jésus. C'est aussi le premier jour de l'année.* »

— Ben, c'est le premier de l'an, quoi.

— Pourquoi on l'appelle circoncision ?

Pierrot lit et relit, puis lève la tête, sourit avec embarras.

— C'est le baptême de Jésus.

— Pourquoi il a versé du sang à son baptême ?

Pierrot guigne le sac du renard. Il aimerait mieux reprendre la tournée que discuter des mystères de la religion. Mais Louisette le fixe d'un regard brûlant et presque menaçant.

— Alors, qu'est-ce que tu réponds, monsieur le fort en caté ?

Louisette sort un morceau de page, plié en quatre et glissé entre les dernières pages du livre.

— J'ai cherché dans le dico de ma mère. C'est le *dictionnaire* encyclopédique complet Flammarion. Complet, t'entends ? Y a même *cul* ! Tu sais ce qu'il dit à *circoncision* ?

Elle déchiffre un gribouillis sur son bout de papier.

— *Circoncision, n. f.* … Ça, je sais, ça veut dire nom féminin. *Opération qui consiste à retrancher la peau du prépuce, pratiquée par les juifs. Fête que l'Église catholique célèbre le 1er janvier en souvenir de la circoncision de Jésus-Christ*… Je crois que le jour du baptême, les juifs sont venus, ils lui ont coupé une peau et ils l'ont fait saigner. Après, j'ai cherché *prépuce* dans le dictionnaire. Je te jure que j'y ai passé un moment. Zut, alors, je sais me servir d'un dico. Eh bé, té, ça y est pas. Ce dictionnaire, c'est pas un dictionnaire *complet*. Y a pas prépuce !

Pierrot est navré qu'il n'y ait pas prépuce dans ce sacré dictionnaire. La tournée n'avance guère et rapporte peu.

Pendant ce temps, la renarde réussit une nouvelle razzia. Suzie a oublié de rassembler à la tombée de la nuit les poules flâneuses ou trop vaillantes. Il manque deux pondeuses et une couvée presque entière au Petit-Maine, guère moins à Tourette et au Grand-Maine.

Papa se fâche. Comme il ne peut disputer sa petite fille chérie, il s'en prend à Fausto.

— Chasse-nous le renard, au lieu d'en écraser à la grange !

— Victor, tu m'as dit de pas me montrer.

— Maintenant, je te dis : garde mes poules tant que j'en ai.

Le jeudi matin, la tournée de Louisette et Pierrot se poursuit cahin-caha. Récolte moyenne, avec des œufs couvés dans le lot. Louisette sait les reconnaître. Elle les écrase sur le chemin et contre les arbres. Un peu plus tard, belle consolation, un dix balles bleu tombe dans le panier.

Louisette l'étale bien en vue par-dessus les œufs.

— Çui-là, je te jure, va nous faire des petits !

À midi, on se retrouve devant l'église pour le caté. Pierrot a toujours mal à la gorge, il se tait. Louisette a apporté le dictionnaire Flammarion. On voit le portrait de M. Flammarion sur la couverture. Il a une barbe épaisse et une énorme chevelure, qui ressemble à une crinière de lion.

À *circoncire* — pratiquer l'opération de la circoncision — il y a toutes les conjugaisons. *Je circoncis, tu circoncis, il circoncit, nous circoncisons, vous circoncisez... Et ça continue avec l'imparfait, le passé simple, le futur... Il y a même le subjonctif : que je circoncise.* Et une remarque : *les temps omis ne sont pas usités.* Tiens, tiens, pas usités ?

Louisette se gratte le bout du nez. Jacqueline chantonne en esquissant un pas de danse : « Je circoncisais, tu circoncisais, elle circoncisait... »

— Je crois que c'est un mot de la famille de ciseaux !

Le curé est en retard, chose fréquente. Tous les yeux

se tournent vers le chemin de la plaine pour guetter la soutane noire et la barbe blanche, posées sur la bicyclette de femme à cadre rond.

— Faudra lui demander quand il sera là, dit Milou.

— Tu n'as qu'à lui demander, toi.

— Non, c'est aux filles de demander.

Pourquoi aux filles ? Milou n'en sait rien, mais il en est sûr.

— Jacqueline est la chouchoute. C'est à elle !

Jacqueline se met à crier : pas moi ! pas moi !

Personne n'insiste. Les garçons baissent le nez.

— On pourrait demander à la demoiselle, dit Pierrot.

Louisette approuve. On ira lui demander, un soir après la classe. Milou rigole.

— Elle vous dira : revenez quand vous serez mariés, hi, hi !

Tout le monde pouffe de rire et le curé arrive enfin.

L'après-midi, la tournée reprend. Le renard commence à sentir sous le grand soleil.

— On n'aura pas le temps de voir tout le monde, dit Louisette. On va choisir les grosses maisons avant que la bête pue trop. On commence par le maire.

M. Bourgougnague est justement là. Il se prépare à monter dans son auto, une Trèfle à deux places, la capote baissée et d'immenses garde-boue pour rouler dans les chemins sales.

Il se pavane, se rengorge.

— Elle vous plaît, ma bagnole, hein, les gosses !

Il examine le renard d'un peu loin, hume, fait la grimace.

— Vous serez de bons citoyens. Mais en attendant, vous allez m'enterrer cette bête tout de suite, à cause des miasmes !

Louisette et Pierrot se regardent. Ils n'avaient pas pensé aux miasmes. Le maire scrute Pierrot.

— Toi, tu es nouveau dans la commune, il me semble ?

— C'est le fils Taradel, dit Louisette.

— Toi, tu es la fille de la veuve Fauroux. Vous n'êtes pas frère et sœur. Pourquoi faites-vous la tournée ensemble ?

Louisette regarde le maire dans les yeux.

— Parce que son père l'a piégé chez nous.

M. Bourgougnague hoche la tête, l'air pas très convaincu.

— Vous êtes sages, hein ? Vous ne vous arrêtez pas derrière les haies pour effeuiller la marguerite, j'espère !

Un peu plus tard, Louisette laisse tomber le renard au bord du chemin, s'assoit sur ses talons et lève les yeux au ciel.

— Des fois, j'en ai mon sac, de la vie ! Et pendant ce temps, ta sœur fréquente avec le Macaroni !

Le maire a mis dans le panier, avant de partir avec son auto, un grand cinquante balles de toutes les couleurs. En même temps, il leur a commandé d'arrêter la tournée et de rentrer chez eux pour enterrer le renard. Louisette envoie un pied de nez dans la direction de la grand-route.

— Il est allé voir sa pépée en ville. Je le connais. Il rentrera pas avant la nuit. On a le temps de faire encore quatre ou cinq maisons. Avec le billet de cinquante francs comme amorce, ça va bien marcher, tu verras !

— Mais… mais…, dit Pierrot, le maire l'a défendu !

Louisette danse au milieu du chemin et son tablier rose vole sur ses jambes nues. Puis elle se pique en face de Pierrot, les mains jointes derrière la tête et regarde fixement le fond du ciel, là où on devine le secret du monde.

— S'il était bon maire, il irait courir les pépées de la ville ?

Pierrot pousse un caillou avec le bout de sa sandale, puis se résigne, saisit un coin du sac.

— Bon, on continue.

Louisette l'embrasse presque sur la bouche.

— Tu vas voir ! Tu vas voir !

26

Les deux coqs

Suzie ouvre la porte du poulailler. Les poules perchées sautent pattes jointes et se précipitent dehors. Les coqs tardent un peu. Les mères meneuses ferment la marche avec leur couvée piaillante. La dinde qui couve agite le cou et branle la tête, mais ne bouge pas de son nid. Elle sait qu'elle sera nourrie à part.

Suzie, son panier au bras, court libérer les canards et les oies dans un « établon » voisin. La voilà entourée de sa troupe gloussante, qui se presse dans la cour en battant des ailes et en échangeant des coups de bec.

Malgré les prélèvements du renard, la volaille est toujours nombreuse, ardente et vigoureuse. Les couvées précoces ont bien réussi. Les poussins de mars sont presque des poulets, ceux d'avril ont déjà leurs plumes. Suzie n'a jamais vu les coqs aussi batailleurs. Elle sourit. Oh, elle a calculé la ration journalière de la volaille avec papa, toujours généreux.

Suzie distribue chaque matin un plein panier à vendange d'orge, de petit blé et de maïs. Le panier pèse lourd sur sa hanche, elle a hâte de le vider.

Les poules se pressent contre ses jambes et font à sa robe des volants multicolores et une traîne qui chatoie. Les coqs émergent de la foule caquetante, le cou levé, la queue en faucille, la crête comme un casque de guerrier antique. Le coq rouge, fringant et querelleur, et le coq gris coucou, puissant et lourd, se mesurent, se menacent, se poussent de l'aile. Une fois de plus, le gris domine son rival. Le rouge, en guise de représailles, va se camper sur le tas de fumier et chante à tue-tête. Il trouve un ver, appelle les poules. Puis, quand une sotte se précipite, il gobe vite la proie. Suzie distribue le grain à la volée, en essayant de l'éparpiller sur une large surface. Sauf quelques étourdies, les volailles picorent à toute vitesse. On se demande même comment elles peuvent aller si vite sans jamais manquer un grain !

Les moineaux viennent glaner leur pitance. Puis les pigeons du proprio descendent des toits, tracent des demi-cercles en l'air, font siffler leurs ailes et s'abattent au milieu des poules : tourbillons bleu cendré ou gris tourterelle. Le monsieur les chasse de sa cour, les tire même à la carabine, pour qu'ils aillent manger chez les métayers... Voilà les façons de ce grigou au sourire mielleux !

Tout ce petit monde se démène, gambille, piaille, jette des reflets moirés dans la lumière du matin. Il y a tout un remous d'ailes, de têtes et de queues, des vagues de toutes les couleurs, des coups de bec, des cris furieux... Suzie se laisse distraire par un spectacle qui lui donne chaud au cœur. Enfin, le panier est vide. Elle souffle, étire ses bras ankylosés. C'est alors qu'elle voit un gros pigeon gris clair, pattu et barbu, en train de se gaver tout seul au coin d'un mur. Vite, un bâton, une pierre. Celui-ci va payer pour toute la bande. Une pierre... Elle ajuste le tir, lance le projectile de toutes ses forces. Elle regrette aussitôt son geste. Un pigeon adulte, c'est dur à cuire et jamais bien tendre dans l'assiette. Et puis où le plumer sans que le moussu voie les plumes ?

Elle a eu trop bonne main. Le pigeon a reçu le caillou derrière la tête. Il bascule sur le côté, bat d'une aile, agite une patte. Il est gravement touché, elle n'a plus qu'à le ramasser et le fourrer dans un coin jusqu'à ce soir. Un rire l'arrête. C'est Fausto. Il brandit une poignée d'orties qu'il a cueillies pour la pâtée des dindonneaux et des pintadeaux. Il s'esclaffe.

— Je t'ai vue jeter une pierre à un pigeon, sorcière !

Elle lève les mains à ses oreilles. « Pas si fort. » Elle rafle le pigeon mort, le jette derrière les fagots de la chaudière et s'avance à la rencontre du garçon. Il pose les orties, se penche pour embrasser Suzie. Elle lui rend son baiser bien vite. Il a encore maigri de la figure, il a les joues creuses, les yeux cernés. Mais on voit toujours les muscles de sa poitrine, sous son gilet sans boutons. Il n'a qu'une chemise, que Suzie lui a lavée et repassée. Il la garde pour aller se faire soigner.

— Je te fais la pâtée des dindonneaux, si tu veux.

— Montre tes mains.

Ses paumes sont à peine rouges. Il cueille les orties à mains nues, en s'aidant de son couteau de poche. Les moufles de maman sont trop petites pour ses pognes. Il s'en fiche. Il a ri quand Suzie lui a proposé de lui en coudre une paire. « J'ai jamais porté de gants de ma vie. Quand je serai riche, je m'en achèterai une paire en peau de bique... — En peau de biche. — Oui. Je les porterai pour me marier. J'épouserai la plus jolie fille du canton. J'aurai aussi une chemise blanche, pour faire chier Mussolini ! »

Elle caresse le creux de ses paumes. Il a la peau douce, un peu échauffée par le venin des orties. Elle tend le poignet vers sa poitrine. Il écarte les pans de son gilet.

— Touche là. Ça brûle aussi dedans !

Elle hésite, ramène sa main. Elle ne voudrait pas être surprise par le monsieur qui est toujours à rôder dans les environs. Il serait capable de la dénoncer aux gendarmes pour désobéissance à la loi sur la tuberculose.

— Je vais aller voir le notaire dès que je pourrai, dit-elle avec aplomb. Je me renseignerai sur la loi et je lui demanderai un prêt d'argent pour te faire soigner.

Fausto serre les poings, de colère.

— Je pourrai peut-être jamais te rembourser.

Il lâche un rire sifflant.

— Tu seras obligée de m'épouser, si je suis encore vivant, ma belle !

Suzie a la gorge serrée, mais elle se force à rire aussi.

— Le notaire attendra. Je m'arrangerai avec lui. Je vais aider papa quelques années, parce qu'il a besoin de quelqu'un pour remplacer maman. Après, j'aurai un magasin en ville. Je… je gagnerai beaucoup d'argent !

Fausto tape dans ses mains.

— Ah mais… fallait le dire tout de suite.

Il scrute Suzie, les yeux plissés, le front barré de deux rides.

— Tu veux aussi payer l'école à ton petit frère ?

— Juste soutenir papa.

Fausto prend sa figure dans ses mains. Il se dandine, fixe Suzie entre ses doigts, par jeu.

— Elle n'a peur de rien, cette petite.

Suzie sourit, au bord des larmes.

— Le notaire acceptera de m'aider, à cause de maman.

Fausto hausse les épaules.

— Bon, je vais faire la pâtée aux orties pour tes *petits dindes*.

— N'oublie pas mes pintadeaux.

— J'irai plumer le pigeon et le cuire dans les bois. J'en mangerai un quart et je rapporterai les trois autres pour vous.

Suzie se pend à son bras. Il détourne la tête. Elle se hisse sur la pointe des pieds et pose un baiser sur sa joue. Il lui caresse doucement le front. « Petite Suzie… »

Elle surveille un moment les volailles. Le coq rouge

se livre toujours à son sale petit jeu : il appelle les poules quand il a trouvé quelque chose de bon, un ver, un insecte, et il engloutit sa trouvaille dès qu'une pauvre bécasse arrive au trot en caquetant. Il y en a toujours qui se laissent prendre. Les idiotes ! Suzie crie sur le coq. Il répond avec une grosse voix, sa voix d'alarme, mais les poules sont habituées à ses grimaces, elles ne lèvent même pas la tête.

Il fait le beau, l'aile ouverte, en bouclier. Ses plumes craquent, il se rengorge. Son rival, le coq coucou, lui fonce dessus, le cou ébouriffé, la crête gonflée, écarlate. Le rouge lance quelques « cot, cot, cot » indignés puis s'éloigne tout seul. Le coucou saute vite sur une poule qui se soumet docilement à la loi du plus fort.

Suzie a repris *Le Chemin du péché*. Elle désespère de trouver dans ce livre les lumières sur la vie dont elle a tant besoin. Mais elle se dit : « Il faut insister, aller jusqu'au bout, jusqu'à la morale de l'histoire. » Est-ce qu'il y a une morale ?

Elle s'est couchée tôt après souper. Papa lui a posé un baiser sur le front. « Va dormir, ma fille. Mets tes soucis sous l'oreiller, le lutin viendra les chercher. Demain, il fera jour ! »

Elle repasse dans sa tête tous les événements de la semaine et toute sa vie. Elle lit un paragraphe, en se jurant de souffler la bougie dès que son œil arrivera en bas de la page — son œil mais sa tête ne suit pas. « *Il l'aimait, mon Dieu !... parce qu'il l'aimait, tout simplement, et qu'il n'y a pas de raisons à chercher à l'amour. Le germe de cet amour avait-il été jeté en lui cette première fois qu'il l'avait vue, lorsqu'elle était toute fillette encore ?* »

Le livre ouvert, elle regarde danser la flamme de la bougie.

« Est-ce qu'il m'aime ? » Puis elle se met à penser à

ses deux coqs. Les sales bêtes ! Le coq coucou veut toute la place et toutes les poules pour lui. Le coq rouge a de très mauvaises façons avec elles, et rien ne prouve qu'il changera s'il reste seul. Et les poussins qu'il donnera risquent de lui ressembler. Ou bien les poules vont continuer de le refuser… Tuer le coq coucou est une décision grave. Elle n'ose pas la prendre sans en parler à maman. Écrire ? Ce serait quand même mieux de se voir. Si on montait tous à Bufeloup, un prochain dimanche… à condition que papa veuille !

Pauvre papa. Elle aimerait le voir heureux, près de maman, mais s'il cède un jour, ce sera vaincu par le chagrin et la solitude. N'importe, maintenant, les raisons qu'il avait de dire non. Il l'a dit, peut-être sans trop réfléchir, et il ne peut plus revenir sur sa décision, sous peine de s'avouer vaincu. D'autres le pourraient. Papa n'est pas assez fort.

D'un côté, c'est bien. Suzie a envie de vivre seule avec lui, de remplacer maman. Mais elle ne *peut pas* remplacer maman. Ses désirs opposés lui tirent le cœur en tous sens.

Épuisée, elle s'endort par surprise. Le livre glisse de ses mains, la bougie continue de brûler. Elle rêve qu'elle cherche désespérément un timbre pour poster une lettre. Par contre, elle trouve partout des billets, des gros billets, des fafiots de cinq cents francs, de mille francs ! Nous sommes riches ! Nous pouvons acheter une propriété !

Elle se met à genoux pour fouiller, elle croit vraiment toucher les billets. Cette sensation est si vive qu'elle se réveille.

Elle serre un billet dans sa main ! La bougie brûle encore. A sa lueur, elle reconnaît un billet de cent francs… Son cerveau embrumé a besoin de quelques secondes pour faire la part du rêve et celle de la réalité. Papa ! Le monsieur a vendu un veau de la métairie et papa a reçu sa part. Il est entré pendant que Suzie dormait, il lui a glissé un cent balles dans la main. Elle l'a senti dans son sommeil et elle s'est mise à rêver de billets.

Cent francs, c'est à peu près le quart du prix d'un veau, la grosse moitié de la part de papa... Quel cadeau ! Puis elle comprend soudain. Ce billet, papa l'a remis à sa ménagère pour les dépenses de la maison, qu'il payait lui-même depuis le départ de maman. Une façon de reconnaître son mérite, son sérieux.

Mais peut-être aussi une façon de dire : je ne crois plus que ta mère va rentrer à la maison.

27

Le joli mois de mai

Ce matin, avant de partir pour l'école, Pierrot doit aider papa à aiguiser la lame de la faucheuse, une vieille Deering, qui a dû être achetée à la fin de la guerre.

La meule n'est pas fameuse. Papa a réparé le trépied de bois, devenu un peu bancal. La roue de pierre n'est guère plus biseautée à force d'usure, elle a même perdu en partie sa rondeur, et elle donne une secousse à chaque tour. L'auge est peu profonde, sans capuchon, elle se vide très vite et il faut remettre de l'eau plusieurs fois pour aiguiser une lame.

— Tourne, Pierrot.

Papa tient la lame et présente les couteaux à la meule. C'est plus difficile que de tourner la manivelle. Lui seul peut le faire. Pierrot est un peu inquiet, il se demande si papa a toujours la main aussi sûre. Quelquefois, il sent la goutte dès le matin... Ça y est. Il a posé la lame sur la pierre. Sa main ne tremble pas.

Pierrot prend son souffle, commence doucement, à deux mains. Il sait qu'il devra s'appliquer pour trouver la bonne cadence. La meule grince, tremble un peu sur son trépied. La pierre s'humecte bien dans l'eau. Papa tient la lame par les bouts. Il laisse le premier couteau se coller au grès humide qui frotte le métal avec un chuintement régulier.

Papa commande : « Plus vite, moins vite. Plus coulé en bas et en haut. Serre bien la manivelle. Ne laisse pas glisser tes paumes, tu vas t'échauffer la peau. Tâche de pas me faire sauter la lame... » Pierrot essaie d'éviter les à-coups, de respirer fort, de tirer sur ses épaules pour éviter l'ankylose.

— C'est bien, dit papa.

La meule tourne régulièrement. Pierrot s'ennuie bientôt. Tout son corps, tous ses muscles travaillent, mais il a l'esprit au repos. Pour passer le temps, il réfléchit à l'almanach qu'il écrira plus tard.

Les animaux occuperont la première place, bien sûr. Les vaches et les chiens de toutes les races. On verra même la Casta en couverture, avec sa *péyère* sur le front : la péyère qui protège les yeux des vaches contre les mouches, au travail. Depuis quelque temps, l'envie l'a pris d'ajouter d'autres genres de sujets. Il ne désespère pas de faire un jour un vrai livre imprimé...

Et il tourne, tourne la manivelle ! Papa pousse la lame de droite à gauche, petit à petit, après avoir éprouvé le fil de chaque couteau. On est bientôt à la moitié. Pierrot espère vaguement que papa oubliera l'heure : il pourra manquer l'école ce matin.

Sa pensée revient vite à l'almanach. Lui-même, il aimerait bien se mettre en photo avec Louisette, seulement il n'ose pas. Si les autres voyaient la photo, il aurait trop honte. Il a une meilleure idée, une idée très belle, très drôle. Il va se mettre en train d'arracher le chiendent dans une terre labourée. C'est un travail qu'il fait tout le temps, dès qu'il a une minute, comme de ramasser des glands en automne. Quand il était petit, on lui disait : « Si tu réussis à arracher un chiendent avec toutes ses racines, tu trouveras une pièce d'or attachée au bout ! » À présent, il ne croit plus aux bêtises qu'on lui racontait quand il était petit sur le chiendent et les pièces d'or. Il aimerait pourtant se représenter à genoux au milieu d'un champ, tenant la racine qu'il vient de tirer… avec une pièce d'or au bout !

Ça, c'est une image qui en épaterait plus d'un — et plus d'une.

Il tourne, il tourne. Papa commande une petite pause pour tâter le fil de la lame. Pierrot crache dans ses mains comme un homme et reprend la manivelle.

Le chien Jim signale une visite d'un aboiement aigre et hargneux. M. Comiac arrive en se dandinant, du côté du pré, dans le dos de papa.

— Voilà le moussu, hein ? dit papa à mi-voix, sans se retourner. Fais semblant de pas le voir.

Pierrot rive les yeux sur la meule. Le moussu ! Une visite qui n'annonce rien de bon.

— Essaie de le guetter en douce, dit papa.

Pierrot louche un peu et réussit à piéger la silhouette du moussu du coin de son œil gauche. Le chien revient se coucher contre le pied de la meule en montrant les dents. Papa insiste tout bas.

— Tu le vois un peu ? Il est arrêté ? Comment est-il habillé ?

— Il est arrêté, dit Pierrot. Il est en bras de chemise, avec son pantalon qui tire-bouchonne. Son chapeau est baissé pour lui cacher les yeux. Il a une main à sa bretelle, l'autre dans la poche.

— Bon.

Papa se retourne en tenant sa lame de faucheuse par les deux bouts, les couteaux devant. Le moussu fait un pas en arrière, pose le pied sur une bouse.

— Hé, hé, Taradel !

— Faites excuse pour la bouse, acré !

Pierrot lâche la manivelle, masse son poignet, plie et déplie ses doigts ankylosés. Papa avance d'un pas, le dos de la lame sur le ventre, en souriant. Le moussu lâche sa bretelle et balance le bras, comme pour rattraper son équilibre.

— Taradel ! *Testo dé lard !*

— Patron ?

— Hé, faites pas l'idiot. Je suis venu vous prévenir que le facteur va vous apporter une lettre, aujourd'hui ou demain.

« Oh ! » Papa a un petit geste involontaire. Il a failli lâcher la lame. Il la relève juste au-dessous de sa poitrine. Le soleil luit sur les couteaux aiguisés. Il rigole tout haut.

— Une lettre recommandée, je parie !

C'est un joli matin d'avant l'été. Le grincement de la meule s'éteint peu à peu dans l'oreille de Pierrot. Il entend les oiseaux s'égosiller de tous les côtés. Les voisins ont déjà commencé la fauchaison, et l'odeur du foin coupé vient flotter jusque dans la cour de la métairie.

Une lettre recommandée, Pierrot sait ce que c'est. Ça veut dire qu'on est foutus dehors à Notre-Dame ou à la Saint-Michel !

Papa tient toujours la lame devant lui, il mime le geste de faucher, tout en marchant vers le moussu, qui prend peur, relève son chapeau et recule en vitesse.

— Taradel, nom de Dieu, je pouvais pas faire autrement que vous donnez congé, puisque votre femme n'est pas revenue. Je croyais que vous étiez d'accord !

— J'ai dit que j'étais d'accord ?

Le moussu va pour tourner le dos, mais bute contre le timon du râteau à faner, trébuche, se rattrape de justesse au siège de la machine.

— Oui, pour la Saint-Michel. Votre garce de femme vous a quitté, Taradel, faut dire ce qui est. Elle reviendra jamais !

Le moussu lève le poing. Papa continue d'avancer, la lame haute.

— Vous vous êtes quand même décidé à l'écrire, votre lettre de congé !

Papa s'amuse peut-être à faire peur au moussu, mais

il ne veut pas le blesser. Il n'est pas méchant, seulement énervé à cause de maman. Et avec ça, on va oublier l'heure de l'école. Tant mieux, Pierrot n'a pas envie d'y aller, ce matin : il a besoin de penser à son almanach.

Le moussu recule et il sort de sa poche son poing serré sur un morceau de fer ou un outil.

— Jouez pas au bandit avec moi. Posez cette lame ou j'appelle les gendarmes.

— C'est ma lame de faucheuse. J'étais en train de l'aiguiser avec mon fils quand vous êtes venu me chercher chicane. Et qu'est-ce que vous avez à la main, vous ?

— C'est juste une *flamme à saigner*. Je sors jamais sans, vu que les vaches vont souvent se gonfler à la luzerne, en ce moment.

— Gardez-la dans votre poche.

Le moussu range son outil.

— Votre femme reviendra pas, Taradel. Tout le monde sait qu'elle vous a quitté parce que... parce que vous êtes un nom de Dieu de putain d'ivrogne !

Le cœur de Pierrot cogne fort dans sa poitrine. Les mains de papa se raidissent sur la lame.

— Vous avez dit un putain d'ivrogne, patron ?

Ils vont finir par se battre. Papa est très en colère. Il va peut-être blesser le moussu avec la lame. Il a changé, il boit parce que maman lui manque et il devient mauvais. Pierrot cherche une idée pour le calmer.

Il s'approche, pose la main sur le coude de papa, le tire en arrière.

— Ça va être l'heure de l'école. On va finir vite d'aiguiser !

Papa dégage son bras d'une secousse.

— Te soucie pas, mon gars, je te promets que ta mère va revenir bientôt. Elle est partie parce qu'elle pouvait plus supporter le groin du cochon que tu vois là ! Ni ses sales pattes !

— Taradel, tête de lard, mesurez vos paroles. Il y a des lois !

Papa serre sa lame, fait mine de scier, avance d'un demi-pas vers le moussu, qui ressort aussitôt son couteau à saigner.

Papa a un regard mauvais, que Pierrot ne lui a encore jamais vu. Ses mains tremblent, il s'énerve, on ne pourra pas finir d'aiguiser la lame. Il secoue ses doigts tachés de sang. Il s'est coupé le majeur.

Pierrot se sent plus sage et, pour ainsi dire, plus vieux que les grandes personnes. Mais comment faire pour que papa l'écoute ?

Une idée lui passe par la tête. Il se précipite vers la maison en criant :

— Maman est là ! Maman est rentrée !

Il se retourne, fait un signe du bras. Il doute de réussir, mais ça vaut la peine d'essayer. Papa lâche la lame. Après une seconde d'hésitation, il court derrière Pierrot.

— Marie, tu es rentrée ? Bon Dieu, enfin !

Le moussu hausse les épaules et s'en va en titubant à travers le pré. Pierrot retient ses larmes et se cache dans un coin de mur. Papa appelle : « Marie ! Marie ! » Il court comme un fou, il cherche maman à la maison, à l'étable, à la grange.

— Marie ! Où es-tu ?

Il pousse les portes à coups de pied. Il se cogne partout, Pierrot l'entend grogner, haleter. Il crie le nom de sa femme. Sa voix, d'abord pleine d'espoir, se brise, s'étouffe. Il s'appuie un moment au portail du chai. Il se tait.

Pierrot se fait tout petit. La peur et la honte se disputent son cœur. Il ne mettra jamais cette scène dans l'almanach !

Il s'approche de son père, les yeux baissés.

— Papa, je te demande pardon.

— Sacré ! dit papa. J'ai cru qu'elle était revenue. Mais elle n'est pas là.

Il marche à grands pas vers la maison.

— Et Suzie ? Où est Suzie ?

— Elle est partie au champ avec les vaches.

Il rentre à la cuisine, prend la bouteille de goutte par le col, se verse un verre. « Papa », dit Pierrot. Mais papa n'écoute pas. Il boit à petites gorgées. Sa pomme d'Adam monte et descend. Son menton tremble. On sent qu'il est à bout de souffrance.

Il se frotte le ventre. « Mal aux boyaux… » Il regarde longuement Pierrot, les yeux fixes et rouges.

— Tu l'as vue, *toi aussi*, ta mère ?

— Je me suis trompé, dit Pierrot.

Papa serre les dents et s'appuie au bord de la table, comme s'il allait bondir sur Pierrot pour lui foutre une danse. Mais il se force à sourire.

— Moi aussi, bon Dieu. Moi aussi, je me suis trompé !

Il a un air de malheur et de colère à la fois dans les yeux. Il se lève brusquement, se frotte le front, les paupières.

— Allez, viens, on va finir d'aiguiser.

Pierrot flageole sur ses jambes. Il s'attendait à recevoir un savon, une avoinée terrible. Il se reproche d'avoir joué avec le feu, en criant qu'il avait vu maman. Est-ce qu'il a fait perdre la tête à papa ? Il voudrait bien retrouver ses parents d'autrefois, unis et aimants, même si papa faisait les gros yeux.

Il ravale ses larmes, respire très fort.

— Oui, papa.

Il tourne la manivelle. La meule mord tendrement le métal. Papa appuie sur la lame, très maître de ses gestes, mais le front couvert de sueur. Pierrot essaie de penser à l'almanach : il a tant de choses à décider encore.

On arrive au dernier couteau. L'heure de partir en

classe est passée depuis longtemps. Papa a oublié, il songe à maman. Enfin, il pose la lame toute brillante contre le montant de la meule, il essuie son pouce rougi sur sa manche de chemise et prend sa pierre à faux pour terminer l'affûtage à la main, avant de mettre la lame dans le porte-lame. Puis il lève les yeux sur Pierrot qui s'éclipse doucement. Son regard est vague, comme mouillé de buée. Il laisse fuser un long soupir entre ses lèvres.

— Mon pauvre Pierrot… Mon pauvre Pierrot !

Victor regarde la fleur de chardon, une grosse fleur violacée qui ressemble à une fleur d'artichaut. On appelle aussi cette espèce artichaut sauvage. D'habitude, elle ne fleurit qu'en juillet, ce chardon-là est en avance.

Artichaut sauvage, ou chardon de Notre-Dame, ou chardon Marie.

Marie.

C'est un haut chardon aux larges feuilles panachées de blanc, très épineuses. Peut-être le plus piquant de tous. Il a même une couronne d'épines autour de la fleur.

Marie.

Un rire lui monte à la gorge et s'étrangle. « Elle ne sait pas qu'on est foutus dehors ! » Il avance la main vers le chardon… Suzie non plus ne le sait pas encore. Deux jours déjà qu'il s'est disputé avec le moussu et il n'a rien osé dire à Suzie.

Il caresse du bout des doigts la douce fleur violette. Puis il empoigne un bouton près d'éclore et une petite feuille avec ses dards. Il serre en grimaçant.

Marie !

Il laisse aller son souffle, ouvre la main avec effort. Le sang ruisselle dans sa paume déjà blessée par la lame de la faucheuse. La tête lui tourne une seconde. Il se reprend.

Marie reviendra, il le faut.

Victor rejoint sa fille à la maison, tend sa main sanglante. Suzie retient un haut-le-cœur.

— Tu t'es encore coupé à ta lame !

— Non, c'est juste un chardon que j'ai attrapé sans faire attention.

Il rit doucement.

— Un chardon Marie.

— Je vais te soigner.

Suzie va vite au placard, prend le flacon d'eau oxygénée, le coton, la charpie préparée par maman. Elle remplit ses poumons très fort pour empêcher ses doigts de trembler.

Il se laisse panser, puis regarde Suzie avec un sourire d'excuse.

— Je me suis engueulé avec le monsieur.

— C'est pas la première fois.

— Oui, mais tu n'en causes à personne : on est foutus dehors. J'ai reçu la lettre recommandée.

Suzie est devenue pâle, elle tire sur ses accroche-cœur, puis défroisse nerveusement son tablier.

Victor pose la main sur l'épaule de sa petite fille.

— J'aime mieux ça. Je le supportais plus, ce sale type.

— Si j'avais trois ou quatre ans de plus, dit Suzie, je pourrais remplacer maman à la métairie.

Victor lui caresse les cheveux du bout de ses gros doigts calleux.

— Mais tu dois partir en ville.

— Je resterai avec toi jusqu'au retour de maman. On sera peut-être obligés de chercher une métairie avant qu'elle soit revenue, si elle tarde un peu.

— Si elle tarde un peu, oui.

— À tous les deux, on y arrivera plus facilement.

Victor prend Suzie par les épaules.

— Tu as raison. Je vais commencer à chercher une

propriété. Quand j'aurai quelque chose en vue, tu viendras voir avec moi. On veillera au grain tous les deux. Si ta mère ne rentre pas avant la Saint-Michel, tant pis, elle nous rejoindra à la nouvelle métairie.

Il songe : Quand elle verra qu'on peut se passer d'elle, ha, ha, elle rentrera tête basse. Et le Macaroni ? Suzie a un petit béguin pour lui. Pourquoi on ne l'emmènerait pas à la nouvelle métairie, une fois qu'il sera guéri ?

La nuit venue, il repense à tout ça. L'autre jour, il a vraiment cru que Marie était revenue. Ç'a été un instant de bonheur et puis, après, des secondes de désespoir terribles.

Quand il se couche, seul, c'est un dur moment aussi. L'oreiller de Marie est toujours là, mais son odeur s'éteint peu à peu. Il ne crie plus son nom, comme un gosse.

Dans un sens, plus elle tardera à revenir, mieux la leçon servira. Moins elle aura envie de recommencer. Enfin, c'est ce qu'il espère.

Il lèche sa main autour du pansement de Suzie. Il résiste à l'envie de l'ôter, pour que le sang coule. Il se mord les jointures. Heureusement qu'il a Suzie. Il est fier d'elle. Avec son aide, il va gagner, pour leur bonheur à tous les quatre.

Marie rentrera. Il n'y aura plus la Dieu-merci et Bufeloup entre eux. Ils seront encore plus unis qu'avant.

Et si elle ne rentrait pas…

Cette méchante pensée lui traverse l'esprit de plus en plus souvent. Et il a de plus en plus de peine à la chasser. Si Marie ne revenait pas ! Ha, ha, quelle idiotie ! Qu'est-ce qu'elle ferait, sans son homme et ses gosses ?

Et lui, est-ce qu'il serait assez fort pour vivre sans elle ?

28

Mère et fille

Suzie a choisi le premier dimanche de juin pour rendre visite à maman.

Elle lui a envoyé un mot au début de la semaine. Maman a répondu par retour du courrier, sur une carte postale : *Venez dimanche, venez tous. Je vous attendrai. Tante Andréa est partie à Saint-Veillant, nous serons tranquilles pour parler.* Suzie a prévenu papa aussitôt.

Elle pensait qu'il ne voudrait pas venir. Pour le persuader, elle était prête à discuter longtemps, à supplier, à câliner. À sa grande surprise, il a souri et hoché la tête.

— Je vous rejoins comme d'habitude, vers midi.

Il a tellement envie de voir maman. Il se trahit souvent, surtout le soir. Elle voit son regard se voiler, elle surprend ses soupirs. À de nombreux signes, elle sait qu'il pense presque sans arrêt à Marie, même s'il se fait à l'idée de vivre sans elle.

Maman a trouvé ce moyen de dompter papa : lui faire tâter de la solitude jusqu'à ce qu'il n'en puisse plus. Elle doit commencer à se demander si elle n'a pas perdu la bataille. Mais cette situation ne peut plus durer. Les parents doivent se rencontrer et se raccommoder ou se fâcher pour de bon. Il y a deux solutions. Maman cède et rentre à la maison. Papa se soumet, comme les bourgeois de Calais devant le roi d'Angleterre, en chemise et la corde au cou ! Mais Suzie ne les voit céder ni l'un ni l'autre.

Alors, qu'est-ce qui va se passer ?

Elle espère avoir assez de courage pour dire son fait à maman. À papa elle voudrait dire : « Sois fort, papa. Oblige maman à rentrer tout de suite ou quitte-la pour toujours. » Mais elle sait qu'elle ne pourra pas.

Elle court maintenant, avec Pierrot, sur le chemin de Bufeloup. Elle court si vite que Pierrot peut à peine la suivre.

Le gosse gaspille son souffle à poser des questions bêtes.

— Suzie, tu crois que maman s'ennuie un peu de nous ?

— Ça m'étonnerait pas.

— Elle sera bien contente de nous voir, hein ?

Suzie hausse les épaules, sans répondre. Elle presse le pas, pour le plaisir de forcer Pierrot à trottiner près d'elle. Ce drôle ne grandit guère, et elle se sent un peu coupable. Depuis deux mois, il a toujours quelque chose. Maintenant, c'est le nez qui coule, les yeux qui piquent et qui pleurent. Le rhume des foins ? Mais il ne l'a jamais eu avant cette année… Que va dire maman en voyant son petit garçon dans cet état ?

Bon, si elle n'est pas contente, qu'elle rentre vite à la maison s'occuper de son gosse et de son mari !

Suzie tourne et retourne l'idée dans sa tête. Elle n'est toujours pas sûre d'avoir envie que maman rentre tout de suite. « Tu es mauvaise, ma fille ! »

Elle songe aux bourgeois de Calais. Elle rit toute seule. Savoir si papa ne va pas profiter de la visite à Bufeloup pour se mettre en chemise avec maman ? Alors, il sera bien près d'avoir la corde au cou !

Un vent tiède courbe les hautes herbes, ébouriffe les haies, retourne les feuilles et frise les bois. Suzie a dû passer la bride de son chapeau qui lui serre le menton. L'air est doux, le ciel d'un bleu tendre. Juin, le plus beau mois de l'année, mais le plus dur aussi avec les foins à faucher, faner et rentrer.

Suzie court en balançant son panier. Un moment, le souffle lui manque. Elle s'arrête. Elle s'aperçoit que Pierrot n'est plus avec elle. Bon, où est-il encore fourré ? Ah, il sort de derrière une haie, tout ébouriffé et mouillé de chaud. Il est toujours mouillé de chaud, alors que l'été n'est pas venu et que l'air est encore tiède ou même frais. Est-ce qu'il ne couverait pas, en plus, une maladie d'enfance ou une bronchite ?

— Suzie ! Suzie !

Il brandit un bouquet de fleurs sauvages où domine le bleu de saison, pervenches, raiponces, bleuets.

— Pour maman. Tu veux que j'en fasse un autre pour que tu le donnes à maman ?

— Non !

Elle a répondu si vite et si fort qu'il en reste tout saisi.

— Tu es en colère contre maman, hein ?

Pierrot songe à la mission que lui ont confiée les copains du caté. Il se rengorge un peu.

Jacqueline et Louisette ont cherché *circoncision* dans le petit Larousse de l'école, qui donne à peu près la même explication que le Camille Flammarion de Louisette : « *Excision du prépuce, pratiquée dans les religions juive et mahométane.* » Il y a en plus ce mot, *excision*, qui donne un frisson dans le dos, et puis la religion maho… mamo… enfin, on s'en fiche. La conjugaison du verbe *circoncire* est assez détaillée aussi. « *Je circoncis, nous circoncisons. Je circoncisais…* » Tous ceux du catéchisme sont tombés d'accord : ça doit être important de bien conjuguer ce verbe, mais allez savoir pourquoi. C'est alors que Pierrot a dit : « On va chez ma tante dimanche. Je regarderai dans son gros dictionnaire. »

Suzie et Pierrot arrivent au sommet de la colline, parmi les hautes graminées, bonnes à faucher, qui penchent sous une douce brise. Le soleil éclate dans le ciel du printemps. Les papillons de toutes les couleurs voltigent de fleur en fleur, les oiseaux s'égosillent. Le merle siffle à la lisière du bois, le pinson et la fauvette lui répondent d'une voix vibrante ou pétillante. On aperçoit Bufeloup au loin.

Suzie remplit ses poumons d'un air tiède et parfumé. Elle aperçoit maintenant, à travers le bosquet, des pans de toiture et des vitres qui scintillent. Un vol de pigeons plane au-dessus des cheminées et se pose sur le faîtage du colombier. Tout a l'air paisible, assoupi dans la torpeur du dimanche.

Pierrot court devant, son bouquet dans les bras.

Enfin, voici la maison, au milieu des grands arbres. Les herbes folles balancent leurs quenouilles sur les sentiers du jardin. Les arbustes se penchent hors des haies. Le paon salue les visiteurs d'un cri aigre et rauque. Les pintades n'en finissent pas de criailler et le chien de japper.

Une étrange tristesse flotte autour de la maison, comme un brouillard attardé. Pierrot et Suzie se regardent. Soudain, un mouvement dans le bosquet de lilas et de cytises au milieu du jardin. Maman sort du couvert. Barbu, le griffon, la suit l'oreille basse et la queue entre les jambes. Maman, tête nue, chignon défait, arrange d'un geste las ses cheveux qui coulent.

— Suzie ! Pierrot !

Pierrot, après une seconde d'hésitation, se précipite, en brandissant son bouquet. Il perd en route une poignée de fleurs, se jette contre sa mère et geint pis qu'un chiot. Maman le serre deux secondes dans ses bras, l'embrasse sur le front, lui caresse les cheveux. Pierrot n'a pas eu son soûl de tendresse. Il s'accroche à la taille de maman et dénoue sa ceinture. Elle rit et le repousse gentiment. « Mon Pierrot… »

Elle est vêtue d'une robe grise à plis, à col et poignets de dentelle. Une robe vieillotte, triste comme la maison, triste comme son regard et ses traits, mais qui tombe joliment sur ses hanches et la mincit encore.

Elle a maigri, elle a de grands yeux brillants, cernés de noir, un air grave, presque farouche. C'est un peu maman, mais bien plus la fantasque Marie Taradel, toujours tiraillée entre le rêve et la vie. « Maman… » Suzie a formé sur ses lèvres le mot tendre qui enfle dans son cœur et lui brûle la langue. Quelque chose l'empêche de le prononcer.

Elles se regardent en rivales, un peu en ennemies. Suzie pose son panier à ses pieds.

— J'ai décidé de tuer le coq coucou !

Maman dit « oh ! » et garde un instant la bouche ouverte. Puis elle répète : « Le coq coucou ? » Elle a l'air demi folle, entre la rage et les larmes. Puis elle se reprend, sourit, avance vers Suzie en tenant Pierrot par les épaules.

— Tu as raison, c'est une sale bête. Il veut toutes les poules pour lui, et ces coucous sont trop gras.

Tout à fait ce que pense Suzie. Maman insiste.

— Je pensais déjà le tuer. Mais tu seras obligée d'en trouver un autre. Il faut toujours deux coqs dans un bon poulailler !

Suzie se mord la bouche pour retenir un sanglot. Mère et fille sont face à face, à deux pas, un sourire tremblant sur les lèvres. Une rivalité, à la fois tendre et implacable, les tient à distance, leur défend de se rejoindre pour s'embrasser.

Un frisson court sur la peau de Suzie, l'émotion lui serre la gorge. C'est merveilleux et terrible.

Maman fait un petit demi-pas, tirant Pierrot toujours collé à sa hanche. De sa main libre, elle serre contre sa poitrine le bouquet de fleurs sauvages. Pierrot se détache enfin de sa mère, se tourne vers la maison, vers le chemin, puis du côté du verger.

— Marraine n'est pas encore rentrée de la messe ? Je peux aller aux cerises ?

Maman ne répond pas tout de suite, son regard se perd, puis revient à Suzie. Elle lance soudain un petit rire presque joyeux.

— Marraine est partie se reposer chez les sœurs, à Saint-Veillant. Je suis toute seule avec ce pauvre vieux Blaise. Oui, mon Pierrot, les cerisiers sont chargés à craquer, vas-y !

Pierrot file en vitesse. Maman s'approche encore un peu de Suzie. Elle s'arrête, elle attend. Suzie baisse la tête. C'est à elle, maintenant, de faire le reste du chemin. Mais elle ne peut pas. Elle en a tellement envie, et elle ne peut pas.

Elle sent le chagrin gagner son âme et peser sur son corps. Elle voudrait appeler maman, avec autant de simplicité que Pierrot et une joie aussi pure… « Maman, secoue-moi, prends-moi de force dans tes bras, traite-moi comme une petite fille. C'est ce que je suis encore au fond de moi ! »

Le temps passe. Maman arrange de nouveau ses cheveux. Ils semblent ternis, gris de poussière. Oh, maman !

Suzie relève la tête, croise le regard de sa mère. Les grands yeux sombres, sous les cils un peu baissés, disent comme un cri : « Suzie, ma Suzie ! »

Suzie fait un petit pas, puis un bond immense. Elle est dans les bras de maman, elle l'enlace et la serre. Elle frotte son nez et sa bouche aux joues et au nez de maman, elle saisit ses cheveux à pleines mains. Elle sanglote, elle rit à travers ses larmes. Maman rit aussi, et tremble et secoue la tête.

— Oh, Suzie, tu me tires les cheveux !

— Oui, maman, tes cheveux, tes cheveux…

Pierrot saute du cerisier et court vers la maison en grommelant, à mi-voix.

— J'ai mal à la tête, oh ! là, là ! je vais tomber, c'est le soleil !

Il file comme un lièvre, il n'a pas l'air malade. Il a un plan, et il se prépare à jouer un rôle au cas où il serait surpris à fouiner dans la maison. Il ne risque pas grand-chose, puisque marraine est partie, mais on ne sait jamais.

Tiens, maman et Suzie s'embrassent au fond du jardin. La porte du perron est entrouverte. Voilà Pierrot dans le couloir. Il se plaint tout haut. « Oh ! là, là ! j'ai mal, je veux me coucher ! »

La maison est plongée dans l'ombre. Il ne se sent pas très rassuré. Il a peur de voir marraine surgir magiquement devant lui, un crucifix à la main. Il monte l'escalier à petits pas en continuant de marmonner ses excuses.

— Marraine, c'est le soleil, j'ai très mal à la tête.

Les persiennes closes, le couloir de l'étage paraît très sombre, et Pierrot se demande comment il pourra lire le dictionnaire.

Il ouvre une porte. La chambre de marraine, il la reconnaît à l'odeur des plantes et des remèdes. Il referme aussitôt. Une autre, qui sent la poussière, le rance, le vieux bois, la cendre. Elle a l'air à moitié vide, le lit n'est pas garni, juste une paillasse et une couverture. Les volets ne sont pas fermés, l'un a été rabattu par le vent, mais on doit y voir assez clair pour lire le dictionnaire sur le lit. Si quelqu'un entre, maman, ou Suzie, ou, qui sait, marraine, il cachera vite le livre sous la couverture et se frottera le front en gémissant : « Oh ! là, là ! Oh ! là, là ! »

Il retourne au couloir, se dresse sur la pointe des pieds. Il examine les livres posés sur deux planches, dans une espèce de niche, face à la chambre de marraine. Il caresse le dos d'un très gros bouquin, vert sombre, posé à plat sur la planche la plus basse. Il tord le cou et réussit à déchiffrer trois lignes en lettres dorées : *Larousse Médical Illustré*.

Un livre de médecine. Ça vaut la peine de voir. Oh ! là, là ! que c'est lourd ! Il réussit finalement à descendre l'énorme volume de l'étagère, en le tenant à deux mains, et s'enfuit dans la chambre. Vite, il saute sur le lit, s'installe à même la paillasse. « Oh ! là, là ! que j'ai mal ! » Il ouvre le livre, saute la préface et l'introduction, arrive à la première page, lit le premier mot : abaisse-langue. Il sait ce que c'est.

Tout le haut de la page est occupé par une image montrant des hommes habillés de noir, entourant un corps tout nu, posé sur une table. C'est sûrement un cadavre. Un des hommes, coiffé d'un grand chapeau, semble en train de lui découper un bras.

Pierrot tourne les pages, s'arrête un instant sur les images en couleurs. Quelques-unes sont belles, d'autres affreuses et dégoûtantes. À *acné*, on voit des figures couvertes de boutons roses, pleins de pus. À *alcoolisme*, il y a deux foies alcooliques, un gros tout gonflé et un petit ratatiné. On dirait des bêtes mortes, une pourrie, gonflée de vers, l'autre rongée et desséchée. Pouah, il tourne, tourne les pages. Son nez coule et mouille le papier, tant pis, c'est clair comme de l'eau.

Vite, *P, Pra, Pré… Préjugés, prêle, prématuré.*

Prépuce. Ça y est ! On donne toute une liste d'autres mots qu'il faut sans doute chercher. Tous extrêmement mystérieux : *balanite, chancre, herpès, pénis, phimosis, syphilis*. Pierrot ne pourra jamais les retenir. Tant pis, il va chercher, dans l'ordre. Voyons un peu le premier.

Balanite (du gr. *balanos*, gland). — Inflammation de la muqueuse du gland coïncidant souvent avec celle du prépuce (balano-posthite). Le gland et le prépuce sont rouges, tuméfiés, et un liquide fétide, muco-purulent, s'écoule entre le prépuce et le gland. Pierrot saute quelques lignes. Il frotte avec énergie ses yeux qui piquent.

Il existe une forme... Voir *bouche*... La balanite se complique souvent de *phimosis* (voir ce mot).

Pierrot cherche *bouche*, parce que c'est plus près. Une pleine page de dessins en couleurs sur les maladies de la bouche, avec les angines, le scorbut et quelques autres, il tourne vite. Page suivante, il tombe sur le bec-de-lièvre, en noir et blanc. La bile lui vient au fond de la gorge. Il tourne.

Il décide d'aller voir *phimosis*. C'est sûrement quelque chose de pas très catholique. Au passage, il tombe sur les maladies de l'œil. Affreux. Pourvu qu'il n'attrape pas une de ces choses. La bile monte un peu plus haut. Il a envie de vomir.

Il arrive à *p*. Il respire une seconde. *Pe, peste*... L'image qui montre le bubon pesteux est tout à fait dégoûtante. Il a les larmes aux yeux et l'estomac entre les dents.

Il attend une minute, la tête et le ventre chamboulés, puis se remet à feuilleter le livre avec courage. Il dépasse *ph*, tombe sur *pityriasis*. Une planche en couleurs des maladies de la peau. *Pityriasis, prurigo, purpura*... Cette fois, il n'en peut plus. Il referme le livre et se lève. Il doit se retenir au montant du lit pour ne pas tomber. Il court vite vers la lumière, le grand air.

Dehors, le soleil l'éblouit. Il a toujours mal au cœur, la tête lui tourne pour de bon. Vite, à la fontaine. Il se trempe la figure dans l'eau fraîche. Il a une faiblesse aux genoux. Il se laisse rouler dans l'herbe.

Une cloche sonne au loin, à toute volée, la sortie de la messe. Toujours autant de gagné.

— Suzie, aide-moi à mettre le couvert. Ça fera venir ton père.

Suzie avale un paquet de salive dure comme un noyau de pêche et fait deux ou trois pas vers le placard à vaisselle.

— Maman…

Elle connaît les faiblesses de son père. Elle se doute qu'il a dû passer la fin de la matinée à boire ici ou là pour se donner du courage. Et il va peut-être arriver d'une minute à l'autre en disant : « Bon, j'accepte. On s'installe à Bufeloup dès Notre-Dame ! » Oui, c'est possible, ça serait la fin de l'épreuve, soulagement et déception à la fois.

— Maman, tu as maigri.

— Oui, ma chérie.

— Tu as l'air si fatiguée. Tu n'es pas malade, au moins ?

Maman pose quatre assiettes à soupe sur la table, et Suzie quatre verres. Elles se regardent. Suzie baisse les yeux. Maman fait semblant de rire.

— Tu crois que c'est facile pour moi, surtout maintenant que marraine est partie ? Vous êtes tous les trois, vous pouvez vous soutenir. Moi, je suis seule !

Elle va et vient dans la pièce. Suzie la suit des yeux, souhaitant que son regard ne soit pas trop accusateur. Il l'est quand même.

— Mais tu l'as voulu.

Maman se rassoit, laisse ses cheveux tomber devant sa figure.

— Oui, je l'ai voulu. Je le veux encore.

— Tu n'as rien dit dans tes lettres.

— Je ne pouvais pas me plaindre. Et si j'avais dit

que j'étais malheureuse, ton père aurait pensé que j'étais à bout, qu'il avait gagné.

Suzie sent sa gorge se serrer, elle croise le regard de maman.

— Je ne comprends pas pourquoi tu es prête à tout sacrifier pour avoir Bufeloup. C'est si important pour toi, d'être propriétaire ?

Maman répète avec un sanglot dans la voix :

— … tout sacrifier. Dire que ma fille peut penser ça !

Suzie baisse le front pour que sa mère ne la voie pas rougir. Elle répond en hâte :

— Mais je ne sais pas. Explique-moi, je t'en prie.

Maman suce à petits coups de langue le sel de la sueur sur sa lèvre. On dirait qu'elle a la fièvre. Elle s'assoit à la table et joint les mains sur sa poitrine en un geste de prière.

— Pour certaines choses, ton père est un enfant. Il se conduit souvent comme s'il avait dix ans, tu le vois bien. Il ne veut jamais penser à la vieillesse. Jamais. On s'épuise tôt, à la terre. Regarde Blaise, le domestique de marraine, c'est un homme fini, il a juste cinquante-quatre ans. Il veut partir parce que je l'ai un peu secoué. J'ai eu tort, je l'avoue. La boisson aidant, il est à bout de forces. Bientôt, il ne trouvera plus de place. Il ira mourir à l'hospice. Et pour les métayers, c'est pareil.

« Ton père et moi, si nous restons en métayage, nous avons au mieux dix bonnes années, et encore. Ça sera de plus en plus difficile de trouver une métairie. On sera obligé de prendre celles que les jeunes ne voudront pas. On s'échinera encore plus. Les infirmités et les maladies viendront.

« Et puis un jour personne ne voudra plus nous donner une terre à bail. On n'aura plus nulle part où aller. On n'aura même plus de charrette pour emporter nos hardes. Alors, qu'est-ce qu'on fera ? On ira en journée, quand on pourra et qu'on sera pas trop fatigués. Et après, on n'aura plus que l'hospice !

Suzie retient son souffle. Elle non plus n'avait jamais pensé que ses parents deviendraient vieux. En soutenant son père, ne fait-elle pas son malheur ? Elle se raccroche à l'idée que sa mère noircit un peu le tableau.

— Maman, nous serons là pour vous aider, Pierrot et moi.

— Ma chérie, vous aurez votre vie. Toi, tu habiteras en ville. Pierrot, j'espère qu'il aura un bon métier, même s'il n'est pas vétérinaire. Vous serez peut-être loin, vous n'aurez pas le temps de vous occuper de nous. Et puis je ne veux pas qu'on soit à votre charge. Et ton père ne le voudrait pas non plus.

— Mais si tout ça est vrai, maman, papa doit bien le savoir.

— Ton père refuse l'idée de vieillir. Peut-être a-t-il peur, au fond de lui. Je ne peux même pas en parler, il hausse les épaules et s'en va. Ou alors, il dit : « Je m'en fiche. Je mourrai jeune, comme tous ceux qui ont fait la guerre ! » Je dois songer à l'avenir, puisqu'il n'a pas le cœur à ça. Et j'y songe tout le temps, depuis qu'on est mariés. Il y a des hommes qu'on ne peut pas traiter comme des grandes personnes. C'est souvent le cas, il paraît, pour ceux qui ont fait la guerre.

« C'est à la femme, si elle peut, de prévoir pour eux.

« Oui, je crois que Victor sera heureux un jour d'avoir sa terre, ses bêtes, sa maison. Peut-être dans dix ans, mais peut-être bien avant. Oh, il fera la tête pendant des mois, des années même. Je m'en fiche. À la fin, il sera bien obligé de voir que j'avais raison, même s'il l'avoue jamais.

« Et à Bufeloup, on aura de quoi vivre, grandement ou petitement, jusqu'à la fin de notre vie, même malades, même infirmes. Voilà pourquoi je me bats, ma Suzie.

« Tu m'en veux toujours ?

Suzie essaie de retenir le sanglot qui monte à sa gorge. C'est clair : papa et maman ont raison tous les deux. Moins que jamais, elle ne peut prendre parti.

Maman tire le poignet de Suzie et l'oblige à s'asseoir près d'elle.

— Tu fais de ton mieux, ma chérie, je le sais. Dis-moi comment ça se passe avec le monsieur.

— Pas trop bien.

Suzie raconte que M. Comiac a chassé Fausto, parce qu'il a le mal des poumons.

— Il travaille maintenant chez nous. Il fera les foins et peut-être les moissons. L'autre jour, il a voulu retourner chez le monsieur chercher des affaires qu'il avait laissées. Le chien qui le connaissait bien l'a attaqué : c'est forcément quelqu'un qui l'a lancé à l'attaque. Après, M. Comiac est allé porter plainte contre Fausto, parce que le chien l'avait mordu et risquait d'infecter le bétail !

Maman rit un peu, du bout des lèvres.

— Si les gendarmes sont un peu intelligents, ils ne donneront pas suite à cette plainte.

— C'est ce que dit papa.

Maman croise les bras sur la table, lève la tête et regarde le ciel par la fenêtre. Un éclair de douceur passe dans ses yeux.

— C'est un gentil garçon, Fausto. J'espère qu'il pourra se soigner et guérir.

Suzie se tourne vers maman pour la regarder en face.

— Papa et le monsieur se sont un peu fâchés. Le monsieur nous fout dehors à la Saint-Michel.

— Tant mieux. Ton père ne trouvera pas de métairie tout seul. Il sera obligé de venir ici.

— Maman…

Suzie bondit de sa chaise. Maman l'observe les yeux brillants, d'un air implorant. Suzie s'en va vers la porte, comme pour sortir. Maman la rappelle d'une voix sèche.

— Suzie, reste ici. Tu dois m'aider à persuader ton père.

— Non, maman. Je ne peux pas !

Pierrot rentre, la bouche barbouillée de cerises et déclare qu'il a très faim. Puis il s'étonne. « Et papa ? » Maman lève les yeux sur la pendule comtoise. Deux heures moins le quart.

— Je vais te servir, mon Pierrot. Nous, on attendra ton papa.

— Il va arriver en poussant son vélo, dit Suzie. Il a dû percer sur la route. Il aurait dû changer les pneus et les chambres, et…

Pierrot avale sa soupe à petites lampées, presque proprement, le front baissé, le regard fixé sur son assiette. Il pose sa cuiller, relève la tête.

— J'ai plus faim.

Maman tape sur le coin de la table, se tourne vers Suzie.

— Il disait qu'il mourait de faim, ça fait cinq minutes. Est-ce qu'il mange bien, à la maison ?

— Comme un cochon !

— Suzie !

— C'est pas vrai ! C'est pas vrai ! hurle Pierrot.

Il se lève, une main sur l'estomac.

— Je crois que je suis malade.

Maman regarde fixement Suzie.

— Il est malade ?

Suzie pointe un doigt accusateur sur son petit frère.

— Oui ! Il a des champignons dans la cervelle !

La paume de maman claque sur sa joue. Le feu de la gifle remplit la tête de Suzie. Sensation oubliée, presque agréable. L'espace d'une minute, elle a de nouveau une mère, elle est de nouveau une petite fille. Elle laisse avec un secret plaisir les larmes monter à ses yeux. Maman s'empresse, l'attire contre elle, lui caresse les cheveux, pose un baiser sur son front.

— Pardon, ma Suzie.

— Je vais vomir ! dit Pierrot.

— Va, va, mon chéri.

Bientôt trois heures. Papa n'est pas là. Maintenant, c'est maman qui retient ses larmes.

— Suzie, tu crois qu'il va venir ?

— J'en sais rien.

Elles chipotent toutes les deux le ragoût d'abats de volailles. Il va être trois heures et demie. Maman se tait.

Soudain, Barbu aboie furieusement. Pierrot se précipite.

— C'est quelqu'un !

Un bonhomme apparaît, dans le chemin, poussant sur les pédales d'un vieux vélo d'avant la guerre, au guidon haut, et sans garde-boue. Il est vêtu en dimanche, avec une veste de gandin, à gros carreaux, et coiffé d'un chapeau de paille. Il met pied à terre, appuie son vélo contre un arbre, s'essuie le front avec son mouchoir, allonge sournoisement un coup de pied au chien. Maman s'avance sur le pas de la porte.

— C'est Gansouille, le valet du maire.

Gansouille s'approche à petits pas. Il en manque un sur trois.

— Il est encore soûl ! dit maman. Savoir ce qu'il nous veut ?

Le bonhomme ôte son chapeau, entre sans façon.

— Vous êtes bien la Marie *de* Taradel ?

Maman acquiesce. Gansouille bute contre la table.

— J'boirais bien un coup de piquette. Fait chaud comme en plein été !

Il lorgne Suzie en vidant son verre, puis lance un clin d'œil à maman.

— Ça serait-il votre drôlette ?

Maman hausse les épaules.

— Qu'est-ce vous voulez ?

Gansouille s'essuie la moustache.

— Ils ont parlé à M. le maire, au téléphone. Votre homme a eu accident !

— Mon homme ? dit maman. Un accident ?

On comprend à peine les mots, tant ça siffle dans sa poitrine. Suzie s'adosse au buffet. La tête lui tourne. Papa a eu un accident. Papa est mort !

Gansouille se sert de lui-même un second verre de piquette.

— Vous souciez pas, la Marie. A l'a point de mal, qu'ils ont dit à l'appareil. Mais alors, la bicyclette, a l'est foutue-foutue !

Il se met à rigoler, rote un coup.

— Il s'a bigorné contre la camionnette du maquignon. Faut dire qu'il était plein comme un boudin. Y s'rait pas un peu soiffard, Taradel, des fois ?

Maman le pousse dehors.

— Et vous, alors ? Vous en tenez une chique !

Gansouille trébuche dans l'escalier, se suspend à la glycine.

— C'est un soiffard, Taradel. Ça s'dit par ici !

Maman prend Suzie par la main.

— Viens, ma Suzie, on va marcher jusqu'au Pech des Moulins. Ça nous changera les idées !

Suzie résiste.

— Papa a peut-être mal, je ne peux pas le laisser tout seul.

— Gansouille t'a dit qu'il n'avait rien.

— Cet ivrogne ! Et puis ils ont pu mal entendre au téléphone.

Maman presse le poignet de Suzie.

— Viens, je veux te parler.

Suzie se résigne. Les voilà parties le long du raidillon. Suzie respire l'odeur entêtante du chèvrefeuille. Le sang lui serre les tempes. La cloche des vêpres lance au loin son appel doux et mélancolique. Maman s'arrête, fait un signe de croix.

— Il y a si longtemps que je ne suis pas allée à vêpres !

Elle marmonne tout bas : « Seigneur, donnez à notre saint père le pape beaucoup de prêtres... » Suzie rigole à l'intérieur. « Et beaucoup de jeunes abbés pour embêter les filles ! »

Le soleil de l'après-midi écrase les bois tout en feuilles, les prés bons à faucher, les sentiers brodés de fleurs de toutes les couleurs. Marie joint les mains, regarde le ciel.

— Je te demande pardon pour la gifle, ma Suzie.

Suzie porte la main à sa joue. Maman pose un baiser sur sa pommette. Elles font encore quelques pas sur le sentier des moulins, bras dessus, bras dessous. Maman s'arrête pour observer l'horizon.

— Suzie, tu as quatorze ans, et je pense que les épreuves t'ont mûrie, n'est-ce pas ? Tu es une jeune fille. Il faut que je te parle maintenant de mon mariage... et d'avant.

Suzie baisse la tête, tente de comprimer son cœur de son poing gauche.

— Tu veux dire ce qui s'est passé à la maison du notaire ?

Marie, par un silence, marque sa surprise. « Oui. » Le secret ! Le secret que Suzie a tellement voulu percer, pour lequel, des années, elle a guetté et écouté aux portes ! Qu'elle a essayé d'imaginer, nuit et jour, en se disant mille contes, en s'inventant mille peurs !

Elle songe au temps où elle croyait sa mère somnambule. Au fond, elle ne se trompait pas tellement. Marie Taradel n'est jamais toute à ce qu'elle fait. Elle travaille, à sa façon brusque et distraite, elle se hâte, de sa démarche à nulle autre pareille, toujours la tête pleine de souvenirs, de rêves et d'espérances.

Maintenant, Suzie n'a plus envie de savoir. Elle a presque tout deviné. Un aveu serait trop gênant. Elle ne veut pas l'entendre, peut-être parce qu'elle a l'impression que maman essaie de gagner sa complicité contre papa.

Et puis il est trop tard. Trop tôt et trop tard, comme toujours. Dans la vie, ce n'est jamais le bon moment !

Marie prend haleine, longuement.

— Je ne sais par où commencer.

— Mais tu n'as pas besoin de commencer, maman. Je t'aime et j'aime papa. Je ne veux rien savoir de plus !

C'est un mensonge qui lui écorche la bouche en passant. Elle ne veut pas que maman devine la vérité : qu'elle a tout compris et reconstitué l'histoire pièce à pièce, plus qu'à moitié. Elle aurait trop honte.

— Tu ne veux rien savoir ?

Marie a presque crié. Elle baisse le front, frappe la terre de la pointe du pied.

— Mais il faut que tu saches. L'aîné des Rivière, M. Jean, a été tué à la guerre. C'est lui qui devait succéder au père. Le cadet, M. Guy, était au grand séminaire…

Elle tourne la tête, une main sur la poitrine, regarde Suzie d'un air d'espoir. Suzie lui serre les doigts.

— S'il te plaît, maman, pas maintenant !

Marie secoue vivement son bras, chasse la main de Suzie.

— Tu t'en fiches, hein ? Tu crois que tu peux prendre ma place ! Je n'existe déjà plus pour toi !

Elle tourne les talons, se met à dévaler la pente, les cheveux au vent. Suzie l'appelle, se lance à sa poursuite, pour s'excuser. Elle l'a blessée gravement, sans le vouloir. Ou peut-être le voulait-elle en secret… Marie s'engage dans un sentier touffu, bordé d'aubiers et de prunelliers, qui descend vers la source d'un ruisseau. Pourquoi s'en va-t-elle par là ?

Il y a près de la source un bassin qui s'assèche au milieu de l'été. Peut-être a-t-il encore assez d'eau, en ce début juin, pour être dangereux ?

Suzie s'arrête, le souffle court. Rattraper Marie Taradel à la course, personne n'y a jamais réussi, même pas son mari, qui avait pourtant de bonnes jambes avant de boire !

Elle ne va quand même pas se jeter à l'eau par dépit ? Mon Dieu, on ne sait jamais, avec elle. Suzie se remet à courir, une morsure de peur au creux du ventre.

— Maman !

Le sentier devient plus étroit, les haies touffues, le sol humide. Elle arrive à la source. Elle aperçoit les quatre vaches de marraine plus loin, dans un pré clos. C'est un lieu caché, envahi par les hautes herbes, un rendez-vous de bohémiens, sur lequel marraine aimait autrefois raconter des histoires à faire peur. La source murmure à l'ombre des ormeaux.

Maman se tient droite devant le bassin, le regard perdu. Elle relève d'un geste ses cheveux qui tombent sur ses épaules. Son reflet bouge dans l'eau, assez haute pour noyer quelqu'un. Suzie s'arrête sous le couvert d'une haie épaisse, observe sa mère, cette femme, si proche et si mystérieuse, avide de saisir leurs ressemblances et confondue par l'infini qui les sépare. Marie est seule face à ses démons. Sa fille ne peut rien pour elle.

Suzie hésite, attend une minute, puis sort du couvert.

— Il est temps que je parte. Je suis venue te dire au revoir.

Maman se tourne vers elle, mais ne semble pas la voir. Elle se tait, passe le bras derrière sa tête, soulève ses cheveux, se regarde dans l'eau, où une sombre silhouette répète ses gestes. Suzie répète plus bas : « Maman… »

Marie tourne les talons et remonte à grands pas vers la maison.

29

Rêves de juin

Les jours de juin s'en vont vers l'été, sous le soleil vif. Les sautes de vent balaient les prés, roulent en nappes onduleuses et changeantes les herbes alourdies par les floraisons. Les premiers foins sont mûrs. Les cliquetis des faucheuses dans la plaine se mêlent aux cris des insectes et aux chants des oiseaux.

De la pâture rasée, où elle peine à retenir ses vaches énervées par les taons et attirées par l'odeur de l'herbe fraîche, Suzie guette papa sur sa machine, que tirent la Casta et la Belle. C'est un travail dangereux. Elle se rassure en voyant la vieille paire manœuvrer docilement, dans une entente toujours parfaite. Les vaches, les yeux protégés par la péyère, ne secouent presque jamais la tête. Elles se battent les flancs de la queue, pour chasser les mouches, mais sans bouger le corps. Elles vont, tirent, s'arrêtent, repartent et tournent avec la placidité que leur donnent dix ans au joug.

Bien des paysans ont laissé deux doigts ou la moitié d'un pied à la lame dévoreuse, parce qu'ils avaient attelé des jeunes bêtes, mal dressées.

Fausto ouvre les passages à la faux et nettoie les bordures manquées par la machine. Ses gestes sont un peu saccadés, tantôt vifs, tantôt las. On voit qu'il ne les a pas appris dans son enfance. Et puis il se fatigue, avec la maladie qui le ronge. Suzie s'en veut de ne pas le nourrir mieux. Il lui faut bien reconnaître qu'elle n'est pas encore une vraie ménagère ; elle n'a même aucun goût pour la cuisine ni pour ses tâches de fermière à la maison ni à la basse-cour. Et Fausto ne l'aide pas : le plus souvent, il refuse de partager les repas de la famille. Il s'en va manger son quignon de pain, avec un œuf, un oignon, une tranche de saucisson et un morceau de fromage, tout seul, à la grange, au coin d'une haie ou au bord d'un bois.

Papa l'engueule de temps en temps.

— On dirait que tu as envie de te rendre encore plus malade ! Il te faut du chaud, une bonne soupe au moins une fois par jour, de la viande, surtout du lapin, des légumes cuits, du sel, du sucre, de la moutarde… Tu nous fais peut-être la tête parce que la patronne n'est pas là ?

Fausto rit et s'étonne, avec un sourire innocent.

— De la moutarde aussi ?

— C'est un fameux remède, la moutarde. Ma mère disait toujours, en patois : « Moutarde à tous les repas fait reculer le trépas ! » Et le chabrol, ça c'en est un autre. Acré ! Miladiou ! Si tu viens pas prendre le chabrol avec moi ce soir ou demain midi, je te fous dehors !

Et il se tord de rire, le pauvre métayer toujours foutu dehors, à l'idée de rendre la pareille à plus pauvre que lui.

Papa a peut-être raison, songe Suzie, mais il parle comme si on pouvait proposer à Fausto de vrais repas tous les jours, avec soupe et viande. Comme si j'étais une vraie ménagère !

C'est par peur de donner la tuberculose à ses hôtes que Fausto s'en va manger à la grange et dans les champs. Il le fait pour Pierrot et pour elle.

— Moins on me voit à votre maison, mieux ça vaut,

dit-il avec un signe de tête du côté du village. Les gens causent assez.

Un jour de grand vent, à midi, les gendarmes piquent le nez à la porte du Petit-Maine en tenant leur képi que le courant d'air menace de leur arracher. Pierrot a emporté sa gamelle à l'école. Suzie est seule avec son père. Les gendarmes se précipitent à l'intérieur, l'air embarrassé, et refusent de boire la goutte. Ils acceptent pour finir un verre de blanc. « Avec ce vent, hein ! » Ils jettent des coups d'œil sournois, de tous les côtés, comme s'ils croyaient que Fausto s'était caché en les voyant arriver.

Après avoir bu deux gorgées, le brigadier feuillette un carnet, puis regarde papa en fronçant ses gros sourcils noirs.

— Dites-nous, Taradel, le nommé Bello Fausto, Italien sans papiers, travaille toujours chez vous ?

Suzie entend pour la première fois le nom de famille de Fausto. Il lui plaît. Elle répète dans sa tête : Fausto Bello, Fausto Bello… Papa guigne les gendarmes avec son sourire innocent.

— Oh, temps-ci, temps-là. Il vient, il s'en va.

Le brigadier roule les yeux, prend un air sévère.

— Il n'est pas en règle. Vous et votre femme veillerez qu'il s'en aille quand les foins seront finis !

Il a appuyé sur *votre femme*. Papa devient tout rouge, il se tient à quatre pour ne pas éclater de colère.

— Ma femme et moi, on veille au grain. Je vais lui dire. Vous pouvez dormir sur vos deux oreilles, messieurs !

Ils s'en vont tout honteux. Suzie les raccompagne en chassant les chiens. Le brigadier se retourne.

— Faut lui conseiller de quitter le canton, petite. En ville, ils lui feront des papiers pour le soigner et on n'aura pas d'histoires. J'espère que ta mère reviendra bientôt.

Avant de s'endormir, Suzie chante à son oreiller : Fausto Bello, Fausto Bello.

Le lendemain, elle raconte la visite des gendarmes à Fausto, sans dire que son nom de famille a été prononcé. Elle a écrit au notaire au sujet de l'argent qu'elle veut emprunter pour payer le sana. Elle attend toujours la réponse.

Suzie guette Fausto. Il pose sa faux contre la haie, s'essuie le front et la figure avec un des mouchoirs que Suzie lui a donnés. Il va s'asseoir à l'ombre, puis s'allonge par terre. Suzie ne le voit plus. Mon Dieu, il va prendre un chaud et froid. Elle voudrait courir le rejoindre, mais les voisins sont tous dans les champs. Ils doivent la surveiller.

Fausto est à bout de forces, il a sûrement besoin de remèdes. Et ce notaire qui oublie de répondre. Ça fait au moins trois semaines que Suzie a écrit, elle n'en peut plus d'attendre le facteur !

Papa propose de tuer un lapin.

— C'est la meilleure viande pour les poitrinaires.

Et puis la viande de boucherie est chère, il faut l'acheter en ville. Le lapin ne coûte rien, on l'a sous la main, seulement il faut le tuer et le dépouiller. Suzie a la bouche amère rien que d'y penser. Papa lui fait signe, il ne se doute de rien.

— Tu viens m'aider, ma Suzie ?

Le temps orageux attise toutes les odeurs, les mauvaises encore plus que les bonnes. Suzie s'appuie au mur, devant l'entrée du cagibi des lapins, pose son mouchoir sur sa bouche.

— Papa, j'ai peur de vomir.

Papa lui caresse la joue, lui serre l'épaule.

— Te soucie pas, ma petite fille. Avec un verre de bon vinaigre, tu pourras assassiner tout un clapier l'estomac en paix. Et le cœur aussi, ha, ha !

Suzie va chercher la bouteille de vinaigre et un verre. Papa commence à l'asperger.

— Tu en mets partout, dans tes mains, sur ton mouchoir, sur tes manches, dans le bol que tu as préparé pour garder le foie. Tu trempes ton couteau dans le verre, tu arroses le lapin aussitôt qu'il est mort. Et pour finir, sur tes lèvres !

Il caresse de son doigt mouillé la bouche de Suzie.

— Juste une goutte, ça pique. Tu en remettras tout à l'heure, pour dépouiller et vider.

Elle ne sent presque plus la puanteur du cagibi. Papa saisit un lapin gris et blanc par les oreilles, sans hésiter.

— Tu le tiens, je l'assomme.

Elle prend le lapin par les pattes de derrière et le laisse pendre en gigotant. Papa lève son poing et l'abat d'un geste sûr, une fois, deux fois.

— J'ai l'œil et la main, tu vois.

Il a l'œil et la main. Il veille au grain. Maintenant, il répand un quart de verre de vinaigre sur le corps du lapin. Suzie respire l'odeur acide, ses paupières cuisent, elle ferme les yeux. Il suspend le lapin à un clou, puis tend le couteau à Suzie.

— À toi le dépiautage !

Elle essaie de dégager la peau aux deux pattes, la fend tant bien que mal, la tire vers le bas. Elle réussit enfin à la retourner, l'arrache avec un haut-le-cœur. Elle serre les dents, elle sent la nausée venir malgré le vinaigre. Elle fend le ventre, va pour saisir les tripes... Elle ne peut pas. Un paquet de bile lui monte à la gorge, c'est manqué, elle s'en va vomir dans le pré.

Elle s'assoit sur une souche, prend le coin de son tablier pour se frotter les lèvres. Papa lui essuie la figure avec son grand tire-jus, qui sent bon le tabac. Elle rit, elle pleure.

— Pardon, papa.

— C'est rien, c'est la chaleur.

Elle a honte d'elle. « Tu en fais des histoires, pour un lapin, ma fille ! » Elle serre les dents et les poings.

— Le prochain, je le tuerai toute seule pour m'apprendre !

Il l'aide à se relever, pose la main sur son épaule.

— C'est le métier qui rentre. Mais je connais un truc fameux. Tu tremperas un morceau de pain, avec beaucoup de croûte dans le vinaigre aillé, et tu le garderas dans la bouche pour dépiauter et vider. Tu m'en diras des nouvelles !

Il la conduit par la main comme une petite fille. Mon Dieu, que c'est bon ! Quand ils retournent au carré d'herbe, derrière le cagibi, les deux chats, Pelote et Le Roussi, se disputent le lapin. Le chien Pitou s'échappe, la queue entre les jambes. Le lapin dépouillé, et à moitié ouvert, a traîné dans la saleté, les tripes ont éclaté. Les chats l'abandonnent à regret. Suzie court pour le ramasser, il est perdu. Et la puanteur est pire qu'avant.

Elle se cache la figure dans les mains.

— Oh, papa, c'est ma faute.

Ils se regardent. Papa sourit.

— Tu vas pas pleurer pour un lapin !

Elle voudrait tant aider son père et elle se sent bonne à rien. Elle a le cœur gros et envie de pleurer sur leur triste sort à tous les deux. Elle ne mérite pas sa gentillesse, ses caresses. Elle préférerait qu'il se mette en colère, qu'il la secoue un peu… Non, non, mon Dieu, faites qu'il reste doux comme je l'aime !

Il lui presse l'épaule.

— Va à la maison nous faire chauffer un petit café. Ça nous remettra l'estomac en place. Je te rejoins dans cinq minutes.

Elle voit tant de bonté dans ses yeux qu'elle est à moitié consolée. Elle ne retient plus ses larmes. Il la débarbouille avec son mouchoir et la pousse gentiment vers la maison.

— Va nous faire ce café, va vite !

Ils sont maintenant assis à la table de la cuisine, en face l'un de l'autre, devant les verres qui fument.

— Il faudra qu'on achète deux tasses, dit papa. Le café est meilleur dans les tasses, tu crois pas ?

Elle approuve d'un signe, elle serait si heureuse de donner à son père un vrai foyer, un vrai ménage.

Elle sent son regard sur elle, pensif et bienveillant. Elle aimerait savoir ce qu'il a en tête au sujet de maman. Est-ce qu'il n'a pas fait exprès d'avoir son accident pour ne pas aller à Bufeloup ? Parce qu'il n'osait pas se mesurer à maman ? Parce qu'il avait peur de lui céder, face à face ? Heureusement, il ne s'est pas blessé. C'est vrai qu'il est un grand gosse. Mais pour rien au monde elle ne voudrait le tourmenter en l'obligeant à penser qu'il sera vieux un jour. Il est jeune encore, et pour des années. Elle aime tant sa jeunesse.

Elle aimerait s'imaginer qu'il ne vieillira jamais. Elle avance sa main sur la table, un petit peu, un petit peu, sans avoir l'air de le faire exprès. Il la prendra peut-être dans les siennes comme tout à l'heure.

Il tète bruyamment une gorgée de café un peu trop chaud.

— Tu vas t'aguerrir, dit-il. C'est l'âge qui te joue des tours. Tiens, moi, vers mes quinze ans, j'ai été apprenti à la boucherie Brassac. J'étais pas en avance, je te promets. Les gens disaient de moi : « Un grand gouillat qui a bien passé l'âge d'être apprenti ! » Les odeurs de la boucherie me levaient l'estomac. Je rendais tripes et boyaux du matin au soir. Mais te soucie pas, ça m'a passé, ça te passera.

Elle lève les yeux. Il sourit, plonge le nez dans son verre.

— Je vais acheter un vélo d'occasion. Tu en auras besoin pour aller au marché porter les œufs et la volaille.

— Je le paierai avec mes économies, dit Suzie.

— Garde tes économies. Tu en auras besoin en ville.

— Papa, je veux rester avec toi. Je ne veux plus aller en ville.

Il se tait, la regarde gravement, son menton tremble un peu. Il tire sur sa moustache, respire un coup.

— Moi, à ton âge, je rêvais d'aller aux colonies. Si je n'avais pas connu ta mère, je serais sans doute parti. On aurait pu partir ensemble, peut-être. Ah, les colonies. Ça serait bien pour Pierrot et toi. Tu trouverais un bon parti, et notre Pierrot…

Il vide son verre, se tape sur les cuisses.

— Notre Pierrot, je le vois bien avec une bande de négrillons tout nus !

Suzie le regarde bouche bée. Elle comprend soudain qu'il essaie d'imaginer la vie sans sa Marie. Est-ce qu'il a pris son parti de la séparation ? Il fait peut-être semblant, il joue avec des rêves un peu fous.

Suzie se représente Pierrot au milieu d'une bande de négrillons tout nus. Elle n'a pas besoin de se forcer pour rire aux larmes. Les larmes viennent tout de suite.

Papa fronce les sourcils.

— Mais sa mère serait peut-être contente de le garder. Toi et moi, on pourrait partir en Afrique ou en Indochine… On enverrait de l'argent à la Marie pour Pierrot et pour elle… Sacré !

Il se donne une grande tape sur le genou. Il répète : Sacré ! Il se tait un moment. Il regarde le ciel par le haut de la fenêtre. Qu'est-ce qu'il voit, au milieu des nuages ? La vérité toute nue ou des contes de fées pour les petits garçons ?

Et qu'est-ce qu'il ferait, en Afrique ou en Asie, à son âge ? Une sorte de régisseur dans une grande propriété ? Suzie sait que ça existe, mais il ne connaît pas les cultures de ces pays. Et puis on n'a pas d'argent pour déménager, s'installer. Le climat, les serpents, les bêtes fauves font un peu peur. Déjà qu'elle supporte mal, ici, les odeurs de l'été.

Et si on est foutus dehors en Afrique ? Il faudra encore charger ses hardes sur une charrette à zébus et s'en aller au clair de lune ! Est-ce qu'ils ont seulement un clair de lune, là-bas ?

Papa pose ses poings serrés sur le bord de la table.

— Si j'avais dix mille francs, pour acheter un bout de terre, c'est pas cher dans la brousse ! Un bout de terre et une paire de buffles ! On embaucherait quelques nègres... Cinq mille francs suffiraient pour commencer. Ou un petit commerce, avec un hangar en bambou, une simple toile de bâche par-dessus, en cas de grosse pluie. Et une case pour nous deux à côté !

Il pose la main sur celle de Suzie, avec un sourire d'excuse.

— Ah, si j'avais trente ans... Si j'avais trente ans, je n'aurais pas une belle grande fille de presque quatorze ans !

« Merci papa. » Elle ajoute à voix basse, en retirant sa main :

— Ici ou aux colonies, je serai toujours avec toi.

Il se racle la gorge, vide ses poumons, cligne les yeux comme s'il ne reconnaissait plus la cuisine du Maine. Comme s'il ne reconnaissait plus le monde réel.

— Bon, bon, j'ai lavé le lapin. J'ai enlevé les morceaux que les bêtes ont salopés. Ce qui reste trempe dans le seau à lait, bien à l'abri sous le couvercle de la chaudière. Ça fera toujours un repas !

Tour-de-France, le facteur, est coureur cycliste amateur ; c'est aussi l'homme lc plus grand de la commune. On le voit arriver de loin. Il y a toujours quelqu'un pour crier sur son passage, avec un gros rire amical : « Allez, Pélissier ! » Ou quelque chose de ce genre. Il traverse la cour du Maine, un bras en l'air, une enveloppe au bout du poing, sans descendre de sa machine. Il pose la pointe des pieds par terre, fait mine de relire l'adresse.

— Suzie, c'est pour toi, aujourd'hui. Ça vient du notaire, tu dois avoir fait un héritage !

Dans le cœur de Suzie, coule une douceur inconnue.

« Mademoiselle Suzie… » Elle caresse la lettre du notaire, pliée en quatre dans la poche de son tablier. Il a répondu, elle a rendez-vous à son étude, samedi, c'est-à-dire après-demain. Il l'appelle « mademoiselle Suzie » et lui dit vous.

« Je serai très heureux de vous rencontrer pour examiner avec vous le cas de votre protégé. Je voudrais vous parler aussi de votre mère. » Et c'est signé Me Guy Rivière.

30

Un rêve de bananes

Ce matin est plus frais que les autres, comme une pause avant la grande chaleur de l'été. À la fin de la nuit, un orage derrière les collines a lavé l'air pour quelques heures.

Le facteur a fait un tel remue-ménage pour cette lettre qu'elle ne peut cacher la vérité à son père. On est samedi, elle a rendez-vous chez le notaire ! Papa la regarde avec un drôle de sourire, à la fois bienveillant et moqueur. Elle doit tout lui avouer.

— J'ai l'idée de demander un prêt au notaire pour les soins de Fausto au sana, puisque le maire ne veut pas payer.

Papa soupire.

— Tu as raison, le maire ne paiera pas ! Mais ça ne me plaît guère de me mettre dans les dettes.

— Ça sera un tout petit prêt, dit Suzie, et c'est moi qui le ferai. Je rembourserai le notaire quand je travaillerai.

Papa grommelle, hausse les épaules.

— Tu es jeune.

Suzie aimerait bien, aussi, parler de l'Afrique au notaire. Elle se demande si ce n'est pas la solution, quoique ça paraisse un peu fou. Papa aura beaucoup de peine à trouver une autre compagne ici. En Afrique, il aurait une négresse. Elle en a remarqué une assez jolie dans une *Illustration* de la veuve Fauroux : jeune, les seins tout nus et une cuisse découverte, comme la Fortune du cinq cents balles. Elle plairait sûrement à papa, celle-là.

Mais où trouver l'argent pour partir ? Chez le notaire, bien sûr. Encore un emprunt et un gros ! Papa n'acceptera jamais… Elle songe, elle se tourmente, elle se ronge. Et elle jubile en même temps : c'est délicieux, c'est merveilleux d'avoir des soucis de grande personne.

Elle s'attendrit en observant une poule qui veille sur sa couvée. Cette poule est une grande personne aussi, affairée, heureuse. Elle gratte à grands coups, s'arrête, fouille la terre du bec. Elle glousse pour appeler ses petits, ils viennent picorer jusqu'à son bec les graines ou les vermisseaux qu'elle a mis au jour. Elle recommence vite à gratter, lance de grands coups de griffes, avec hâte et patience en même temps, comme font les mères tous les jours de la vie.

« Et si on emmenait Fausto en Afrique ? Ça c'est une idée ! »

Maintenant, la poule s'accroupit dans la poussière, gonfle son plumage en soulevant un peu les ailes. Les poussins se rassemblent autour d'elle. Beaucoup sont vêtus de duvet sombre, ce sont les enfants du coq coucou. On dirait des négrillons… Toutes les pensées de Suzie vont maintenant vers l'Afrique. Fausto serait vite guéri sous le soleil des tropiques. Il pourrait manger des bananes à volonté pour se fortifier, pas besoin de sanatorium. Les bananes, c'est encore meilleur que la meilleure viande. Quelques poussins se glissent sous le ventre de leur mère en pépiant de contentement. Ils ont l'air de rentrer dans une case. « On en aura une, grande et belle. Fausto construira la sienne à côté, plus petite, mais très jolie. » Un poussin audacieux se hisse sur le dos de la poule. C'est un blanc un peu roux. Par la pensée, Suzie le coiffe d'un casque colonial.

« Tu dois parler de ce projet au notaire, Suzie. Au lieu de te prêter de l'argent pour soigner Fausto, il t'en prêtera pour partir en Afrique. Mais papa ? Tant pis, on ne lui dira rien, ou on lui parlera juste d'un petit prêt de quelques billets de cent pour Fausto ! »

Vite, la géographie. Le Sénégal, le Soudan, le Dahomey… Quels sont les pays de bananes ? On a besoin de bananes pour Fausto et de jolies négresses pour papa !

Suzie décide de ramener les vaches à l'étable avec une demi-heure d'avance. Puis elle dévale la pente à toutes jambes pour rejoindre Fausto. Le chien Jim bondit devant et se retourne en aboyant à son jupon qui vole, comme il faisait avec maman.

Fausto fauche *à bras* au pré du fond. C'est un endroit humide, où les plantes aquatiques et les ronces abondent. On est obligé de les couper au croissant, avant d'attaquer la bonne herbe. Papa ne veut pas risquer la faucheuse sur ce mauvais terrain d'un quart d'hectare. Suzie souhaitait y mener paître les vaches. Puisqu'on est foutus dehors, hein ! Mais Fausto a crié : « Tu es complètement folle. Les bêtes vont tout piétiner et abîmer. En deux jours, elles auront tiré tout le bon, vous perdrez deux charrettes de foin ! » Papa a souri d'un air étrange. « Tu as raison, mon gars, faut faire ce qui est juste. » Ils se sont regardés d'un air complice.

Alors, Fausto est parti le lendemain matin, la faux sur l'épaule et le croissant à la main. Il s'est mis au travail avec de grands gestes fougueux. Il est à peine vêtu, il a une chemise en haillons qu'il ôte à la première sueur. Dans ce coin ombreux où le ruisseau attire les courants d'air, il risque de prendre froid sur son mal. Papa aurait dû l'empêcher d'y aller.

Elle l'observe derrière une haie. Au début, il tapait

comme un fou. Il lâchait le croissant, se précipitait sur la faux, taillait l'herbe à larges coups ronds. Puis il reprenait vite le croissant, frappait, tranchait. Peu à peu, ses gestes sont devenus plus secs et plus serrés. Maintenant, il s'arrête pour souffler toutes les minutes. Il faut qu'elle le persuade d'abandonner.

Il crache dans ses mains pour mieux empoigner le manche de la faux. Pris en faute, il s'essuie les paumes dans l'herbe. « Attends ! » Il court se laver au fossé, se frotte la peau avec une motte de terre. Il revient, haletant, s'excuse d'un geste.

— Des fois, j'oublie que je dois pas cracher !

Suzie le fixe d'un regard sévère.

— Est-ce que tu n'oublies pas, aussi, que tu dois faire attention à ta santé ? Viens t'asseoir. Ne reste pas à l'ombre.

Il obéit, tête basse, arrange ses guenilles, tire sur un morceau d'étoffe pendante pour cacher la peau de sa cuisse. Suzie fronce les sourcils.

— Tu t'es blessé ?

— C'est rien du tout.

— Tu t'es pas piqué avec une fourche, au moins ?

Il secoue la tête, se lèche les lèvres.

— Un chien m'a mordu, dans les bois. Ils étaient deux, je les connaissais pas. Ils m'ont attaqué pendant que je mangeais.

— Des chiens du pays ? Des chiens de berger ?

— Je crois que les gens les avaient envoyés contre moi. Ils m'ont déchiré le derrière du pantalon.

— On dit le fond. Tu avais le pantalon que je t'ai rapiécé ?

— Oui. Je suis peiné, Suzie. Le pantalon est très abîmé.

Suzie hausse les épaules.

— Tant pis pour le pantalon. On t'en achètera un autre. J'espère que ces chiens n'étaient pas enragés.

Le regard de Fausto se trouble. Elle lit la fièvre dans ses yeux. Il respire avec effort.

— Les gens veulent me chasser !

Suzie lève la tête, regarde Fausto dans les yeux.

— Est-ce que tu partirais avec nous, Papa, toi et moi, tous les trois si on te proposait ?

— Pour où ?

Le moment de l'aveu est arrivé. « Aux colonies… en Afrique… au pays des bananes… au pays des négresses… »

Elle lui sourit et demande, pour amorcer son affaire :

— Dis-moi, si tu partais très loin, où choisirais-tu d'aller ?

Il ferme les yeux une seconde. Elle attend, le cœur battant. Devant son silence, elle insiste. « Fausto, dis-moi… » Il soulève les paupières. Ses yeux brillent d'une joie, d'une folie.

— Si je pouvais, je partirais chez les Soviets, en U.R.S.S. Le pays de Staline, le père du peuple. Tu es trop jeune pour comprendre, Suzie. En U.R.S.S., le peuple gouverne, le peuple est roi, les gens sont heureux. Il n'y a plus de domestiques, ni de métayers. Et plus de patrons, Suzie, plus de moussus ! Rien que des camarades ! Alors, j'en profiterais pour me faire soigner. Tout est gratuit chez les Soviets, ils ont les meilleurs médecins du monde, et des hôpitaux, tu peux pas imaginer. Même que la tuberculose et les maladies contagieuses existent presque plus !

Suzie écoute bouche bée. Elle n'a jamais entendu Fausto parler avec tant d'ardeur et de passion. Dommage que leurs espoirs ne coïncident pas. Son excitation révèle la maladie sur son visage, dans ses yeux. La fièvre enflamme son regard, brillant comme l'acier de la faux. La sueur perle à grosses gouttes sur son front et ses tempes, s'étale sur ses joues creuses, coule en rigoles le long de son nez. Ses lèvres sont sèches et pâles, et une espèce de vernis se dépose sur celle d'en bas. Il est obligé de les humecter tout le temps avec la langue, en parlant.

Ses mains frissonnent, il a des secousses dans les jambes. Ses doigts, le majeur et l'annulaire, sont tout boudinés et crevassés comme en hiver. Il regarde le ciel et murmure : « Staline… »

— L'U.R.S.S., c'est la Russie, dit Suzie. Un pays très froid !

— Les pays chauds, c'est sale, ça pue. On y crève !

Suzie baisse la tête. Le chagrin se noue dans sa poitrine, comme une corde mouillée. Elle plante les ongles dans sa paume pour retenir ses larmes.

— Je vais chez le notaire cet après-midi. Je ferai deux parts de la somme qu'il me prêtera : une pour notre voyage, papa et moi, et une autre… une autre…

Il la toise d'un air moqueur.

— Quel voyage ?

— Sans femme, papa ne trouvera pas de métairie. Il est tenté par les colonies. Dès que j'aurai l'argent, on pourra partir.

Fausto éclate de rire, donne une grosse tape sur sa cuisse nue.

— Te voilà grande fille, maintenant, dis donc !

Suzie se lève d'un coup de reins.

— Ça te gêne ?

— Et tu crois que le notaire te prêtera sur ta bonne mine ?

Elle s'éloigne de deux pas et répond sans le regarder :

— Je connais le notaire, Me Rivière. Je sais quelque chose et quand je lui dirai, il sera obligé de me prêter !

Elle laisse Fausto tousser et suffoquer un moment, puis elle se retourne.

— Maintenant, tu vas me faire le plaisir de quitter ce travail tout de suite, de rentrer à la maison et de te coucher. Tu as entendu ? Tout de suite !

Il rit un peu, entre deux quintes. Suzie marche sur lui.

— Tu m'obéis ou j'appelle les gendarmes !

Il se lève à son tour, s'étire, une main aux reins, reprend sa faux, sort sa pierre à aiguiser du coffin attaché à sa ceinture.

— Mais, Suzie...

— Jette-moi ta faux.

— Non.

— Je vais à la cabine téléphonique porter plainte.

La pierre posée sur la lame de la faux, il retient son geste.

— Tu es folle !

Elle voudrait tant l'aider. Elle a envie de se jeter dans ses bras, de pleurer sur sa poitrine. En même temps, elle voudrait le gifler, lui arracher ses haillons. « Il a raison, ma vieille, tu es folle ! » Elle se raidit pour ne pas faiblir.

— Allez, jette.

Il obéit, lâche son outil et s'en va en trébuchant. Elle ramasse la faux, s'appuie au manche pour ne pas tomber. Elle peut enfin laisser les larmes couler sur ses joues.

31

Nous n'irons pas en Afrique

Suzie apporte à son père une bouteille de piquette fraîche, enveloppée d'un linge mouillé. Il conduit la faucheuse, juché sur le siège, l'aiguillon d'une main, les retires de l'autre. Il aperçoit Suzie et lui fait signe avec l'aiguillon.

— Le temps est au beau. Pour trois jours !

Il rit de plaisir. Suzie regarde le ciel. Elle ne se sent pas tranquille. Les orages tournent autour de l'horizon, les hirondelles rasent la cime des herbes, les insectes bourdonnent, les taons s'acharnent sur le cuir des bêtes. L'odeur de l'herbe coupée monte à ses narines, mêlée à tous les parfums de l'air et du sol. Parfois, un souffle frais passe sur la terre, venant des vallées que la pluie a touchées cette nuit.

Les voisins fanent, ramassent, entassent et commencent à charger le foin sur les charrettes. Suzie compte six personnes, hommes et femmes, dans les prés de M. Comiac. Victor Taradel, lui, continue de faucher, avec insouciance. Il a lu le beau temps à quelque présage du ciel ou de la terre, de la lumière ou du vent, de la lune ou des bêtes. Il montre à Suzie, d'un coup de pouce moqueur, les autres qui se hâtent de rentrer leur foin à moitié sec. Il s'exclame, agite les cordes d'oreille, encourage à pleine voix la Casta et la Belle. Elle lui sourit. Elle l'aime parce qu'il ne fait rien comme tout le monde.

Tant pis pour la pluie. Qu'est-ce que ça peut faire que le foin se mouille, songe Suzie, puisqu'on est foutus dehors et qu'on s'en va à la Saint-Michel ? Mais non, papa met un point d'honneur à travailler encore plus depuis qu'il a reçu son congé. Il laissera au prochain métayer un grenier à foin débordant jusqu'au milieu de la grange, et tout le reste à l'avenant !

Suzie sourit pour elle seule. Papa est bon comme la romaine et honnête à en être presque poire. Voilà, c'est papa.

La machine fauche. Une bielle, mue par la roue, actionne la lame qui tranche l'herbe avec un bruit cassant. Papa surveille la coupe pour éviter qu'une touffe d'herbe humide ou épaisse vienne bourrer le porte-lame. L'attelage tourne autour du pré qui se réduit peu à peu.

Papa a l'air très à l'aise. Suzie le voit une seconde bondir au-dessus de la savane, tenant les guides d'un char africain, tiré par deux chevaux fougueux, et les jolies négresses l'applaudissent avec des cris de joie et d'admiration.

Elle descend vers le pré. Au bout du tour, il arrête les vaches d'un coup sur les retires. « Ho ! » Il saute de son siège, boutonne son col de chemise, pose le coude sur le joug et attend Suzie, le front plissé, une moue un peu crispée sur la bouche. Il paraît tendu par la fatigue. Il a travaillé comme un fou, ces derniers jours. À coup sûr, aucun propriétaire du pays n'a passé autant d'heures à faucher et faner !

Elle lui en veut de ne pas se ménager plus. Il a la peau brunie par le soleil, mais elle lui trouve un mauvais teint, le même que Fausto, avec les pommettes, le front comme parcheminés. Il fixe l'horizon où son regard se perd un instant. Puis il tourne la tête et caresse la joue de Suzie.

— Dis-moi, comment vas-tu à Saint-Veillant ?

Suzie le rassure d'un sourire.

— La veuve Fauroux me prête sa bicyclette.

— Ah, bon, bon, la Lucie est une brave femme.

Elle sort la bouteille du cabas, ôte le torchon qui l'enveloppe et la tend à son père. Elle offre aussi le verre qu'elle a apporté, mais il préfère boire au goulot. Il quitte son chapeau, le jette sur l'herbe, renverse la tête, lève la bouteille de la main gauche, en gardant le coude droit sur le joug. Il aime tant cette position.

Ainsi, il se sent fort et heureux.

Il vide le quart de la bouteille, la rend à Suzie d'un air pensif.

— Le jeune notaire, tu sais qu'il voulait se faire curé ? Le frère aîné devait succéder au père, mais il a été tué à la guerre. Finalement, c'est le jeune, qui a fait les études et pris la suite.

Suzie secoue la tête, sourit d'un air farouche.

— Je sais. Mais ça nous regarde pas.

Il approuve d'un hochement de front. Suzie se hâte de détourner la conversation.

— J'ai dit à Fausto d'aller se reposer à la grange. Il n'en pouvait plus. Il toussait comme un chien. J'ai eu peur qu'il attrape la mort dans ce bas-fond.

— Oui, oui, il a besoin de se reposer. Toi, il t'écoute, ma Suzie. Qu'est-ce que je ferais sans toi ?

Et il couve Suzie d'un regard tendre. Elle se tient devant lui, les bras ballants, les larmes au bord des cils.

La Casta et la Belle, en bêtes sérieuses, habituées à ne pas perdre le bon temps que Dieu donne, profitent de la pause pour ruminer leur ration du matin. Elles bavent une épaisse mousse blanche qui tombe en fils des mufles animés d'un lent va-et-vient de mastication. Suzie attend elle ne sait quoi.

D'ici quelques minutes, elle s'engagera sans retour. Si elle peut convaincre le notaire de leur prêter l'argent du voyage, elle va peut-être chasser maman de leur vie pour toujours. Elle espère en secret un sursis. Elle guette les nuages, elle avale un paquet de salive qui colle à sa bouche. Que le ciel s'en mêle ! Qu'un gros orage l'empêche d'aller à son rendez-vous !

« Papa… » Elle ne sait par quoi commencer, ni par où finir. Il esquisse un geste, tourne la tête, repose son coude sur le joug.

— Suzie, le jeune notaire, le fils Rivière… Comment je vais t'expliquer ? Il y a eu toute une histoire, avant qu'on se marie, ta mère et moi.

Sa pomme d'Adam passe par-dessus son col de chemise. Il cligne les yeux sous la lumière trop vive, baisse ses paupières un peu rougies. « Voilà… » Il met dans ce mot toute sa détresse, son impuissance. La vieille blessure est encore ouverte.

D'un mouvement impulsif, Suzie s'appuie contre sa poitrine, lui prend le coude, sous sa manche de chemise retroussée. Tant pis si les voisins la voient et se moquent d'eux ! Elle presse doucement le muscle de son bras. Il penche la tête et, la bouche contre ses cheveux, prononce un mot qu'elle ne comprend pas. Oh, papa, tais-toi, tais-toi ! Elle le sent près d'abdiquer sa fierté. Elle ne veut pas entendre ses confidences. Tant pis pour le secret de maman, elle s'en fiche, elle ne veut pas qu'il avoue sa honte !

Elle recule d'un pas, la main sur son poignet, où la sueur a collé une fine poussière d'herbe.

— C'est une jolie histoire, maman et toi. Je suis sûre que tu as été très bon pour elle. Maintenant, elle est partie. Tu dois oublier ce qui te fait mal.

Elle se désespère de sa maladresse. Ce qu'elle voudrait lui dire est tellement plus tendre et plus fervent.

Il se retourne, s'accroche au joug des deux mains.

— Non, Suzie, ce n'est pas une bien jolie histoire. Marie… ta maman… avait détourné un prêtre, enfin presque. C'est ce qu'on disait. Ses parents voulaient l'envoyer au couvent.

Suzie presse le bras de son père un peu plus fort.

— N'y pense plus, papa.

— Elle m'a épousé juste pour éviter le couvent où ses parents voulaient la mettre. J'étais l'imbécile qui…

— Papa !

— Oui. Les gens rigolaient de moi. Tu sais comment ils appelaient ce pauvre Victor Taradel ? Tu le sais ?

— Papa, je t'en prie, tais-toi.

Il passe la main sur son front, se force à sourire.

— Je sais que tu m'aimes, Suzie. Je voudrais te demander… Oh, bon Dieu, ce notaire. Je crois que c'est un brave type, mais penser que… Est-ce que tu peux comprendre, ma petite fille, le mal que tu me fais d'aller lui demander des sous, à lui ? À lui !

— Pardonne-moi. Si tu me le dis, je n'emprunterai pas !

Elle lui caresse les mains. Elle sent ses doigts trembler sous les siens. Puis il la prend aux épaules. Il parle à voix basse en se penchant vers elle.

— Marie ne pouvait pas épouser Guy Rivière. Elle était plus âgée que lui, c'était presque un gosse. Et puis c'était un fils de riche, ça les séparait encore plus. La comtesse a trouvé un pauvre type pour…

Le tremblement de ses mains se transmet à Suzie. Le cœur lui manque. Il se tait.

— Papa, tu n'es pas bien ?

— Blague à part, j'ai la tête qui me vire un peu. C'est l'idée de faire des dettes.

— Mais tu saignes du nez !

— Ah oui ? Je suis content que tu ailles plus chez le notaire, ma Suzie.

Il se cogne contre la Casta, le sang tombe goutte à

goutte sur le cou de la vache. Il sort son mouchoir, s'essuie la figure. En quelques secondes, le mouchoir rougit. « Attends… » Suzie prend le sien, le trempe à la bouteille de piquette et lui bassine la figure. Il rit avec effort, en pinçant le nez.

— Gafpille pas fette bonne piquette !

Il repousse Suzie, s'écarte de l'attelage, la tête penchée.

— F'est rien, Fa va passer, il faut laiffer couler.

— Je vais t'aider à rentrer à la maison, puis je reviendrai chercher les vaches.

— Ha, ha ! Dans un quart d'heure ve ferai fur la faucheuse !

— Non, il faut te reposer.

Elle le tire à l'ombre de la haie, où les épines noires commencent à faire leurs baies, où les oiseaux s'égosillent, énervés par l'orage. L'attelage ne bouge pas. Papa s'accroche à une branche de poirier.

— Verse-moi un peu de piquette dans le cou.

Suzie feint de rire.

— Une si bonne piquette !

Elle lui arrose doucement la nuque, puis mouille son mouchoir pour lui bassiner le front. Il répète :

— Faut laisser couler.

Suzie est très effrayée par ce sang qui tombe à grosses gouttes sur l'herbe. Elle essaie de mesurer l'intervalle entre deux gouttes. Elle compte : un, deux. Un, deux, trois. Un, deux… D'habitude, un saignement de nez se calme très vite. On compte bientôt cinq secondes, dix secondes entre les gouttes. Puis l'hémorragie s'arrête au bout de quelques minutes.

— Papa, ça continue. Il faut que tu rentres !

Sa chemise est tachée de sang, et aussi leurs mains à tous les deux, la manche de Suzie, ses sandales. Maintenant, les deux narines saignent à la fois, ça ne sert à rien de lever un bras comme on le fait quelquefois. On peut quand même essayer, en commençant de n'importe quel côté… Elle lui prend le coude gauche de la main droite, le poignet de l'autre, pour l'aider à les tendre aussi haut que possible. Le sang éclabousse sa robe.

— Lâche-moi, dit-il, je vais me tenir à l'arbre.

De sa main libre, il s'essuie le menton. Il reprend son souffle et le sang mousse sur ses lèvres. Il se force à rire.

— Il faut que je tienne le bras levé et que je dise des mots en « ute » et en « ote ». C'était un truc de ma mère !

Il commence : « Culbute, gargote, calotte, cagnotte… » Il ne peut s'empêcher de pouffer, chassant un caillot visqueux, rouge clair. Le sang gicle partout. « Papa… » Il continue de rire.

— F'est rien du tout, ma petite fille.

Il parle avec effort, elle le comprend mal. Elle essaie d'éponger sa moustache, le mouchoir trop petit est tout de suite trempé. Tant pis, elle décollera les poils à l'eau chaude.

— Laisse, laisse couler, dit-il. Tu peux pas savoir le bien que ça me fait. Ah ! là, là ! je me sens léger !

Suzie est un peu rassurée. Elle se souvient d'une autre fois, elle avait sans doute quatre ou cinq ans, papa a saigné du nez très longtemps, des heures et des heures. Pierrot avait peur et il chialait. Maman était très calme. Papa était assis à la cuisine, un torchon mouillé sur la tête, les genoux écartés, une cuvette entre les pieds. Le sang tombait goutte à goutte dans la cuvette, très vite et presque sans arrêt. Suzie regardait, évaluait la quantité dans la cuvette : plus qu'un poulet, plus qu'un lapin. Presque autant que le cochon !

Il y avait tellement de sang que l'odeur se répandait dans la cuisine, c'était pire que de le voir. Maman regardait aussi, tranquillement, hochait la tête, lançait de temps en temps une exclamation de surprise. « En voilà une affaire ! » À un moment, elle s'est adressée à Suzie.

« Le sang, ça fait du volume, mais il n'y en pas tant qu'on croirait... »

Suzie regarde les vaches. Rien, jamais, ne dérange la Casta et la Belle, même pas les centaines de mouches qui courent sur leurs flancs et se glissent jusque sous les péyères protégeant leurs yeux. Il faudrait les conduire à l'ombre et les dételer. Elle regrette bien d'avoir renvoyé Fausto à la grange !

Papa marmonne ses mots : « Culotte, gibelotte, échalote, flûte, cuscute, turlute... » Mais le truc de la grand-mère Taradel n'a pas l'air de bien marcher. Suzie tend la main d'un geste timide.

— Tu veux que j'appuie le pouce sur ton nez ?

Papa secoue la tête. « Laisse couler. » Le chien Jim est venu lécher l'herbe aux pieds de son maître. Puis il trouve plus commode de pointer le museau en biais et d'avancer la babine pour cueillir le sang au vol.

Une flaque vermeille s'étale sur l'herbe, luisante, laquée.

Papa lâche la branche de poirier à laquelle il s'accrochait.

— Suzie, donne-moi la bouteille, j'ai soif.

Il avale le reste de piquette, en haletant. Le sang se répand sur la bouteille et sur ses doigts, goutte aux pointes de sa moustache. Il essaie de retenir un hoquet. Un jet sombre asperge sa chemise. Il secoue les mains, regarde ses vêtements, s'esclaffe. Il a l'air d'un boucher échappé de l'abattoir.

— Ça se calme pas, dit Suzie.

Elle cherche une ruse pour le convaincre de rentrer à la maison. Elle tirera un seau d'eau qu'elle lui versera sur la tête, elle lui préparera un bain de pieds brûlant, avec de la farine de moutarde. Et puis elle appellera la veuve Fauroux, elles décideront ensemble s'il faut téléphoner au docteur...

— Papa, veux-tu que j'aille chercher du secours ?

Il lève la tête et du coup s'arrose un peu plus la poitrine. Il s'essuie le nez d'un revers de main. « Hein ? » Il regarde les voisins qui s'affairent autour des charrettes, à proximité.

— Je peux marcher tout seul, quand même ! Et il y a gros à parier que ça sera fini dans un quart d'heure.

Il considère ses mains et ses vêtements.

— Je me suis jamais vu pareil à la guerre ! Tu me feras chauffer un peu d'eau pour me laver. Je me changerai et tu me mettras tremper tout ça dans la chaudière.

Il s'est habitué à parler avec le nez bouché. Ses yeux brillent et il se retient de rire trop fort pour ne pas chasser les caillots.

— Te soucie pas, ma fille. C'est juste un coup de soleil.

Il est assis, le dos au feu que Suzie vient d'allumer. Il a quitté sa chemise, son tricot de peau est tout trempé de sueur et de sang. Le sang continue de couler dans un torchon qu'il tient à deux mains, la tête penchée et le regard perdu. Les gouttes rouges tombent toujours très vite : un, deux… un, deux, trois… Un, deux… Il ferme les yeux et sourit.

La Lucie Fauroux arrive à ce moment. « Voilà, voilà ! » Elle se plante à la porte de la cuisine, les mains sur les hanches.

— Je trouvais pas ma poudre d'écorce de chêne, c'est pour ça que j'ai tardé. Un fameux remède, la poudre d'écorce de chêne, vous m'en direz des nouvelles, tous les deux !

Elle est rouge, le chignon à moitié défait, à coup sûr excitée par la situation. Qu'elle se rende utile !

— Mon pauvre Victor !

Elle le considère en hochant la tête, la bouche entrouverte.

— Vous voilà sangué de la tête aux pieds, Victor ! Mon Dieu, je voudrais pas abîmer ma meilleure robe…

C'est une robe de sortie, à rayures roses, assez voyante, boutonnée derrière, avec une ceinture, mais la ceinture manque, alors elle flotte comme une chemise.

La Lucie commence à se tortiller, les mains dans le dos.

— Si ça te fait rien, Victor, je vais la quitter, tu me verras en combinaison. Tant pis, hein ? Et toi, Suzie ?

Elle s'arrête, la robe à demi ôtée. Elle se met à renifler.

— Ça sent la goutte… Tu lui as donné à boire, Suzie ?

Suzie sursaute, reste sans voix une seconde.

— Je lui ai seulement lavé la figure.

— Bon, ça va.

La veuve n'est plus vêtue maintenant que d'une combinaison-jupon en crêpe de Chine. Elle s'accroupit devant la chaise de papa, un genou par terre, l'autre relevé, le jupon troussé sur ses cuisses. Elle a versé un peu de poudre dans sa paume, elle lui souffle dans la narine à petits coups.

— C'est souverain. Ma grand-mère tenait la recette d'une leveuse de maux.

Elle se redresse, tourne autour de la chaise.

— Suzie, tu peux nous laisser. Occupe-toi des bêtes !

Elle a déjà quelques traînées rouges sur sa combinaison. On croirait qu'elle fait exprès de se tacher. Elle va chercher une veste à la penderie et la pose sur les épaules de papa. Puis elle revient s'agenouiller devant la chaise et annonce, sur un ton de triomphe :

— Ça y est ! Il saigne plus ! Je l'avais bien dit ! Ah, la poudre d'écorce de chêne, c'est souverain. Mais attention, il faut pas la préparer n'importe comment.

Elle piaille, elle piaille.

Tout étourdie encore, Suzie sort, fait quelques pas

dans la cour. Comme le temps est sombre ! Elle regarde l'heure à la pendule, par la fenêtre. À peine trois heures… C'est l'orage qui monte et bat au fond du ciel comme un cœur malade.

Une charrette arrive au Grand-Maine, débordante de foin chargé à la hâte. Un journalier crie sur les vaches, le moussu crie sur le journalier. Une femme, juchée sur le chargement, crie que le foin glisse, qu'elle va tomber.

Suzie court à la grange en appelant Fausto. Elle n'est pas sûre de pouvoir dételer toute seule la faucheuse, elle aimerait bien qu'il vienne l'aider. Mais Fausto ne répond pas, il doit dormir.

Sur le chemin du Pré bas, elle rencontre le vieux Musette, qui lui crie en patois :

— J'ai dételé tes bêtes, petite, mais j'ai pas ramassé ton foin ! Dépêche-toi, il va tomber des pierres !

— Des pierres ?

— La grêle. Écoute !

On entend tirer des fusées paragrêles dans la vallée, vers l'ouest. Leur bruit en deux temps, mou puis sec, est bien reconnaissable. Les détonations se succèdent ici et là, très vite. Le tonnerre roule toujours derrière les îles sombres des nuages.

— Ça pète, hein ! dit le vieux.

— J'aime quand ça pète, dit Suzie.

— Tu es bien une drôle !

Et il s'en va en courant. Suzie se force à marcher au pas. Elle se fiche de l'orage. Maman est toujours sortie par tous les temps. Combien de fois, on l'a vue tordre sa chemise devant le feu !

Elle trouve la Casta et la Belle en train de ruminer tranquillement. Ces deux-là n'ont pas peur de l'orage ni de rien au monde. Elle ramasse l'aiguillon, tape sur le joug. Allez ! Les vaches, obéissantes, se mettent à sa suite. Le tonnerre semble s'éloigner. Des petits nuages tout blancs se dispersent aux quatre coins du ciel. Ça doit être les morceaux d'un nuage de grêle que les fusées ont fait éclater.

Les vaches pressent le pas derrière Suzie. La Casta lui touche le dos de son mufle, une façon de dire : « C'est le moment de se dépêcher, gamine ! » Le tonnerre claque soudain, tout près. On arrive à la maison en trottant sous le premier souffle mauvais.

Papa est debout à la porte, il respire la bouche ouverte en regardant le ciel, et deux mèches de coton lui pendant du nez. Il ne saigne plus ! Suzie délie la Casta et la Belle à la porte de l'étable. Le joug est léger, les bêtes se prêtent à l'opération sans jamais secouer la tête, puis s'en vont à leur place tranquillement.

Elle les attache à leur chaîne, tandis que les autres meuglent et piétinent. À chaque coup de tonnerre, le veau de la Bermée se jette contre son bat-flanc en criant.

La pluie, mêlée de grêle, cogne soudain sur les toits et ruisselle dans la cour. Le vent bat les volets et les feuillages. Suzie s'assure que les moutons sont tous rentrés. Elle n'a pas eu le temps de s'occuper des couvées. Il y aura bien quelque poule idiote qui fera noyer ses poussins. Ça ne manque jamais.

L'obscurité est tombée. Suzie passe de l'étable à la grange et appelle Fausto. S'il dormait, ça serait quand même un peu fort que l'orage ne l'ait pas réveillé.

Elle avance à tâtons jusqu'au coin qu'il s'est aménagé entre paille et foin. Elle l'appelle encore. Aucune réponse, aucun signe de vie. Mon Dieu, pourvu qu'il ne soit pas dehors, par ce temps à attraper la mort !

Elle arrache les toiles d'araignée qui bouchent une lucarne et regarde les grêlons, petits et serrés, rebondir dans la cour. C'est une grêle mouillée, mêlée à beaucoup d'eau. Il y aura des dégâts, à la vigne, aux arbres fruitiers, sans parler du foin détrempé, des blés versés.

Pauvre papa, si sûr du beau temps qu'il se moquait des voisins et de leur précipitation !

Elle se retourne, elle a cru entendre un bruit dans l'ombre de la grange. « Fausto ? » Elle ne peut s'empêcher de hurler.

— Réponds-moi, si tu es là ! Ne te cache pas !

Elle s'adosse au mur et frissonne de froid. L'orage a balayé la chaleur torride du début d'après-midi. La sueur se glace sur sa peau. Un poids lui écrase la poitrine, elle étouffe. « Fausto, pardonne-moi si je t'ai blessé… » Le tonnerre se tait, l'orage est comme suspendu. Où est passé Fausto ?

Elle sort de la grange, fait quelques pas au bord de la cour, giflée par le vent humide. La pluie lave le sang sur sa robe. Elle sème derrière elle des gouttelettes roses. Le feuillage des ormeaux s'écoule pesamment.

Elle va rejoindre son père à la maison. Depuis la cour, elle entend une voix de femme. Tiens, la Lucie est encore là. Pourvu qu'elle profite pas du saignement de papa pour s'installer tout le jour ou même toute la nuit ! Suzie reconnaît aussi la voix de M. Comiac.

— Taradel, tête de lard, il faut vous soigner. Vous avez encore les foins et la moisson à me faire !

Elle entre et elle voit son père assis au milieu de la pièce, en train de saigner dans un plat à toilette. Ça recommence !

Le cœur lui manque.

— Papa !

Elle s'arrête sur le seuil, mouillée, tremblante. Il lève un peu la tête pour la regarder, essaie de sourire. Le sang lui masque tout le bas du visage, on ne voit presque plus sa moustache. Les deux narines pissent en même temps dans le plat, où un caillot forme une tache sombre.

Suzie voudrait s'avancer. Le moussu la retient par l'épaule.

— Ah, petite, tu arrives bien. Il faut aller chercher ta mère !

— Ça sera rien, dit papa. J'ai déjà saigné autant. Ça va passer.

Il a parlé avec effort. On l'entend à peine. Le moussu serre l'épaule de Suzie.

— Dis-lui, miladiou. Et qu'on fasse aussi venir le docteur !

La Lucie se dandine, en robe, sa combinaison roulée sur le poing.

— La Marie, dit-elle, c'est peut-être pas trop le moment de l'appeler.

Suzie presse sa gorge. Elle sent son cœur battre sous sa main. Tant de sang. Papa s'affaiblit. À perdre tant de sang, il risque de mourir.

Elle ne reconnaît pas sa voix quand elle parle.

— Papa, qu'est-ce que tu veux que je fasse ?

Il bouge, tourne la tête, se secoue.

— Je voudrais...

Suzie retient sa respiration. Il va dire, elle en est sûre : « Je voudrais que ma femme rentre à la maison ! » Maman reprendra sa place, son rôle. Mais papa sera à sa merci. Le prix à payer pour lui sera de la suivre à Bufeloup en septembre.

Il se tait. Suzie sent bien qu'il hésite. Suzie s'approche et lui prend le poignet. Il la fixe dans les yeux. Une lueur traverse son regard. Résignation ou désespoir, elle ne sait pas.

Il soupire, renifle une grosse bulle rouge.

— Fais demander le docteur, ma Suzie.

Le docteur arrive bien plus vite que Suzie n'espérait, dans sa petite auto découverte, assez ancienne. C'est un remplaçant, ni la veuve ni le moussu ne le connaissent : un jeune homme en costume clair, avec un chapeau de toile blanche qui a presque l'air d'un casque colonial.

Il sort ses appareils, un que papa appelle les « retires », avec deux cordelettes et des embouts qu'il met dans ses oreilles pour écouter le cœur de papa. L'autre, une espèce de brassard qui se gonfle avec une poire, il l'attache au bras de papa, au-dessus du coude. « C'est pour mesurer la tension artérielle. »

Suzie tient un torchon sous le nez de papa.

Le docteur marmonne des chiffres, puis se met à poser des questions. Le moussu et la veuve répondent toujours avant Suzie. Le docteur paraît agacé. La Lucie raconte qu'elle est la voisine, une pauvre veuve de guerre.

Le médecin répète, sur un ton pensif : « Ah, une veuve de guerre… » Il observe Suzie. Elle décide d'expliquer que sa mère est chez une parente pour quelque temps. Le docteur hoche la tête. Il examine tout, les gens, les lieux, son malade, avec un regard appuyé, perçant, qui vous rentre dans le cœur.

On a l'impression qu'il réfléchit très fort, comme s'il voulait se représenter la vie entière des Taradel par le simple travail de la pensée. Suzie n'a jamais vu un tel regard.

Tout à coup, il enfonce les doigts dans le ventre de papa, qui lâche un petit cri de douleur. Le docteur grogne.

— Bon, je vais vous faire une piqûre, puis je vous conduirai à l'hôpital.

À l'hôpital ! Par chance, Suzie a envoyé Pierrot à la grange dès son retour de l'école. Il n'a pas entendu le mot terrible. Le médecin demande qu'on prépare une couverture, des linges et des sous-vêtements de rechange. Enfin il sourit à Suzie.

— Ne t'inquiète pas. C'est l'affaire d'une journée. Ton père rentrera demain soir ou après-demain matin au plus tard.

Il sort et lui fait signe de le suivre.

— Je voudrais te parler, jeune fille.

La pluie a cessé, le soleil sort de sous les nuages. Le docteur cherche un endroit pour s'asseoir. Impossible, tout est détrempé, on patauge dans une boue presque liquide, encore semée de grêlons.

— Monsieur le docteur, dit Suzie, vous allez tacher votre pantalon.

— L'avantage du blanc, c'est que ça se lave facilement. Dis-moi…

Elle comprend qu'il veut lui parler de son père. Elle se raidit un peu. mais elle sait qu'il faut tout dire au médecin. Les mots montent à ses lèvres malgré elle, en désordre. Elle ne peut plus les retenir. Elle raconte toute l'histoire de ses parents.

— Papa s'est remis à boire à l'alambic, au moment de la distillation, monsieur. Il commençait à se disputer avec maman au sujet de Bufeloup. Et, après son départ, il a augmenté la dose. Je n'osais rien dire. Je voulais tellement qu'il soit heureux… Mais tout n'est pas de la faute de maman. Je sais qu'il buvait déjà avant son mariage. Au régiment, il s'était mis à l'absinthe : un affreux poison, on l'a interdit à la guerre…

Le médecin sourit.

— Et on a bien fait !

— Quand il a épousé maman, il a juré qu'il ne buvait qu'un peu de vin aux repas et de la piquette entre les repas. Mais pendant la guerre…

Suzie rougit et se tait. Pendant la guerre, c'était très dur. Elle ne peut pas l'imaginer. Elle a entendu souvent cette phrase : « Tu ne peux pas imaginer. » Papa a cédé à son penchant, il a goûté de nouveau à la gnôle. Après la guerre, maman l'a forcé d'arrêter.

Mais le docteur a-t-il besoin de savoir tout cela ? N'en a-t-elle pas déjà trop dit ?

— Tes parents se sont disputés ?

Le docteur veut savoir. Elle lui raconte l'affaire de

Bufeloup, le projet de maman, le refus de papa. Il l'écoute avec beaucoup d'attention, en se frottant doucement les mains. Elle aussi a commis une grosse bêtise. Elle avoue son idée d'aller chez le notaire pour emprunter. Papa, les dettes, ça le rend malade.

— Tout est ma faute ! dit-elle.

— Ton papa saigne souvent ?

— Du nez ?

— Du nez ou autrement.

— Il s'est coupé en aiguisant la lame de la faucheuse. Et puis, l'autre jour, il s'est piqué à un chardon.

— À un chardon ? Et ça saignait beaucoup ?

— Oui.

Le médecin plisse les yeux, toujours avec cet air qu'il a de réfléchir gravement. Suzie a presque peur.

— Saigner, dit-il enfin, à voix basse, c'est une façon d'exprimer sa souffrance. Tu sais qu'on dit quelquefois « le cœur me saigne » pour signifier qu'on a un grand regret. Le cœur de ton père lui saigne, mais il ne veut pas en convenir. Alors, le sang coule de son corps. C'est un mal difficile à traiter. Et crois-tu que ta mère va revenir bientôt ?

Suzie regarde le docteur, puis baisse les yeux.

— Je ne sais pas. Elle ne veut pas céder. Papa non plus. Ils ont…

Elle cherche les mots. Le docteur termine la phrase.

— Ils ont un fort caractère, tous les deux. Ne t'inquiète pas pour l'hôpital. C'est l'affaire d'une journée. Ton père rentrera demain soir ou après-demain matin au plus tard. Après son retour, essaie de parler souvent avec lui, pour savoir ce qu'il pense vraiment.

Il tend la main à Suzie.

— Au revoir, jeune fille.

Suzie n'a pas besoin de parler beaucoup avec papa pour savoir ce qu'il pense. Il ne doute pas d'avoir raison. Il est sûr qu'il gagnera et que maman rentrera un de ces jours. Demain, au 14 Juillet, au 15 Août ou à la Saint-Michel…

Ou n'importe quand !

Elle l'envie presque.

L'orage est passé, la nuit est venue. Un bout de lune brille au milieu des nuages. Les bois de la fenêtre impriment une double croix sur le ciel. Allongée sur son lit, Suzie n'essaie même pas de dormir. Fausto est parti, papa est à l'hôpital.

On n'ira jamais en Afrique !

Elle en a assez de se retourner dans son lit et de fixer la fenêtre. Quelqu'un rôde près de la maison. Les chiens ont aboyé un moment plus tôt. Elle se lève, enfile un tricot par-dessus sa chemise de nuit et sort. Les nuages, qui défilent en rangs serrés devant la lune, balaient la terre de grandes ombres mouvantes. Par instants, la nuit s'éclaire, sur les toits mouillés, les feuillages ruisselants. Un grondement doux monte encore de l'ouest où de pâles lueurs bleues courent sur l'horizon.

Suzie allume la lanterne tempête, glisse ses pieds nus dans ses sabots. Pourvu que Pierrot ne se réveille pas pour venir traîner dans ses jupes. Jim arrive en geignant, la queue entre les jambes. Elle lui donne une petite tape sur la tête.

— Viens, on va à la grange, voir si Fausto est revenu.

Elle l'appelle à mi-voix. Une vache se lève et tire sur sa chaîne. Le coin de Fausto est désert. Avant de partir, le jeune homme a effacé en hâte les traces de son séjour. Son odeur flotte encore au fond de la grange.

— Tu vas pas *chigner*, hein, c'est ta faute s'il est parti !

Elle écoute un moment le chant des grenouilles, aigre et rageur, autour de la mare. Le ciel s'éclaircit. Des dizaines d'étoiles s'impriment dans le vide pâle. Suzie s'émeut de ne pas savoir leur nom. Elle ne connaît que

Vénus, l'Étoile du berger. Les étoiles d'Afrique sont-elles les mêmes ? Elle se rappelle une lecture. Ce sont d'autres étoiles, comme la Croix du Sud. « Tu ne les verras jamais, tu peux en faire ton deuil ! »

Elle imagine son père allongé sur son lit d'hôpital, dans une grande salle, avec beaucoup d'autres malades. Il pense à elle, c'est sûr. Elle imagine Fausto en train de fuir dans les bois, le long des haies, peinant sous son misérable barda. Elle lui demande pardon dans son cœur, mais ça ne sert à rien. S'il meurt de faim, de froid, de maladie, ce sera sa faute à elle.

Elle est une fille orgueilleuse et stupide.

Jim file comme un trait. Elle le rappelle à mi-voix, en vain. Juchées sur les ormeaux de la cour, les pintades crient avec fureur. Suzie retient son souffle. Il y a quelqu'un… quelqu'un que les chiens connaissent. Peut-être le proprio qui manigance un coup… Ou Fausto !

Suzie court au hasard. Elle espère de toutes ses forces que Fausto est de retour. Elle se mettra à genoux devant lui. « Tu as cru pour de bon que je pouvais te dénoncer aux gendarmes, Fausto ? Oh, Fausto ! » Les pintades font un bruit de mitraille. Jim lance un aboi presque joyeux.

Suzie croit apercevoir une silhouette qui s'enfuit du côté des prés. C'est lui. C'est Fausto ! Elle ne peut s'empêcher de crier. Pourvu qu'elle ne réveille pas la moitié du village.

Elle se lance à sa poursuite. Un gros nuage passe devant la lune, l'obscurité tombe sur la terre. Suzie se cogne à un piquet, trébuche contre une clôture, accroche l'ourlet de sa chemise à un fil de fer. Elle voit quelque chose bouger au coin d'une haie. Jim aboie de ce côté, toujours sur le même ton familier et joueur. Suzie perd un sabot et lâche l'autre.

Elle court.

— Fausto, reviens, je t'en prie ! Pardon, Fausto, reviens !

Les nuages continuent de défiler devant la lune. Ombre et clarté se succèdent. Suzie s'appuie contre un prunier, la tête lui tourne. Le ciel s'éclaire un peu. Elle aperçoit une silhouette de femme, noire, furtive. Une bohémienne… Jim a poursuivi la maraudeuse jusqu'à la grand- route ou jusqu'aux bois. Elle s'enfuit.

Suzie serre sur ses cuisses sa chemise de nuit déchirée. Elle boite à cause d'une épine à un orteil. Elle ne sait plus où elle est. Un pas de trop, elle se cogne le front à un coin de mur. Elle prend sa tête à deux mains.

— Mon Dieu, j'ai trop mal !

Elle ferme les yeux. Elle reste là, un moment, appuyée au mur. La douleur de son front blessé bat sous son crâne. Des frissons lui courent dans tout le corps. Elle se laisse glisser et s'accroupit au pied du mur.

Elle s'engourdit un peu. Un bruit la réveille. Elle ouvre les yeux. Une silhouette se dresse au-dessus d'elle, se penche, longue, noire.

— Maman, c'est toi !

32

Comme une mule déferrée

Elles se sont réfugiées à la grange, serrées dans le tas de foin, et maman raconte à l'oreille de Suzie.

— M. Comiac a fait téléphoner pour qu'on me prévienne qu'ils avaient emmené ton père à l'hôpital. Je suis partie tout de suite. Jamais je n'avais eu si honte de pas savoir aller à bicyclette ni atteler le cheval. J'ai eu le tort de prendre mes souliers, qui me blessent. J'ai marché pieds nus. Après deux ou trois kilomètres, je boitais comme une mule déferrée. Je suis arrivée ici à la nuit tombée. J'ai très mal au pied.

« Pierrot et toi étiez déjà couchés. J'ai tourné autour de la maison. Les chiens m'ont reconnue, mais les pintades ont crié. Je n'ai pas osé vous réveiller. Je suis entrée à la grange pour voir si Fausto y était. Il n'y avait personne. J'ai décidé de me coucher en attendant le jour, sans dormir pour de bon. Je t'ai entendue sortir et traverser la cour. Puis tu es venue vers la grange. J'ai eu juste le temps de me sauver : je ne voulais pas que tu me surprennes. Je voulais faire semblant d'arriver le matin, après m'être lavée un peu et nettoyée de la poussière et du foin. Je me suis cachée derrière une haie…

Suzie sent une brusque chaleur lui monter aux joues. Maman l'a forcément entendue appeler Fausto.

— Fausto est parti fâché, dans la journée, dit-elle, je ne sais pas quand. Je m'inquiète pour lui, malade comme il est. Je me suis levée pour voir s'il était rentré.

— Pauvre Fausto, dit maman sur un ton pensif. J'espère qu'il reviendra. Je l'aime bien, ce garçon. Toi aussi, ma Suzie ?

Suzie se tait. Maman lui presse les doigts. « Dis-moi ? » Elle répond oui d'une toute petite voix, et son cœur bat la chamade.

Maman continue.

— Je ne savais que faire. Tu étais seule, malheureuse, mais je n'osais pas me montrer comme j'étais. J'avais envie de te rejoindre. Oh, comme j'avais envie de te rejoindre ! Mais j'avais peur que tu sois en colère contre moi. Jim m'a rattrapée en aboyant joyeusement. Tu as dû me voir à ce moment ? Tu ne m'as peut-être pas reconnue.

Marie s'interrompt, hors d'haleine. Elle mâchonne un brin de paille. À la clarté vague qui tombe par les interstices du toit, Suzie la voit détourner la tête et prendre son front dans sa main.

Sa voix devient un murmure précipité et tremblant.

— J'ai couru comme une folle, en m'accrochant aux ronces et aux buissons, j'ai traversé un pré pas encore fauché. Je me suis trempée jusqu'à la taille. Touche mon tablier. Je pensais : « Tu vas attraper la mort, tant mieux, tant mieux ! » J'ai couru, couru, je n'en pouvais plus, je me suis laissée tomber sur un tas de foin mouillé. Je suis restée là un moment, roulée en boule. J'avais envie de prendre un gros froid et d'être très malade, moi aussi, pour que ma fille m'aime.

— Maman, je t'aime.

— Alors, j'ai eu honte. Je suis revenue. Et me voilà.

Elle serre la tête de Suzie contre son épaule, creuse dans le fenil leur nid commun.

— Maintenant, il faut que tu m'écoutes, Suzie. Un malheur est arrivé. Tu connais le proverbe qui dit à quelque chose malheur est bon ? Tu comprends que ton père ne pourra jamais trouver une métairie avec sa maladie. Il ne m'écoute plus, par orgueil et par insouciance. Toi, maintenant, tu peux le persuader de venir à Bufeloup, où nous serons heureux tous ensemble. Il t'écoutera, si tu lui parles de tout ton cœur, mais pas de la vieillesse. Dis-lui seulement que c'est pour toi et pour moi. Je t'en supplie, ma chérie. Je vais te raconter ce qui s'est passé avant notre mariage. Tu verras que rien n'empêche ton père de prendre la propriété de Bufeloup. Rien !

D'instinct, Suzie se tord dans les bras de maman. Elle a envie de s'échapper très loin, pour ne pas entendre l'histoire secrète qu'elle a essayé si souvent d'imaginer. Mais à présent, Papa est à l'hôpital, elle doit regarder la vérité en face. D'ailleurs, elle sait tout, ou presque tout. Elle a mis bout à bout les fils trouvés, les fils donnés, les fils volés. Elle possède maintenant la trame entière, à quelques franges près. Elle lutte contre l'émotion qui fait battre son sang à ses tempes. Le moment est venu.

Elle s'étouffe sous le foin. Elle soulève la tête pour aspirer une goulée d'air.

— Maman, je sais que tu as a connu M. Guy Rivière, le notaire, avant de te marier. Il était plus jeune que toi…

— Oui.

— Et il était au séminaire, pour devenir prêtre.

Suzie a failli dire curé. Le mot « prêtre » lui écorche la bouche. C'est pareil, elle s'en fiche.

— Il est tombé amoureux de toi. Après, il n'a plus voulu…

Maman lui souffle au visage son haleine brûlante.

— Il n'a plus voulu être prêtre. Tu as deviné, Suzie. Guy Rivière n'avait pas une très bonne santé. Il venait quelquefois se reposer à Tonigrand, la maison de campagne de ses parents, où je travaillais de temps en temps. Nous nous sommes rencontrés. Je suis sûre qu'il a fait semblant d'être malade pour venir plus souvent. Il n'a jamais eu la vocation, mais sa famille le poussait depuis son plus jeune âge vers l'état ecclésiastique... c'est comme ça qu'on dit. Les Rivière avaient un fils aîné, François, qui devait succéder au père comme notaire, et deux filles à doter. Chez les riches, autrefois, le fils cadet qui n'avait pas de situation se faisait prêtre ou officier dans l'armée. On jugeait Guy trop fluet et délicat de santé pour devenir militaire. Tu sais, il a prouvé pendant la guerre qu'il pouvait être un bon soldat et même un officier. Enfin, on l'a envoyé au séminaire. Mais il avait un régime spécial, avec des sorties pour cause de santé.

« Le directeur du séminaire n'était pas bête. Il savait que Guy se portait moins mal qu'il avait l'air. Il le laissait sortir pour le mettre à l'épreuve. Tu comprends ? Pour voir s'il avait vraiment la vocation... C'était un homme sage et un peu malin, à sa façon. Il n'a pas été trop surpris par ce qui est arrivé.

« Nous nous sommes aimés. Nous étions jeunes, lui plus que moi. Je jure que je l'aimais pour de bon. Je pensais qu'il m'aimait aussi, sans quoi je n'aurais pu me donner à lui.

« Oui, je suis sûre qu'il m'aimait. Je me souviens d'une fois. J'avais mal à la tête, aucun remède ne me calmait. Ça m'arrivait souvent. Guy est resté près de moi tout un après-midi, à me bassiner le front. Il avait une serviette qu'il trempait dans un bol d'eau vinaigrée, il me la faisait respirer d'abord, puis la posait sur ma tête. Il répétait ces gestes, tout en me parlant avec gentillesse. Ma douleur a fini par s'engourdir. Guy a posé la serviette, puis il a tenu les mains sur mon front une heure ou plus, sans jamais perdre patience. Oui, peut-être deux heures, je ne sais pas. Le temps s'était arrêté pour moi.

« Une autre fois, on se promenait dans un pré, au bord de l'eau. On se cachait un peu, pas trop. On savait que ma tante Andréa veillait sur nous. À un moment, il y avait un passage découvert, on s'est baissés et on a couru, en riant. Je ne regardais pas où je posais les pieds. Je me suis cogné la jambe contre une souche et je suis tombée. J'avais si mal que j'ai presque tourné de l'œil. Guy a quitté son écharpe et l'a nouée autour de ma jambe. Puis il est allé tremper son mouchoir au ruisseau, il est revenu s'agenouiller près de moi. Il me tenait une main et, en même temps, il baignait ma plaie avec son mouchoir. Et après, il était tellement ankylosé qu'il n'a pas pu se relever. C'est moi qui l'ai aidé. Et il pleurait... Peut-être la fatigue d'être resté dans cette position pénible au moins vingt minutes. Ou une pensée qu'il avait en tête. Il m'a serrée dans ses bras et nous avons ri de nos petits malheurs, en nous disant : Espérons qu'on n'en aura jamais de plus grands !

« Mais nous avions été imprudents, on nous avait vus, tout s'est raconté. Je ne pouvais pas épouser un fils de notaire, même en attendant qu'il ait ses vingt et un ans. Ses parents l'ont envoyé se soigner dans une maison de repos. Alors, on m'a chargée d'une double faute. J'avais séduit un garçon plus jeune que moi, encore presque un enfant. Et j'avais détourné de son chemin un futur prêtre, c'était terrible !

Suzie essaie de bâillonner sa mère avec la paume de sa main.

— Je sais. S'il te plaît, tais-toi.

Maman lui tire le poignet pour libérer sa bouche.

— Ma chérie, c'est trop important. Il faut que tu

m'écoutes jusqu'au bout. Je crois que ces péchés-là ne pèsent pas très lourd sur la balance du bon Dieu. Mais les gens de la campagne ne les pardonnent pas. Je suis devenue quelqu'un qu'on ne pouvait plus fréquenter, encore moins épouser. Alors, la comtesse m'a présenté Victor. Il a été très bon avec moi. Il m'a plu.

« Tu m'entends ? Je ne l'aurais jamais épousé s'il ne m'avait pas plu. Tu diras peut-être que je ne le méritais pas ? Mais lui aussi m'a trouvée à son goût. On s'est plus, quoi. On s'est mariés et on a été heureux.

La tête de Suzie bourdonne de fièvre et de sommeil. Elle songe pourtant que sa mère ne lui a pas tout dit. Elle a fait une petite allusion à la tante Dieu-merci. *On savait que la tante veillait sur nous.*

Elle demande d'une voix pâteuse :

— La tante était aussi à Tonigrand ?

— Oui, oui, tu sais bien. La famille Rivière recevait beaucoup. Mme Rivière essayait de rivaliser avec les nobles, les châtelains. Elle avait des domestiques. La tante Andréa était cuisinière. Elle dirigeait plus ou moins la maison, parce que la dame ne venait que deux ou trois jours par semaine. Elle tenait les comptes, elle commandait les autres domestiques et même un peu les métayers. Elle était fière de sa place, elle avait une dévotion pour M. et Mme Rivière.

« Je n'avais pas assez de travail chez mes parents pour m'occuper tout le temps. Alors, elle me faisait venir à Tonigrand pour de petits travaux d'aiguille, de ménage ou de jardin. Je l'aidais aussi à la cuisine, les jours de réception. Mais je ne servais jamais à table, elle ne voulait pas.

« Et voilà. Il n'y avait rien de mal.

Suzie répète : « Il n'y avait rien de mal... » Elle est épuisée de corps et de nerfs. Maman la berce doucement, elle s'endort et tombe aussitôt dans un rêve tourmenté.

Elle est à Tonigrand, dans le verger, elle cueille des

pommes. Elle est Marie, elle est Suzie en même temps. Guy Rivière est près d'elle. Mais il est Fausto en même temps. Ils sont tous les deux occupés à cueillir de belles pommes rouges, les plus belles pommes rouges qu'elle ait jamais vues. À un moment, Fausto la regarde. Il fait tourner dans sa main une pomme luisante, encore plus jolie que les autres.

Il dit : « Tu sais à quoi je pense ? » Elle sent une joie folle l'envahir, en même temps que la honte. Elle doit être aussi rouge que la pomme. La joie chasse la honte. Elle est enfin une grande personne ! Elle répond bravement : « Je pense la même chose que toi ! » Plus tard, Fausto lui montre une vipère qui prend le soleil dans l'herbe, presque à ses pieds. C'est l'automne, il fait frais, il y a de la rosée, on se demande ce que le serpent fiche là. Suzie a l'impression qu'il les guette. Elle regarde Fausto en serrant une pomme. Elle a même planté ses ongles dedans. Elle a un méchant pincement au ventre. Puis une sorte de douceur coule dans son sang. Elle crie : « Je m'en fiche, je m'en bats l'œil ! » Elle tape du pied pour chasser la vipère. Elle mord dans la pomme et la tend à Fausto.

— Ma chérie, ma Suzie.

C'est maman. Suzie a dû crier pour de bon. Sa mère s'inquiète, la serre, la cajole dans le nid de foin. Elle se rendort à moitié. Elle retient le nom de Fausto au bord de ses lèvres.

Dans son demi-sommeil, elle entend maman lui parler tout bas.

— Ma Suzie, tu dois persuader ton père. Il n'aura pas besoin d'emprunter ! Marraine acceptera un petit versement pour commencer et je m'occuperai de tout.

— Papa ne voudra pas que marraine lui fasse un cadeau.

— C'est sa fierté qui le pousse… son mauvais

ange… son démon ! Mais il t'écoutera. Persuade-le… persuade-le !

Suzie essaie de secouer la tête, mais elle ne peut pas bouger le cou ni les épaules. Elle fait « non, non, non… » Les mots ne sortent pas de sa bouche. Elle s'enfonce dans le sommeil. Le froid la réveille. La place de maman est vide, le foin encore tiède. Elle est seule. Elle se lève.

Elle rentre, la tête lourde, les jambes griffées, l'estomac au bord des lèvres. Pierrot dort comme un loir, par chance.

Elle se jette dans son lit. Elle a envie de prier, elle serre les dents. Non. Elle se fiche du bon Dieu. Elle se fiche de tout. Elle ne dira rien à papa, à son retour. Elle ne fera rien pour le persuader d'aller à Bufeloup, il est trop tard. Elle lui cachera même la visite de maman, pour ne pas le tourmenter davantage.

Elle s'endort enfin.

Elle se réveille au jour. Il lui faut un moment pour rassembler ses idées. Papa… Pourvu que les médecins de l'hôpital aient pu arrêter le sang. Quand aura-t-elle de ses nouvelles ? Et maman ? Et Fausto ? Elle s'habille en hâte, court à la grange.

Fausto est revenu cette nuit, elle en est sûre. Mais il s'est caché, à cause de maman. Elle va le trouver en train de dormir.

C'est un doux matin d'après la pluie. Le ciel est encore couvert, mais on sent que le soleil va percer les nuages. La terre exhale une odeur de sève et d'herbe. Une vapeur âcre monte du tas de fumier. Suzie pousse la porte de la grange, entre et respire une bouffée d'air chaud, chargée de poussière de foin.

Elle s'arrête devant les crèches. La Casta avance la tête, se lèche les naseaux, la regarde de ses bons gros yeux. Suzie lui donne une tape sur le museau et marche doucement vers le réduit de Fausto. Elle attend quelques secondes, pour faire durer l'espoir. « Allez, ma vieille ! » Un pas de plus, deux. Son cœur pile et pince.

La grange est vide. Fausto n'est pas revenu.

Maman non plus.

33

Révélations

Suzie a distribué aux volailles leur pitance du soir, un mélange de petit blé, de son et de bacade cuite. Le soleil est encore haut : elle essaie d'habituer les poules à rentrer tôt, pour échapper au renard, qui rôde souvent à la chute du jour.

Le coq coucou donne l'alerte de temps en temps, et Suzie a renoncé à le tuer. De toute façon, le coq au vin est une recette trop difficile… Elle pose son panier par terre, s'essuie les mains à son devantier, commence à compter les poules.

On n'a toujours pas de métairie pour septembre. Suzie se demande même si son père cherche pour de bon ou s'il fait juste semblant de courir ici et là. Tout le canton sait maintenant que sa femme l'a quitté, qu'il saigne du nez à cause de son foie malade. Ses chances de dégoter une propriété sont tellement mauvaises que Suzie ne lui en voudrait pas d'abandonner. Mais qu'il le dise, au lieu de jouer à celui qui veille au grain !

Elle observe les volailles, sans bouger, la tête ailleurs. Les canards s'en vont, à la queue leu leu, se laver le bec à la mare. Quelques poules s'acharnent à picorer des miettes sur le sol. Certaines se rapprochent du poulailler, hésitent, entrent. D'autres, les plus vaillantes, font mine de repartir aux champs. Une couvée traîne au bord du pré. Le coq rouge fait la roue sur le fumier, à moins de dix pas de la haie où le renard vient parfois guetter.

— Suzie ?

C'est papa qui s'avance et se caresse les joues en souriant. Il plisse les paupières, ébloui par le soleil couchant. Elle a remarqué qu'il supportait difficilement la lumière, elle se demande s'il a attrapé mal aux yeux. Elle essaie de se rappeler. Non, il a la vue un peu fragile, et depuis longtemps, mais avant elle n'y faisait pas attention. Maintenant, elle se sent obligée de veiller sur lui.

Il vient de se raser, on voit mieux le saillant de ses pommettes et le creux de ses orbites. Il penche la tête d'un côté, de l'autre.

— Est-ce que j'ai des coupures ?

Elle lui caresse la joue.

— Pas une.

Il s'exclame avec une fierté enfantine.

— Hein, pas une !

Il voudrait convaincre Suzie qu'il a de nouveau la main sûre. Il se rase plus souvent que d'habitude, deux ou trois fois par semaine. Il annonce sur un ton enjoué : « Demain, je prends ma matinée pour chercher une métairie. » Mais, au dernier moment, toujours, quelque chose l'en empêche. Ça ne va pas manquer.

Il se frotte le menton, sourit.

— Je crois que je prendrai la matinée de demain pour chercher une *propriété*.

Suzie approuve d'une mimique réjouie.

— Bonne idée, papa.

Puis le mot revient dans sa tête comme un écho. « Papa, tu as a bien dit propriété au lieu de métairie ? » Elle tait la réflexion. Il s'est trompé, mais pas par hasard. Il pensait vraiment à une propriété.

Il pensait à Bufeloup. C'est un signe. Il pense tout le temps à Bufeloup depuis quelques jours

Il est prêt à céder, tant pis, tant mieux. C'est un gros soulagement, mais Suzie ne peut empêcher le chagrin de lui pincer la gorge.

Il s'en va, la démarche alourdie, les épaules basses. Un moment il est sur les nerfs, cinq minutes après, on dirait qu'il traîne un cheval mort. Et, bien sûr, il tète la bouteille en cachette de temps en temps. Pauvre papa.

Mais son épreuve va peut-être finir bientôt. Tant mieux.

Tant mieux.

Un ronflement de moteur sème la panique dans la volaille. Une grosse auto arrive sur la route. Quelques poules se jettent à l'abri, beaucoup s'enfuient en voletant vers les prés et les champs. Suzie se retourne, furieuse. L'automobile freine à vingt pas de la basse-cour. Encore un monsieur de la ville qui s'est perdu et qui cherche son chemin. Genre Ellingsworth, Favre-Oréal, Reginald Feenix, les héros de ce roman qu'elle lisait il y a un siècle !

Superbe auto quand même, longue, grise, aux trois quarts décapotée, un air de puissance, renforcé encore par les nombreux rayons des roues. Les garde-boue avant sont très allongés, un coffre plat recouvre le marchepied. Une espèce d'oiseau couronne le bouchon du radiateur.

Le cœur de Suzie bat la chamade. Le passager de l'auto est une passagère, assise à l'arrière, coiffée d'un grand chapeau blanc. Son chauffeur est habillé en garde-chasse. Sans doute une châtelaine des environs. Elle est vêtue d'une longue robe blanche à plis, ses cheveux, un peu frisés, sont blancs aussi. Le chauffeur descend, la dame n'attend pas qu'il lui ouvre la portière, elle saute par terre avec son ombrelle. Elle est grande, très droite, elle doit avoir entre soixante et soixante-dix ans.

Suzie ôte son tablier de devant, taché de suie et de bacade, elle le roule en boule et le jette dans son panier. La dame lui tend sa main gantée d'une espèce de mitaine ajourée qui laisse nus ses longs doigts osseux.

— Tu es Suzie Taradel ?

Suzie incline la tête. « Oui, madame. Bonjour, madame… » Elle a la bouche sèche et la gorge serrée. La dame referme son ombrelle, sourit, s'exclame.

— Comme tu ressembles à ta maman ! Tu me reconnais ? Je suis la comtesse de Bernac. J'ai employé ton père autrefois et j'ai fait rencontrer tes parents. Ils ont été métayers chez moi quand tu étais toute petite.

Elle pointe son ombrelle sur le chien Jim, qui lui montre les crocs, puis se retourne vers Suzie, le regard pensif, à l'abri d'un éventail demi-ouvert.

— Et quel âge as-tu maintenant ?

— Quatorze ans, madame.

— Ah oui, oui, tu es née en 1915.

La dame hoche la tête, l'air de chercher dans ses souvenirs. Puis elle adresse un signe à son chauffeur-garde-chasse.

— Albert, s'il vous plaît, vous seriez gentil de visiter cet endroit. Vous me raconterez tout au retour.

Le bonhomme salue, deux doigts au bord de la casquette, et s'éloigne le nez en l'air et les mains dans les poches. La comtesse prend le bras de Suzie.

— J'aimais bien tes parents, tous les deux. J'ai pensé qu'ils pouvaient être heureux ensemble et avoir de beaux enfants… pas bêtes du tout. Alors, je les ai aidés à se rencontrer.

Elle se tait, pose les deux mains sur les épaules de Suzie. Il y a une grande bonté dans ses yeux. Suzie respire longuement.

— Merci, madame.

La comtesse rit. Suzie songe aux veillées à la grange, qu'elle a espionnées des années durant. Papa et maman ont été heureux.

Voilà justement papa. Il sort de l'étable, la fourche à la main, s'arrête, relève sa casquette et fixe la comtesse bouche bée. Il pose sa fourche contre le mur. « Acré ! Ou je m'appelle plus Tar… » La comtesse s'avance à sa rencontre.

— Tu t'appelles toujours Taradel et c'est bien moi !

Il s'essuie machinalement les mains à son pantalon. La comtesse le menace de son éventail.

— Lave-toi les pattes au savon. Ta fille n'a peut-être pas envie de frotter la bouse sur le coutil !

— On aurait dit que je vous attendais, madame la Comtesse. Il n'y a pas une heure que je me suis rasé.

Quelques minutes plus tard, ils sont assis tous les trois à la cuisine. Suzie voit bien que la comtesse se retient d'inspecter les lieux.

— Je prendrais une goutte de blanc, mon petit Victor, dit-elle. Ne te démanche pas le cou pour chercher un verre propre. Je vais m'en rincer un.

Suzie sent la honte lui chauffer les joues. Elle bondit.

— On a des verres propres, madame !

— Laisse, ma fille. C'est une blague entre nous.

— Blague à part, dit Victor.

Pierrot arrive avec les vaches et le chien… La comtesse sort sur le pas de la porte pour l'appeler.

— Quand tu auras attaché tes bêtes, tu viendras nous voir.

— Il ne peut pas encore les attacher tout seul, dit Suzie.

Papa approuve d'un signe.

— Il n'a pas les bras assez longs. Il est petit pour son âge.

La comtesse revient s'asseoir en évitant la chaise que Suzie avance pour elle.

— J'aime mieux le banc.

Victor n'ose pas prendre une chaise ni s'installer sur le banc à côté de la dame.

Elle rigole, tapote la planche au bord de sa jupe étalée.

— Viens donc là et écoute-moi un peu. Tu connais le proverbe : pierre qui roule n'amasse pas mousse. Il y a longtemps que tu roules, mon gars.

« J'ai appris que la Marie voulait arrenter sa tante Andréa Chadirat, puis qu'elle s'était installée à Bufeloup. J'ai songé : tout est bien qui finit bien. Mais on m'a raconté que tu n'avais pas l'intention d'aller à Bufeloup ni de devenir propriétaire. Ts, ts, laisse-moi parler. Je me suis dit : « Voilà bien mon Victor ! » Je ne veux pas connaître tes raisons. Mais enfin, tu n'aimes pas l'Andréa, hein ?

— Elle m'inspire pas confiance. Elle s'est peut-être repentie, mais je suis sûr qu'elle a été mauvaise. Je le sens.

— Toujours soupçonneux et rancunier, Victor ?

— Non, non, madame la Comtesse, je n'ai pas ce caractère. Au reste, j'ai une autre raison… contre l'affaire. Je n'ai pas envie de me mettre dans les dettes pour une terre. Je ne me vois pas en propriétaire… je passerais mon temps à m'arracher les cheveux, de peur des calamités !

Il a parlé sur un ton las, il a eu plusieurs hésitations. Il secoue la tête et serre les poings. Suzie le sent prêt à tout lâcher, si la comtesse insistait un peu. Mais la dame a une autre idée.

— Bon, très bien. Le bruit a couru que tu cherchais une métairie avec ta grande fille, en attendant que ta femme rentre à la maison.

« Je me suis renseignée pour le cas où je mettrais la

main sur quelque chose qui vous convienne. J'ai beaucoup songé à vous tous. Ce n'est pas ta faute — enfin, pas toujours — si tu es fichu à la porte tous les ans. Depuis la guerre, beaucoup de propriétaires sont comme ça, jamais contents. Ils cherchent toujours l'oiseau rare, qui saura tirer de leurs terres trois fois plus qu'elles n'ont.

« Ts, ts, écoute donc. J'ai appris, il y a quelques semaines, que tu recommençais à te ruiner la santé. Nous savons toi et moi ce que parler veut dire. Bon, je me suis rassurée : « C'est une petite rechute, une mauvaise passe. » Et puis qu'est-ce que j'entends ? Que tu avais failli te saigner tout vif, qu'on avait dû te conduire à l'hôpital… Et que même là-bas, le chirurgien avait eu la plus grande peine à arrêter l'hémorragie !

« Ts, ts, laisse-moi continuer. J'ai songé : "Mon pauvre Victor est mal parti, à saigner comme un bœuf pour un petit coup de soleil. Qui va le prendre pour métayer, maintenant ? Il faut que je voie ça !" Par chance, quelqu'un de toute confiance est venu me parler d'une métairie libre, pas très loin. Je crois qu'elle pourrait vous convenir, avec notre Suzie.

« Vous irez la voir, vous déciderez. Cette terre n'est pas libre sans raisons. À mon avis, ce sont de mauvaises raisons. Tu verras. Tu n'as plus le droit de faire la fine bouche. J'espère que ta femme rentrera quand tu seras fixé. C'est une propriété à remettre en état. Je suis prête à vous recommander au baron Vaudré de Bars, qui est mon parent éloigné.

« Les deux premières années, tu auras beaucoup de travail et peu de revenus. Tu t'y mettras et tu serreras les dents. Pour réussir, il te faudra une belle santé. Alors, plus de goutte et pas trop de vin. Je te préviens : les vignes du baron sont envahies par les broussailles. Je ne crois pas que tu en tires plus d'une barrique ou deux, pour commencer. Mais le bail sera honnête, j'en réponds. La première année, tu ne devras rien. La métairie a mauvaise réputation chez les voisins, dans toute la commune et même plus loin. Si tu es toujours Victor Taradel, tu n'écouteras pas les bêtises qu'on va te raconter pour te décourager. Ce ne sont que des sornettes d'imbéciles et de jaloux !

La comtesse se tait et se tourne vers la porte, où Pierrot vient se montrer, assez faraud. Elle lui fait signe d'approcher. Il ôte son béret, la regarde gravement.

— J'ai attaché les vaches, madame !

— Tu vois bien. Quand on veut, on peut. Tiens-toi droit. Plus droit que ça. Tu as dix ans ?

— Onze ans, madame.

— Ts, ts, onze ans. Lève les bras. Plus haut ! Tu as la bonne taille pour ton âge et les bras assez longs. À partir de maintenant, tu attacheras tes vaches. Que disais-tu, Victor ?

— Je ne disais rien. Je vous écoutais, madame la Comtesse.

— Oui, oui, tu as bon fond.

Papa sourit.

— Maintenant, je peux parler ? Merci. Vous avez raison, pour le plus gros. Je n'en veux pas à ma femme. Hein, quand je l'ai prise, bon, je ne savais pas tout, mais je n'ai pas voulu savoir, tant pis pour moi. Et puis il y a nos enfants, une chic drôlette et un bon gouillassou… Pas vrai, ma Suzie !

Il tend le bras vers Suzie, qui se tient debout, du côté de l'évier : la place de la ménagère. Il se penche, saisit Pierrot par la culotte et le tire vers lui. Hein, mon Pierrot ! Il lève la tête et regarde la comtesse, en train de siroter son blanc.

— Oui, vous arrivez au bon moment, parce qu'on n'a seulement pas d'endroit où aller. Ça s'est dit que j'avais saigné une demi-journée pour un coup de soleil, et tout le monde sait que ma femme est partie. Moi, je compte qu'elle va rentrer, mais les patrons ne peuvent pas le savoir. Et on n'a pour ainsi dire pas de toit à se mettre sur la tête pour la Saint-Michel.

— À part Bufeloup. Mais tu ne veux pas y aller ?

Papa baisse la tête, tord la bouche, frotte la table avec sa paume.

— Il y a quand même une chose qui n'est pas juste, madame la Comtesse. Peut-être bien que j'ai bu de temps en temps un coup de trop, depuis que la Marie est partie. Mais c'est pas ça qui m'a abîmé le foie : c'est la guerre, toutes les saloperies qu'on a mangées et bues pendant la guerre. Presque un mois avec rien que des sardines, à Verdun. Et une autre fois, huit jours au suif, sans parler des produits chimiques qu'ils mettaient dans le pinard pour nous pousser ! Et les nuits à coucher dans la boue ! Je pourrais continuer longtemps. Mais vous le savez aussi bien que moi.

La comtesse lève la main pour l'arrêter.

— Oui, je le sais aussi bien que toi. Tu oublies que le pauvre comte a laissé un poumon à Verdun et une patte en Belgique. Il a traîné cinq ans après la fin de la guerre et il en est mort. Raison de plus pour ménager le peu de santé qui te reste. J'espère aussi que ta Marie va rentrer bientôt, mais ça m'agace un peu de te voir aussi sûr de toi. Elle a toujours voulu être propriétaire, la Marie. Elle ne lâchera pas facilement son idée.

Papa se claque mollement la cuisse.

— Ni moi la mienne. Vous voulez que j'aille la chercher par la force ?

De forces, il n'en a plus guère, et le cœur n'y est pas. La comtesse hausse les épaules.

— Mon pauvre Victor, tu n'es pas de taille. Et même si tu osais, tu ne réussirais pas.

Suzie vient se placer entre son père et la comtesse.

— J'aimerais bien qu'on aille voir la métairie le plus tôt possible, papa.

— On ira, ma Suzie, dès que les foins seront finis.
— J'ai à te parler, petite.
La dame prend Suzie par les épaules.
— Rouge le soir, espoir.
La lumière du couchant inonde la campagne. Elles s'éloignent de la maison côte à côte.
— Ts, ts. Ton père a de grandes qualités, mais il peut s'emballer pour un cheval boiteux et trouver que le plus beau coursier du monde a la dent jaune. On ne sait jamais avec lui. Toi, Suzie, je suis sûre que tu as pris le meilleur en chacun de tes parents. Si, si, c'est ainsi que font les bons enfants. Sans quoi, il n'y aurait jamais de progrès.

« Écoute-moi bien. Pour ce qu'on raconte sur la métairie du baron, des histoires de sorcières et de malédictions, il n'y a rien de vrai, sauf une chose : c'est un lieu qui attire la foudre. Pourquoi ? Je n'en sais rien. J'ai aussi une place à foudre dans mes propriétés. Sur un espace de moins d'un hectare, les éclairs sont tombés plus de cent fois depuis le début du siècle. Bon, j'espère que tu n'as pas peur de l'orage. Si vous prenez la métairie, si le baron est content de vous et si vous êtes contents de lui au bout de quelques mois, je le convaincrai de mettre un paratonnerre aux environs.

« Tu vas être métayère, Suzie. C'est un bon début dans la vie, et tu as déjà eu l'occasion de t'exercer. Je veux encore te dire une chose, à propos de ta maman.
— J'ai déjà deviné beaucoup de choses, dit Suzie à voix basse. Et maman m'a parlé.
Elle marche en silence au bras de la vieille dame. Des frissons courent sur sa peau, elle a du sable au fond de la gorge.
Le soleil est passé derrière l'horizon. Le soir n'en finit pas, car on est aux plus longs jours. La comtesse soupire, serre son écharpe autour de son cou.
— Je suis responsable du mariage, et donc de ta

naissance. Eh oui, il m'est venu l'idée d'unir ces deux mal-aimés du destin. Une jolie fille et un garçon plein de vie : je rêvais déjà aux beaux enfants qu'ils pourraient avoir. Et ce ne fut pas un mariage de raccroc, ni même un simple mariage de raison. Il est arrivé ceci d'imprévu, tu le sais sans doute, que Victor est tombé épris de Marie, si bien qu'il l'a épousée de grand cœur.

« Pour ce qui s'est passé avant et que tu sais sûrement, Marie a commis un grave péché. Mais ce n'est pas elle la plus coupable. Ne la juge pas. Elle vous aime tous. Elle fait ce qu'elle croit devoir faire pour votre bonheur. Mais c'est ton père qui a le plus besoin de toi, en ce moment. Alors, aide-le de toutes tes forces. Et pour l'aider, il faut que tu le comprennes.

« Quand il était jeune, il ne rêvait que de partir à l'aventure. Sans la guerre, il aurait peut-être emmené ta mère au bout du monde. Ce n'aurait pas été une mauvaise idée… Maintenant, il ne veut pas convenir que le temps est passé, qu'il n'est plus un jeune homme. Quand il quitte une métairie pour une autre, il pense qu'il va changer de vie, qu'il va enfin réussir.

« C'est aussi pour ça qu'il refuse de se fixer, pas seulement par peur d'emprunter.

« Toi, tu l'aideras peut-être à changer, avec le temps.

« Bonne chance, ma fille.

Suzie ne dort pas. Elle ne peut s'empêcher de repousser le sommeil chaque fois qu'il approche. Elle tourne et retourne dans son esprit une réflexion de la comtesse : « Marie n'est pas la plus coupable… »

Qui est plus coupable que maman ?

34

La métairie du bonheur

Suzie se cramponne au guidon de toutes ses forces. Papa se dresse de toute sa hauteur, et hume, le nez au vent.

Ils ont acheté deux vélos d'occasion. Celui de Suzie est très haut. Le marchand de cycles n'a pas pu baisser le guidon. « Je te laisse la selle à la même hauteur. Tu t'habitueras et tu auras plus de force dans les pédales. » Suzie se sent perchée sur une échelle. Il lui faut se déhancher pour accompagner les pédales jusqu'en bas. Elle a peur des nids- de-poule, des cailloux, des côtes, des pentes, des volailles qui traversent la route, de son père qui zigzague devant elle en admirant le paysage... Ils s'arrêtent en haut d'une colline et posent les vélos contre une barrière de pré. Papa va demander son chemin à une maison. Il revient tout guilleret, un long moment après.

Il tend la main vers la vallée.

— À droite, là, tu vois ces arbres noirs, des sapins ou des cèdres ? C'est le château de Bars. Le baron n'y habite plus. Il vient surtout au moment de la chasse.

Suzie observe les maisons autour du château. Papa guette, le bras tendu, la bouche ouverte, pensif.

— La métairie à prendre, c'est Les Âges. Elle est beaucoup plus bas. Tiens, là, on aperçoit la rivière avec des peupliers d'Italie. Et plus loin, des grands ormeaux. Derrière les ormeaux, le terrain fait un creux. C'est là.

Suzie répète : « Les Âges… » À cause de cette histoire de foudre, elle croyait la maison sur un coteau, exposé aux éclairs. Bon, c'est un creux, un fond de plaine. Elle avait rêvé de vivre plus près du ciel, mais tant pis.

— On y va ?

Papa saute sur son vélo. Elle l'imite comme elle peut, une crampe dans les reins. Il se retourne, balance la main par-dessus sa casquette.

— La route est bonne pour les chars !

On arrive à une descente. Papa attend Suzie au bas de la côte. Elle le rejoint, il lui montre un chemin entre un ruisseau bordé de frênes et une haie d'aubépines et de ronces.

— Ça doit être ici. La haie n'a pas été taillée depuis avant la guerre et le chemin a l'air peu *passant*. Allons !

Ils sont obligés de pousser les vélos, à cause des ornières qui creusent le chemin, des herbes folles et des rejets de peupliers qui l'envahissent par places, jusqu'au milieu. Suzie guigne son père du coin de l'œil. Ils marchent, à l'ombre des grands arbres.

Elle hume l'air et s'emplit les yeux d'une douce lumière verte. Ce paysage touffu, sombre et secret lui plaît assez. Un ruisseau invisible murmure dans les joncs.

— Si on vient ici, dit-elle, on ne manquera jamais d'eau.

Papa approuve d'un signe.

— Tu aimerais avoir un élevage de canards ?

— Tu crois que je saurais m'en occuper ? Et le renard ?

Papa répond d'un clin d'œil.

— Quelques bonnes cartouches, deux ou trois pièges, le renard pourra courir après sa queue, s'il lui en reste !

Ils posent les vélos contre un arbre. Suzie s'appuie au tronc d'un saule, respire longuement. « On sera peut-être à la misère, mais on se sentira chez soi, dans le vallon, à l'abri des épaisses frondaisons. » Il y a tant d'arbres, tant d'arbres ! Des chênes massifs, des ormeaux puissants. Des bouleaux au tronc doux et blanc et au feuillage tremblant. Des frênes cendrés, qui laissent filtrer joliment la lumière de midi. Des merisiers graciles, à l'écorce qui pèle et s'enroule, pour les décorer comme des paquets-cadeaux. Des vergnes qui rabattent leurs rameaux sombres jusqu'à l'eau du ruisseau. Des peupliers de toutes espèces, en fuseaux, tout ronds ou pareils à une manche bouffante, et bruissants au moindre souffle…

Papa considère un énorme roncier, d'au moins vingt mètres de long, sur huit ou dix de profondeur, et haut de trois mètres au moins, serré, impénétrable. Il sourit, sa paupière bat, il se frotte les mains d'un geste machinal. L'idée de s'attaquer à cet énorme fourré d'épines a l'air de le fouetter.

Il se retourne vers Suzie, le poing brandi.

— Celui-ci passera pas l'hiver, ou j'y perdrai mon nom !

Plus loin, le chemin rétrécit encore, devient sentier, fossé. On traverse le ruisseau en sautant sur des pierres, au milieu des libellules et des papillons. Et voilà la maison, la grange. Suzie aperçoit un pan de mur éboulé, couvert de lierre. Le cœur lui monte à la gorge. Une vraie ruine.

Elle échange avec son père un coup d'œil et une grimace, ils rient ensemble de leur déconvenue. Ils avancent en silence. Ils arrivent devant la grange, séparée de l'habitation. C'est une bâtisse longue, plus haute d'un côté, tout éventrée sur le devant, avec le toit crevé en trois places au moins. La charpente s'est inclinée jusqu'à toucher l'herbe, et quelques tuiles ont glissé par terre. Le portail a été rapetassé avec de mauvaises planches et des bouts de ferraille. Des croix bleues de toutes tailles ont été peintes au sulfate de cuivre, sur le bois et la pierre.

— Contre l'orage, dit papa.

Il montre du doigt une plaque d'assurance « La Protectrice ».

— Ça n'empêche pas la maison de crouler !

La cour est envahie par les herbes. Les ronces recouvrent le bâti du puits, les joncs l'abreuvoir et les sureaux le poulailler. L'habitation est haute, avec une cave au rez-de-chaussée. On accède à la porte par un escalier à la rambarde tordue. Les marches disparaissent sous les herbes. Un volet pend, le soleil joue sur une vitre cassée.

Papa recule jusqu'au puits, tête levée.

— Le toit n'est pas trop mauvais.

— Il est entier, dit Suzie, mais avec beaucoup de trous !

— D'ici, je vois qu'un seul gros trou. Deux jours de travail, pas plus.

Il se met à compter sur ses doigts.

— Deux, plus six, plus dix… Au milieu d'octobre, nous serons à l'abri et nos bêtes aussi.

Envahi comme la cour, par les herbes folles, les ronces et les arbustes, le poulailler paraît encore solide. Le toit des étables à cochons est tout percé et effrangé, mais tient bon. Papa se frotte les mains.

— Tu as vu ? C'est immense. On pourra élever cinq ou six cochons. Tiens, on achètera une truie, on la fera porter. On vendra deux ou trois petits et on élèvera les autres !

Ils s'assoient à l'ombre, au bord du ruisseau, pour manger leurs provisions. Les oiseaux, dérangés, lancent de petits cris farouches. Le ruisseau court en chantonnant. La fraîcheur qui monte du sol et la chaleur qui tombe du ciel se rejoignent et se mêlent. La lumière, remuée par les feuilles, danse autour d'eux.

— On sera bien ici, dit papa.

Il coupe par moitié un des trois œufs durs. Suzie se récrie.

— J'en ai mis deux pour toi et un pour moi.

Il la toise d'un regard tendre et moqueur.

— Tu m'as l'air bien d'appétit. On partage le troisième.

Non. Si. Elle lui donne les trois quarts du pain. Il rit.

— À ta guise, marquise.

Ils rient ensemble. Papa mange toujours du pain, avec n'importe quoi, les pommes de terre, les gâteaux, les biscuits.

Un lapin déboule d'un talus et s'arrête pour regarder les deux intrus. Papa lève le pouce.

— Je te promets qu'on mangera du lapin sauvage. Les voisins, là-haut, m'ont dit : « Ils sont si nombreux aux Âges qu'ils font du dégât à un kilomètre. » Ah, si j'avais encore mon furet !

Suzie se souvient de la petite bête couineuse. Maman a obligé papa à la donner, parce qu'elle ne supportait pas l'odeur.

— Tu n'auras qu'à reprendre un furet, dit-elle.

Ce qui compte, c'est le bonheur de papa.

Suzie déplie la serviette qui enveloppe le reste du dîner.

— On a du lard et de la confiture, avec deux biscuits pour chacun. Mais j'en mangerai qu'un.

— Tu en mangeras deux. C'est un ordre, mademoiselle.

Une cloche sonne au loin, à toute volée. Ça doit être la sortie de la grand-messe à Lauzun. Papa écoute d'un air rêveur.

— Ça fait un bail de fermier qu'on n'est pas allés à la messe !

Il referme son couteau, étend les jambes sur l'herbe.

— Qu'est-ce que tu dirais d'une sieste au bord de l'eau, comme des messieurs-dames ?

Il rabat son chapeau sur ses yeux. Suzie jette les déchets et les miettes au ruisseau, ramasse la serviette. Elle s'allonge aussi, mais elle n'a aucune envie de dormir. Elle attend cinq minutes puis se lève et observe un moment son père, qui s'est assoupi. Il respire plus lentement, sa poitrine se soulève, sous sa chemise entrouverte. Ses poils sont plus gris que ses cheveux. Son chapeau glisse, lui découvre le front. Suzie touche le bord du bout des doigts, hésite, pousse un tout petit peu, puis un peu plus. Le chapeau roule dans l'herbe.

Papa ne se réveille pas. Elle aime sa figure osseuse, avec les pommettes hautes, son nez, sa bouche, ses moustaches… Elle a envie de caresser ses paupières où on aperçoit de minuscules veines bleues. Endormi, il paraît plus jeune. Voilà comment il devait être quand maman l'a connu.

Elle voudrait tellement lui ressembler. Elle s'agenouille près de lui, avance une main qu'elle ne sait où poser. Elle chasse une mouche qui visait la bouche de papa. Elle remet le chapeau sur sa figure d'un geste très doux.

À cette minute, son bonheur est si grand qu'elle en a les dents agacées et des frissons dans le dos. Elle se lève d'un bond et décide de poursuivre la découverte des lieux. Elle fait quelques pas et regarde par-dessus son épaule. Papa se tourne sur le côté, enfonce le nez dans le creux de son chapeau.

Elle revient pour placer le chapeau dans sa position initiale, en retenant son souffle. Là, tout est bien.

Elle traverse la cour, se pique aux orties, essaie d'entrer dans le poulailler. Un nid avec trois ou quatre œufs. Des morceaux de coquilles jonchent l'herbe piétinée.

Une poule est restée fidèle à son logis abandonné, mais elle finira par se faire croquer !

Suzie rit toute seule. Brave poule. Elle en a chaud au cœur.

Après un long tour à travers la propriété en friche, Suzie revient au ruisseau et retrouve son père, assis, bien éveillé.

— Te voilà donc. Je me demandais où tu étais passée.

— Je me suis promenée.

Ils se regardent. Papa roule une cigarette. Il pince le tabac sur la feuille, puis suspend son geste pour fixer Suzie.

— On sera heureux, ici, ma Suzie, tous les trois. Enfin, tous les quatre quand ta mère sera revenue.

Suzie approuve et sourit bravement. Papa colle sa cigarette, la porte à ses lèvres et l'allume, les yeux baissés.

— Elle finira par revenir, maintenant qu'on a une métairie.

Le vent commence à souffler, l'air fraîchit. Les oiseaux s'égosillent. Suzie s'approche de son père, le fixe dans les yeux.

— Papa, si tu allais la chercher ? Je crois que tu pourrais la persuader, maintenant qu'on a une métairie.

Il chasse de la main la fumée devant sa figure.

— Non. Elle me dirait que je suis un soiffard, un ivrogne, un traîne-savates, un bon à rien foutu à la porte tous les ans, et ça tournerait mal. Mais je ne t'empêche pas d'y aller.

— Si je lui demande de revenir, elle rira ou elle me chantera une chanson. Mais toi, tu pourrais la ramener. Elle t'aime.

Papa réfléchit un moment.

— Oui, oui. Seulement elle ne vit pas comme moi le jour d'aujourd'hui. Elle… pense tout le temps à l'avenir… à la vieillesse. C'est pour ça qu'on se comprend pas bien.

Suzie a surpris une lueur de détresse dans le regard de papa. Et sa voix a tremblé. Il fait semblant d'être toujours aussi sûr. Mais peu à peu le doute lui mine le cœur.

Suzie aussi se sent à bout, la tête lui tourne, le paysage danse devant ses yeux. La chaleur, la fatigue, l'émotion, peut-être l'œuf dur qui passe mal… Elle s'appuie au tronc d'un pin, baisse les paupières, respire à petits coups.

— Qu'est-ce qu'il y a ? dit papa. Oh, tu n'es pas bien !

Il l'aide à s'asseoir, avec des gestes très doux. Il s'agenouille pour la faire boire. L'eau mêlée d'un fond de piquette coule de sa bouche dans toutes les veines de son corps. Elle revit.

— Ma grande fille. Ça va mieux ?

Il l'enlace, la soulève, l'embrasse sur les deux joues. Elle saute sur ses pieds, secoue ses cheveux, se mouche. « Papa… »

— Tu veux que j'y aille, hein ?

Non, elle ne veut pas lui infliger l'humiliation du refus et des insultes. Elle l'aime trop. Elle sourit à travers ses larmes.

— Tant pis. On sera heureux tous les trois, en l'attendant.

35

Une envie de cochon salé

Marie Taradel s'adosse à un bouleau, appuie la tête contre l'écorce douce et récite à voix basse, comme une prière, une page du livre ouvert à ses pieds.

« L'Herbe de Saint-Jean ou Herbe aux charpentiers. Son vrai nom est mille-feuille, en latin *Achillea Millefolium.* Elle sert pour la peau, les gerçures, la gale, les varices, les plaies. Si on a la plante fraîche, on utilise les feuilles un peu écrasées en cataplasme sur le mal… » Elle a décidé d'apprendre à soigner par les plantes. Sa marraine a promis de lui remettre le don qu'elle a pour lever le feu et guérir les maladies de peau. Bientôt, elle sera prête à soigner les pauvres gens qui viennent à Bufeloup réclamer les secours de la Dieu-merci.

Elle fredonne : « *Ramona, Ramona, j'ai fait un rêve merveilleux*… » Puis elle répète : « En latin, *Achillea Millefolium*… » Pour cette année, marraine a donné les terres de Bufeloup en métayage aux voisins, sauf une : le pré en pente, derrière la maison. Victor est foutu dehors : il ne trouvera pas d'autre métairie, il sera obligé de venir à Bufeloup.

— Je jure que je le rendrai heureux !

Elle sent les larmes sous ses cils, elle baisse les yeux.

— Mon Victor… Je le guérirai de la boisson, je le jure.

Elle marmonne sa leçon. « Bon, voyons le genévrier, maintenant. *Juniperus… Juniperus communis.* »

Elle fredonne des bribes d'airs. Les oiseaux répondent par des trilles joyeux. C'est le soir, ils redoublent d'ardeur avant de se taire pour la nuit. Marie a emporté une tomate et une orange qui feront son dîner. Elle sort les fruits de ses poches, les brandit au-dessus de sa tête et prend le ciel à témoin.

— Autour de Bufeloup, il y a beaucoup de bois, pleins de renards. Il faut que Victor vienne les chasser et qu'il arrête de boire pour garder la main sûre au fusil !

Elle mord dans sa tomate et, la bouche pleine, ferme les yeux. C'est une tomate qui vient d'Espagne. Un marchand de primeurs l'a apportée avec deux oranges d'Afrique, pour prix des soins qu'il voulait demander à marraine. Elle s'est payée de toupet : elle a dit qu'elle remplaçait Mlle Andréa Chadirac et elle a fait semblant de soigner son eczéma rebelle. Il n'a été qu'à moitié persuadé, il a laissé une tomate et une orange et il a remis les autres dans sa musette !

Marie s'étouffe de rire, le jus lui coule sur le menton.

Tiens, quel est cet oiseau ? Un drôle de chant qu'elle ne reconnaît pas. On dirait… Et ce cri ? Barbu s'élance avec un aboi joyeux. « Marie… » Elle a bien entendu Marie ? Oui ! On l'appelle ! Mon Dieu, Victor. Victor est revenu.

Mais non, ce n'est pas une voix d'homme.

— Marie !

— Marraine ?

Mlle Andréa se hisse avec effort, le long de la pente. Elle souffle, une main sur la poitrine, pose son cabas et vient s'adosser à un bouleau. Le chien lui fait fête.

Elle essaie de rattacher son chignon dénoué, puis renonce.

— Enfin, je te trouve, ma fille, Dieu merci. Je me

demandais où tu étais passée. Barbu m'a guidée. Je n'en peux plus.

Marie s'approche de sa tante, hésite. Mlle Andréa ôte son foulard, laisse retomber ses cheveux. Marie s'aperçoit qu'ils ont beaucoup blanchi. Elle a un mouvement de pitié qu'elle retient encore. Sa marraine lui tend les bras.

— Tu ne m'embrasses pas ?

Elles échangent une molle accolade. Mlle Andréa porte sur elle une odeur de couvent, aigre et sucrée à la fois. Elle a grossi, elle s'est affaissée. Des plaques de couperose s'étalent sur son visage bouffi, les yeux lui sortent de la tête, la pointe de son nez est comme enflée. Elle a vieilli de dix ans en l'espace de quelques semaines. Elle paraît boudinée dans sa vieille robe grise, maculée de crasse et devenue trop étroite. Le sueur lui dégouline sur les joues, le long du cou, trempe ses manches aux aisselles. Les mots sifflent entre ses lèvres cireuses.

— Comment vis-tu, ma fille ? Tu es toujours seule !

— Je m'occupe des bêtes, marraine. J'ai beaucoup à faire.

Tante Andréa secoue la tête.

— Non, ce n'est pas une vie.

Marie retient le rire qui lui chatouille la gorge.

— Victor est foutu dehors. Il va venir après les moissons.

— Tu en es sûre ?

Marie répond en détournant un peu les yeux.

— Oui, oui, j'en suis sûre.

Mlle Andréa avance une main raidie.

— Donne-moi un morceau de tomate. Je meurs de soif.

Marie lui tend sa moitié de fruit.

— Tu veux du pain ?

Elle sort un quignon de sa poche, le partage au

couteau. La tante Andréa accepte, ronge la croûte en léchant le reste de la tomate. Marie l'observe bouche bée, les yeux plissés contre le soleil couchant.

— Tu n'es pas montée de Saint-Veillant à pied ?

— Mais comment veux-tu ? Il fallait que je te voie.

— Tu n'étais pas bien, chez les sœurs ?

— Je n'étais pas bien dans mon cœur, Marie. C'est ma pénitence.

Marie se tait. Elle n'a plus en face d'elle la pétulante marraine Dieu-merci, mais une sorte de fantôme.

Elle prend sa tante par le bras, saisit le cabas de l'autre main.

— Viens vite à la maison te reposer et manger quelque chose de plus consistant.

Un sourire enfantin éclaire le visage de Mlle Andréa.

— J'ai très envie de cochon salé.

Marie l'entraîne.

— Tu mangeras bien une omelette au jambon.

Elles dévalent la pente, arrivent à la maison. Le chien gambade autour d'elles en jappant. Le cheval hennit au fond de l'écurie. Marie aussi a envie de jambon. Chez elle, marraine Dieu-merci retrouve le ton de commandement qui lui est habituel. Et elle bouscule Marie.

— Décroche le jambon pendant que j'allume le feu. J'espère que tu sais le couper ? Dépêche-toi donc ! Je te fais peur ?

Marie verse l'huile dans la poêle. Sa main hésite. « Mon Dieu, pourquoi est-elle revenue ? Qu'est-ce qu'elle veut ? »

La tante pose le jambon sur la table de la cuisine, le considère avec envie. Elle saisit un grand couteau, puis le repose, car ses doigts ne lui obéissent plus.

— Je ne peux pas. Coupe vite quatre tranches. On en mangera deux crues et on fera cuire les deux autres.

Marie entame le jambon d'un geste nerveux. Mlle Andréa met le couvert en toute hâte : deux assiettes, deux verres et deux fourchettes. Elle saisit la première tranche au vol, avant que Marie ait eu le temps de la poser dans son assiette, et mord dans le maigre à pleines dents. Elle avale le gras presque sans mâcher, puis regarde fixement sa nièce.

— Les religieuses ont voulu que je vienne te parler. Depuis que j'ai commencé ma retraite, mon secret me pèse sur le cœur.

Marie lève les yeux.

— Sur le cœur ?

Mlle Andréa hausse les épaules.

— Sur la conscience, quoi. Les religieuses pensent que je dois te parler pour retrouver la paix de l'âme. J'aurais dû te dire la vérité depuis longtemps. Je...

Elle s'interrompt pour mâcher, avec le même appétit féroce, une seconde tranche de jambon. Elle se lève, casse les œufs dans la poêle.

Marie suit ses gestes, les mains jointes, les lèvres serrées.

— Mais quelle vérité, marraine ?

La tante ne répond pas. Elle sert l'omelette et lâche la poêle pour s'attabler. Elle répète sur un ton presque belliqueux :

— J'aurais dû tout de dire sitôt après ton mariage.

Marie se tait. Elle sent l'émotion blanchir sa figure. Elle porte une bouchée d'omelette à ses lèvres et la repose. Mlle Andréa mâche lentement, elle lève la tête de temps en temps pour regarder Marie.

— Ma pauvre fille ! Tu vas savoir.

Ses yeux globuleux brillent dans la dernière clarté du soir, que filtrent les rideaux. Elle a un air hagard, halluciné.

Marie avale avec effort un paquet de salive dur comme la pierre.

— Enfin, qu'est-ce qu'il y a ?

— Ah, tu demandes ce qu'il y a. Tu vas savoir. Tu m'en voudras toute la vie !

Marie s'adosse au feu, puis se retourne pour couvrir la braise d'une pelletée de cendres.

— On va allumer la lampe, dit-elle. Tu n'as plus faim ?

— Je mangerais bien un peu de confiture.

Elles échangent des coups d'œil. La tante Andréa bâille et passe la main sur son front.

— Sers-moi un verre de vin blanc avec la confiture.

Le repas terminé, elle restent longtemps assises face à face, à la table de la cuisine.

— Je vais te conduire à ta chambre, dit Marie.

— C'est une bonne idée. Je parlerai mieux quand je serai couchée.

Marie mène sa tante à l'étage, en s'éclairant avec une grosse lampe à pied. La clarté du pétrole révèle une chambre peinte en bleu, ornée de gravures anciennes.

— Je n'ai touché à rien.

Il flotte dans la pièce une odeur de plantes séchées, mêlée à des essences huileuses. Marie pose la lampe sur une table ronde.

— Ton lit est fait. Il t'attendait.

— Je repartirai demain matin.

— Pourquoi tu ne resterais pas quelques jours ?

— Non, non. Je vendrai la propriété si tu ne la veux plus.

— Mais, marraine…

Elle arrange le lit, donne un coup de poing à l'oreiller.

— Veux-tu que je t'aide à te déshabiller ?

— Non, non. Je me déshabillerai seule. Plus tard…

— Laisse-moi te quitter tes bottines.

Déchaussée, Mlle Andréa s'allonge entre le drap et la couverture, puis se soulève sur un coude.

— J'ai commencé à vingt ans, comme cuisinière

chez la comtesse de Bernac. Plus tard, je suis allée chez les Rivière…

Marie s'assoit au bord du lit.

— Je le sais.

— Ne me coupe pas. Ce que j'ai à te dire est bien assez difficile. Les Rivière me faisaient confiance, mais ils se moquaient de moi, surtout le notaire. On ne m'appelait pas encore la Dieu-merci. Je suis fière de ce surnom. Mais le notaire et ses gendres m'appelaient Bécassine, du nom de la servante des illustrés. On m'avait donné la responsabilité des comptes, je dirigeais pour ainsi dire la maison toute seule. Pourtant, la dame me traitait avec dureté.

« Et j'étais la tête de Turc des beaux-fils, car les filles Rivière étaient jeunes mariées à l'époque. La dame exigeait que je serve à table quand il y avait une réception à Tonigrand, parce que j'étais mieux stylée que les bonnes. Les hommes en profitaient pour rire de moi. Plus je me donnais de peine, plus ils me moquaient derrière mon dos.

« Un jour de réception, un garçon d'une dizaine d'années s'est levé de table sous je ne sais quel prétexte. Il m'a bousculée et m'a fait lâcher un plat. Nous nous sommes disputés. Le gosse a crié : Bécassine ! Bécassine ! Je l'ai giflé. Tu ne crois pas que j'ai eu raison ? Mais la dame m'a sermonnée devant tout le monde. Je me suis réfugiée à la cuisine pour cacher mes larmes. C'est un exemple. Des misères de ce genre me sont arrivées souvent.

« Il y a eu des choses plus graves. Toute naïve que j'étais, je me suis aperçue que mes patrons riaient de moi en toute occasion. Quelquefois, je ne pouvais pas m'empêcher d'écouter aux portes pour savoir ce qu'ils disaient. Un jour, j'ai eu un gros serrement de cœur. Les jeunes messieurs, le frère de M. Guy et ses beaux-frères, blaguaient sur mes péchés ! Comment pouvaient-ils savoir ? Je n'ai pas compris tout de suite d'où venait l'indiscrétion. J'allais me confesser en ville, à Saint-Veillant. Tu vas dire : elle pensait que ses péchés n'étaient pas pour les oreilles d'un vieux curé de village ? Ah, peut-être. Je n'aimais pas les gens du village, même pas le curé. Mais je ne pouvais pas imaginer que des abbés de la ville traitaient par-dessous la jambe le secret de la confession. Et même qu'ils se gaussaient de leurs pénitentes, pour enjôler les bonnes ou flatter les bourgeoises.

« Ainsi, mes pauvres petits secrets couraient le pays ! J'ai fini par m'apercevoir que mon confesseur me trahissait. Je n'ai pas pardonné à mes patrons ni aux curés. Enfin, il m'a fallu quinze ans pour pardonner... Sur le coup, j'ai voulu me venger de la famille Rivière et de l'Église. Le jeune M. Guy touchait aux deux, je l'aimais. Pourtant, j'ai pensé à lui faire du mal, pour punir ses parents et les prêtres !

« Alors, j'ai commencé à te faire venir à Tonigrand pour de petits travaux, en toute occasion, comme tu te souviens. En même temps, j'encourageais M. Guy à quitter le séminaire le plus souvent possible pour se reposer à la propriété. J'étudiais les maladies dans un gros dictionnaire de médecine et je lui proposais toutes sortes de symptômes à déclarer. Il n'était pas sûr de sa vocation, mais il n'avait pas assez de volonté pour renoncer et causer le désespoir de sa mère. Enfin, tu sais tout ça mieux que moi !

« Il s'échappait donc le plus souvent possible, en tirant profit de mes leçons. Il venait s'occuper du jardin de Tonigrand, il semait des fleurs partout. J'avais remarqué que tu aimais aussi les jardins. Je t'envoyais l'aider. Je favorisais vos rencontres. Je vous ménageais des moments d'intimité que vous n'auriez peut-être pas su trouver seuls.

« En somme, je te jetais dans ses bras, ma pauvre

Marie. M. Guy s'en rendait compte. Il pensait que je le faisais par amitié pour lui. Et toi, je te donnais à croire que tu avais mission de le distraire et de le guérir. Mon Dieu, il est arrivé ce que j'avais voulu. Un sentiment est né entre toi et lui… entre la jeune fille sensible et fine, qui rêvait du prince charmant, et le séminariste esseulé, qui ignorait tout de la vie. Voilà.

« Et quand le séminariste a connu la chair, il n'a plus eu aucune envie de retourner au séminaire !

La tante Andréa se tait, à bout de souffle. Elle songe au passé ou bien lutte contre la fatigue. Marie voudrait crier sa peine, sa colère, sa honte, mais n'a pas la force d'ouvrir la bouche. Ce qu'elle vient d'entendre est bien trop terrible.

La Dieu-merci reprend soudain, avec véhémence :

— Je vous ai livrés à la tentation tous les deux, le temps qu'il a fallu. J'ai attendu que vous soyez devenus insouciants et je me suis arrangée pour que vous soyez surpris par les domestiques, dans une vilaine situation. Oh, Seigneur, oui, j'ai fait ça aussi !

Elle ferme les yeux, promène la main devant son visage, respire à petits coups.

— Plus tard, la raison m'est revenue. J'avais peut-être volé un prêtre à Dieu. J'ai eu peur de Sa colère. J'ai quitté le service de la famille Rivière. Je suis devenue… comme tu me connais. J'ai essayé de me racheter par la prière et aussi en aidant les pauvres gens et les malades. Plus tard, j'ai voulu compenser le mal que je t'avais fait. Alors, j'ai pensé à te laisser ma propriété. Mais ton mari n'en veut pas. Je ne sais pas ce qu'il a deviné, ou appris, ou senti. Il m'a toujours soupçonnée de mensonge et de vilenie. C'est ma punition… Alors, je n'en pouvais plus et je suis partie chez les religieuses.

« Au couvent, c'était presque pire. Je ne pouvais même plus prier. Maintenant… je me sens soulagée… quoi qu'il arrive.

Elle a fermé les yeux, sa respiration s'apaise.

Elle prononce enfin, plusieurs fois de suite, le nom de Marie.

— Ma petite fille, est-ce que tu me pardonneras jamais, à présent que tu sais ?

Marie s'aperçoit qu'elle s'est laissée glisser sur le plancher pour se mettre à la hauteur de sa tante et mieux l'écouter. Elle est presque à genoux au pied du lit. Elle se relève, recule de deux ou trois pas, les joues en feu.

La tante Andréa ouvre les yeux et tourne la tête vers elle.

— Marie, tu me pardonneras ?

La lampe fume et jette de grandes ombres dans la chambre. La pendule que Marie croyait arrêtée sonne onze coups.

Marie revient vers le lit, croise le regard de sa tante.

— Je... je voudrais te pardonner.

Elle s'est arraché les mots. Mais le ton dément la pensée.

— Si vous prenez la propriété, il vous faudra verser la rente aux sœurs de Sainte-Marthe, dit la tante.

Marie suit son idée, son chagrin.

— Tu m'as fait ça, marraine. Oh, mon Dieu, tu m'as fait ça !

Elle se tait longtemps. Puis à voix basse :

— Oh, marraine, j'ai honte pour toi. Cette propriété... elle me dégoûte un peu, maintenant.

La Dieu-merci se dresse sur son lit.

— Je te connais, Marie. C'est moi qui te dégoûte, pas la propriété.

Marie s'avance vers le lit, retient un geste de menace et regarde sa tante avec horreur. « Oui ! » Elle a presque hurlé. La Dieu-merci s'assoit sur le bord du lit, tend les mains.

— Marie, tu as dit que tu me pardonnais !

Marie prend sa figure dans ses paumes.

— J'ai dit que je voudrais. Mais je ne sais pas si je pourrai.

Elle recule de nouveau, trébuche contre la table, renverse la lampe qui s'éteint. Une odeur de pétrole se répand dans la pièce. Marie s'enfuit vers la porte, puis elle se retourne et crie :

— Je vais partir quelques jours. Il faut que je réfléchisse à tête reposée, mais pas dans cette maison !

— Marie, gémit la tante, c'est si loin, cette histoire. Et j'ai été tellement punie.

Le pétrole commence à brûler sur le plancher. Marie jette une couverture sur la flaque pour l'éteindre. Elle piétine la couverture, frappe le plancher à grands coups de pied.

L'obscurité est maintenant complète. Marie sort à tâtons en claquant la porte. Elle se précipite dans sa chambre et se met à rassembler ses affaires.

36

Pierrot à Bufeloup

Un homme appelle Pierrot en patois.

— Écoute ici, mon drôle.

Pierrot s'approche, curieux, un peu méfiant. Le visiteur est petit, tout noueux et sombre. Il a un genou estropié, mais de grosses mains solides, il s'appuie sur un bâton. Il a la figure mal rasée, les yeux qui pleurent, la bouche presque sans dents. Il est coiffé d'un béret trop grand, sa chemise, déchirée et sale, est attachée par deux épingles. Ses espadrilles laissent voir ses orteils noirs et ses talons cornés.

Il s'appuie sur sa bonne jambe, relève son béret, fixe Pierrot.

— Tu es d'ici, petit drôle ?

— J'ai onze ans, dit Pierrot.

— Tu connais le métayer qui s'en va ?

Pierrot comprend que le boiteux vient pour la métairie. Il a toujours regardé le remplaçant comme un sale type, mais celui-ci est un pauvre malheureux, plus à plaindre qu'à blâmer. Il n'ose même pas se montrer, il tourne autour de la maison comme un bohémien... Quel gibier d'almanach !

Pierrot se pique crânement devant le traîne-misère.

— Le métayer qui s'en va, c'est mon père !

— Ah, c'est ton père.

— Parlez français, siouplaît. J'comprends pas bien le patois.

— Je suis Nestor Gigouzat, de Miramont, dit l'homme en se forçant. Mais tout le monde m'appelle l'Escurol, pour rire.

Pierrot ne l'aurait pas nommé Écureuil, mais plutôt Trougnat, parce qu'il ressemble à une souche de vigne, noire et tordue. L'homme se dandine pour reposer sa mauvaise jambe.

— J'ai cinq petits drôles. L'aîné est un gouillassou un peu plus grand que toi, qui commence bien à m'aider. Mais mon casso-niou, mon dernier est un petit merdeux qui se traîne encore par terre. Tu comprends ? Il me faut une bonne métairie pour nourrir tout le monde.

Pierrot approuve d'un signe de tête. Le bonhomme insiste.

— Ton père, pourquoi il s'en va ? Tu le sais ?

— On est foutus à la porte parce que mon père saigne du nez.

— Peut-être qu'il lève un peu le coude, hein ?

Pierrot ignore l'injure. Il sent une générosité infinie lui gonfler le cœur.

— Le Petit-Maine est une bonne métairie. Mais je vous préviens qu'on emmène la Casta et la Blonde, les meilleures vaches, qui sont à nous. Et puis le moussu est pas commode !

— Le moussu est le moussu. Faut savoir y faire.

Pierrot se laisse porter par un rêve de puissance.

— Je lui parlerai pour vous, m'sieur !

L'Escurol ferme un œil, une lueur intéressée s'allume dans l'autre. Il fait un pas vers Pierrot.

— Parce qu'il te cause, à toi, le moussu ?

— Oh, oui, il me pose tout le temps des questions.

En s'exclamant, Nestor Gigouzat le dispense de finir une phrase qui ne pouvait être qu'un mensonge.

— Ah, tu es un drôle malin ! Tu pourras dire au

moussu que l'Escurol est venu, qu'il a une patte tordue mais l'autre bien droite. Et même qu'il...

Le bonhomme s'appuie moitié sur sa mauvaise jambe, moitié sur son bâton. Ses yeux ne sont plus qu'une fente mouillée. Pierrot l'observe sans méfiance. Il ne voit pas arriver le coup. Nestor Gigouzat s'élance sur son bâton, comme pour sauter à la perche, se jette en avant, se retourne. Pierrot se sent propulsé par un terrible coup de savate dans le derrière et s'en va atterrir trois mètres plus loin, le nez dans l'herbe sèche.

L'Escurol triomphe.

— Et même qu'il t'a botté le cul sans te manquer !

Pierrot fait le mort, allongé de tout son long, et boit sa honte jusqu'à la lie. C'est trop injuste, lui qui ne songeait qu'à se montrer bon et généreux.

On décharge au grenier la dernière charrette de foin. Les Taradel ont pris un bon mois de retard.

Pierrot travaille tout au fond, avec un journalier nommé Vachette, engagé par le moussu. Vachette pousse de lourdes fourchées odorantes, puis s'arrête pour rigoler.

— Allez, drôle, bourre, bourre ton foin pourri !

Pierrot se débat de toutes ses forces dans cet amoncellement d'herbe sèche, à l'odeur âcre et piquante. Le foin a été mouillé, il sent un peu le moisi, mais il n'est pas pourri. Pierrot a lâché la fourche, il bourre avec ses mains, ses bras, ses épaules, tout son corps. Il tasse le foin dans la partie basse du grenier, où les hommes ne peuvent s'avancer complètement. De temps en temps, Vachette le recouvre avec une nouvelle fourchée. Il s'étouffe, crache, éternue. Et tout ça pour le foin du moussu !

Il a les mains et la figure griffés. Les brindilles s'attachent à ses cheveux et se glissent sous sa chemise et dans sa culotte. Il est trempé de sueur du cou aux genoux. Il prend le foin à pleines brassées, en fermant les yeux, force le passage au fond du grenier. Vachette, même, s'étonne.

— Toi, mon drôle, tu en veux !

La dernière charrette est déchargée à midi. Au début de l'après-midi, Pierrot demande à son père si c'est bien fini. Papa tape dans ses mains.

— Acré ! J'espère bien. À moins qu'on en ait oublié !

Il se force à rire, sans gaieté. Suzie le couve des yeux d'un air inquiet. Il a saigné du nez, une fois, dans le grenier, elle n'était pas là. Pierrot a eu un peu peur, mais ça s'est arrêté tout seul, papa a secoué ses doigts tachés. Il a marmonné : blague à part, kif-kif bourricot, des mots à lui, qui ne veulent rien dire. Tout le temps des foins, Suzie s'est fait un souci de chien, mais les saignements ne sont pas revenus.

N'empêche. Papa a la peau tirée, un vilain teint, et ses yeux ont l'air comme du verre. Maman lui manque. Et il n'a trouvé qu'une mauvaise métairie, parce que les gens se méfient d'une famille où le père est seul avec ses enfants. Suzie croit qu'elle peut remplacer maman, mais ce n'est pas vrai. Si maman revenait, ils n'auraient pas de peine à trouver une métairie, et papa serait guéri. Pierrot a entendu les voisins le dire : « Taradel pisse le sang par le nez parce qu'il est seul au lit ! »

Pierrot a préparé sa musette en douce, avec une fiole d'eau et de piquette, une pêche et un morceau de lard. Il a noué un bout de chiffon autour de ses sandales percées. Il est prêt.

— Papa, je vais chercher maman !

Papa soupire, secoue la tête, rigole.

— Tu connais le chemin.

Il ajoute plus bas :

— Si tu la ramènes, je te donnerai un fafiot.

Pierrot aimerait bien un billet de cent francs, avec la

jolie dame en chemise. Elle s'appelle la Fortune. Le voilà parti.

Il court un peu, se défend de muser dans le sous-bois, il n'a pas le temps. Les girolles ont poussé après la pluie, tant pis, il s'en fiche. Il doit arriver le plus vite possible à Bufeloup. Il pourra peut-être ramener maman ce soir.

Il s'arrête pour boire une lampée à sa fiole. Trop tôt pour croquer la pêche. Un loriot le salue de son cri familier : compè' lo'iot ! compè' lo'iot !

Il repart en courant. Il cherche la fatigue, la douleur pour ne plus penser à la honte du coup de pied au derrière.

Il a pu remplir sa fiole à une fontaine. Il s'arrête pour boire, l'eau n'est pas très bonne. Il a faim. Il voudrait arriver bientôt. Il n'avait pas pensé que Bufeloup pouvait être si loin.

Une bête se jette dans ses jambes. Un chien… Un chien qui lui saute après et lui fait fête. Barbu ! Mon Barbu !

Le chien tourne de joie autour de Pierrot, revient lui lécher les mains et la figure, puis l'entraîne dans le sentier.

Les volets sont fermés. On dirait qu'il n'y a personne. Il attend un moment, il fait le tour de la maison. Seule l'étable est ouverte et vide. Les dernières lueurs du jour, passant par les lucarnes, révèlent l'éclat des chaînes étalées par terre. Toutes les bêtes sont parties. Pierrot retient son souffle un instant, la poitrine serrée par l'inquiétude.

Il revient à l'entrée, cogne à la porte, crie :

— Maman ! Maman ! C'est moi, Pierrot !

Il tourne le loquet. La porte est fermée à clé. Il se retourne, indécis.

Maman est sortie, mais elle ne devrait pas tarder à rentrer. Le soleil se couche. La lumière du soir vient baigner les murs à travers les feuillages épais. Aucun bruit. Aucun signe de vie.

Et si elle était malade, dans la maison ?

Il songe à entrer par l'escalier du grenier à foin.

Il grimpe. Barbu saute et grogne en bas. Aux trois quarts environ de l'ascension, la fatigue le saisit. La fatigue et la peur.

Il se laisse glisser. Il ne tient plus sur ses jambes. Et si maman s'était tuée parce que papa n'a pas voulu venir à Bufeloup !

Il ne sait que faire. La faim lui mord le ventre.

Il décide d'aller voir les voisins. Sur le chemin du village, il s'arrête pour boire à la fontaine.

Soudain, le chien se précipite en avant en remuant la queue. Il tourne autour d'une vieille femme, une voisine que Pierrot a vue quelquefois à la messe.

Il se tient en face d'elle, figé, muet. La femme le regarde, les sourcils froncés, les mains sur les hanches.

— Qu'est-ce que tu fais ici, mon drôle ? Tu voulais voir ta mère, *beleou bè* ?

Pierrot approuve d'un signe, incapable de prononcer un seul mot. La femme hoche la tête.

— Tu vois bien qu'il n'y a personne. Je viens nourrir le chien, parce qu'il n'a pas voulu rester chez nous… Je suis l'Étiennette des Chamans. Ta mère ? Elle est partie travailler à l'usine à Saint-Veillant pour la saison d'été !

— Alors, elle n'est pas…

Il retient le mot sur ses lèvres. La femme sourit.

— Il te faut venir manger un morceau à la maison et après, tu iras te coucher à la grange.

Quelle histoire terrible à raconter dans l'almanach !

Pierrot suit l'Étiennette dans le chemin. Ayant avalé sa pâtée en hâte, Barbu les rejoint tout joyeux. Pierrot sent les larmes couler sur ses joues. Larmes de tristesse ou de soulagement, il ne sait trop.

L'Étiennette s'aperçoit qu'il pleure. Elle le prend par le cou.

— Te soucie pas, mon drôle. Elle reviendra, ta maman.

Pierrot se mord la lèvre au sang.

— Pourquoi… pourquoi elle est allée à l'usine au lieu de rentrer à la maison ?

L'Étiennette réfléchit, tout en pressant le pas.

— Elle s'est disputée avec la Dieu-merci.

Elle se tait. Pierrot retient son souffle. Elle soupire très fort.

— Ma foi, je devrais peut-être pas te le dire, mais tu es un grand garçon et tu l'apprendras forcément. Elle s'est disputée avec sa tante et elle est arrivée chez nous en pleine nuit. Elle a couché à la maison. Au matin, elle n'a même pas voulu retourner à Bufeloup pour prendre ses affaires. Elle n'avait pas un sou, on lui a même prêté deux pièces de cent sous. Elle est partie à Saint-Veillant pour se faire un peu d'argent…

Pierrot se retient de sauter de joie. De toutes les explications de l'Étiennette, il ne retient qu'une chose. Maman est fâchée avec la tante. Elle va rentrer à la maison !

37

La Casta

La lune, toute ronde, a chassé les étoiles du ciel. On y voit comme en plein jour. Pierrot repère de loin les trous d'ornières, taches noires sur le blanc de la route. Il guide la Casta pour les éviter. De temps en temps, quand même, la roue de la charrette s'enfonce, les vaches s'arrêtent.

— Casta ! Belle !

La Casta est moins forte, moins sûre que l'an dernier. Elle redouble de prudence ; elle s'économise le plus possible. Mais elle sait toujours produire l'effort qu'il faut, quand il faut. Pierrot lui tapote l'encolure ou le museau, puis passe à gauche de l'attelage pour encourager la Belle. Bonne vache… Allez ! Et les bêtes tirent la charrette d'un mouvement souple. D'abord celle qui est du côté de l'ornière, puis l'autre, une seconde après. L'essieu grince, le fer de la roue crisse sur les cailloux, puis mord le sol uni de la route, la charge balance, on est passé.

Et voilà : un trou de plus derrière nous !

Pierrot s'est juré de retenir tous les détails du voyage au clair de lune pour son almanach. Il n'oubliera pas les cris de la chouette, qui le font sursauter chaque fois. Et ce bruit de pas qu'il a cru entendre, loin en arrière, mais pas si loin : comme si quelqu'un les suivait… Et aussi un autre bruit, comme si le vent gémissait sous le toit d'une vieille maison, au bord de la route. Il a guetté de tous ses yeux, mais n'a pas vu de maison.

Plus tard, il a pensé : « C'est une bête blessée qui se plaint ! » Quelle bête ? À ce moment, Jim était près de lui. Il a mieux écouté. Était-ce une voix humaine ? Il a eu froid dans le dos.

Le cri de la hulotte perce à nouveau le silence, le long du bois. Un appel courroucé, farceur et chagrin en même temps, qui a l'air de poursuivre les Taradel depuis plus d'une heure, en même temps que les pas et la plainte.

Laissant les vaches avancer toutes seules, Pierrot se retourne et scrute le paysage baigné de lumière. Ah, voilà l'oiseau qui s'élève au-dessus de la route et, d'un vol lent et un peu courbe va se percher sur un arbre solitaire, au milieu d'un pré. Pierrot l'aperçoit encore, tache ronde sur une branche qui ploie. Puis il disparaît dans la masse noire du feuillage que la lune caresse d'un reflet d'argent.

Pierrot appelle Suzie.

— C'est un oiseau !

Suzie s'arrête, trente pas devant, dénoue le foulard qui tient ses cheveux. Elle se laisse rattraper, hausse les épaules.

— Et alors, c'est un oiseau !

Suzie ne l'appelle plus Lustucru-qui-mange-les-navets-crus, mais il a toujours peur qu'elle rie de lui.

— Je croyais que c'était peut-être quelqu'un qui nous suivait pour nous faire peur.

Ils marchent maintenant tous les deux à hauteur de la Casta.

— Chaque fois qu'on s'en va avec la charrette la nuit, dit Suzie, il y a une chouette qui nous suit en criant, ou un chat-huant. Tu te souviens pas, l'an dernier ?

Il pose la main sur le cou de la Casta. Les vaches ont

vieilli, et il les connaît mieux. Il les guide plus habilement.

Elles tirent sur le joug, avancent d'un élan régulier et sûr. Bien assujetti par les cordes tendues, le chargement bouge à peine. Papa a passé des heures à le mettre en place et à l'attacher, avec l'aide de Vachette, le journalier. Suzie a emballé les meubles et la batterie de cuisine dans des vieux journaux prêtés par la veuve Fauroux et par la demoiselle ; elle a aussi fixé les portes avec de la colle et du papier. Aussi n'entend-on presque jamais craquer le bois des meubles.

La Casta s'arrête pour lâcher sa bouse, épaisse, lourde, saine. Pierrot soupire d'aise. Pour une vieille vache, rien de pire que la diarrhée. Les jeunes bêtes s'arrêtent pour pisser, jamais pour bouser. Mais la Casta a le droit de prendre son temps. Elle fait bien de ménager son souffle et son intestin.

— C'est arrivé que quelqu'un nous suive, en déménageant ?

— Oui, répond Suzie. Pas seulement quand on déménageait.

— Et tu as jamais su qui c'était ?

Suzie secoue la tête. On ne sait jamais qui vous suit, sauf s'il vous rejoint plus tard, mais c'est très rare. Est-ce des gens mauvais ? Des bandits de grand chemin ? Est-ce le diable ? Suzie ne croit pas au diable. C'est une invention pour faire peur aux gosses et aux servantes ! Une tromperie !

Elle frissonne sous sa veste de laine. Quand même, ce drôle de bruit, ce murmure, ce râle, elle ne l'a pas rêvé. Parfois, on dirait un roucoulement, mais elle n'a jamais entendu aucun oiseau faire ça.

La nuit est si belle qu'on la croirait chaude aussi. Mais à mesure qu'elle avance la fraîcheur gagne. Suzie s'élance devant la charrette et court pour se réchauffer.

Pierrot, lui, se retient de courir à cause des bêtes, mais il est impatient d'arriver aux Âges. Il est presque sûr que maman va les rejoindre là-bas. Elle les attend peut-être déjà. Ils la trouveront en arrivant.

À moins que…

Pierrot entend de nouveau les pas mystérieux. C'est sûr, quelqu'un marche derrière la charrette. Et si c'était *elle* ? À cette pensée, il perd le souffle un instant, son cœur s'arrête.

Mon Dieu, si c'était elle ! Sa tête se met à bourdonner. Il n'entend plus rien.

On arrive en terrain découvert. D'un côté de la route, le bois s'écarte d'au moins cent mètres. À la place, s'étale un long pré plat, traversé d'un rang de peupliers que la lune dore de sa lumière douce. Pierrot marche un moment à droite pour entraîner la Casta qui a l'air vraiment fatiguée. Il pose la main sur son flanc et sent les côtes se soulever à chaque respiration.

Les côtes ! On pourrait presque les compter. La Casta a beaucoup maigri, depuis quelque temps. Bon, la voilà qui s'arrête pour souffler.

Il s'appuie contre son épaule, caresse ses fanons, qui pendent de plus en plus bas, parce que la peau tombe à cause de la maigreur. Pauvre Casta. Mais papa a promis qu'on ne la vendrait jamais au boucher. On la gardera à l'étable sans rien faire, jusqu'à la fin de ses jours. Elle l'a bien mérité !

Il passe de l'autre côté de l'attelage, vérifie le chargement. Les cordes sont tendues, rien ne glisse. Il flatte la Belle qui respire plus doucement et profite de la pause pour ruminer.

Il revient à la Casta. Elle ne rumine pas. Son cuir luit au clair de lune. Il lui touche le flanc, derrière l'épaule, et retire sa main mouillée. Elle est en sueur. Pourvu qu'elle puisse conduire la charrette aux Âges. Il donne un petit coup sur le joug avec le manche de l'aiguillon.

— Allez, Casta, Belle !

La Casta gratte un peu le sol de son sabot ferré, comme si elle cherchait une bonne place pour s'appuyer. Les sabots de la Belle sonnent plus sec, la charrette craque, s'ébranle, le chargement tire sur les cordes. On est reparti.

Pierrot se tient à trois pas devant la charrette, tourne sur lui-même comme un danseur, pour surveiller les vaches et guetter les ornières en même temps. Voici un nid-de-poule. La roue gauche de la charrette roule vers le trou. Pierrot veut ramener la Casta sur la droite. Elle se raidit, marque le pas. Oh, oh, on dirait que sa patte avant gauche a plié vers l'intérieur.

La charrette dévie, mais pas assez. Un choc, ça y est, la roue est tombée dans le nid-de-poule. L'attelage s'arrête, un peu de biais. Pierrot appelle Suzie.

— La Casta est fatiguée. Il faut qu'elle se repose.

Suzie revient à grands pas. Un an plus tôt, elle l'aurait engueulé : espèce de Lustucru ! Maintenant, elle essaie de remplacer maman, elle est gentille et sérieuse. Elle se tient un moment devant les vaches. La Casta se lèche les naseaux. Suzie lui touche la tête, entre les yeux. La vache soulève sa paume d'un petit coup de museau assez sec. Suzie se retourne vers Pierrot.

— Si on leur donnait à manger ?

Ils ont emporté une provision de son mêlé d'avoine cassée pour le voyage. Pierrot hésite.

— Après, elles auront soif…

Mais pour leur donner à boire, il faudra les dételer en calant le timon de la charrette sur son billot. Pierrot n'est pas sûr d'y voir assez, malgré le clair de lune.

— Tu veux que j'allume la lanterne ? demande Suzie.

Pierrot montre la roue gauche à sa sœur.

— On peut pas dételer ici, la charrette est en porte à

faux. On va allumer la lanterne, on verra si le chargement est d'aplomb. Puis on donnera un peu à manger aux vaches. Elles n'auront pas soif tout de suite. Après, on essaiera de sortir du trou et d'aller plus loin.

Suzie approuve d'un signe et s'occupe de la lanterne. C'est elle qui a voulu partir au clair de lune, comme maman. Elle aussi, comme maman, avait honte de montrer son ménage au moussu et à la veuve...

La lanterne allumée, Pierrot et Suzie font le tour de l'attelage. Pierrot vérifie l'aplomb du joug, tâte les frontaux, les coussinets placés entre les jouilles et le front des vaches.

Pour faire manger les bêtes, il y a deux vieux paniers à vendange, sans anse. La Belle plonge une langue gourmande dans sa pitance. La Casta souffle des naseaux et fait voler le son. Elle prend deux bouchées et détourne la tête.

Pierrot croise son regard dans un rayon de lune. Ses gros yeux ronds et doux sont pleins de fatigue, de misère, de peur. Il en est tout remué. Si elle allait mourir sur la route, maintenant !

Il tourne en rond, à la recherche d'une pierre. Il ne trouve rien. Il est trop énervé. Il pense à maman. Il écoute. Si c'était elle ?

Si elle était derrière eux, si elle les suivait depuis Saint-Pierre, pour les rejoindre en arrivant aux Âges !

Il tâche de penser à la charrette, rien qu'à la charrette.

— Suzie ? On va faire tirer la Belle, puis on essaiera de caler la roue pour aider la Casta. Tu veux ?

La Belle a fini de manger, elle s'impatiente, s'agite, secoue le joug, tape du pied. Suzie se place devant l'attelage, du côté du fossé. Elle regarde son frère et se force à sourire.

Pierrot retourne explorer les bas-côtés de la route. Il s'arrête, lève la tête. Il a cru entendre japper un chien, dans la direction de Saint-Pierre. Deux ou trois aboiements pointus, ça ressemble à Jim. Qu'est-ce qu'il a trouvé ? Un lapin ? Non, il ne jappe pas comme à la chasse… Pierrot se remet à chercher une pierre.

Soudain, il se raidit et retient son souffle. Le *bruit* ! Le bruit dans la même direction que les aboiements de Jim. Et puis les pas… On dirait quelqu'un qui marche sur la pointe des pieds, court, s'arrête, repart. Quelqu'un qui nous suit.

Ça ne peut être que maman.

Mais pourquoi ne se montre-t-elle pas ?

Un coup de vent balaie la poussière de la route et gémit au fond des bois. Quelques feuilles mortes s'envolent dans le clair de lune. Les ombres des hautes branches se balancent sur le sol.

Suzie brandit quelque chose au bout de son poing.

— Pierrot, j'ai trouvé un gros caillou.

Il s'approche, baisse la voix.

— Suzie, quelqu'un nous suit.

Elle saisit la pierre à deux mains et fait mine de la jeter sur un ennemi, puis commande au chien :

— Mords-le, Jim, mords-le, c'est un bandit !

Elle crâne, mais elle n'est pas très rassurée. Pierrot se frappe la cuisse et appelle : Jim, Jim ! Elle n'a donc pas pensé que c'était maman ? Pierrot n'ose rien dire. Et puis, soudain, il se sent moins sûr. Si c'était vraiment un bandit ?

Suzie avance, la pierre sur sa paume, à hauteur de la figure.

— Qu'est-ce qu'on fait ?

— Pose la pierre dans le trou, juste derrière la roue. Je vais faire avancer la Belle, tu pousseras la pierre pour caler. J'appellerai la Casta et… on verra bien.

Il se place devant l'attelage, un peu à gauche, et donne un coup d'aiguillon sur le joug. « Allez, Belle ! Belle ! »

Marie a acheté des souliers, en prévision des longues marches de l'automne. Maintenant, elle le regrette, à cause du bruit de ses pas, qui sonne loin, dans le silence de la nuit.

Elle marche, un peu penchée, son manteau sous le bras, ses deux musettes autour du cou, son cabas à la main. Elle suit l'accotement, où l'herbe étouffe un peu le claquement de ses semelles. Elle se souvient du temps où ses pieds avaient des ailes, touchaient à peine la terre et évitaient par miracle les nids-de-poule et les bouses de vaches.

Marie fredonne tout bas *Riquita, joli rêve d'amour... Ramona, j'ai fait un rêve merveilleux*. Elle aime les rengaines qui chantent le rêve. Le rêve est meilleur que la vie... Mais elle n'ose pas entonner à pleine voix les airs qu'elle aime et qui lui tiennent compagnie le long du chemin.

Elle s'adosse à un arbre pour se reposer. Elle est très fatiguée. En trois semaines, elle a marché et couru comme une folle, elle a abattu des lieues et des lieues, elle ne sait plus combien. De Bufeloup à Saint-Pierre, et retour, la nuit, le jour. De Bufeloup à Saint-Veillant, aller-retour, de nombreuses fois. Puis Lauzun, la métairie des Âges et tout autour... Et le travail à l'usine de conserves, toujours debout.

Elle ferme les yeux un instant, laisse aller son souffle et tomber ses mains.

La comtesse de Bernac lui a écrit il y a un mois pour lui annoncer que Victor prenait une métairie chez le baron de Bars, vers Lauzun. De bonnes terres mais en friche, une grande maison, mais à l'abandon et le toit à recouvrir. « Ce sera une lourde tâche pour votre mari et votre grande fille, et plus tard votre garçon, de remettre en état cette propriété. Je fais confiance à Victor Taradel et à Suzie, sa digne fille, pour tirer pied ou aile de l'affaire... » Marie a lu entre les lignes : « Et si tu ne rentres pas chez ton mari, tu es une moins-que-rien ! » Elle en riait toute seule. Elle a décidé d'aller visiter la métairie.

Elle a pris le car entre Saint-Veillant et Lauzun et fait beaucoup de kilomètres à pied. Elle s'est trompée plusieurs fois. Enfin elle a trouvé une ruine enfouie sous les arbres, dévorée par les buissons, les ronces, les orties, les ballotes… Les terres à l'avenant. Jusqu'aux chaînes des vaches, déclouées et enlevées, les terriers de lapins au fond de la grange et les nids de chouettes dans la cuisine !

Elle a songé : « Ils n'auront même pas un endroit pour dormir à l'abri de la pluie et du vent ! » Elle en aurait pleuré. Elle est repartie, les poings serrés. « Je ne peux pas laisser mes enfants tout seuls dans un endroit pareil ! »

Elle a surveillé le chargement de la charrette depuis le début du premier quartier, le 10 septembre. Elle était sûre que Suzie voudrait déménager au clair de lune. Victor devait rester quelques jours de plus, pour attendre le nouveau métayer. Et il ne pouvait laisser la maison, ni de jour ni de nuit, tant qu'ils n'auraient pas emporté tout ce qui était à eux. Le monsieur en aurait profité pour piller la volaille, les lapins, les petites récoltes pas encore partagées… Elle a guetté. Elle est venue trois fois à Saint-Pierre. Elle a dormi une nuit à la grange, là où elle avait serré sa fille dans ses bras pour lui parler en secret. Elle a surpris un soir une conversation entre Pierrot et Louisette : ce sera une belle nuit de pleine lune, trois ou quatre jours avant l'automne ou deux ou trois jours après.

Marie s'était promis de rejoindre ses enfants peu après leur départ. Le courage lui a manqué, elle a repoussé l'épreuve. Et s'ils refusaient de l'accepter, s'ils voulaient la chasser !

Et Bufeloup ? Elle est partie, la rage au cœur. Elle n'a

pas digéré son humiliation. Enfin, Dieu l'a voulu. L'affaire est entre Ses mains. Si les sœurs héritent de Bufeloup, elle pourra leur prendre la propriété à rente. Marraine morte, elle reviendra à la propriété sans répugnance.

Elle finira quand même par convaincre Victor. Elle trouvera un moyen. Elle a compris une chose : elle ne peut pas miser sur son malheur. Plus il aura de déconvenues, moins il osera tenter la chance et plus il se raidira dans sa fierté et sa peur. Il a besoin de prospérer à son travail. S'il peut remettre en état la métairie des Âges et y rester deux ou trois ans, il se sentira assez fort pour devenir son patron. Et si, à ce moment, tante Andréa a vendu Bufeloup, tant pis, on trouvera une autre terre à prendre à rente. Elle jure d'avoir sa propriété avant la vieillesse. Oui, elle le jure. Ni Victor ni elle n'iront à l'hospice, jamais.

Elle a commencé à prier. « Vierge sainte, je vais rejoindre mon époux, comme vous l'avez voulu. S'il vous plaît, donnez-lui la prospérité. Faites qu'il réussisse enfin à la métairie des Âges et qu'il y reste longtemps ! »

La charrette est arrêtée à la sortie du bois, depuis un bon quart d'heure. Marie a d'abord songé : « C'est le moment, approche-toi. Montre-toi. Dis à tes enfants... » Non, elle ne sait pas quoi leur dire. Je suis là, je suis revenue ?

Elle se cache à moitié seulement, avec le secret espoir que Suzie et Pierrot devineront sa présence. Déjà le chien l'a retrouvée et lui a fait fête. Elle fredonne plus fort. C'est à peine si elle retient le chant sur ses lèvres. *Maritza, aux grands yeux de douceur et de rêve...*

Elle se surprend à taper du pied sur la route. Elle joue avec le chien, elle court, elle s'approche à portée de voix de la charrette. Elle se racle la gorge, prête à crier :

« C'est moi, votre mère. Je viens avec vous à la nouvelle métairie ! »

Puis elle s'affole à l'idée de la rencontre. Non, pas là, pas maintenant. Elle s'enfuit dans un pré, haletante, terrifiée. Le chien croit à un nouveau jeu et lui court après.

Plus tard, elle revient à la route, repart derrière la charrette. Comment Pierrot ne l'a-t-il pas encore repérée, lui si attentif à la nature ? La charrette est toujours arrêtée. Elle commence à s'étonner. La pause dure longtemps. Qu'est-ce qui se passe ?

Pierrot commande : « Belle ! Belle ! » Aucun doute, ils sont en difficulté avec les vaches. Marie avance dans le pré pour essayer d'apercevoir l'attelage. Elle dénoue son écharpe. Elle se sent très oppressée, son cœur pique un peu. Quelle nuit !

Le clair de lune mélange la terre et le ciel.

Elle reconnaît le bruit grinçant qui vient de la charrette et se répète deux ou trois fois : le cercle de fer de la roue frotte contre une pierre.

Marie regarde le ciel, où les étoiles sont presque invisibles, tant la lune brille fort. On ne distingue même plus les vers luisants dans l'herbe !

Pierrot caresse le mufle de la Casta et se tourne vers sa sœur.

— Approche la lanterne, là... Je sais pas si elle rumine. On dirait qu'elle voudrait ruminer, mais que ça vient pas.

— Il faudrait la faire tirer en même temps que la Belle.

— D'accord, dit Pierrot. Tu t'occupes de la pierre.

Marie attend, appuyée contre un petit arbre. Elle n'est pas cachée, ils pourraient la voir, s'ils faisaient attention, mais ils sont trop affairés. Elle prie à voix basse. « Mon Dieu, aidez-nous à sortir la charrette ! »

Pierrot lève l'aiguillon devant l'attelage et frappe le joug. Le coup sonne très fort dans la nuit.

— Casta ! Belle ! Allez, Casta !

Le bruit du fer raclant la pierre donne la chair de poule à Marie. Les sabots ferrés de la Belle s'accrochent à la route. Mais la roue retombe, l'attelage n'a pu décoller.

Marie respire, la bouche grande ouverte. Le moment est venu. Elle fixe le ciel, comme pour lui demander l'inspiration et le courage. Elle quitte l'abri de l'arbre, recule de quelques pas, puis court à la route. Elle ne sent plus la fatigue, ni sa charge. Ses pieds touchent à peine l'herbe rase.

Une chouette s'envole devant elle en lâchant un cri pointu. Marie marche à grands pas sur la route dure. Elle a l'impression que toute la lumière du ciel s'abat sur elle. Elle est à vingt mètres de l'attelage, elle s'arrête. Elle se tient au milieu de la route, face aux enfants qui la regardent.

Pierrot va bondir à sa rencontre. Suzie le retient.

Marie observe le déménagement tassé entre les ridelles : le mobilier, la literie, les ustensiles, les sacs, les panières d'osier… Son cœur se serre. Elle a refusé de toutes ses forces ce destin de bohémiens. Mais le destin a été plus fort qu'elle.

« Maman ! » Pierrot échappe à Suzie. Elle court aussi, il se jette vers elle sans ralentir et manque la renverser. Ils trébuchent l'un contre l'autre, s'enlacent. Marie soulève son fils.

— Jésus, que tu es lourd !

Il tourne autour d'elle, lui touche les mains, les bras, le visage, comme s'il doutait encore qu'elle soit là pour de bon.

— Maman, qui t'a dit qu'on partait cette nuit ?

— Les anges !

Elle fait tomber son béret, lui prend les cheveux à pleines mains. Suzie, enfin, s'avance.

— Tu arrives bien, maman. À trois, on pourra pousser la charrette pour aider les vaches.

Elles se regardent. Marie pose ses musettes et son cabas sur le bord de la charrette et passe devant l'attelage. Elle appelle les vaches par leur nom, les caresse avec des clappements de langue. La Belle se mouche dans ses doigts, Marie secoue sa main, éclate de rire. La Casta répond d'un meuglement de reconnaissance, lève le mufle, gonfle les flancs.

— Ça va, ma Casta ? Je suis contente de te revoir.

Marie accroche Pierrot par la manche.

— Je crois que la Casta était fatiguée. Je suis sûre qu'elle va tirer, maintenant. Je prends l'aiguillon, si tu veux, Pierrot ? Mets-toi à la roue droite. Suzie, à la pierre !

Pierrot regarde sa mère avec surprise. Il se croyait plus malin qu'elle pour mener la charrette. Mais il est tout heureux de lui obéir et il court à son poste. Il s'arc-boute contre la roue droite, prêt à pousser de toutes ses forces.

Marie caresse encore les bêtes, leur parle doucement, balance l'aiguillon, le pose sur le joug sans frapper. Elle dit presque à voix basse : Casta, Belle, allez !

Puis plus fort, d'une voix de commandement : Allez, Casta !

Et les vaches donnent leur coup de reins ensemble. Marie a juste le temps de bondir en arrière. Pierrot n'a même pas celui de pousser. La roue est sortie du trou. La charrette roule tranquillement sur la route.

Pierrot s'élance à la poursuite de sa mère.

— Maman ! La Casta savait que tu étais derrière nous. Elle voulait pas repartir sans toi. Elle t'attendait !

38

Avril 1947 : dix-huit ans plus tard

Suzie ne se lasse pas de caresser les tissus qu'elle vient de recevoir : robes, corsages, chemisiers, bas… C'est le premier lot de vêtements dignes de ce nom depuis presque sept ans. La fin des restrictions n'est quand même pas pour demain. Dans certaines villes, c'est presque la famine, mais on a pourtant recommencé à faire de jolies robes.

Et le printemps est là… De la terre ou du ciel, le printemps finit toujours par venir.

— Suzie ?

Elle se retourne. « Monsieur Guy ! » Le nez enfoui dans les douces étoffes, elle ne l'a pas entendu arriver. Elle avait laissé la porte du magasin entrouverte et la sonnette n'a pas tinté.

Le notaire brandit une poche en papier.

— Ça y est, je l'ai ! Je l'ai !

— Quoi ? Qu'est-ce que vous avez ?

— Tu ne devines pas ?

Elle s'approche de lui, va pour ajuster sa cravate et aplatir son col, un geste presque instinctif, qu'elle a chaque fois qu'ils se rencontrent. Mais il recule en riant, les bras levés. Il sort le livre de la poche, le tient au-dessus de sa tête.

— Il est arrivé hier ! Tu n'as pas de nouvelles de ton frère ?

— Aucune. Faites voir ce bouquin.

Le livre paraît mince, sous sa couverture rouge. Elle le feuillette du pouce. Le papier est un peu gris : tous les livres sont encore imprimés sur du papier gris. Mais l'impression est claire. Deux cent quatre-vingts pages, quand même, il n'est pas si mince que ça, le premier livre de Pierre Taradel.

— Les pages ne sont pas coupées, dit-elle.

M. Guy fait semblant de s'indigner.

— Bien sûr que non. Je sors de chez le libraire !

Suzie fixe longuement le sous-titre : *Almanach de mon enfance.* Eh bien, sa folie des almanachs l'a mené à quelque chose, notre Pierrot. Il a réussi à publier le sien !

Elle lève les yeux, sourit au notaire.

— Il a réussi.

Le notaire hoche la tête, approbateur, admiratif.

— Il a réussi. Et ce n'est qu'un commencement !

— Ce n'est qu'un commencement, répète Suzie.

D'où vient ce goût amer dans sa bouche ? Elle avale avec effort une gorgée de salive et se secoue le cœur.

— Nos parents vont être fiers.

Elle feuillette distraitement le livre, s'arrête sur la dédicace, juste avant le titre. « À mademoiselle Sylvie, la maîtresse de mes dix ans. » Eh bien, il aurait pu offrir son premier livre à son père et sa mère, peut-être. Il ne s'est jamais bien entendu avec eux, sauf pendant la guerre, quand il a eu besoin de se cacher.

Elle montre au notaire le livre ouvert à la page de garde.

— Mlle Sylvie ! C'est une ménagère très occupée, maintenant. Avec sa classe et ses quatre enfants, je ne sais pas si elle a le temps de lire des romans.

— Je te promets qu'elle lira celui-ci. Il est question d'elle.

— Elle est venue, l'autre jour, me demander si j'avais des nouveautés. Mais je n'avais pas eu mon arrivage et je crois qu'elle voulait surtout bavarder un moment. Elle a feuilleté un numéro d'*Elle* que j'avais posé sur le comptoir. Elle a regardé un patron de veste, elle a noté une recette pour rattraper la mayonnaise. Puis on a ri toutes les deux d'une réclame…

— Quelle réclame ?

Suzie lâche le roman de Pierrot, prend un magazine sur une étagère. « Ça ! » Le notaire lit à mi-voix : « Ni négligée… ni sophistiquée… mais délicate. Les hommes n'aiment pas les souillons, les vamps leur font peur. Charmez votre mari en portant une lingerie élégante, solide et confortable, marquée Jil. » M. Guy fixe Suzie par-dessus ses lunettes.

— Voilà une excellente réclame !

Suzie caresse le livre à couverture rouge. Pierre Taradel, *L'année des trois automnes, Almanach de mon enfance.*

Le notaire vient se pencher par-dessus son épaule.

— Pourquoi trois automnes ?

— Je suppose que le récit commence avec notre arrivée au Maine de Saint-Pierre, à l'automne 1928, et finit à l'automne 1929 : notre installation aux Âges, qui a été très difficile. Et entre les deux, il y a eu pour lui une saison un peu mélancolique, le départ de maman et tous nos ennuis.

Il soupire, tourne en rond, regarde longuement Suzie, avec son air de chien battu. Il l'a beaucoup aidée pour le magasin. Sans lui, elle n'aurait jamais pu se mettre à son compte en ville. Elle lui est très reconnaissante, mais il l'agace un peu.

Il soupire longuement, croise son regard.

— Je te laisse le livre. Tes parents seront contents de le voir.

Oui, papa sera très content. Il est toujours content, il n'a pas changé. Il rit de ses misères. Et puis, grâce au statut de 1946, il est fermier, avec un bail de neuf ans. Il approche les soixante ans : il finira son temps dans la même propriété. Que demander de plus à l'existence ? Et s'il regrette un peu la vie nomade des métayers d'autrefois, il ne le dira jamais.

Il aura, en voyant le livre de son fils, son éternel sourire, clair et généreux. « Ce sacré Pierrot nous épatera toujours ! »

Maman refusera sûrement de lire *L'année des trois automnes*, de peur de s'y retrouver sous un mauvais jour. Elle n'a pas eu son cher Bufeloup, que les sœurs ont vendu après la mort de marraine. Elle va fêter ses vingt ans aux Âges, mais elle souffre toujours de n'être pas chez elle, malgré les avantages du Statut, qui donne la sécurité aux fermiers et bientôt la retraite. Alors, elle est un peu aigrie et en veut à tout le monde.

Le notaire marche de long en large dans la petite salle du magasin, encombrée de cintres et d'étagères. Les commères de la ville ont cessé de le guetter par la vitrine. M. Guy est un homme libre, maintenant, grâce à son divorce. Ses visites au magasin font aller les langues. Elle s'en fiche.

Mais il ne se décide pas à partir. Il répète :

— Je t'offre le livre. Je l'ai acheté pour toi. Je suppose que ton frère t'en enverra aussi un. Tu as eu de ses nouvelles ?

— Rien depuis sa carte de vœux, fin janvier. Ça fait deux mois et demi. Mais vous le connaissez.

Il vient l'embrasser sur une joue. Puis sur l'autre et recommence. Suzie s'écarte en riant. Si elle l'écoutait, il n'en finirait jamais de l'embrasser. Mais il n'est pas son père. Tant pis pour lui. Enfin, le voilà parti.

Une lettre de Seine-et-Oise. Elle l'ouvre en hâte, d'un coup de ciseaux. Oui ! P. Taradel, instituteur à Sérency.

Je suis titulaire et j'ai mon poste, enfin, ma petite Suzie. Ce n'est pas si mal, avec un brevet élémentaire. Mlle Sylvie serait fière de moi ! Et maman ? Je lui ai écrit la nouvelle, il y a quelques semaines, elle ne m'a toujours pas répondu. Je suis sûr qu'elle m'en veut à cause de ce petit « almanach » où elle s'imagine que je raconte sa vie. À moins qu'elle ne soit malade, ou bien papa ? Tâche de monter les voir aux Âges, fais-les parler et écris-moi ce qu'il en est. Merci.
Blague à part, comme disait papa, mes états de service dans la Résistance m'ont pas mal aidé. Et j'ai dû choisir un département où l'on manque cruellement de personnel. Maintenant, le premier bachot est un minimum pour devenir instituteur remplaçant dans l'enseignement public.
Je t'écris pour tout autre chose. Figure-toi que j'ai retrouvé notre ami Fausto Bello ! Je cherchais sa trace depuis la Libération, avec l'aide d'une amicale d'anciens résistants, sans forcer, parce que je le croyais mort. On le croyait tous mort depuis longtemps, hein ? Eh bien, ma vieille, il se porte comme un charme. Que dis-je ? Comme un chêne. Il est installé à son compte dans les environs de Paris. Il est transporteur et il a déjà trois camions et trois ou quatre ouvriers, italiens et français. Il s'est battu dans la Résistance chez lui, en Italie. Il était de ceux qui ont mis la main sur Mussolini et la Petacci et leur ont réglé leur compte sans façon, il y a deux ans. Oui ! Il est rentré en France peu après. Il s'est lancé dans les affaires et a réussi tout de suite. Il est guéri et t'envoie un grand bonjour.

Mon livre paraît ces jours-ci aux Éditions Pierre Belon, du Mans. C'est une petite déception de n'être pas publié à Paris, mais j'ai bon espoir pour le suivant.
Je vous embrasse très fort, papa, maman et toi.

Ton Pierrot.

P. - S. Fausto est marié à une jolie rousse. Il a deux enfants.

Mon livre paraît ces jours-ci aux Éditions Pierre Belon, du Mans. C'est une petite déception de n'être pas publié à Paris, mais j'ai bon espoir pour le suivant.

Je vous embrasse très fort, papa, maman et toi.

Ton Pierrot.

P.-S. Fausto est marié à une jolie rousse. Il a deux enfants.

TABLE DES MATIÈRES

"Souvenirs d'école"

L'année du certif

Michel Jeury

Jamais les écoliers cévenols ne travaillèrent autant qu'en 1935 ! C'était l'année du certificat et les instituteurs s'affrontaient pour le prix cantonal. Pendant la classe, seule la voix des maîtres expliquant des règles de calcul ou d'orthographe interrompait la course des plumes sur les cahiers. C'est aussi cette année-là qu'un drame s'est noué, lors de la fête des écoles : un candidat a dénoncé un de ses camarades qui aurait été payé pour rater certaines épreuves…

(Pocket n° 10053)

"Souvenirs d'école"

Les grandes filles

L'année du certif

(tome 2)

Michel Jeury

Dans les années 50, les filles qui passent " le certif' " n'ont pas vraiment la tête aux études. Elles préfèrent chanter des refrains à la mode et rêver à leur avenir. Mademoiselle Agnès, une jeune institutrice qui vient d'être nommée dans un petit village des Cévennes, en sait quelque chose. Elle s'est tout de suite intéressée au cas de Ninon, un véritable diable en jupon qui, derrière son allure effrontée, semble dissimuler un lourd secret...

(Pocket n° 10182)

Il y a toujours un Pocket à découvrir

Achevé d'imprimer sur les presses de

BUSSIÈRE

GROUPE CPI

à Saint-Amand-Montrond (Cher)
en août 2002

POCKET - 12, avenue d'Italie - 75627 Paris Cedex 13
Tél. : 01-44-16-05-00

— N° d'imp. 20880. —
Dépôt légal : septembre 2002.

Imprimé en France